I0818123

Papel certificado por el Forest Stewardship Council®

Título original: *Love me love me: Anime elettriche*

Primera edición: junio de 2025

Printed in Spain – Impreso en España

ISBN: 978-84-10396-04-3
Depósito legal: B-6.369-2025

Compuesto en Compaginem Llibres, S. L.
Impreso en Black Print CPI Ibérica
Sant Andreu de la Barca (Barcelona)

GT 9 6 0 4 3

Stefania S.

LOVE ME, LOVE ME

Volumen 2
Polos opuestos

Traducción de
Juan Naranjo

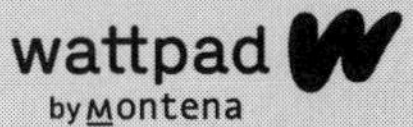

A mis lectoras.
Sin vosotras, nada de esto habría sido posible

54

June

Las piernas me temblaban, y la presión arterial me bajó con tanta rapidez que se me empezó a nublar la vista.

—Si gritas, te corto la lengua, ¿me has oído?

Asentí cuando aquel tío me amenazó por segunda vez.

Habría hecho cualquier cosa para que me apartase de la cara aquellas manos sudorosas. El olor acre del humo me provocó un nudo en la boca del estómago y me dio ganas de vomitar.

Por fin me quitó la mano del rostro y pude mirarlo a la cara.

No era Ethan Austin.

Estaba convencida de que sería él, pero era un hombre al que no había visto nunca.

Eso sí, estaba claro que se le parecía bastante: los mismos ojos vidriosos, la misma barba escasa y rojiza.

En aquel momento me resultó imposible comportarme de forma racional. El miedo me había transformado en un manojo de nervios.

Bajé la vista hacia mis muslos y lo hice: le di un buen rodillazo en la entrepierna. Aunque no esperaba que aquel tío diese un grito y se doblase sobre sí mismo, lo aproveché para salir huyendo. O, al menos, lo intenté. Una figura oscura salió del todoterreno que estaba allí aparcado y detuvo mi huida sin demasiados problemas.

—¿Has dejado que te pegue una niñata?

La voz lúgubre de Austin me provocó un escalofrío.

—¡Déjame! —grité a pleno pulmón.

Me agarró los brazos con fuerza y pegó su cuerpo a mi espalda. Traté de zafarme, pero era demasiado fuerte. No podía hacerlo yo sola. Tenía que pedir ayuda.

—Esto es lo que vamos a hacer…

Bajé la vista y lo vi sacar un cuchillo de uno de los bolsillos de su chaqueta arrugada. Aquello hizo que yo dejara de respirar.

—O cierras el pico o te rajo, te lo juro.

Me acarició la mejilla con aquella hoja helada y me provocó un sollozo.

—Vale, ya me callo —musité entre dientes, temblando como una hoja.

Mi asaltante se echó a reír, pero no de mí.

—¿Te ha noqueado una colegiala? ¿En serio?

—¡La cabrona me ha dado una patada en los huevos! —aulló el otro.

Austin, por fin, alejó el cuchillo de mí. Pero se me acercó a la mejilla más de lo debido.

—Cómo iba a sospechar de una mosquita muerta como tú…

Empezó a restregarme contra el cuello la punta helada de su nariz y yo traté de apartarme.

Entrecerré los ojos de puro miedo y dije lo primero que se me vino a la cabeza.

—¡Pues claro! ¡Ha dicho que iba a matarme!

A Austin le cambió la expresión de forma repentina. Se separó un poco de mí y miró con rabia a su amigo.

—¿En serio, Tom? Papá nos ha encargado que la asustemos, no que nos la carguemos —le espetó Ethan a su cómplice.

Y se pusieron a discutir.

Austin seguía sujetándome con fuerza del brazo, así que, discretamente, me metí la mano libre en el bolsillo trasero de los *shorts* para sacar el móvil.

«Tengo que distraerlos».

—¡Me ha dicho que me iba a hacer daño y que lo haría contigo o sin ti! —aseguré, provocando que Ethan frunciera el ceño.

—¿Por qué siempre estás con lo mismo? ¿Es que no eres capaz de seguir un par de órdenes?

Mientras discutían, introduje el código de desbloqueo del móvil con la mano detrás de la espalda.

«Mierda, tengo activado el reconocimiento facial».

Tenía que deslizar dos veces hacia arriba y, después, teclear el pin. Lo intenté. Me esforcé en reproducir aquellos movimientos mecánicos que hacía cada día, pero era bastante complicado conseguirlo sin mirar.

—¿Por qué siempre tenemos que hacer lo que él nos dice? ¿Por qué no puedo divertirme un poco con ella?

Esas palabras repugnantes me animaron a darme más prisa. Pulsé el icono verde: el chat más reciente era el de mi madre y el anterior, el de William. Tenía que llamarlo. Aunque puede que lo mejor fuese no meterlo en problemas.

—¡Aquella vez fuiste tú quien lo fastidió todo! ¡No fui yo! —gritó Tom.

«¿Y si llamo a James…?».

Aquella indecisión hizo que perdiera bastante tiempo; tanto que Austin volvió a agarrarme del brazo con más fuerza.

«No, ni hablar».

—Nadie te prohíbe que te la folles, pero es que no hemos venido para eso.

—¡Pero si me ha dicho que quería cortarme el cuello! ¡Y también ha dicho que tú no tenías huevos para hacerlo! Me creas o no, que sepas que eso es lo que ha dicho.

Mis palabras provocaron otra discusión que me dio unos segundos muy valiosos. Giré la cabeza para mirar la pantalla del móvil.

Tenía que llamar a alguien cuanto antes, aquella era mi oportunidad.

Bajé un poco más entre los chats recientes.

Por el rabillo del ojo atisbé la imagen del perfil de James.

«Maldita sea».

Le di al botón de llamar.

—¿Cómo que no tengo huevos, Ethan?

Volví a echar otro vistazo hacia atrás.

Había descolgado el teléfono, tenía que decir algo.

—Austin, ¿por qué has venido a mi casa?

Cuando pronuncié esas palabras, él me miró con un gesto extraño.

—¿Por qué has venido en tu coche acompañado de… Tom?

—¿Pero qué coño dices, niñata? Cierra de una vez la puta boca. ¿Cómo cojones sabes nuestros nombres?

Seguro que aquello había sido suficiente. James habría entendido lo que estaba pasando. Volví a meterme el móvil en el bolsillo.

—Lo ha dicho él —aseguré señalando a Tom—. Dijo: «¡Ethan sería incapaz de hacer él solo una cosa así!».

—Eso es mentira. ¡Esta niñata es una trolera! ¡Yo no he dicho nada!

—Tom, te conozco y no es la primera vez que dices algo así.

—Oye, Ethan, vamos a meterla en el coche y nos la llevamos al club —propuso el otro, agarrándome de malos modos.

Ethan Austin me sujetó del otro brazo.

—¡De eso nada! Tenemos que esperar aquí.

«Vale, están empezando a hacerme daño».

—Entonces me la llevo adentro un momento. Quiero ver lo que tiene ahí abajo —bisbiseó Tom con una sonrisa inquietante mientras trataba de levantarme la sudadera.

—¡No me toques!

—¡Tenemos que ceñirnos al plan! ¡Aquí no mandas tú!

«¿De qué plan habla?».

Los ojos de ambos se iluminaron cuando, al final de aquella calle silenciosa, unos faros alumbraron la carretera.

Ninguno de los dos parecía asustado o decepcionado cuando reconocieron el Mustang de James.

«Oh, no… ¿Era esto justo lo que querían? ¿Era todo una trampa?».

James hizo chirriar los frenos y yo percibí cómo el olor a quemado inundaba el aire.

Los dos asaltantes sonrieron al unísono cuando James se bajó del coche hecho una furia.

Estaba sudoroso y despeinado, ni siquiera llevaba puesta la camiseta. Parecía haberse metido en el coche sin haberse dado un segundo para arreglarse.

—Tranquilo, principito. No hay prisa —dijo Tom haciéndole a James un gesto para que se relajase.

—La princesa no está en peligro —aseguró Austin entre risas—. Al menos, de momento…

James ni siquiera lo miró, tenía los ojos fijos en mí.

—¿Estás bien?

Asentí y Austin me agarró más fuerte. Me apretó contra su pecho y me pasó por la garganta la hoja helada del cuchillo, lo que hizo que se me parase el corazón.

James dio unos pasos hacia atrás y alzó las manos para mostrar que se rendía.

—¿Ves lo fácil que era, Tom? ¿Tenía yo razón o no?

—Sí, hermano —reconoció.

—Teníamos una duda y ya la hemos resuelto.

«No me lo puedo creer».

Acababa de hacer caer a James en la trampa de dos criminales.

—¿Qué queréis de ella?

—Saber los puntos débiles de tus enemigos garantiza la victoria —aseguró Austin, lo que provocó que a James se le cambiase la expresión.

—¡¿Qué coño queréis de ella?! —gritó, esta vez más rabioso.

—Tranqui… Ella no nos interesa, bro —respondió Tom riéndose como una hiena.

—A ver cómo se comporta Edward a partir de ahora y entonces, quizá, dejemos en paz a su chica.

La voz de mi asaltante me provocó un escalofrío. Seguía manteniendo la hoja del cuchillo contra mi garganta.

—Esta tía me da igual. ¡Me la suda si la dejáis marchar o si le hacéis cualquier cosa! —gruñó James a modo de desafío.

Se me paró el corazón.

Austin soltó una carcajada sádica.

—Ah, ¿sí? ¿Te da igual si le hago esto?

Me seguía teniendo agarrada por las caderas con un brazo. Metió la mano libre por debajo de mi sudadera.

—¡No! —El grito de James hizo que aquellos dos tíos se echasen a reír—. Dime qué cojones tengo que hacer para que la dejes en paz —jadeó James casi sin respiración.

El cuchillo helado acarició la piel tibia de mi vientre. Aterrorizada, cerré los ojos cuando noté que introducía la punta afilada por debajo de mi sujetador.

En aquel momento dejé de ser dueña de mis acciones.

—¡James! —grité con la voz demudada por el miedo.

Se me erizó la piel y las lágrimas me formaron un nudo en la garganta.

Aquello no podía estar sucediendo de verdad.

Era imposible.

Hasta hacía muy poco, lo más emocionante que me pasaba era que Taylor Swift sacase un nuevo disco. ¿En qué se había convertido mi vida?

James dejó de lado la razón y se lanzó contra nosotros sin pensárselo ni un instante. Austin me tiró al suelo para poder enfrentarse a él.

—¿Ves lo fácil que es enfrentarse a unos niñatos, Tom? ¡Las hormonas los ciegan! Este payaso dejaría que lo apuñalasen por un polvo —gruñó Ethan, lleno de rabia, apuntando con el cuchillo a la garganta de James, que lo miraba con la cabeza alta como si lo estuviera retando a que se atreviese a hacerlo.

Se me escapó una lágrima mientras me acariciaba el codo, que me estaba sangrando por el golpe que había dado contra el asfalto.

—Déjala en paz y enfréntate a mí —le rugió James a Austin, que se le acercaba amenazadoramente.

—Ni se te ocurra volver a tomarme el pelo como hiciste el otro día. Sigue con tus cosas y no vuelvas a venir a mi casa a tocarme los huevos. Esa pistola no te la vamos a devolver nunca.

—¿Por qué?

—Porque si algún día se te ocurre la absurda idea de traicionarnos, tendremos algo que te pertenece.

—Estoy haciendo todo lo que me pedís —le espetó James con la mandíbula apretada.

—Mi padre y tú llegasteis a un acuerdo —intervino Tom.

—Y yo lo estoy respetando —respondió James mirando a mis asaltantes a los ojos.

—No, Hunter. Has venido a nuestra casa a tratar de jodernos.

Estaba claro: Austin sabía todo lo que había pasado aquella mañana.

Will y yo habíamos sido unos idiotas imprudentes. James tenía razón.

Y ahora estábamos hasta el cuello de problemas.

—La pistola no es mía.

Aquella frase de James hizo que el aire que nos rodeaba se tensase.

—¿Estás de coña?

La brusca reacción de Austin me estremeció. Parecía que estaba a punto de abalanzarse sobre James en cualquier momento.

—No. No estoy de coña.

¿Por qué había dicho eso justo en ese momento en el que los ánimos estaban tan caldeados?

—Eres gilipollas.

Tom sacó el teléfono y se dispuso a llamar a alguien.

—¿Querías que nos encargásemos del trabajo sucio con un arma que ni siquiera es tuya?

«¿Cómo que "trabajo sucio"?».

—¿Lo hicisteis o no? —James miró a Tom y a este se le dibujó una mueca de culpabilidad.

—Bueno…

Ethan le dio un codazo a su cómplice, al que parecía habérsele escapado algo que no tenía que haber dicho.

Lo que James acababa de confesar parecía ser más importante que mi presencia. Aquellos dos malhechores me ignoraban por completo.

—Mierda…

Esos idiotas empezaron a murmurar cosas ininteligibles, lo que James aprovechó para hacerme un gesto con la cabeza animándome a que corriese hacia él.

Me puse en pie y me arrojé contra su pecho. Él me agarro fuertemente con las dos manos.

Nos miramos durante un instante y entonces me refugié detrás de él. Posé la mejilla sobre su espalda desnuda, ligeramente húmeda, de la que emanaba un perfume que me resultaba, a la vez, excitante y tranquilizador.

—Sube al coche —me ordenó.

Acepté sin discutir. Las venas se le marcaban en el brazo, lo que mostraba que aquella situación era más peligrosa de lo que yo pensaba.

Me metí en su coche y dejé la portezuela entreabierta para poder oír lo que decían.

—Lo hablaremos con nuestro padre para ver qué opina —dijo Tom dirigiéndose a James.

—Hunter, si descubro que me estás mintiendo, me las vas a pagar. Y ella también —nos amenazó Austin—. Vámonos, Tom. Mira en qué estado está. Me da pena.

Los dos hermanos se alejaron de allí lentamente, sin dejar de mirarme con mala cara. Fue entonces cuando me di cuenta de que no podía dejar de temblar.

Cuando James subió al coche, nos quedamos un instante con la mirada perdida. Observamos cómo el todoterreno de Austin dejaba atrás mi calle y nos quedamos mirando la oscuridad.

—James, ¿de quién es la pistola?

Él hundió la cara en sus manos.

—De Taylor... De su padre.

—Y han matado a alguien con esa pistola, ¿verdad?

James no respondió y su silencio me bastó para hacerme una idea de lo que había pasado: estaba claro que habían matado a alguien por encargo de James usando la pistola del padre de Taylor.

—¿A quién se han cargado con esa pistola?

Echó la cabeza hacia atrás y la colocó sobre el reposacabezas. Se quedó mirando el techo del coche.

—Después de oír lo que he oído, mi temor es otro.

En su voz, siempre profunda y decidida, parecía intuirse miedo.

—¿A qué te refieres, James?

—A que no se lo han cargado.

—¿A quién?

Parecía que en su mente acababan de encajar algunas piezas. Consumido por la angustia, cerró los ojos y le dio un puñetazo al volante. Se le hinchó la vena que le recorría el cuello.

—¡No lo han hecho, joder! —gritó.

—Vamos adentro, estás demasiado nervioso como para conducir —le propuse mientras salía del coche.

Se acarició la cara. Estaba histérico.

—¿Estás segura? ¿Y tu madre?

—Está de viaje con una amiga. Estoy sola.

—¡Joder! ¡Mira que te lo advertí! —me gritó.

Mi primer impulso fue mandarlo a tomar por culo, pero decidí no hacerlo. Conté hasta diez. No era el momento de comportarme como una niña pequeña. Tenía que dejar de lado el orgullo; me acababa de salvar el pellejo.

—Por favor —insistí en tono decidido.

Me miró de reojo con expresión arrogante y entonces, para mi sorpresa, se limitó a asentir.

—Supongo que llamar a la policía no es una opción... —dejé caer cuando estábamos ante la puerta de entrada.

—¿Te has vuelto loca? —Me lanzó una mirada fulminante.

—Tenía que intentarlo... —respondí antes de dejarlo pasar a mi casa, donde reinaba un silencio de lo más inquietante.

—¿Adónde ha ido tu madre? Mi padre también está pasando unos días fuera. Ha aprovechado que Jasper tenía una excursión con el colegio.

Sorprendida, abrí los ojos de par en par.

—No me lo puedo creer. Esa mentirosa compulsiva ha vuelto a engañarme...

Me llevé la mano a la boca, estaba consternada. James se encogió de hombros como si aquello no fuese con él.

Nos pusimos a hablar de nuestros padres, quizá para que se nos pasase el miedo. Pero yo seguía temblando y James estaba blanco como la nieve. Me puse las zapatillas deportivas, me acerqué a la cocina y llené un vaso de agua.

—Toma.

James se dejó caer en el sofá y dio un par de sorbos largos. Por fin, me miró con aire receloso.

—¿Qué intenciones tienes, chavala?

Puede que se acabase de dar cuenta de que habíamos pasado diez minutos sin insultarnos y de que yo estaba tratando de mostrarme insólitamente amable. Bajé la vista.

—Entonces ¿te puedes quedar o no? —pregunté en un tono involuntariamente cortante.

James no respondió, pero no dejó de mirarme.

—Hum...

«Dime que sí».

Puso los ojos en blanco sin añadir nada más y yo interpreté aquel gesto como un sí.

Señalé el sofá.

—Voy a traerte algo para que... te tapes —murmuré.

No me importaba si James tenía algo que hacer, si debía volver a casa de Will o si había quedado con alguna chica. Quería que se quedase conmigo. No quería pasar sola aquella noche después del incidente con aquellos dos energúmenos.

—White —me dijo mientras me disponía a subir la escalera.

—¿Qué?

—¿Estás segura?

Aquella pregunta que salió de sus labios turgentes me provocó un escalofrío en la nuca.

«¿Qué quería decir? ¿Segura de qué?».

Mis ojos se posaron sobre aquellos dos luceros que refulgían bajo una mata de pelo castaño. En su cuerpo escultural, en sus hombros anchos, en su pecho desnudo y surcado de músculos. Su piel bronceada acentuaba los volúmenes de su cuerpo.

—No me apetece estar sola después de lo que ha pasado —admití algo avergonzada.

Entonces le di la espalda. Me daba miedo mostrarme demasiado vulnerable.

Subí por la escalera hasta mi habitación y me dispuse a sacar unas sábanas del armario.

Mientras mis manos rebuscaban entre la ropa blanca, en mi cerebro se repetía sin cesar lo que había pasado hacía tan solo unos minutos.

¿Y si le hubiesen hecho daño? ¿Y si me hubiesen secuestrado? ¿De qué sería capaz aquella gente? Ahora sabían dónde vivía...

«Tal vez debería acudir a la policía».

—Así que esta es tu habitación...

Me sobresalté cuando James habló, interrumpiendo mi flujo de pensamientos.

—Por Dios, ¡casi me da un infarto! Sí, esta es mi habitación...

James se pasó una mano distraída por el pelo mientras sus ojos color índigo se posaban sobre mi cama pulcramente hecha. Se mordió el labio de forma lasciva y yo no pude evitar pensar en la noche anterior. Algo me decía que él se había acordado de lo mismo, ya que en la boca se le dibujó una mueca llena de picardía.

—¿Es ahí donde voy a…?

—No, esa es mi cama. —Zanjé su idea antes de que prosperase.

—Ni siquiera sabías lo que te iba a preguntar —susurró con sorna.

«Como si no te conociese».

—¿Puedo ducharme aquí? —preguntó señalando el baño de mi habitación.

—De eso nada.

Volví a rebuscar entre las sábanas para apartar la vista de su cuerpo, que se acercaba peligrosamente al mío.

—¿Han estado a punto de rajarme el cuello y tú no eres capaz ni de dejarme usar tu ducha?

Lo miré con mala cara y negué con la cabeza.

—No, este baño es mío. Puedes ducharte en el baño de abajo.

—Le he echado un vistazo y es un agujero. Yo ahí no quepo.

Se puso a juguetear con el cordón de sus bermudas y yo me puse de los nervios.

—Oye, Hunter, yo…

James me pegó contra su cuerpo con un gesto rápido. Posó las manos sobre mi espalda y se me paró el corazón.

«¿Y ahora qué le pasa?».

—Sssh… Firmemos una tregua por esta noche. Hay cosas más importantes que el odio que me tienes.

—El mismo que me tienes tú —le contesté alzando tímidamente la mirada.

Él se pasó la lengua por el labio inferior y entonces se lo mordió levemente.

—Qué sabrás tú lo que yo tengo… —murmuró mientras hacía que sus ojos examinasen mi cuerpo tembloroso.

Su perfume se introdujo bajo mi piel como un recuerdo imborrable.

«¿Que qué sé yo? Si queremos ser precisos, ahora mismo no sé ni cómo me llamo».

—Me tienes un odio tremendo.

Se le dibujó la media sonrisa que le ponía al resto de las chicas del instituto.

«Tengo que frenar esto».

—Duermo en el sofá. No te pongas nerviosa, Blancanieves.

Me lo había dicho mil veces. Le daba asco. Seguro que cuando pasó aquello simplemente lo pillé aburrido.

Pero ¿qué importaba lo que dijese si, cuando lo necesitaba, venía sin pensárselo?

—Como prefieras. Si quieres una toalla limpia…

James retrocedió y, sin apartar sus ojos de los míos, posó la mano en la cinturilla de sus bermudas. Se las bajó mirándome a los ojos, como si fuera lo más natural del mundo.

—¡James! —le grité al darme cuenta de que se había quedado en calzoncillos.

—¿Por qué siempre te escandalizas por todo?

—Voy a…

Me puse a gesticular nerviosamente.

Sentí que me estaba observando, pero no tuve el valor de devolverle la mirada.

—No te olvides de darme una manta… —me dijo en tono burlón.

—Sí —resoplé sacando las sábanas del cajón de mi armario.

—Si te haces una manzanilla, ¿me haces otra para mí? —preguntó sonriendo.

«James y sus estúpidos hoyuelos… ¡Lo odio!».

—No lo pongas todo perdido, mi madre no está. Si salpicas demasiado me va a tocar limpiar el cristal…

—Bla, bla, bla… Si sigues hablando me los bajo también —me amenazó llevándose la mano a los calzoncillos.

Recorrió el tejido oscuro con el dedo pulgar y yo sentí un escalofrío.

Bajé las escaleras a una velocidad vergonzosa; solo corría así de rápido cuando mi madre había hecho pizza.

Puse agua en el hervidor y me quedé mirando la lucecita roja hasta que el líquido entró en ebullición. Le había pedido a James que se quedase, pero, ahora que estaba aquí, el miedo que me daba pasar la noche en la misma casa que él empezaba a ser mayor que el que me producía la idea de que Austin pudiese volver.

No asumía el hecho de que lo hubiese llamado a él, ni tampoco que él hubiese venido a salvarme a aquella velocidad. Éramos dos personas tan distintas… Se me vino a la mente la imagen de cuando había estado a punto de desnudarse delante de mí.

«Y yo soy incapaz de quedarme en bañador delante de mis compañeros de clase…».

—Dime que llevas algo debajo.

Mi petición tenía todo el sentido del mundo: James había aparecido en el salón vestido con un albornoz rosa cuya capucha simulaba la cabeza de un flamenco. Era el mío.

—Es muy mono, pero me queda algo pequeño.

Se acarició el pelo, todavía húmedo. Vertí en las tazas el agua hirviendo. Estaba muy tensa y era incapaz de disimularlo.

—¿Por qué estás tan nerviosa?

«Cállate».

—¿Lo que ha sucedido esta noche no te parece motivo suficiente? ¿Vas a tomarme el pelo incluso después de lo que ha pasado? —le pregunté señalando el albornoz.

—¿Es culpa mía que tengas unos gustos tan raros?

—Idiota.

—En realidad sí que me gusta.

Me eché a reír sin ningún motivo y él se mordió el interior de las mejillas para evitar una sonrisa.

James no añadió nada más. Se sentó en el sofá y le acerqué la taza, que usó para calentarse las manos.

Pensé que se reiría de mí por haber querido tomarme una manzanilla, pero me sorprendió con su voz grave.

—Lo siento.

Lo miré a los ojos sin saber muy bien qué responder.

Me lo estaba diciendo vestido con mi albornoz, ¿cómo iba a tomarlo en serio?

—¿Qué es lo que sientes?

—Lo de Austin. Lo de antes.

Volví a sentir en el pecho un nudo de angustia. Me senté junto a él, pero seguí sintiéndome mal.

—Ahora saben dónde vivo… Me da pánico.

—El otro día no debimos ir al club. Esta noche no deberías haber vuelto a casa sola. Tendrías que haberte venido a la mía, tal como te pedí. Pero siempre tienes que hacer lo que te da la gana, joder. Siempre.

La seriedad de su tono me confundió. Parecía realmente preocupado.

—La verdad es que tenías razón, Hunter. ¿Qué quieres? ¿Una medalla? Ya estoy bastante asustada como para que me digas esas cosas.

—¿Te han hecho daño? —me preguntó señalando la herida que me había hecho en el codo.

—No. Pero le he dado una patada en los huevos a ese tal Tom.

James sonrió.

—Ese gilipollas es Tom Austin, el hermano de Ethan. Ojalá hubieses podido usar tu arma secreta contra él.

—¿Qué arma secreta?

—¡Tu cuchillo del pan!

—Qué simpático… —le dije riéndome—. Fue a hablar el que ha venido con las manos vacías.

Observé la sonrisa maligna que se dibujó en sus labios carnosos.

—Si supieras lo que estaba haciendo cuando me has llamado…, no dirías eso. He dejado a medias la diversión para venir a rescatarte.

No quería parecer ingrata, así que simplemente me tapé la boca ante aquella revelación.

—¿Sigues estando asustada? —Su pregunta me pilló de sorpresa.

—No. ¿Y tú?

—Yo nunca he estado asustado —aseguró con la cabeza alta.

Por primera vez fui testigo de cómo se ponía una máscara. Trataba de mostrar una seguridad que no tenía. Estaba mintiéndome.

Aunque en su rostro no se atisbase ningún temor, yo lo había visto temblar cuando se enfrentó a esos dos delincuentes.

—¿No tienes nada que ponerte? —le pregunté cuando lo vi quitarse el albornoz y quedarse en calzoncillos.

Negó con la cabeza. Me quité su sudadera.

—Toma.

Se la puso sin decir nada y se levantó. Dejé que mis ojos recorriesen sus piernas largas y sus muslos torneados, y entonces aparté la vista.

James se dio media vuelta.

—¿Es tu hermano?

Estaba estudiando la pared de mi salón. En ella había una foto, la única que mi madre me había permitido colgar.

—¿Le contaste a Taylor lo que yo te había dicho?

El tema me dolía bastante.

James me lanzó una mirada cortante.

—No le conté nada.

—¿Tengo que creerte?

—No me creas si no quieres, pero no se lo he contado a nadie. —Inclinó la cabeza casi como si se avergonzase—. Ni siquiera se lo conté a Will —añadió en un susurro.

James no parecía una persona a la que le gustase tener secretos con su mejor amigo. Si ni siquiera se lo había contado a Will, probablemente estaría diciendo la verdad.

—Sí. Es él.

James examinó con mucha atención la foto en la que August y yo estábamos en la nieve.

—Os parecéis.

—Nos parecemos mucho.

Usamos el presente, como si él siguiese vivo. Se me hizo un nudo en la garganta y James pareció darse cuenta. Se le borró la expresión de pasota.

—No tendría que haber permitido que viniesen aquí.

Me aclaré la voz para tratar de ayudarle a disipar su sensación de impotencia.

—No podías saber lo que iba a pasar, no ha sido culpa tuya —respondí sin pensar.

Se sentó de nuevo en el sofá, a mi lado. Cuanto más lo miraba, menos entendía cómo James había acabado allí, junto a mí. El abusón del instituto estaba en mi casa, en calzoncillos, bebiéndose una manzanilla en mi sofá.

—Tengo más culpa de la que crees, White —dejó escapar en un susurro.

—A lo mejor los demás te han hecho creer eso.

Frunció el ceño.

—¿Lo crees de verdad?

—Sí.

Le dio un sorbo a la infusión. El silencio nos cubrió hasta que él se rio.

—No es justo, joder —dijo observando el espacio que nos rodeaba.

—¿Qué?

—Tú has visto fotos mías de cuando era pequeño y te reíste un montón… Ahora me toca a mí.

«Oh, no».

Tardé un poco en responder porque me daba mucha vergüenza.

—Está claro que no podías ser peor que ahora… —me dijo en broma.

—Que te den.

Me acerqué al mueble de la tele y saqué un álbum de fotos. El único que había conseguido sobrevivir. Mi madre tenía el síndrome opuesto al de esa gente que lo guarda todo: siempre quería deshacerse de las cosas, sobre todo de los recuerdos. Gran parte de nuestras fotos se habían perdido entre nuestras numerosas mudanzas y con cada nuevo comienzo.

Me senté con el álbum sobre las rodillas. Cuando lo abrí, lo primero que vi fueron mis fotos de la guardería.

James me lo quitó de las manos a una velocidad pasmosa.

—Te gustaban las galletas, ¿eh?

«Sí, vale, era una corpulenta niña rural, ¿y qué?».

—Que sepas que me siguen gustando —le respondí mirándolo con mala cara.

—Seguro que eras una niña muy mandona, ¡mírate!

Señaló mis mofletes y la expresión de enfado que se escondía bajo una mata de pelo rubio.

Sí, lo cierto es que parecía la minijefa de una minibanda.

—La verdad es que sí que lo era. Si tú y yo hubiésemos coincidido en la guardería, nos habríamos tirado de los pelos —comenté sonriendo.

—No es que ahora sea tan diferente… —murmuró posando la vista sobre los mechones de pelo que me caían por los hombros.

Nos miramos a los ojos.

Tragué saliva de forma audible. Me sentía muy rara al tenerlo así de cerca.

¿Por qué cuando me miraba de esa forma me hacía sentir cosas… tan especiales?

«Así es James». Las palabras de Will y Amelia me resonaron en la cabeza.

Pasó la página del álbum y apareció una foto del carnaval. Yo era muy pequeñita. No me acordaba de aquello.

—Si no te apetece, lo dejamos —dijo cuando nos encontramos con una foto de mi hermano.

—Mi madre no quiere nunca ver estas fotos. Sobre todo en las que aparece cuando era más pequeño.

Le señalé la foto y, al hacerlo, le rocé la mano sin querer.

James apartó el brazo de repente, como asustado por aquel contacto.

—Eres muy fuerte —acabó diciendo—. Mucho más de lo que crees. Yo no podría superar que a Jasper le pasase algo.

En sus ojos, del azul de un cielo nocturno, percibí una sinceridad que nunca le había visto.

—Cuando descubrimos su enfermedad…, la noticia me impactó tanto que no fui capaz de llorar, al menos al principio. Fui incapaz de reaccionar porque la rabia me pesaba más que el dolor. No sé por qué me pasó aquello, pero así fue.

James asintió como si lo entendiera a la perfección.

—Cada uno se enfrenta a sus traumas como buenamente puede —comentó mientras seguía hojeando el álbum.

—Esta es de cuando estaba en quimioterapia.

Señalé la foto. Verla me trajo recuerdos y sensaciones que me provocaron un escalofrío.

—Fue absurdo. Todo cambió cuando empezó el tratamiento: lo hacía estar cansado, muy débil... Y, sin embargo, volvió a sonreír. Era como si supiese que las cosas no iban bien y que aquellas serían sus últimas sonrisas.

A James se le dibujó una leve sonrisa cuando vio una imagen entrañable de mi hermano en su cama del hospital.

—Sonreía porque decía que alguien de la familia tenía que hacerlo. Para entonces ni mis padres ni yo éramos ya capaces. Y me empecé a arrepentir de ello en los últimos días, cuando asumí que ya no había nada más que hacer. Nos comportamos de manera egoísta: le habría encantado vernos sonreír..., pero no fuimos capaces.

Me mordí la lengua como si aquello bastase para detener el llanto. No quería llorar delante de James.

—Puede que, en el fondo, tragártelo todo no solo te hace parecer más fuerte, sino que hace que el dolor se atenúe —me dijo.

—No lo sé —respondí encogiéndome de hombros—, me cuesta trabajo mostrar lo que siento —comenté con la voz quebrada.

—Lo que les mostramos a los demás nunca es lo que de verdad sentimos.

Aquella idea removió algo en mi interior. Me perdí en mis pensamientos y, sin querer, mi rodilla le rozó la pierna.

James se levantó de repente y se dispuso a observarme desde arriba.

Era imprevisible, ¿cómo podía fiarme de él? Le había confiado aquello que más me dolía..., ¿y se lo había contado a Taylor? La verdad es que no lo conocía lo suficiente.

—¿Me puedo fiar de ti? —me preguntó. Respondí aquella sorprendente pregunta con un simple asentimiento—. ¿Incluso después de lo que has visto y oído esta noche, White? —insistió mirándome fijamente.

Respiré hondo antes de responderle. El perfume de James me llenó los pulmones.

—Sí, no le diré nada a nadie. ¿Y yo me puedo fiar de ti?

—Tendrás que ganarte mi confianza.

—¿Taylor y tú no os lo contáis todo?

—¿Es que William y tú sí que lo hacéis? —contraatacó—. Pues claro que no. Taylor y yo no somos amigos.

—Hoy dices que no sois amigos, el otro día dijiste que no era tu novia…

—Simplemente nos acostamos, ¿tan difícil es de entender?

Le miré con mala cara. No soportaba lo vulgar que era a veces.

—¿Entonces por qué has confiado en mí y no en Will?

James era demasiado directo, pero me vino bien escuchar aquella pregunta.

—No he tenido la oportunidad. Además, Will siempre tiene algo de lo que hablar.

—¿Como qué? —preguntó con el ceño fruncido.

Le mantuve la mirada un instante sin decirle nada.

—Me ha contado lo del profesor de natación.

—Lo sabía, joder. Lo sabía.

Se llevó las manos a la cabeza y se echó el pelo hacia atrás.

—¿Qué fue de él?

—Cierra la puta boca.

Aquella respuesta me dejó sin respiración.

—Cálmate, James…

—¿Por qué no se lo preguntas a Amelia y a Brian? Pregúntaselo a ellos. Quiero comprobar si tienen el valor de contártelo.

Estaba tan tenso que se le oscurecieron los ojos.

Había ido todo tan bien hasta que salió aquel tema… ¿Qué estaba pasando?

—¿Tienes algo para dormir?

Su pregunta me pilló por sorpresa. No podía fingir que no me había dado cuenta de lo enfadado que estaba.

—¿A qué te refieres?

—¿Tu madre no tiene nada para dormir?

—Creo que sí, pero no…

—¿En este baño? ¿Dónde guarda los medicamentos?

Me puse en pie lista para echarlo de mi casa si se ponía a rebuscar entre las cosas de mi madre.

—James, déjate de bromas. ¿Te crees que esto es una farmacia?

—Tengo que hacerme un porro —masculló mientras se dirigía a la cocina para recuperar lo que había dejado sobre la mesa.

—¿No puedes quedarte dormido como todo el mundo? —le pregunté con sorna.

Cuando me miró con gesto serio entendí que no era algo de lo que reírse.

—No. Antes tengo que desconectarme el cerebro.

Abrió de par en par la puerta principal y apoyó un hombro contra el marco. Empezó a manipular el papel de fumar. Examinó la callecita oscura en la que estaba mi casa.

—Será mejor que me quede un rato aquí afuera. Nunca se sabe…

—Sabes que no puedes pasar la noche afuera, ¿verdad?

¿Cómo era posible que no tuviese frío? Yo estaba helada.

James no me respondió. Me acerqué a él con cautela.

—Sigo sin entender algo, James.

La brisa fresca que recorría la calle me rozó los brazos y la melena.

—Dispara.

—¿Es Austin el que debería tener miedo de ti, o tú el que debería temerle a él?

—Depende de cómo lo mires.

—Teniendo en cuenta que el año pasado le rompiste dos costillas a Brian…

Lamió con cuidado el papel y puso los ojos en blanco.

—¿Y eso qué coño tiene que ver?

—¿Por qué lo hiciste?

—Me equivoqué —dijo cogiendo el porro entre sus dedos expertos.

—¿No tenías ningún motivo para hacerlo?

Reprimiendo un temblor, me senté de brazos cruzados en los escalones, a su lado. El frío me empezaba a resultar insoportable.

—No he dicho eso.

—¿Te has arrepentido? Parece que el reformatorio te sirvió de algo…

James se pasó la lengua por los dientes y, para mi sorpresa, se me acercó a la oreja.

—Crees que lo sabes todo, pero no tienes ni idea de lo que soy capaz —susurró.

—Si tan malo eres, ¿por qué todo el mundo te adora?

La llama del mechero iluminó la oscuridad que rodeaba su perfil.

—¿Eso crees?

—Claro que lo creo. Will y Jackson harían cualquier cosa por ti. Lo sabes. —James bajó la vista mientras inspiraba la primera bocanada de aquel veneno—. Hasta Jasper te adora. Y no hablemos de las chicas…

Me callé antes de agregar nada más. Me miró y parecía obvio que le había sentado mal lo que le acababa de decir.

—De acuerdo, hablemos de ello. Me produce una curiosidad enorme.

—Bueno, hay poco de lo que hablar. Ya lo sabes…

¿Por qué quería oírme decirlo? Sabía perfectamente que todo el instituto besaba el suelo que pisaba.

—¿Qué es lo que sé? ¿Que todo el mundo quiere solo una cosa de mí?

—Por Dios… A lo mejor eres tú el que no quiere ofrecerles nada más.

James se estaba fumando el porro con avidez, como si aquel humo fuese su oxígeno.

—Entonces ¿qué crees tú que debería esperar la gente de alguien como yo?

Solté una carcajada ante la tontería que acababa de preguntar.

—¿Pero quién te ha metido en la cabeza que no mereces nada más?

—Oye, no empieces con tu puto psicoanálisis. Puede que yo sea complicado, pero los demás también lo son.

—Sí, ¿y qué consigues yendo de cama en cama?

—¿Divertirme?

—Pero eso es algo pasajero…

—Nunca has echado un polvo, White. No tienes ni idea de lo que hablas.

Bajé la cabeza.

—Perdona, ¿y tú qué sabes de lo que yo he hecho?

Empezó a reírse mordiéndose el labio inferior.

—Se te ve en la cara, joder.

«Gilipollas. Insensible. Te odio».

Puede que me hubiese dicho aquello para ofenderme, pero yo tenía claro que no había nada de malo en no tener experiencia.

—Además, ¿qué sentido tiene estar con una persona por la que no sientes nada? —insistí.

—Para los chicos todo es mucho más simple. Las chicas sois de otra manera. Aún no tengo del todo claro si os mentís a vosotras mismas o a los demás.

—Perdona, ¿y eso qué tiene que ver? La gente trata de construir relaciones basadas en la confianza y el respeto, y eso va más allá del sexo.

—Chavala, ¿no eres consciente de que has definido lo que es la amistad?

Estábamos atravesando un terreno pantanoso y estaba claro que James era más astuto de lo que aparentaba. Yo estaba hablando de Will y él se había dado cuenta.

—Veo mucho mejor una relación que empieza en amistad y que acaba desembocando en amor… que una que solo se basa en lo físico.

Justo después de decir aquello caí en la cuenta de que el «de amigos a amantes» no era mi tropo literario favorito.

—¿Entonces estás diciendo que lo mejor es mentirse? —me preguntó confuso.

—No, no he dicho eso. Digo que si una persona te gusta, empiezas a salir con ella. Y punto. Si acaba en amor o no, ya se irá viendo.

—¡Ah! —James se echó a reír. Tosió por culpa del humo que le quedaba en los pulmones—. Ya lo entiendo, White. Oye, ¡que sepas que no hablaba de ti! —Me quedé de piedra—. La mayor parte de las relaciones humanas son así: todos queremos encontrar lo que nos falta… y lo buscamos en los otros. ¿Qué nos empuja a relacionarnos con los demás? ¿Te lo has preguntado alguna vez?

Cuando lanzó esa pregunta dejó de fumar durante un momento. Jugueteó con el filtro del porro acariciándolo repetidamente con el pulgar.

—El ser humano es un animal social. Tener vínculos es lo normal —contesté encogiéndome de hombros.

—A menudo no se trata más que de dar y recibir.

—James, ¿me estás diciendo que el amor y la amistad no son más que un intercambio?

Lo miré con una ceja enarcada, casi escandalizada por su cinismo tan extremo.

—En teoría no debería ser así, pero en la práctica sí que lo es.

—Pero el amor debería ser un sentimiento incondicional.

—Te has respondido tú misma. «Debería ser», pero no lo es. Ni siquiera nuestros padres nos aman de manera incondicional, imagina los desconocidos.

En sus palabras no había la menor duda.

—Crees que las personas te usan, ¿verdad?

—Es recíproco. No me estoy quejando. ¿Me puedes demostrar que no es así, White?

—No puedo hablar por los demás. Pero..., por ejemplo, ¿qué estoy sacando yo de ti?

—Que yo esté aquí te hace sentir segura.

«Pillada».

—¿Qué quieres decir?

Lo observé dar las últimas caladas con el gesto duro y la mandíbula apretada.

—Quiero decir que si ese gilipollas de Austin se atreve a volver a acercarse a ti, lo mato.

Me quedé unos segundos sin respiración.

—Pero tú no estás sacando nada de todo esto. —Me giré hacia él y lo pillé mirándome—. Piénsalo, James.

—Quizá satisfagas mi necesidad de sentir que protejo a alguien.

—¿Entonces protegerías a cualquiera, así porque sí?

—No he dicho eso.

—¿Y por qué a mí sí me proteges?

Nuestras miradas se posaron en nuestros respectivos labios.

—Te estás moviendo por terreno pantanoso, chavala.

—Lo dices como si no te encantase el peligro... —susurré lánguidamente.

James inclinó la cabeza.

Contuve un suspiro cuando vi que se mordía el labio con aire seductor.

—Y tanto que me gusta el peligro, joder… Pero esto es demasiado peligroso. Incluso para alguien como yo. —James expulsó el humo por los labios entreabiertos.

¿Demasiado peligroso? ¿Se refería a traicionar la confianza de Will? «Está claro que él jamás haría algo así. Y yo tampoco».

Pero ¿por qué se me nublaba la razón cada vez que lo tenía al lado?

—En fin, que tu argumento hace aguas por todos sitios: yo no te he dado nada a cambio —lo corregí.

—La gente siempre me acaba pagando sus deudas.

Me sonrojé sin ningún motivo. Probablemente, también puse alguna mueca absurda, ya que James se echó a reír.

—Relájate, Blancanieves. Estoy de broma. No me debes una mierda.

Giró la cabeza a derecha e izquierda, examinando las esquinas de mi calle.

—Conociéndolos, seguro que esta noche no vuelven por aquí.

Habían pasado tantas cosas durante aquella velada que casi me había olvidado de aquel par de delincuentes. Hacía tan solo una hora estaba muerta de miedo, pero James, a su manera, había conseguido que se me pasase.

Posé la cabeza sobre su musculoso hombro y, justo en ese momento, sus dedos empezaron a juguetear con la raja de mis *shorts* vaqueros. La acarició con el dedo de en medio y, distraídamente, dejó el pulgar sobre mi piel desnuda.

—Pero ahora…

Me quedé callada mientras él prolongaba aquel contacto, convirtiéndolo en algo aún más íntimo.

Su mano tibia se posó sobre mi muslo desnudo. Con el pulgar empezó a dibujar circulitos imaginarios sobre mi piel, lo que me provocó una serie de escalofríos.

—… Será mejor que te vayas a dormir.

—James…

Elevé la vista y me topé de frente con sus ojos azules.

—Confía en mí. La cosa no acabaría bien… —murmuró con su voz grave.

55

June

Estaba tumbada en la cama con la cabeza llena de preguntas.

Un instante antes me encontraba en los escalones de la entrada de mi casa junto a James. Me había asegurado que aquellos dos criminales no iban a volver. Me acerqué a él para darle un beso en la mejilla, pero, antes de que pudiese rozarlo, James se giró hacia mí dejándome ver sus labios.

—Buenas noches, chavala —me había dicho.

Aquello me desconcertó. Me levanté de allí a la velocidad de la luz. Dejé una manta en el sofá y salí pitando hacia mi habitación.

«¿Cómo voy a poder quedarme dormida ahora?».

Primero William me había contado aquella historia; después aparecieron los dos asaltantes, y ahora lo de James.

Nunca había visto a James tan afectado como cuando Austin me amenazó.

Me iba a resultar imposible pegar ojo.

Cogí el móvil y vi la foto de perfil de James. En ella se le veía encendiendo un cigarrillo con la cabeza inclinada. Llevaba una camisa blanca que dejaba intuir su musculatura.

¿Por qué diablos tenía que ser tan cruelmente guapo y tan incomprensible?

Abrí mi chat con Will. No había ningún mensaje nuevo.

No supe qué pensar.

James había hablado de amistad.

«¿Y si fuera cierto? ¿Y si fuese eso lo que siento por Will?».

Me dejé llevar por esos pensamientos retorcidos hasta que caí rendida en un sueño inquieto.

Al día siguiente me desperté sobresaltada. Había dormido tan mal que estaba más cansada que la noche anterior.

Bajé la escalera con desgana, pero el aroma que flotaba por el salón me despertó los recuerdos de nuestra charla.

Mi vista se dirigió hacia el sofá. James ya no estaba allí.

Pero había dejado su sudadera.

—Will.

Lo seguí a lo largo del pasillo, ya que él no parecía dispuesto a detenerse.

—Hola —me respondió frío y distante.

—Anoche no me escribiste —le reproché mirándolo de reojo.

—¿Y tú me escribiste a mí, June?

De acuerdo. No estábamos juntos y nuestro vínculo era difícil de definir, pero teníamos que hablar cuanto antes.

—Oye, Will, ¿qué te parece si en el cambio de clase…?

—James me ha contado lo de anoche.

William dejó de rebuscar entre los libros de su taquilla y se giró hacia mí. Su expresión me confirmó que se sentía incómodo.

—Siento haberte puesto en peligro —murmuró en un suspiro.

«¿Entonces no estaba enfadado?».

Le conté lo que había sucedido añadiéndole un pretendido aire distraído. Me volví hacia él cuando me dijo:

—Me ha dicho que se quedó a dormir en tu casa.

—Sí. Ha dormido en la planta de abajo, en el sofá.

—No necesito que me des explicaciones.

Sus ojos mostraron una frialdad inusitada y aquello me hizo sentir muy incómoda.

—No, no. Claro. Ya lo sé.

Por mucho que los dos estuviésemos afectados por el tema de Austin, tuve claro que entre Will y yo se había creado cierta tensión. Quizá deberíamos haber hablado las cosas con más claridad. Puede que hubiese sido mejor que le diese explicaciones; después de todo, no lo había llamado a él, sino a su mejor amigo.

—Will, después de lo que me contaste anoche…, te noté un poco inquieto y no quise preocuparte. Por eso llamé a James y…

—¿Dónde coño está Marvin? ¿Por qué no ha venido al instituto?

La voz de barítono de Jackson retumbó en el pasillo semivacío.

—¿Qué pasa?

A Will le cambió la expresión cuando su amigo se le acercó al oído para susurrarle algo.

Entonces se oyó una voz por los altavoces.

—Hunter y Cooper, al despacho del director. Ahora mismo.

—¡Joder! —gritó Jackson apretando la mandíbula mientras jugueteaba con el *piercing* que le perforaba el labio.

—¿Qué pasa?

—El director… ha vuelto —masculló Will con la cabeza baja.

—Oye, voy a ir antes de que James la líe —anunció Jackson alejándose de nosotros.

—¿Qué habéis hecho, Will?

Empecé a preocuparme aún más cuando noté el sudor frío que le cubría la frente a William. Se tapó la cara con las manos y, después, me miró.

—Estamos metidos en un problema bastante gordo.

—¿Pero qué ha pasado? —insistí.

—No, June. En esta ocasión tienes que mantenerte al margen. En serio.

Me quedé en el pasillo mirando confusa mi taquilla.

Traté de ordenar mis ideas, pero me resultó complicado: la frialdad de William, la preocupación de Jackson, lo que James me había dicho la noche anterior… Ya no sabía de quién fiarme.

Di un respingo cuando el timbre indicó que había terminado la primera hora y el pasillo empezó a llenarse de estudiantes. Entre todas aquellas cabezas desconocidas identifiqué la melena rubia de Poppy; sus mechones violetas la hacían fácilmente reconocible.

Al acercarse, me saludó con indiferencia. Cerré la taquilla y le pregunté:

—¿Todo bien, Poppy?

—Sí, ¿y tú?

Al parecer, ni siquiera Poppy tenía muchas ganas de hablar. ¿Pero qué estaba pasando?

Entonces percibí que los rostros sombríos de Amelia y Ari venían detrás de ella, y entendí lo que pasaba: estaban enfadadas conmigo.

Pero en aquel momento no quise perder el tiempo en entender el motivo.

Como ellas me ignoraban, decidí hacer lo mismo. No iba a seguir esforzándome en gustarle a gente que ni siquiera se dignaba a ser sincera conmigo.

—Poppy, vamos a clase.

Las palabras de Amelia sonaron tan cortantes como una bofetada. Lo hizo a propósito y alzando la voz.

«Ignórala, June».

—Muévete, Poppy —insistió.

—¡El profesor todavía no ha llegado al aula! —se lamentó la rubia.

—Lo sé, pero en este pasillo hay gente que no me gusta —respondió Amelia.

Traté de ignorarla, pero resistirme a las provocaciones no era la mejor de mis virtudes.

—El sentimiento es recíproco —le espeté sin entusiasmo.

Ari entrecerró los ojos oscuros, Poppy masculló algo…, pero Amelia fue la única que se cruzó de brazos y se me acercó con pose desafiante.

—Ah, ¿sí? ¿Y se puede saber por qué? —me preguntó con aire escéptico.

—Por el mismo motivo por el que tú estás enfadada conmigo, es decir, ninguno en particular. No he hecho nada para que me tratéis así.

Amelia entrecerró los ojos hasta que estos no fueron más que dos ranuras color esmeralda.

—June, me has dado la espalda a pesar de que fui la única que no pasó de ti cuando llegaste aquí. ¿No te parece suficiente como para que me dé media vuelta cuando me cruzo contigo?

—Amelia, no te he dado la espalda.

—Siempre estás con ellos —me espetó, señalando con la cabeza la esquina del pasillo donde solían estar William y sus amigos.

«¿Por qué no habrán vuelto aún? ¿Estarán todavía en el despacho del director?».

—Dame un motivo real por el que no debería estar con ellos, así, a lo mejor, empiezo a creer lo que dices.

La lucidez de mi respuesta le sentó fatal. Me di cuenta por la mueca que se le dibujó en los labios.

Unos pasos a mi espalda hicieron que me sobresaltase.

—¿Todo bien por aquí?

«Joder, es Brian».

Cuando él estaba presente me resultaba más difícil expresarme. No es que me provocase ningún temor, pero sí que me despertaba cierto pudor.

—Hunter y Cooper, al despacho del director —repitió el altavoz.

—Por fin… —masculló Ari en voz baja mientras Amelia y Brian intercambiaban una mirada cargada de significado.

Ella enarcó una ceja y volvió a dirigirse a mí.

—¿Tengo que darte yo el motivo? ¿No eres capaz de dilucidarlo tú misma? ¿Sabes por qué el director lleva casi un mes sin venir?

—Blaze no me ha contado demasiado. Sé que lo agredieron —farfullé algo confundida—. ¿Pero a qué viene esa pregunta?

—Pregúntale a tu novio —me espetó Amelia con un tono envenenado y una sonrisa de desprecio dibujada en la boca—. O, mejor dicho, a tus novios.

—¡Amelia! —la regañó Brian inmediatamente.

—Solo he dicho la verdad —le respondió ladeando la cabeza—. Deberías ser más discreta con lo que haces a las espaldas de tu novio William.

Mi propósito de ignorarla acababa de esfumarse.

—¿Pero de qué coño estás hablando? ¿Cómo has podido pensar algo así? Will y yo ni siquiera estamos… ¿A qué viene eso? —le pregunté casi sin aliento.

Traté de mantenerme calmada, pero no era fácil.

—¿Qué crees tú que debería pensar si me dicen que en una fiesta te han visto meterte en una habitación con James? ¿Es que fuisteis a poneros una mascarilla facial?

—¿Qué estás insinuando? —le pregunté estupefacta.

En el semblante prejuicioso de Ari y Poppy se dibujó una mueca de pena.

—Te estás pasando, Amelia. June no es ese tipo de chica. —Brian vino en mi ayuda, pero aquello ya no tenía remedio.

Odiaba los cotilleos, especialmente cuando consistían en juicios sin ninguna base expresados de forma injusta.

Además, ¿quiénes se creían que eran? Poppy y Ari no tenían ni un pelo de santas y Amelia tenía el armario lleno de esqueletos. Yo había cometido errores, sí, pero no iba a aceptar sus reprimendas.

—¿Y qué pasaría si fuese verdad? Lo que yo haga no es asunto vuestro. ¿Quieres saber por qué paso el rato con ellos, Amelia? Al menos, al contrario que vosotras, no me esconden todo lo que hacen. Y ahora me voy a clase. Adiós.

Les di la espalda, pero Amelia no me dejó irme.

—¿Qué te he escondido yo, June? —preguntó en tono cortante.

Giré la cabeza y miré a Brian a los ojos. De repente me vinieron a la mente las palabras de William.

«Yo no soy como James».

Entonces me acordé de lo que me dijo James.

«Pregúntaselo a Amelia y a Brian».

—Estupendo, entonces dime una última cosa.

Esta vez la miré sin ningún miedo y sin que me importase que su hermano estuviese a su lado.

—¿Qué pasó con el profesor de natación?

La pregunta retumbó a nuestro alrededor. Fue como si las conversaciones de fondo se hubiesen acallado. Me vi obligada a dar un paso atrás, ya que la mirada de Amelia se oscureció como si acabase de pisar un terreno en el que nunca debí aventurarme.

Poppy y Ari se giraron hacia Brian, pero los ojos de este, tan luminosos de forma habitual, de repente se habían vuelto tan opacos como una piedra.

—¿Quién te lo ha dicho, June? —acabó diciendo Poppy.

—¿Will o James? —preguntó Amelia con una voz tan suave que no parecía la suya.

Si poco antes estaba enfadada, en aquel momento me encontré completamente confusa.

A Amelia se le escaparon dos lágrimas.

—Te lo ha dicho James, ¿verdad? ¿Ha tenido la indecencia de hablarte de mi padre?

Se me hizo un nudo en la garganta. Abrí la boca y no me salió ningún sonido.

—Amelia…

Brian trató de calmarla, pero antes de que se marchase rodeada de sus amigas, vi que se había echado a llorar.

—¿Brian…? —Traté de llamarlo, pero sacudió la cabeza y bajó la vista.

—Perdona, June. Nos tenemos que ir.

«¿Pero qué diablos me estaban escondiendo?».

56
Jackson

Un mes antes

James llegó a mi casa con aquel maldito móvil en la mano.

—Ha vuelto a llamar.

—¿Ese gilipollas del director ha vuelto a llamar? —preguntó William, incrédulo, quitándole el teléfono de la mano a James.

Estiré el cuello para echar un vistazo.

Leí las palabras Paul Manor en la pantalla de aquel iPhone desconocido. Era el padre de Blaze.

Cuando James se dio cuenta de que mi abuela estaba en la cocina lavando los platos, nos hizo un gesto para que nos callásemos. Se puso delante de la vieja estantería donde mi abuelo guardaba sus discos y repasó todos los vinilos con los ojos entrecerrados. Buscaba *Los nocturnos* de Chopin.

—¿Por qué coño sigue llamando si ya ha pasado un año? —preguntó Marvin en cuanto el disco empezó a girar.

James apretó la mandíbula hasta que le rechinaron los dientes.

—¿Quizá porque, de un día para otro, uno de sus profesores desapareció sin dejar rastro? Marvin, joder, ponte las pilas.

Me empecé a pasar el *piercing* de la lengua por los dientes.

—¿Y si el director empieza a sospechar y acude a la policía? —pregunté con la voz casi irreconocible por la angustia.

—Niños, ¿queréis un trozo de bizcocho y un vaso de leche?

Mi abuela interrumpió nuestra conversación entrando en el salón con un jarrón lleno de flores. James le sonrió y se puso a su lado; parecían un gigante y una niña pequeña.

—¿Por qué no preparas café, Lena? —le susurró con amabilidad.

—Es verdad, Jamie.

En cuanto mi abuela salió de la habitación, los ojos de James volvieron a convertirse en dos dagas afiladas.

—No va a acudir a la policía. Vamos a intimidarlo para que no lo haga.

—¿Y cómo lo hacemos? Se daría cuenta de que somos nosotros, James.

Él me miró de arriba abajo con expresión glacial. Le parecía que había dicho una idiotez, pero yo solo trataba de ser prudente en un grupo en el que todos actuaban como cabezas huecas.

—Me importa una mierda, Jax. ¿No te das cuenta de que no podemos correr ese riesgo?

La sensación de calma proveniente de la música pareció desvanecerse: la melodía se volvió cada vez más agresiva, casi dramática, como si sonara al ritmo de nuestra inquietud.

Pero había alguien que aún no había dado su opinión. William solía hablar poco en estas situaciones, pero cuando lo hacía… a James le brillaban los ojos.

—¡Se acabó! Vayamos ahora mismo. Necesito desfogarme —dijo de improviso haciendo que Marvin y yo diésemos un respingo.

—¿A… ahora? —Marvin abrió los ojos de par en par y me miró asustado.

James asintió totalmente decidido y Will añadió:

—Tengo en mi casa unas máscaras de payaso.

Un intenso escalofrío me recorrió la columna vertebral. A los otros dos parecía no haberles sucedido lo mismo, ya que los ojos les brillaban excitados.

James no conocía el miedo y nunca se echaba atrás. Siempre daba el primer paso, era el que encendía la chispa. Pero era con William con quien había que tener cuidado. Era capaz de sonreír de forma inocente mientras, en una mano escondida tras la espalda, ocultaba el mechero con el que haría que toda la casa ardiera.

Presente

Los tres estábamos esperando sentados ante el escritorio del director.

James se encontraba a mi izquierda. Tenía los ojos tan brillantes como dos zafiros en llamas. Will, a mi derecha, miraba con impaciencia a su alrededor.

—Me encantaría destrozar este puto sitio —dijo.

—Cálmate, Will —mascullé sin apenas respiración.

Ni que decir tiene que yo era el único que estaba cagado de miedo.

Sabía el motivo por el que los dos odiaban al director, pero me encontraba en mitad de un fuego cruzado. Además, me sentía culpable cuando estaba con Blaze.

Y Marvin no se había presentado.

«Seguro que el cabrón todavía sigue durmiendo».

—Parece que tenemos el honor de contar con la presencia del trío de los estereotipos…

El director entró en el despacho pronunciando aquella frase. El ambiente se tensó de forma instantánea desde que cerró la puerta de golpe. Se puso bien los cuellos de la camisa y se ajustó las amplias gafas que le resbalaban por la nariz.

—Veo que falta el cuarto…, pero no os preocupéis: ya llegaremos a él.

Tragué saliva. Su voz atravesaba la habitación con aire amenazante.

—Recapitulemos… —Se apoyó sobre el escritorio y cruzó los brazos con mucha altanería—. Tenemos al problemático —miró a Will—, al violento —dijo mirando a James, que le devolvió la mirada sin el menor miedo—, el tóxico se ha quedado en casa… y, por último… —Posó sobre mí sus ojos grises—. ¡Pero mira a quién tenemos aquí! ¡Parece que Jackson también está en el ajo!

El tío fingió que acababa de verme solo para hacerme sentir incómodo.

Respiré hondo, pero no me tranquilicé. Las manos me empezaron a sudar.

—La ovejita que sigue a su rebaño. Nunca falta alguien así en todos los grupos. Es el personaje menos interesante de todos.

No pude decir nada. Los labios se me secaron de forma instantánea.

—Oye, Jackson, te voy a dar una lección de vida la mar de simple: si naces siendo una ovejita, nunca morirás como un lobo.

James dio un respingo. Lo agarré del brazo antes de que se levantara del asiento hecho una furia.

—Déjalo… —le pedí mientras volvía a sentarse contra su voluntad.

Respondió a aquella provocación con otra provocación. Se encendió un cigarrillo y miró al director directamente a los ojos.

El hombre trató de ignorar aquel acto de rebeldía; de hecho, no se rebajó a regañar a James.

¿Qué tipo de director dejaba pasar un acto como ese? Aquello me dejó claro que ese tío tenía sucia la conciencia y que, en ese momento, había algo que le preocupaba bastante más.

—Vayamos al grano. ¿De quién fue la idea? ¿Eh? ¿Ninguno tiene nada que decir?

Contuvimos la respiración. Me costó trabajo alzar la vista.

Observé que William tenía los puños apretados contra el reposabrazos de su silla.

—«Démosle un susto al viejo, seguro que se caga encima…». Esa era la idea, ¿verdad?

Había reconocido mis zapatillas deportivas, sabía que lo habíamos agredido nosotros. ¿Qué sentido tenía aquel interrogatorio? Si tuviera la conciencia limpia, a esta hora ya estaríamos expulsados. Pero no, seguía allí hablando y mirándonos con mala cara.

—Viendo lo fácil que me resultó descubrir que habíais sido vosotros, parece que está claro que no os daba ningún miedo que os pillase. Lo único que os importaba era que no reaccionase a vuestras amenazas, ¿verdad?

Verdad. Pero ninguno le contestamos.

El aire del despacho estaba cargado. El único sonido que se oía era el de mi respiración agitada.

—Pero hay una cosa que no entiendo…

—¿Solo una? —le espetó James interrumpiendo su monólogo.

—¿Todo esto es porque el año pasado te mandé al reformatorio, Hunter? ¿Querías hacérmelas pagar por haber tomado aquella decisión tan drástica?

«Estupendo. No se ha enterado de nada».

—¿Es por las notas que habéis sacado? —preguntó mientras me miraba fijamente.

Sentí un escalofrío cuando alcé la vista y me encontré de frente sus ojos almendrados. Era iguales que los de Blaze.

El director tenía razón. Yo era un blando.

—¿O puede que lo hayáis hecho porque yo soy el único que se ha dado cuenta de que ocultáis algo más gordo?

Me quedé sin aire. William se puso blanco durante un instante.

La frase del director confirmó nuestras sospechas.

«Lo sabía».

James no reaccionó. Su máscara de ira permanecía inmutable. Tenía la mandíbula tan apretada que parecía que se le iba a romper.

El director seguía apoyado sobre su escritorio sin descruzar los brazos.

—Porque está claro que escondéis un secreto. ¿Verdad, Jackson?

Esta vez usó un tono más persuasivo, pero yo fingí no darme cuenta.

La cara de Will decía algo muy claro: «Oh, mierda».

—Os lo voy a preguntar una sola vez, ahora que estamos en confianza…

El corazón me dio un respingo.

—Teniendo en cuenta lo que me habéis hecho a mí, ¿quién me dice que no se lo hicisteis también a él?

James tenía razón. El director lo sabía todo. Y yo que tenía cargo de conciencia por haber agredido a un pobre viejo…

Encargar un asesinato era un delito grave y, aunque no había sido yo quien lo había ordenado, sí que lo había presenciado todo.

No quería acabar en la cárcel.

«Mis abuelos se morirían».

El padre de Blaze se apartó un poco de su escritorio y se dirigió a James, que seguía fumando nerviosamente.

—Os hago una pregunta y vosotros solo tenéis que respondérmela. Si sois sinceros, las consecuencias serán menos graves de lo previsto. Apreciaría mucho que fueseis honestos. ¿Hay trato?

James hizo una mueca desdeñosa.

«No hay trato».

—¿Dónde está el profesor Hood?

El director volvió a señalarme, lo que me obligó a bajar la cabeza por enésima vez.

—Cooper, ¿tú sabes algo?

Will negó con la cabeza.

—Hunter.

Ni siquiera fue una pregunta. Se colocó delante de James y este se puso en pie de forma inmediata. Le dio una calada al cigarro y le echó el humo en la cara al director.

—Vete al infierno, gilipollas. Seguro que os encontráis allí.

Para sorpresa del director, James salió del despacho. Will y yo lo seguimos sin decir nada más.

—¡Joder, James! ¿Tenías que responderle de esa forma?

Las palabras de William apenas podían disimular su rabia.

Estábamos saliendo a toda prisa por la puerta principal del edificio mientras el resto de los alumnos seguía aún en clase.

—¿Es que no has oído todo lo que nos ha dicho? ¿No has visto la forma en la que nos trata?

El aire de la mañana era frío, casi cortante. Me arrepentí de haber dejado en clase la chaqueta del uniforme. Noté cómo las mejillas y la punta de la nariz se me helaban de forma casi instantánea.

—¡Pero si prácticamente has confesado! ¿Por qué nunca piensas antes de hablar?

Como tantas otras veces, Will trató de convencer a James de que era demasiado impulsivo.

—¿Y ahora qué va a pasar? —pregunté, muerto de miedo, apoyando el codo en el techo del coche. Necesitaba que alguien me sujetase. El vértigo se estaba apoderando de mí—. ¿Nos expulsará? ¿Nos echará por haberlo agredido o por la forma en la que le has respondido?

—Tranquilo, Jax. Si quisiera expulsarnos, ya lo habría hecho —me tranquilizó James mientras rebuscaba algo en los bolsillos de su chaqueta.

Me era bastante complicado tranquilizarme en aquellas circunstancias. Mi abuelo no hacía más que repetirme que me esforzase en no traicionar la memoria de mis padres, pero parecía que yo no me cansaba de fallarles una y otra vez.

—A lo mejor tiene pruebas. Y, aunque no las tuviese, sigue siendo el director… Puede hacer lo que le dé la gana.

Estaba empezando a ponerme histérico y James se dio cuenta. Me agarró de los hombros, hundió los dedos en la tela de mi camisa y posó sus ojos brillantes sobre los míos.

—Cálmate, Jackson.

Sentí su aliento de menta y tabaco contra la piel sensible de mi rostro.

«Me calmo, vale… Pero ¿es necesario que, cada dos por tres, me plantes esos labios tan cerca de los míos?».

—No le conviene hacerlo —aseguró apoyándose de espaldas contra el coche, justo a mi lado.

Se encendió un cigarrillo.

—¿Por qué?

James se puso a fumar con rabia y, con la otra mano, se deshizo el nudo de la corbata.

—El director no ha vuelto a llamar, ¿verdad? ¿Por qué no hemos apagado el teléfono? —preguntó William.

Estaba tan nervioso que se puso a dar vueltas como un tigre enjaulado.

—Si no lo apago es porque no tengo el pin para poder volverlo a encender cuando necesitemos las pruebas que hay en su interior. Además, desde el día en que lo amenazamos, el director no ha vuelto a llamar. Ese era el plan, dejad de darle vueltas al asunto —zanjó James entre caladas al cigarrillo.

—Sí, pero, además de haberse dado cuenta de que al profesor le ha pasado algo, sospecha que nosotros estamos implicados. Si no fuese así, no habría preguntado dónde está —dije expresando mis miedos y tratando de hacerles razonar.

—¿A qué viene sacar ahora ese tema? Hace un año que ese tío no da señales de vida, ¿a qué viene esto ahora? —reflexionó Will en voz alta mientras se acariciaba el pelo con los dedos.

James dio un suspiro.

—Tengo un presentimiento.

William y yo nos quedamos de piedra.

—Dispara —le dijo Will.

—¿Y si aquella noche…?

Se me paró el corazón.

William se impacientó más.

—¿Qué, James? ¡Dilo de una vez!

—¿Y si Austin no completó el encargo? —masculló James mordisqueándose el labio.

Aquella idea me desconcertó por completo.

—¿Estás de coña? ¿A qué viene decir algo así a estas alturas? —preguntó Will sin poder dar crédito a lo que estaba pasando.

—¿Me estás diciendo que, a lo mejor, nadie salió herido y que, por lo tanto, no tendríamos culpa de nada?

¿Era yo el único que creía que aquello era una buena noticia? Al parecer, sí. Mis amigos no me prestaron la menor atención.

—¿Qué te hace pensar eso? —insistió William acercándose a James.

—Anoche Austin me hizo algunas preguntas sobre la pistola. Además, esos dos idiotas se dejaron chulear por una chavala. Empiezo a pensar que no tuvieron el valor de matarlo de verdad.

La sombra de la sospecha oscureció los ojos de William.

—Me dijiste que June estaba en peligro y que no me llamasteis para no preocuparme.

Vi que James, sin bajar la cabeza, le mantenía la mirada a su amigo.

—Y eso es lo que pasó, Will.

—¿Entonces por qué te quedaste en su casa si ni siquiera consiguieron asustarla? ¿Te lo pidió ella?

«¿Qué cojones está pasando? ¿Por qué coño estamos hablando de June White?».

—¿Qué?

—¿Te pidió ella que pasaras la noche en su casa?

Will preguntó aquello sin titubear. Pero James, que siempre se mostraba duro y decidido, pareció vacilar.

—No, no me lo pidió ella.

Lo examiné detenidamente. Acababa de soltar una mentira.

Conocía a James demasiado bien: era una de esas personas que no miente casi nunca, así que, cuando lo hacía, se le notaba a kilómetros.

Pero Will estaba demasiado nervioso como para haberse dado cuenta.

—¿Y entonces por qué cojones pasaste allí la noche?

Empecé a ver las chispas que, aunque aún eran invisibles, ya se podían intuir.

No me gustó el giro que había dado la conversación. Estaban demasiado tensos como para hablar de aquello.

—Nos estamos desviando del tema —intervine, pero ninguno de los dos me hizo caso.

James se enderezó para mirar a Will desde arriba.

—¿Qué coño estás insinuando?

—James, tranquilízate.

Ni que decir tiene que mi sugerencia no se tuvo en consideración.

—Ahora mismo me vas a contar qué cojones pasó anoche —le espetó William.

Sus miradas chocaron e hicieron saltar chispas.

—Ya te lo he dicho. Me llamó a mí para no preocuparte —respondió James, y entonces apagó la colilla del cigarrillo con la punta del zapato.

—Pues esta mañana estaba muy rara, ¿qué le hiciste?

James frunció el ceño antes de responder.

—Que te den.

A William se le escapó un gruñido.

¿Por qué mis dos mejores amigos eran así de cabezotas? Pensé en que Marvin se estaba librando de todo aquello mientras yo estaba ahí, amargado, tratando de mediar entre esos dos cazurros.

—Austin me amenazó, Will. Como ha hecho otras mil veces. No hay nada de lo que preocuparse.

—¿Que no hay nada de lo que preocuparse? ¡Sabe dónde vive June!

—¿Y qué cojones quieres que haga yo? El otro día os avisé de que aquello tendría consecuencias, ¡pero no me hicisteis caso! ¿Qué mierda te pasa en la cabeza…?

James se mordió el labio antes de continuar.

Farfulló al darse cuenta de lo que le acababa de salir por la boca.

—Oye, simplemente no quería que te preocupases, ¿vale? Esa niñata de los cojones nos ha traído aún más problemas de los que ya teníamos… —masculló James muy enfadado.

—¿Que no me quisiste llamar porque no querías preocuparme? ¿Te das cuenta de lo que estás diciendo?

Empezaron a encabritarse como dos salvajes.

—¿Qué quieres saber, Will? ¿Que se les cambió la cara cuando les dije que la pistola no era mía? ¿Que se la quieren quedar para poder chantajearme y culparme de un asesinato que no he cometido?

Me llevé las manos a la cabeza.

«Si William no hubiese sido tan impulsivo como para llamarlo aquella noche…».

—¿O que, quizá, no hay ningún asesinato del que culparme? —continuó James con el gesto contrariado.

—Entonces ¿estás hablando en serio?

—No lo sé. Sospecho que al final no lo hicieron. Esos dos hablan mucho, pero no acaban nada de lo que empiezan. Tendríamos que haberlo hecho nosotros en vez de llamarlos a ellos.

—¿Que tendríamos que haberlo hecho nosotros? ¿Ahora me vas a culpar por haberlos llamado para salvarte el culo? —gritó Will avanzando hacia James.

—¿Que tú me salvaste el culo a mí, William? ¿Cómo eres capaz de decirme algo así?

—¡Mira quién habla, el tío que no es capaz ni de apretar un puto gatillo! —le espetó Will.

Bueno, se habían pasado de la raya.

Hasta William se dio cuenta de ello. Tanto fue así que alargó la mano para posarla sobre el hombro de James.

—Perdona, no quería…

—No me importa —respondió James apartándose de su amigo.

En ese instante intuí una silueta que salía por la puerta principal del instituto. La reconocí por la felpa negra con la que se recogía la melena rubia.

«La que faltaba: ahora sí que estamos todos».

Will apartó la vista de James para mirarla.

—Esta tía va a hacer que nos maten a todos, que lo sepáis —masculló James.

Pero Will seguía obcecado en una de sus ideas.

—Muy bien, ahora mismo tenemos que ir a casa de Austin.

No sé si fue el hecho de que June se nos acercaba a paso lento, pero algo provocó que se le ocurriese esa idea.

—¡Menuda idea de mierda, Will! —rugió James inclinando la cabeza. Clavó la vista en la rueda del coche como si no quisiera cruzar su mirada con la de June White.

—James, relájate —le pedí.

—¿Qué pasa? ¿Ahora no puedo decir que ha tenido una idea de mierda?

—Claro que sí, pero lo puedes decir con otras palabras —le respondí tratando de que entrase en razón.

—¡Ah, claro! ¡Pobre William! ¡Tengámoslo siempre entre algodones aunque solo se le ocurran barbaridades…! ¿No es eso?

Puede que fuese por la presencia de la chica, pero los ánimos estaban volviendo a caldearse.

—Que te den por culo. Ya voy yo. Quiero saber si aquella noche acabaron el trabajo o no. No podemos quedarnos con la duda. Si no tenéis huevos de venir conmigo, volved a casa —sentenció William.

—¿Will?

«Ya llegó».

No soportaba su vocecilla infantil.

June pronunció el nombre de William, pero se quedó obnubilada mirando a James, que estaba tratando de encender el mechero. No podía culparla. James llamaba la atención hasta cuando estaba quieto y en silencio.

Pero a Will le bastó echarle un vistazo a June para perder la razón.

—¿Otra vez has dormido con él?

El pulso se me paró un instante. Aquella pregunta me dejó de piedra. Me había perdido un episodio.

—¿Quién ha dormido con quién? —pregunté confuso.

Todo el mundo sabía que acabaría sucediendo tarde o temprano. James lo había avisado.

—Responde —gruñó Will, y entonces clavó los ojos sobre James.

—¡Eh, tranquilitos!

Usé los brazos para interponerme entre ellos antes de que pudieran chocar.

Will era imprevisible como un resorte que nunca se sabía cuándo podía saltar. Pero también era un alma frágil, de esas que se hieren con facilidad, con un pequeño gesto o una palabra dicha en el momento equivocado.

—¿Qué cojones estás diciendo, Will? Por supuesto que no —respondió James con el rostro demudado.

—Chicos, por favor, parad ya.

Parecían no escuchar mis ruegos. Estaban demasiado ocupados en mirarse con odio.

La tensión se disparó cuando William soltó la bomba.

—Es inútil que intentes salvarla, James. Ella nunca podría querer a un tío como tú.

Aquellas palabras se quedaron flotando en el aire de la mañana y provocaron un silencio ensordecedor. Contra todo pronóstico, James no respondió. Cuando habló, dijo algo totalmente inesperado.

—Si vas a ir en busca de Austin, no te voy a dejar que vayas solo, voy contigo.

«Claro, es un día perfecto para morir».

—¿Pero qué está pasando aquí?

June White se cerró la chaqueta del uniforme mientras se me acercaba mirándome con atención.

No podía soportarla... Aunque no me hubiese hecho nada, no la soportaba. Pero, al parecer, debía de tener algo especial; no era normal que dos mejores amigos estuviesen a punto de pegarse por ella.

Si hacía tan solo un instante estaban listos para saltarse a la yugular y arrancarse la garganta a mordiscos, unos segundos después volvían a actuar como cómplices.

«Estos dos van a acabar volviéndome loco».

—June, tenemos algo que hacer. Vuelve adentro —le pidió Will al tiempo que se sentaba en el asiento del pasajero del coche de James—. Vámonos, James.

Pero James parecía tener otros planes. Miró a la chica con semblante chulesco.

—¡Se acabó! Ella viene con nosotros.

¿Es que nadie iba a tener una buena idea?

—¡Deja de decir gilipolleces, James! —exclamé tratando de impedir aquello.

—¡Te he dicho que te metas en el coche! —gruñó él, lo que provocó que June se echase a temblar.

—¿Es que no puedes pedir las cosas bien?

—Que subas al coche. No es una petición, es una orden —insistió él mientras se ponía al volante.

—James, has perdido la cabeza.

—Jax, métela en el coche.

—¿Que me meta en el coche? No soy un bulto. ¡Subiré si quiero! —le gritó June indignada.

—Está claro que lo estás deseando, White. Así que muévete, me estás haciendo perder el tiempo —dijo justo antes de cerrar la portezuela.

James estaba enfadadísimo y June hizo exactamente lo que él le había pedido: se sentó a mi lado en el asiento de atrás.

James y Will se pusieron a discutir, y ella aprovechó para llamar mi atención.

—¿Qué ha pasado? —me preguntó con los ojos muy abiertos, con una expresión algo miedosa—. ¿Por qué están hoy así?

«Aún no has visto nada, June White».

57

June

—Ya podrías haberte quedado en clase —me reprochó Jackson en voz baja.

Le encantaba ser un borde con todo el mundo, pero noté que le temblaba el labio.

—Tenéis algo que ver con la agresión que sufrió el director, ¿verdad?

Aquel chico rubio bajó la cabeza con aire culpable.

—No me lo puedo creer… Y pensar que siempre os había defendido… —murmuré.

James debió de oírme, ya que me lanzó una mirada a través del espejo retrovisor.

—Sigues sin entender cómo funciona el mundo, ¿verdad, niñata?

«Habló el hombre de mundo…».

Me habría gustado responderle en el mismo tono, pero, por una vez, me mordí la lengua.

El ambiente en el interior del coche estaba muy tenso y, a decir verdad, yo estaba bastante asustada.

Me quedé callada el resto del trayecto y, cuando en vez de al club llegamos a una zona residencial llena de chalets modernos, me empecé a sentir culpable.

—¿Estamos yendo a su casa? ¿En serio? —pregunté.

Jackson asintió mientras James aparcaba delante de una casa típicamente hollywoodiense.

Me sentí ridícula al recordar que siempre me estaba preguntando el motivo que llevaba a la violencia o a la delincuencia a toda esa gente. La respuesta estaba más que clara: el dinero. Muchísimo dinero.

Los chicos bajaron del coche y, aunque me habría encantado quedarme en el vehículo, yo también lo hice.

La conciencia de ver a Will tan fuera de sí fue más fuerte que mi egoísmo.

La escena que le acababa de montar a James me había demostrado que lo conocía muy poco.

—June, no te separes de mí —me pidió Will cuando vio que los estaba siguiendo.

La verja automática se abrió y nos permitió entrar en el inmenso jardín que rodeaba la casa. Íbamos uno al lado del otro y William me cogió la mano.

Una chica alta y pelirroja nos recibió en la entrada. El olor a nuevo era tan intenso que resultaba casi desagradable. Entramos en una sala amplia y luminosa en la que había algunas sillas y otros elementos cubiertos con plásticos. Parecía que allí no vivía nadie. La casa estaba sumida en un silencio sepulcral. Las enormes ventanas reflejaban nuestras siluetas y de repente me di cuenta de que no estábamos todos. James acababa de esfumarse.

Jackson y yo nos miramos preocupados. Will me apretó la mano con más fuerza. A pesar de aquel férreo agarre, yo no me sentía a salvo.

¿Lo de hacía un rato había sido una escenita de celos?

¿O solo estaba nervioso por aquella situación?

¿Y si Will era tan violento como James?

William pareció percibir mi inquietud. Me observó detenidamente y después me colocó un mechón de pelo tras la oreja.

—June, quédate aquí —susurró con su habitual tono tranquilo.

—Ethan viene de camino. Dice que no quiere ver a Hunter, que solo se reunirá contigo —anunció la chica mientras le abría paso a William.

—¿Adónde vas, Will? —le pregunté, pero él miró a Jackson.

—Tengo que hablar con Austin. Jax, quédate con ella.

—Ni de coña —le espetó el rubio negando con la cabeza.

—Jackson, como le pase algo…

—Sí, ya, la historia de siempre. Te odio, June White… —se quejó, y entonces le sonó el móvil—. Vaya, es mi abuela.

Si estuviésemos en otra situación, me habría echado a reír.

—¿No contestas?

—Solo espero que el director no la haya llamado. Le daría un infarto, joder. Tú quédate aquí, ¿vale? —Lo miré complacida. Esperaba que saliese al jardín lo antes posible—. Responde, White. ¿Es que te ha comido la lengua el gato?

—Que sí, que me quedo aquí —le respondí, con gesto inocente, para quitármelo de encima.

Pero Jackson parecía haberme calado perfectamente.

—No metas a mis amigos en problemas —me advirtió.

—Que no.

—Joder, te juro que no los entiendo —soltó antes de salir de la sala.

Disfruté del silencio matutino que me rodeaba. Aquella casa estaba aún medio vacía; de hecho, nuestras voces producían eco entre sus paredes. La mezcla de olor a lejía y a muebles nuevos me provocó una ligera náusea.

¿Por qué Will había insistido tanto en ir allí?

Sin hacerle caso a lo que Jackson me había pedido, subí por la escalera de mármol por la que Will había desaparecido.

Los Austin debían de ser ricos, muy ricos. No es que tuviesen una economía holgada o que viviesen un poco por encima de la clase media estadounidense. Aquella casa era de película: una especie de plató grande y moderno.

Me pregunté cómo habría acabado relacionándose con esta gente un grupo de estudiantes de un instituto privado.

—Will…

Mi susurro se deslizó por el suelo en el que Will tenía puesta la mirada. Lo sorprendí esperando en un pasillo, sentado en un sofá de piel. Jugueteaba con algo que tenía entre las manos.

—¿Eso qué es? —le pregunté señalando el móvil que sujetaba entre los dedos—. ¿De quién es ese teléfono?

—June…

«Entiendo que tengáis secretos, pero necesito saber si puedo fiarme o no de vosotros».

—¿Le habéis hecho daño a alguien, Will? Dime solo eso. No te voy a preguntar nada más.

—Sí.

Su respuesta me hizo estremecer.

—¿Tú le has…?

—Yo… Yo no.

Di un pequeño suspiro de alivio.

—Odio la violencia y jamás podría estar con alguien que…

—¿Qué? ¿«Con alguien que se parezca a James» quieres decir? —me preguntó mirándome a los ojos.

—¿Por qué lo hicisteis? ¿Qué tiene que ver el director en todo esto?

Esquivé su pregunta con la esperanza de obtener una respuesta.

—No tuvimos elección —respondió poniéndose en pie.

Se acercó a una puerta de madera maciza y dio unos golpes contundentes.

—Será mejor que vuelvas al coche ahora mismo.

Asentí. Tenía razón. Había sido una idiota al querer meter las narices en algo mucho más grande de lo que al principio creía.

Bajé corriendo las escaleras y me dirigí hacia la puerta principal, pero Jackson me bloqueó el camino.

—¿Puedes venir un momento?

Fruncí el ceño.

—¿Y ahora qué pasa?

En sus ojos turquesas vi que estaba preocupado, así que me alarmé.

—Abuela, ya voy. —Jackson se llevó el iPhone al pecho y se giró hacia mí—. ¿Puedes hablar con ella?

Me crucé de brazos.

—¿Ahora quieres que te ayude?

—Mira, nunca me rebajaría a reconocer algo así, pero… tengo la impresión de que solo te va a hacer caso a ti —murmuró abriendo la puerta de un baño.

Llamar «baño» a aquel sitio era quedarse corto. Por sus enormes dimensiones tenía el aspecto de una *suite* presidencial. La ducha y la bañera ocupaban una pequeña parte de aquel espacio vacío revestido con paredes de mármol.

No me esperaba que James estuviese ahí, pensé que se había ido.

Me quedé paralizada en el umbral. Nuestras miradas se cruzaron en el enorme espejo que colgaba de la pared.

—¿Sabes qué, James?

—Nadie te ha preguntado nada —me respondió de forma instantánea mientras yo cerraba la puerta a mi espalda.

Estaba apoyado sobre el lavabo.

—Tus amigos confían en ti.

—¿Y qué? —me preguntó enarcando una ceja.

—Que eres tú el que no confía en ellos.

James dejó escapar una sonrisa antes de morderse el labio.

—¡Pasas de chismosa a psicóloga en un abrir y cerrar de ojos!

Recibí aquel dardo e ignoré su mirada desafiante.

—Deberías hacerlo. Deberías fiarte de ellos. Cargar tú solo con tanto peso hará que, tarde o temprano, te derrumbes.

Frunció el ceño y me miró de reojo.

—Déjame en paz, joder.

Debí de dar en el clavo, ya que el puñetazo que le dio al espejo lo rompió en mil pedazos. Los trozos cayeron en el lavabo y la mano le empezó a sangrar.

Se me hizo un nudo en la garganta, pero traté de mantener la calma.

—James, por favor, ¿podrías…?

«¿Podrías no ser así?».

Dejé la frase a medias. Reprimí el impulso de dar media vuelta y marcharme de allí. En ese momento no quería ni verlo.

James se tapó la herida con la otra mano, apoyó la espalda contra la pared, elevó la barbilla y miró al techo.

Nuestro silencio solo estaba interrumpido por el zumbido del aire acondicionado.

—¿Has acabado ya? —pregunté en tono cortante.

—¿Por qué cojones sigues aquí? Pensaba que Will te había mandado de vuelta a casa.

—Fuiste tú quien me pidió que viniese. ¿Ya lo has olvidado?

Di un par de pasos para acortar la distancia que había entre nosotros. Aquel movimiento le despertó la curiosidad; bajó la cabeza y alineó su mirada con la mía. Estábamos cerca, el uno enfrente del otro, y cuando nos encontrábamos así yo me quedaba sin habla.

—Es que estaba enfadado con él.

—¿Por qué querías que viniese?

—Vete de aquí si no quieres quedarte —susurró.

—Puede que me… Eh…

Al ver su expresión rabiosa, me fue difícil continuar.

—¿Que te qué? Vamos, dilo —me pidió.

—Déjalo, es una chorrada.

—Dilo —insistió apretando sus labios carnosos.

Tragué saliva de forma audible. Su tono desafiante me parecía un escudo, tenía poco que ver con sus propios gestos. Me quedé sin respiración al sentir que empujaba su frente contra la mía.

Me costó levantar la vista porque mis ojos se quedaron prendados de su boca.

—Puede que me necesites, James. Aunque aún no te hayas dado cuenta.

Sus ojos intensos se volvieron más profundos cuando se sumergieron sin piedad en los míos. La distancia entre los dos era levísima y yo quería seguir acortándola.

¿Por qué no fui capaz de ser, por fin, lo bastante lista como para poner en palabras las ideas que me pasaban por la mente?

—Tengo otras cosas importantes en las que pensar. Y tú no estás entre ellas, White —respondió en tono amargo, pero sin apartar su frente de la mía.

«Fenomenal, pues vete al infierno, idiota».

Todos mis impulsos cerebrales se deterioraron por culpa del magnetismo de aquella cercanía.

—Entonces será mejor que me vaya —musité bajando la cabeza.

—La he liado bien liada…

Sentí su voz rasgada como si una soga me agarrase los tobillos y me impidiera moverme.

—Estoy segura de que todo puede resolverse —respondí con frialdad.

—No, no lo has entendido. Por mi culpa, están todos de mierda hasta el cuello.

—No soy nadie para juzgarte, James.

—Lo sé, pero tienes razón. Quizá lo mejor sea que te vayas —me dijo señalándome la puerta con un gesto de la cabeza.

—Quizá lo mejor sea que nos vayamos todos —le propuse al ver sus ojos atormentados.

—Yo me quedo, díselo a Jackson y a Will.

Me crucé de brazos.

—Yo de aquí no me voy sin ti.

Nos observamos un instante. Él me miró directamente a los ojos, yo no tuve tanto valor. Tenía algo arrugada la camisa del uniforme que se entreveía bajo su chupa de cuero. Parecía tener los labios algo más gruesos que de costumbre; puede que se debiese a lo mucho que se los mordisqueaba.

—White, ¿sabes por qué te he pedido que vinieses?

—Ni idea.

—La verdad es que no hay ningún motivo.

Puse los ojos en blanco. Puede que mis miradas no hubiesen sido tan disimuladas como yo pensaba, ya que James acercó su rostro a los mechones que me caían por los hombros. Dio un soplido que me provocó un escalofrío.

—¿Tú también crees que uso a la gente? Puede que hoy me apetezca usarte a ti.

Su voz rasgada me provocó un estremecimiento. Negué con la cabeza, aunque las mejillas se me habían sonrosado.

—No lo creo, James.

Sin decir nada más, sus ojos entreabiertos se posaron en mis labios y, justo después, en mi garganta. Un relámpago de adrenalina me atravesó la espalda cuando, por fin, posó la vista sobre la blusa blanca de mi uniforme. Aquello duró solo un instante, pero fue suficiente para que se me hiciese un nudo en el estómago. Entonces, apartó sus ojos de mí.

—No tienes ni idea de lo que soy capaz. Y harías bien en creerme, chavala.

Ladeé el cuello cuando me acarició la oreja con el pulgar justo antes de pasar a rozarme la mandíbula.

—Mira qué dos… —La voz contundente de Ethan Austin cortó la tensión del ambiente—. ¡Pero qué monos! ¡Y, encima, con el uniforme del instituto! —se burló colándose en aquel baño.

Estaba claro que ya no se creía ninguna de las mentiras que le había contado aquella mañana.

—¿Y esta muerta de hambre cómo se paga la escuela privada?

Fue suficiente que Austin me echase un vistazo para que James se pusiera delante de mí para protegerme.

—¿Qué te pasa, Hunter? ¿Te da miedo que tu inocente amiguita me haga otro *striptease*?

Me habría gustado responderle como se merecía, pero aquel tío podría ir armado y hacerle daño a James, y esa posibilidad hizo que mantuviera la boca cerrada.

Me encogí tras la espalda de James. De su cuerpo emanaba un olor a clavo que se mezclaba con el del cuero y el de su perfume fresco.

—Esta vez te puedes montar aquí para hacérmelo.

James tenía una espalda muy ancha que me tapaba toda la perspectiva, pero en el espejo me pareció ver que Austin se llevaba una mano a los pantalones para hacer un gesto de lo más vulgar.

No había previsto la reacción de James que, sin haber dicho nada todavía, le dio un puñetazo en la cara que acertó de lleno en la nariz. Cuando vi que Austin tenía el rostro cubierto de sangre no pude evitar dar un grito.

—¡James, no!

Él se giró hacia mí cuando oyó mi chillido y Austin aprovechó para atacarle por la espalda.

Lo agarró del cuello de la camisa y lo empujó contra la pared. En un abrir y cerrar de ojos, se sacó un arma de los vaqueros.

—¡Ay, Dios mío! —balbuceé aterrorizada cuando vi a Austin plantándole el cañón metálico en la sien.

—¡Vamos, hazlo! —mascculló James entre dientes.

Estaba a punto de suceder. Ya me imaginaba cómo sería la escena.

Teniendo en cuenta mi habitual mala suerte, seguro que me caería, me golpearía la cabeza contra el lavabo y me moriría.

—¡Hazlo! —repitió James, esta vez más rabioso.

Austin hizo un gesto con los dedos para cargar la pistola. Me quedé sin respiración cuando la usó para darle a James un golpe en el pómulo que le hundió la mejilla.

—Lo haré tarde o temprano, Hunter. Te mataré con tu propia pistola, gilipollas. Pierdes el tiempo buscándola por ahí... Porque... ¿sabes qué? ¡La llevo siempre encima! Cabrón.

Quería frotarme los ojos para despertar de esa pesadilla. Pero me di cuenta de que aquello estaba pasando realmente cuando Austin se giró, enardecido, hacia mí.

—Os doy cinco minutos para que os piréis de mi casa.

—¿Cómo que cinco minutos? —preguntó una voz femenina.

La chica que nos había recibido en la puerta llevaba ya un rato en aquel baño, pero yo estaba tan conmocionada que no me había dado cuenta.

—Démosle un poco de tiempo para que se reponga —respondió Austin con una sonrisa sádica justo antes de mirar a James.

—¿Que se reponga de qué? —preguntó con coquetería la chica pelirroja tras echarme el humo de su largo cigarrillo.

—De esto —masculló aquel tío antes de ponerse a darle puñetazos a James en la cara y en el pecho usando la otra mano para seguir apuntándolo con la pistola.

Me quedé sin respiración. Ethan pasó justo a mi lado y se marchó de allí con la chica. Me lanzó una sonrisita que me puso el vello de punta.

Los ojos se me llenaron de lágrimas cuando vi a James tirado en una esquina.

«Vamos, June, este no es el momento de echarse a llorar».

El chico era un amasijo de sangre. Empecé a hiperventilar.

—Joder, estás sangrando muchísimo... ¿Dónde te ha dado? ¿Cómo ha sido posible?

El pánico se estaba apoderando de mí.

—June...

—¿Qué?

—Es sangre de mi mano, de la herida que me he hecho antes.

Sobre el lavabo vi un cajetín rojo con una cruz blanca. Fui a cogerlo y lo abrí. El olor del agua oxigenada me invadió la nariz.

—Estate quieto.

Traté de acertar, pero James no paraba de mover la cara para evitar que lo tocase. Tenía la boca ligeramente manchada de sangre. Me resultaba difícil mirarlo de frente. Me sentía culpable.

El follón que se había montado debió de llamar la atención de William y Jackson, y se apresuraron a entrar en el baño.

—¿Pero qué ha pasado?

—Nada —respondimos a la vez James y yo.

Me dispuse a desinfectarle el labio, lo que le provocó algunas quejas leves. Entonces le agarré la mano y me dispuse a limpiarle el dorso, pero Will se agachó a nuestro lado y, literalmente, me quitó el algodón de las manos.

—Ya lo hago yo —me dijo apartándome.

Jackson desvió la vista, y con ello me hizo comprender que había llegado el momento de que les diese espacio.

—¿Te ha dicho algo? ¿Has hablado con él? —preguntó James entre quejas amortiguadas.

«¿Quién es él?».

—No dan su brazo a torcer. Quieren conservar la pistola. Resolvieron la cuestión tal como habíamos hablado. El hecho de que les estemos tocando los cojones y que nos hayamos presentado en su casa no mejora las cosas. Es consciente de que sus hijos son dos cazurros, pero lo mejor será que no nos dejemos ver en el club. Sobre todo tú. Dice que le mentiste.

—¿Qué cojones les iba a decir? No fui yo quien les obligó a usar esa puta pistola.

—James, si el padre de Taylor se da cuenta de que no la tiene en casa y denuncia su desaparición, Austin podría meterse en problemas. Y eso sí que dificultaría las cosas —explicó Will en tono tranquilo.

—Encontraré la manera de que no se dé cuenta.

—¿Cómo, James? —preguntó Jackson—. Taylor te odia un día sí y el otro también.

—Pues encontrará la forma de que Taylor no le odie. Eso es lo que mejor se le da, ¿verdad, James? —William trataba de ser convincente, pero yo empecé a sentir un nudo en la garganta.

James hizo una mueca y, con la mirada baja, tragó saliva. Era como observar a un león enjaulado. Me disgustó mucho verlo en esa situación.

—No lo sé. Me lo pensaré.

—Pues piénsatelo bien, James —sugirió William mientras le tendía una mano para ayudarle a levantarse.

—¿Y si volvemos a casa? —propuso Jackson visiblemente nervioso.

James, apoyado en el lavabo, asintió.

—¿Ya? Austin me está esperando arriba —comentó Will acercándose hacia la puerta.

—¿Pero no ves en qué estado está James? Te lo pido por favor, Will —suplicó Jackson en voz baja, señalando con la cabeza la figura de James.

—No. Termino con esto y nos vamos.

William no daba su brazo a torcer.

—Ha amenazado con matarlo, Will —dije con la voz rota, lo que provocó que él se girase hacia mí.

Solo entonces pareció entrar en razón.

—Volvamos a casa entonces —masculló dando un portazo.

—¡Will! —Jackson salió tras él, pero antes de salir del baño me miró de reojo—. ¡Muévete! Vámonos. Yo no me quedo aquí ni un minuto más.

James se sentó sobre el borde del lavabo y empezó a balancear las piernas.

Se sacó del bolsillo un paquete aplastado de donde cogió un cigarrillo.

—James, eh… Deberíamos…

—No quería que vieses todo esto.

Miraba al suelo con el rostro levemente inclinado.

—«Esto» es parte de quien eres, ¿no?

Él no me respondió.

—¿Qué pasa, James?

Levantó la vista poco a poco y me miró con una expresión extraña.

—¿Qué te pasa? Cuéntame —le dije acercándome a él.

—Mira... Si te importa Will, deberías estar siempre cerca de él. Tanto en los momentos bonitos como en los más complicados. Y creo que pronto...

—Sí... —respondí sin dudarlo.

Un remordimiento se me hizo presente en la boca del estómago. No podía negarlo.

—Me siento culpable por lo de la otra noche —admití con la cabeza gacha.

—¿A qué te refieres?

—No hemos hecho muchas cosas por las que debería sentirme culpable, James...

Se me enrojecieron las mejillas; el recuerdo era demasiado vivo y su mirada demasiado profunda.

—¿Tú crees? —me preguntó él en tono provocativo cuando nuestros ojos se acercaron un poco más.

Me quedé quieta muy cerca de él.

—Tenemos que irnos.

Me aparté, pero James me agarró por la muñeca.

—¿Qué es lo que te pasa? ¿Tienes miedo?

—No es que este tipo de cosas me suceda todos los días —le contesté bajando la vista hasta mi muñeca, ensangrentada, atrapada entre sus dedos.

—No tengas miedo.

No podíamos acercarnos más, James lo sabía perfectamente.

Y yo también lo sabía, pero mi mente dejaba de razonar cuando olía su perfume.

Me ponía nerviosa y actuaba de forma insensata. Y lo más absurdo de todo es que a él le parecía bien.

¿Por qué no se apartaba? Mi actitud no tenía sentido, ¿por qué fui a besarlo en la mejilla? ¿Por qué no se rio de mí cuando lo hice? Habría parado de hacerlo, pero él no se apartó ni siquiera en el momento en el que mis labios rozaron la piel de su cara. Suave y lista. Le di un beso y se quedó como desvalido.

Respirar cuando estaba tan cerca de su cara era una experiencia que rozaba lo divino.

Las puntas de nuestras narices se rozaron cuando fui a repetir aquella acción en su mejilla izquierda.

Vi que cerraba los ojos.

No se movió cuando nuestras frentes se rozaron. No abrió los párpados, pero me agarró de las caderas para hacer que aquel contacto durase más de lo debido.

«Nunca, nunca, nunca me besaría».

Su protuberante nuez se desplazó cuando tragó saliva. Entonces abrió los ojos y miró directamente a los míos.

—James…

—June…

—Tenemos un problema.

—¡Por Dios! —grité cuando la puerta se abrió de par en par.

Jackson había perdido por completo su habitual aspecto chulesco y nos miraba con gesto preocupado.

—¿Qué pasa? —pregunté mientras James apartaba rápidamente las manos de mí.

—Will está… digamos… algo nerviosillo. Está a punto de usar las bolas de billar para jugar al tiro al plato contra las vitrinas de los muebles del salón.

Aquella habría acabado siendo una escena de lo más teatral si James no hubiese saltado del lavabo a la velocidad de la luz. Fue como si una ansiedad abrumadora se hubiese apoderado de sus sentidos.

—¡Joder! —exclamó saliendo del baño trastabillando y llevándose la mano al costado.

—¿White? —Jackson se dirigió a mí de forma brusca y me hizo volver al mundo real.

—¿Qué?

—Haré como si no hubiera visto nada.

—No hay nada de lo que…

—Mira, a los demás a lo mejor les puedes tomar el pelo, pero a mí no. Acaba con todo esto antes de que no haya marcha atrás.

En el asiento trasero, me abracé a la mochila y me sentí diminuta.

—Llevadme a mi casa —susurré con un hilo de voz.

No estaba acostumbrada a vivir tantas emociones.

—Tu madre aún no ha vuelto de su viaje, ¿verdad? —preguntó Will, que estaba sentado a mi lado.

—Vuelve pasado mañana.

—June, ¿no crees que sería mejor que esta noche te quedases a dormir en mi casa?

La propuesta de Will tenía bastante sentido. Era probable que, si tenía que dormir sola en mi casa, no pegase ojo.

—No lo sé…

«Lo único que sé es que hoy no quiero vivir más emociones».

—Lo mejor será que te vengas a mi casa. Tengo que estudiar… y, no sé, puede que esta noche salga a dar una vuelta en bici.

—¿Es que no tiene amigas? ¿Por qué tiene que estar siempre con nosotros, Will? —preguntó James desde el asiento del conductor.

—He discutido con Amelia… Bueno, con todas —admití incómoda.

Unos kilómetros después, el coche se detuvo delante de mi casa. Antes de que pudiese bajar, William me agarró del brazo y me dio un beso en los labios. Él cerró los ojos, pero los míos se dirigieron de forma inevitable hacia el espejo retrovisor. Sentí una especie de vértigo en el estómago al ver que James me estaba mirando.

Jackson tenía razón: debía ponerle fin a aquello.

58

June

Una chica rubia me recibió en la puerta. ¿Es que me había equivocado al tocar el timbre?

La miré confusa. Ella me saludó con cariño y me ofreció una sonrisa.

—¡Hola, June!

Di un paso atrás para asegurarme de que aquella era la casa de William. Incluso comprobé el número de la vivienda.

—Eh…

—¡Soy Stacy! ¡Vamos juntas a clase!

La chica se echó a reír y me hizo un gesto para que pasase.

«Ah, sí. Claro».

—Hola, Stacy.

Me quité cada zapato sacándomelo con el otro talón. Primero el izquierdo y después el derecho. Dejé la mochila en la mesa del comedor. Con cautela, me dispuse a examinar el ambiente. Me sentía como una presa que estudia lo que la rodea antes de internarse en una selva oscura.

Estaba a punto de preguntarle a Stacy si sabía dónde estaba Will, pero, cuando pasamos por delante de un espejo de cuerpo entero que colgaba de la pared del salón, me quedé sin habla. Stacy llevaba un vestido oscuro y ceñido que resaltaba la esbeltez de su silueta; yo, por mi parte, tenía puesta una camiseta *oversize* y los *shorts* del chándal. Mis piernas nunca me habían parecido tan gruesas y deformes como en aquel momento.

—¡June, por fin! ¡Estaba empezando a preocuparme!

Will me ofreció una sonrisa contagiosa que, instantáneamente, me hizo olvidar la imagen del chico impulsivo, insensato y rabioso que había visto aquella misma mañana.

Cerré los ojos cuando sus labios y los míos se juntaron con naturalidad.

Olía a pino. Debía de haber salido de la ducha hacía poco; de hecho, aún tenía el pelo húmedo.

—¿Quieres comer algo? —me preguntó.

Will tenía clarísimo qué hacer para conquistarme: acababa de entrar en su casa y ya me había ofrecido comida. ¿Qué más podía pedir?

Bueno, que me explicase por qué no estábamos solos y qué pintaba Stacy a escasos metros de nosotros. Tampoco creo que estuviese pidiendo tanto.

—Ya he cenado, pero si tienes por ahí algo para picar…

—Voy a ver qué ha dejado James. Ayer tuve que volver a hacer la compra. No para de invitar a gente y mi despensa siempre está en las últimas.

William se metió en la cocina, así que me puse cómoda en el sofá. Desde allí observé la cabeza rubia de Stacy mientras esta se ponía en cuclillas delante de la tele y conectaba Netflix.

Me dedicó una sonrisa antes de sentarse en el sofá a poca distancia de mí.

Ni que decir tiene que yo no había bajado la guardia.

Si Caperucita Roja estaba a mi lado, el lobo no podía andar demasiado lejos.

—June, ¿prefieres un helado o… una de estas chocolatinas?

No oía bien a Will, así que decidí acercarme a la cocina. Pero, antes de que pudiese levantarme, James apareció en el salón sin siquiera saludarme.

Le lancé un vistazo rápido pero atento: llevaba una sudadera roja y un pantalón de chándal gris. Tenía la cara amoratada, el labio hinchado y la mano derecha vendada. Se acercó a Stacy y, mientras se peinaba con los dedos, le hizo un gesto para que se acercara al sitio donde yo estaba sentada.

—Apártate, ese es mi sitio.

Se dirigió a ella con brusquedad, pero estaba claro que lo hacía para no sentarse a mi lado.

«Se comporta como un niño pequeño… Después me dice a mí que soy inmadura».

Decidí solventar el problema alejando de allí lo que le incomodaba.

—Mira lo que he encontrado: es de vainilla con virutas de chocolate.

William me enseñó una tarrina de helado que acababa de sacar del congelador y me pasó una cuchara.

Me senté en la superficie de la mesa de la cocina para estar a su lado y él puso la tarrina en medio. Fui a dar una buena cucharada, pero la punta de la cuchara se hincó en la superficie congelada.

—¿No puedes esperar un momentito? ¿Cuánto llevas sin comer? —me dijo William riéndose.

—Desde que mi madre se fue solo como *nuggets* de pollo y patatas congeladas. No estoy en posición de hacerme la difícil.

Sonreímos y William me preguntó que cómo estaba.

—Bien. Al volver tenía mil llamadas perdidas de mi madre. Me he pasado la tarde estudiando y respondiendo su tercer grado.

Mis quejas le provocaron una sonrisa a William.

—Bueno, al menos se preocupa por ti… ¿Cuándo vuelve?

—Pasado mañana. ¿Cómo estás tú, Will? Menudo día hemos vivido… —le dije con el semblante serio.

Asintió con la cabeza baja. Pasó a estar muy pensativo.

—A decir verdad…, odio pelearme con James. A mí se me pasa rápido, pero a él le afecta bastante —dijo con un suspiro profundo. Asomé la cabeza para ver lo que pasaba en el salón.

Stacy y él estaban sumidos en lo que parecía un combate de besos. Al lado del cuerpo diminuto de Stacy, James parecía aún más corpulento. Sus anchas espaldas cubrían su cuerpo mientras se besaban sin ningún pudor. Le hice un gesto a William para que mirase.

—Pues no parece estar tan mal…

Sacudió la cabeza y soltó una carcajada.

—No tienes ni idea de cómo es, June.

—¿Qué hace con Stacy? Es decir, ¿cómo es que hoy no ha llamado a Taylor o a Tiffany?

Mi pregunta se habría merecido una respuesta del tipo «Métete en tus asuntos, chismosa», pero Will nunca me hablaba así.

—¿A Taylor? —preguntó dando un bufido—. Ella no se mezcla con nosotros los mortales. Habrá sido casualidad: si una está ocupada, pronto encuentra otra que la reemplace.

De acuerdo, tal vez era mejor no hacer aquel tipo de preguntas. De repente el tema ya no me interesaba.

—En fin, si quieres saberlo…, le he dicho yo que la llame. Si no hubiese venido, estaríamos él, tú y yo solos.

Aparté los ojos del helado para escrutar los ojos grises de William. Brillaban con una insólita curiosidad. No pude evitar acordarme de lo celoso que me había parecido que se había puesto aquella mañana: primero cuando se peleó con James, después cuando me quitó de la mano el algodón… Y lo peor es que tenía razón. James y yo pasábamos instantáneamente de odiarnos a traspasar límites a los que ni siquiera me había acercado con William.

—No quería que fuese el tercero en discordia. —Tragué saliva—. ¿Te parece bien, June?

Me quedé inmóvil bajo su mirada escrutadora. El murmullo de la nevera era lo único que rompía el silencio.

—Ah, sí, claro. Has hecho bien —aseguré.

Pero me costó alejarme de la idea que se había instalado en mi cabeza. ¿Estaba empezando Will a verme de otra forma?

—James tiene un montón de cualidades, pero no siempre es del todo fiable —comentó William quitándome la tarrina de las manos.

—¿A qué te refieres?

—A las chicas, por supuesto —respondió dejando la cuchara sucia en el fregadero.

—Pero con sus amigos es muy leal —le recordé.

Will se giró hacia mí reordenándose con la mano los rizos rubios.

—Sí, eso es cierto.

Sentí una sensación extraña. ¿Me estaba culpando de algo? Si William y yo no estábamos juntos es porque él no quería nada serio conmigo. ¿Qué pretendía?

—¿Venís a ver una peli? —preguntó Stacy desde el salón.

—¿Te apetece algo más, June?

—Estoy bien, gracias —respondí lamiéndome el labio todavía dulzón.

Mientras volvíamos a sentarnos en el sofá, la chica se puso en pie para acercarnos unas mantas que había apiladas en un sillón.

—June, ¿quieres una? Tengo un poco de frío —me dijo sonriéndome.

—No, gracias.

Stacy no parecía mala chica. No era tan insolente como Tiffany ni tan presuntuosa como Taylor.

Al menos era simpática, a diferencia del borde que tenía a su lado.

Volvió a sentarse ocupando el espacio que había entre James y yo. Entonces hizo una sugerencia que nos llevó a los demás a arrugar la nariz.

—¡Ay! Ya sé qué podemos ver: ¿ponemos *After*?

—Prefiero cortarme los huevos —respondió James poniendo los ojos en blanco.

—¡Venga, James! ¡Aún no la hemos visto! June, tú eres de las mías, ¿verdad?

—Bueno…, poned lo que queráis —dije encogiéndome de hombros.

La verdad es que la película que pusiéramos era la menor de mis preocupaciones. Seguía pensando en Austin, en la pistola sobre la sien de James y en el profesor de natación. Tal vez habría tenido que preguntarle a Blaze más cosas sobre la agresión sufrida por el director, porque aquel asunto no me quedaba nada claro.

Stacy y James empezaron a debatir sobre qué película ver, así que William le puso fin a aquella discusión.

—Vemos la primera media hora de *After*, pero, si es una mierda, ponemos otra —sugirió antes de apagar las luces.

Se sentó a mi lado y me apartó el pelo de la cara para darme un beso en el cuello que hizo que me sonrojase.

—Además, no creo que veamos mucho rato la película… —me susurró al oído.

Me puse tensa de repente.

Normalmente, me gustaba liarme con William, pero no estábamos solos. Igual él se había olvidado. Justo antes de que nuestros labios se rozasen, James se dirigió a él.

—¿William?

Impaciente, puso los ojos en blanco.

—¿Qué…?

—¿Hay cerveza?

—Levanta el culo y ve a por ella, James.

—Es tu casa.

—Solo cuando te conviene, ¿eh?

Como Will no le hizo caso, James se levantó a regañadientes. Seguía andando a trompicones, pero la sudadera ancha hacía que su pecho pareciese aún más musculoso. Me pregunté si sería capaz de estarse quieto cinco minutos viendo una maldita película; acabábamos de ponerla y ya se había levantado dos veces.

Por el rabillo del ojo lo vi volver con una cerveza en una mano y, en la otra, una piruleta que emanaba un fuerte olor a nata y fresa.

—Mi preferida —dijo sonriendo antes de lamer la chuchería roja.

Ya sabía que iba a ser una noche complicada, pero decidí concentrarme en Will.

—¿Y a mí no me has traído? —preguntó la chica en voz baja.

—No —le respondió James sonriendo.

Entonces le susurró algo al oído que le provocó una risita vergonzosa.

—¿Solo has traído cerveza para ti? ¿No podías traer algo para nosotros? —lo regañó Will mientras se levantaba a por unos vasos.

—June, ¿natural o con gas?

—Natural, gracias.

Me forcé a mirar la tele, pero sentía que había unos ojos examinándome. Stacy se había girado y me estaba observando con expresión satisfecha.

—¿Qué pasa? —pregunté confusa.

—June se parece a Tessa —dijo señalando a la chica que aparecía en la pantalla.

—¿Tessa-bes un chiste mejor?

—¡Tienen la misma cara! ¡Y el mismo cuerpo!

—Sí, igualita. Se parecerán si te pones una venda en los ojos y te tapas los oídos —dijo James en tono irónico, lo que me puso muy nerviosa.

Le hice una peineta y él fingió que no me había visto.

—Gilipollas —mascullé entre dientes.

Un segundo después de haberlo insultado, alargó el brazo por encima del sofá para rodearle los hombros a Stacy. Pero sus dedos largos acabaron rozándome la melena.

—O paras o te la arranco de un mordisco, Hunter.

—Qué agresiva eres…

¿No había tenido un día demasiado largo? ¿Cómo podía seguir teniendo ganas de hacer el tonto?

Ladeé la cabeza en un gesto involuntario. Empezó a acariciarme el cuello con las yemas de los dedos. Hizo que su pulgar, muy lentamente, recorriera la distancia que separaba mi oreja de mi garganta.

Empecé a sentir calor, mucho calor.

Con cuidado, dirigí la vista en su dirección. Él hizo lo mismo y se humedeció el labio inferior. La sensación de sus ojos en los míos fue bastante violenta; la sentí como un proyectil impactándome en el pecho.

«June, no».

Le lancé una mirada hosca para que entendiera que tenía que parar. Cuando me giré hacia Will, que volvía ya con el agua, James me dio un tirón del pelo sin la menor delicadeza.

—¡Ay!

William me miró extrañado.

—¿Va todo bien, June? —preguntó Stacy algo preocupada sin tener ni idea de lo que acababa de suceder en la oscuridad que había a su espalda.

—Todo perfecto.

«... Si no contamos el hecho de que no sabía que seguíamos en la guardería».

James me soltó el pelo, Stacy ajustó la manta sobre ambos y se apretó contra el pecho de él.

—Sigue hinchada, ¿te traigo un poco de hielo? —oí que decía la voz estridente de Stacy mientras trataba de acariciarle a James la mano herida.

James la apartó para evitar que lo tocara.

—No, déjalo.

La chica resopló.

—¿Después me acompañas a casa o llamo a mi madre y le digo que me quedo aquí a dormir?

—No hace falta que te quedes a dormir, ven aquí —le respondió él.

«Siguen existiendo verdaderos románticos...», pensé antes de volver a concentrarme en la película. ¿Es que había perdido el hilo o es que era realmente aburrida?

Bebí un sorbo de agua fría que me ofreció Will y, entonces, me hizo un hueco a su lado y me abrazó.

—Podría haber dejado antes al pobre Noah... —susurró William provocándome un escalofrío.

La película siguió y, de repente, sentí un movimiento a mi lado. Fingí que no lo había notado para no volver a distraerme.

Stacy se movió levemente y rozó su pierna con la mía. Primero una vez, después otra.

Me giré para fulminarlos con la mirada a los dos, pero, justo en aquel momento, James sacó la lengua y lamió la piruleta clavando sus ojos en los míos.

Me quedé con la boca abierta cuando la mano que sujetaba el palito desapareció bajo la manta.

Aparté la vista de forma inmediata.

«No puede ser, June. Es que tienes una imaginación calenturienta».

—¿Resulta que todo era una apuesta? —El pecho de William vibró contra mi mejilla cuando dijo aquello.

Por el rabillo del ojo vi cómo Stacy se llenaba el pecho de aire. Pareció quedarse un instante sin respiración y llegó a cerrar los ojos y a morderse el labio con pasión.

—Sí, Will. Todo el mundo sabe que es una apuesta. ¿Es que no has leído el libro? ¿No lo sabías? —le dije en un tono algo cortante.

—Qué malote es este Hardin, ¿eh? —James me miró fijamente a los ojos y me di cuenta de que, bajo la manta, había empezado a hacer un movimiento repetitivo con el brazo.

A mi lado, la respiración de Stacy empezó a acelerarse y yo no pude fingir que no me daba cuenta.

«No, no puede estar haciendo eso a dos centímetros de mí».

Él se le acercó a la cara con una expresión traviesa y le llevó la piruleta a los labios para que ella se afanase en saborearla.

«Nota mental: comprar una botella de agua bendita y bañarme con ella».

—Venga, James, aquí no —masculló ella en un momento dado.

—¿Por qué tú sí y yo no? —le respondió él.

Entonces Stacy se levantó, se recogió la larga melena rubia y los dos se esfumaron del salón.

Entendía que no les interesase mucho la película, pero lo de no terminarla porque eran incapaces de no toquetearse me pareció un poco excesivo.

Me pregunté si Will pensaría lo mismo que yo y, cuando me giré hacia él, me di cuenta de que era el único al que le gustaba aquella película.

—¡Venga ya! Debería perdonarlo. Tiene que ser así —le dijo a la tele algo decepcionado.

After por fin terminó y, mientras William se metía en la Wikipedia para descubrir cómo continuaba la historia, yo me puse de pie.

Llevaba una hora aguantándome las ganas de hacer pis.

—Voy al baño, ahora vuelvo —dije sin provocar en él la más mínima reacción.

Recorrí el pasillo en silencio y cuando rocé la puerta entreabierta del baño me di cuenta de que estaba ocupado.

La sudadera roja de James estaba hecha un ovillo en el lavabo. En su pecho bronceado destacaban varios moratones. Aquella visión me dejó hipnotizada y me provocó un escalofrío.

Aparté la vista antes de seguir bajando por su cuerpo, pero, de reojo, no pude evitar ver una silueta arrodillada y una mano venosa que agarraba con fuerza una mata de pelo rubio.

Evité posar los ojos sobre el rostro de James porque tenía claro que aquella visión me atormentaría durante muchas semanas.

Salí corriendo hacia el baño de arriba. Después de hacer pis, me lavé la cara. La tenía algo inflamada.

Respiré hondo.

Era incapaz de entender cómo una chica amable y atractiva podía desear a un tío como aquel. Sabía que ella solo era una más de las que él usaba para una noche. ¿Por qué aceptaría algo así?

La duda me asaltó mientras observaba mi reflejo en el espejo.

¿En qué punto estábamos Will y yo? ¿Esperaba algo de mí? Quizá lo mejor era volver a la planta de abajo.

Abrí la puerta para salir del baño justo cuando James se disponía a entrar.

—Perdona —le dije apartándome un poco para no rozarle el pecho desnudo.

Tropezamos cuando los dos tratamos de avanzar primero hacia mi derecha y después hacia mi izquierda.

Yo me sentí muy incómoda, pero él empezó a reírse como un idiota.

—¿Qué coño te pasa, White? —me preguntó entre risas.

—Nada, déjame salir.

Y con las mejillas al rojo vivo y la mirada baja, intenté esquivarlo. Pero él no me dejó pasar.

—¿Te ha gustado la película?

Me lanzó una sonrisa pícara y a mí me dieron ganas de darle un bofetón.

—No, me gustó más el libro.

—¿Y eso, White? —Apoyó el codo en el marco de la puerta y me enseñó esa maldita piruleta que todavía llevaba en la mano—. ¿Quieres?

—Qué asco —le respondí en tono cortante.

—A la reina de las santurronas se le está cayendo la corona…

Me harté de sus provocaciones.

—¿A qué te refieres, Hunter?

—A que no eres tan inocente como quieres hacer creer.

Le di un empujón, pero no sirvió de nada.

—Déjame salir. No te lo voy a volver a repetir.

—Está riquísima —comentó mientras chupeteaba el caramelo—. Deberías probarlo —me sugirió cuando se cansó de aquello.

Hice una mueca de asco y salí rápidamente del baño.

—June, ¿estás segura de que todo va bien? —me preguntó Will algo inquieto cuando se dio cuenta de que volví algo desorientada.

—Solo estoy un poco cansada. Ha sido un día muy intenso.

—Te entiendo. Y que lo digas… ¿Nos vamos a la habitación? Ando escaso de energía.

Se acarició los rizos con un gesto mecánico.

«¿Estábamos a punto de dormir juntos?».

—¿June? —dijo tratando de sacarme de aquel ensimismamiento.

—Sí, sí. Perdona.

Bajé la cabeza, agarré la mochila y lo seguí hacia la segunda planta.

En cuanto llegamos a su habitación, William se quitó la camiseta que llevaba para ponerse una de color negro que, probablemente, usaba solo para dormir.

—¿Ha pasado algo? —preguntó más inquieto de lo habitual.

Me miró fijamente, pero yo eludí sus ojos con maestría.

—No, nada. Voy a lavarme los dientes y a cambiarme de ropa.

Abrí mi mochila, saqué el pijama de los perezosos y me dirigí hacia el baño.

Cualquier otro día, dormir con el chico que me gustaba habría sido el evento más importante del día..., pero durante aquella jornada habían sucedido tantas cosas que todo aquello pasó a un segundo plano.

Me lavé los dientes, me puse la camiseta y los pantalones del pijama, me quité el sujetador y, tras comprobar que no se me veía nada, salí del baño y metí mis cosas en la mochila.

William encendió la tele y yo me senté en la cama sin poder evitar posar mis ojos sobre el sofá en el que había dormido la semana anterior.

—¿Dónde está Stacy? —preguntó Will cuando James entró sin llamar.

La respuesta de su amigo fue de lo más predecible:

—Eh...

Se puso a trastear entre las cosas que había sobre la mesita de noche en busca de algo.

—Siempre igual. ¿La has largado? Pobrecita... —dijo Will sonriendo.

—No creo que sea ninguna «pobrecita», la he hecho correrse dos veces en tu sofá.

—¡James! —gritamos William y yo a la vez.

Se encogió de hombros y salió de la habitación con un cigarrillo entre los labios.

—Viene Jackson. Me voy para abajo.

William me lanzó una sonrisa cómplice; parecía contento de que su amigo se hubiese esfumado.

Yo también quería que James se fuese, pero quedarme a solas con Will me ponía algo nerviosa. Se metió en la cama y abrió el edredón para que me uniese a él. Me lo quedé mirando: era la primera vez que estábamos solos de noche.

—¿Todo bien?

Asentí levemente y me puse a su lado. Will se estiró hacia la mesita de noche para coger sus medicamentos. Se me escapó una sonrisa cuando me apartó un mechón de pelo que me cubría la frente.

Por fin había vuelto a ser el chico cariñoso y amable que había conocido. Estábamos a oscuras, cerquísima el uno del otro; el corazón me latía de forma irregular.

William me arrimó a él y yo lo abracé. Posé la mejilla sobre su pecho.

—Te prometo que, muy pronto, todo el asunto de Austin será solo un recuerdo lejano —murmuró con dulzura.

—Eso espero.

Elevé un poco el mentón para ver sus ojos grises; los entrecerró justo en el momento en el que unimos nuestras bocas. Nos besamos de forma apasionada, quizá porque en aquella cama estábamos algo apretados o, tal vez, porque algo estaba creciendo entre nosotros.

Decidí, por una vez, dejar de racionalizarlo todo. Lo único que quería en ese momento era apagar el cerebro y ser yo misma. La penumbra oscurecía nuestros cuerpos, pero podía intuir cómo en sus ojos luchaban emociones contrapuestas. Puede que fuesen remordimientos o, quizá, algo de rencor.

Estaba absorta en mis pensamientos; volví a la realidad cuando William se puso encima de mí. Hundió las manos en mis caderas y me levantó la camiseta por encima del pecho.

«Espero que no piense que estoy demasiado gorda».

William volvió a besarme lentamente y yo dejé de emparanoiarme. Mis dedos rozaban la tela que le cubría la espalda, era como si no quisiera parar de abrazarlo. Se le aceleró la respiración en cuanto le hundí los dedos de ambas manos entre sus rizos dorados.

—Tus amigos están abajo… ¿Crees que…?

Sonreímos. Nuestra torpeza hizo que nuestras narices se rozaran, pero Will se apresuró a tranquilizarme.

—No van a subir, descuida.

Contuve la respiración porque, mientras hablaba, su mano intensificó el contacto con mi cuerpo tembloroso: me la introdujo por debajo de la camiseta y me rozó el vientre. Metí barriga durante un instante pero, de forma inevitable, al volver a respirar contra sus labios entreabiertos, esta recuperó su habitual blandura.

A Will no parecían importarle mis imperfecciones; es más, lo oí mascullar algo positivo cuando siguió subiendo la mano hasta tocarme los pechos. Aquel contacto cálido e inesperado me hizo arquear la espalda. Su siguiente movimiento fue aún más inesperado: usando las dos manos, me bajó los pantalones. Lo dejé hacer, puede que hipnotizada por lo placentero de aquel beso.

Pero entonces dejé de saber cómo actuar; me bloqueé paralizada por un miedo desconocido hasta ese momento. Puede que fuese por estar desnuda debajo de él o por ser más rolliza que el resto de las chicas de la escuela y dar por hecho que Will se acabaría dando cuenta de ello. Pero él no pareció percatarse de nada; siguió besándome en la boca y, con una mano, volvió a acariciarme el vientre hasta llegar al borde de las bragas.

—Will.

Le hablé en un susurro, pero con bastante decisión. Él percibió inmediatamente mis reticencias y se detuvo.

—Perdona —me dijo.

—No... Es que no creo que sea el momento.

—De acuerdo.

Se tumbó a mi lado y, mientras se llevaba las manos a la cara, yo me quedé mirando el techo con la respiración agitada. No me sentía preparada, no había que darle más vueltas.

—Es que...

—Si no quieres o no estás lista..., no pasa nada. No me debes ninguna explicación. —Se encogió de hombros y me ofreció una sonrisa sincera.

«Ahora eres perfecto, pero hoy... perdiste la cabeza».

—Si quieres, podemos hacer otra cosa..., pero no eso —musité algo avergonzada y con las mejillas enardecidas.

No había una relación real entre lo que habríamos podido hacer, el hecho de que yo no me sintiera preparada y el comportamiento que él había mostrado durante el día. Pero ya no me fiaba de él.

—Will, hoy…

—¿Te he asustado?

—No me has asustado, pero nunca había visto esa faceta tuya… —admití mordiéndome el labio.

—Sé que no somos los chicos más formalitos del mundo.

—De James ya lo sabía, pero de ti…

—¿No soy como esperabas? —me preguntó acariciándome el pelo mientras sus ojos examinaban mi boca con atención.

—Eres impredecible, Will.

Y aunque a una parte de mí aquello le pareciese excitante, a mi instinto no se lo parecía. Y eso me enviaba un montón de mensajes extraños y contradictorios a la boca del estómago.

—June, ¿te acuerdas de cuando te pedí que nos lo tomásemos con calma y que no nos embarcásemos en una relación demasiado complicada?

—Sí —murmuré apenada.

—No te dije eso porque no quisiera estar contigo. Es que todo el mundo sabe que seguirme el ritmo puede resultar agotador.

Con su voz cristalina le daba forma a un discurso que no sonaba a queja. Estaba claro que Will no quería que lo compadeciesen, parecía que realmente creía lo que estaba diciendo.

—Will, ¿pero qué dices…?

—Le pasa a James, les pasa a mis padres…

Me bajé la camiseta hasta cubrirme las piernas y me senté para poder enfrentarme a aquel tema tan serio.

—Eso no es cierto. Tus amigos te adoran y seguro que tus padres también.

Sacudió la cabeza y se acarició los rizos con un gesto vergonzoso.

—Han retrasado ya dos veces su vuelta a casa.

—Tendrán que resolver algún tema laboral; eso no significa que no quieran estar contigo.

—Puede ser, pero siempre me queda esa duda. Y a ti, June… No puedo pedirte que te esfuerces en algo tan complicado.

William bajó la cabeza y entrelazó sus dedos con los míos.

—Estar contigo no me resultaría un esfuerzo —le contesté de golpe, sin pensarlo—. Pero… tienes razón: correr no nos llevará a ningún sitio. Estoy de acuerdo en lo de que nos lo tomemos con calma. No quiero presionarte.

—Eres perfecta, ¿lo sabes?

—No, eso no es cierto.

—Claro que lo es, June. Que sepas que si, dentro de unas semanas, te quieres distanciar de mí, no te lo echaré en cara.

Se me dibujó una sonrisa amarga.

—¿Por qué tendría que hacer algo así?

—Porque puede que me pase días sin hablarte. O que desaparezca sin ningún motivo… —confesó evitando mirarme a la cara.

«Entonces, quizá, deberíamos dejar de besarnos y pasar a ser solo amigos».

Esa era la respuesta más adecuada, la decisión correcta… Y, sin embargo, un impulso nos llevó a seguir besándonos.

No tenía claro lo que sentía por él, pero me encantaba pasar tiempo con William. Si nos esforzáramos en ser siempre sinceros el uno con el otro, jamás podríamos herirnos.

Pero yo… no había sido del todo sincera con él.

Una vocecilla se coló en mi cabeza y me sugirió que cerrase el pico, que no dejase de ofrecerle a Will mis labios entreabiertos mientras él se esforzaba en que su lengua encontrase el ritmo perfecto dentro de mi boca.

Se volvió a colocar sobre mí y hundió la mano en la almohada, justo al lado de mi cabeza. Evité abrir las piernas; me puse de lado para dejarle espacio y que nuestros pechos encajasen a la perfección.

Will se apartó un poco para que yo pudiera respirar.

—No quiero aplastarte —musitó mientras yo deslizaba las manos de su cuello a su pecho palpitante para ayudarlo a quitarse la camiseta. Un relámpago de inquietud me recorrió al darme cuenta de que William estaba medio desnudo encima de mí.

«Le he dicho que no estoy preparada y él lo ha comprendido, tengo que relajarme».

Con las manos temblorosas le acaricié el pecho, que se movía con rapidez. Su aroma era exquisito.

—¿Puedo? —me preguntó trazando sobre mi cuello una estela de besos húmedos mientras, con la mano, me solicitaba acceso a la piel que se escondía bajo mi camiseta.

Will me levantó levemente la parte de arriba del pijama y yo, animada por la oscuridad, lo dejé hacer. No sabía qué pasos tenía que seguir, pero, por suerte, William acalló mis dudas con otro beso. Me agarró por las caderas haciendo que nuestros cuerpos se alineasen. Con la lengua rozaba mis labios enfebrecidos.

Sentí el peso de su excitación palpitando contra mi muslo. Usó los pulgares para masajearme los pezones, que reaccionaron de forma inmediata. Mis manos acariciaban su pecho con un movimiento rítmico, pero cuando, sin querer, rocé la protuberancia escondida bajo sus calzoncillos, me quedé sin aliento. Aquel gesto inesperado le provocó un gemido ronco, así que alejé la mano con rapidez.

—Perdona —mascullé avergonzada.

—No, por favor, no pares —murmuró llenando mi oreja de besos húmedos.

Tenía la piel en llamas y esa sensación aumentó cuando William me agarró la mano para llevársela a su cuerpo.

Nuestros jadeos parecieron sincronizarse; cada vez respirábamos más rápido, con más desesperación, en perfecta sincronía con el movimiento rítmico que yo aplicaba en su ropa interior y que a William parecía encantarle. Se me escapó de los labios una inocente guarrada cuando me di cuenta de que su excitación había conseguido emerger de sus calzoncillos. Antes de que pudiera pensar en cómo reaccionar, William me mordió el labio inferior con cierta violencia provocándome un gemido.

—June…

Suspiró mi nombre. Su respiración agitada me rozó los labios. Y entonces sentí algo extraño en la pierna.

—Mierda. Me ha pasado otra vez. Perdóname.

Me quedé de piedra. Se levantó y me di cuenta de que tenía empapado el interior del muslo.

—Discúlpame, a veces tengo este problema…

¿Así era el sexo? ¿Así de… rápido?

—No me pidas disculpas —me apresuré a responderle.

Me invadió un calor repentino que partió de mi bajo vientre y me llegó a las mejillas.

William, con aire incómodo, bajó la vista para examinar sus calzoncillos mojados.

—¿Va todo bien? —me preguntó al ver que estaba respirando con dificultad.

Asentí y me dio un beso en los labios, entonces se levantó de la cama para traer unos pañuelos de papel. Me los pasó, pero no fueron suficiente para limpiarme; tenía la piel algo pringosa.

Por suerte, el momento incómodo duró poco. Will me dijo rápidamente que, si quería, fuese a lavarme. Así que cogí el móvil y fui con él al baño. Todo resultó mucho más natural de lo previsto.

—¿Te metes conmigo en la ducha? —me preguntó sin ningún pudor mientras se quitaba los calzoncillos.

«Vale, había cantado victoria demasiado pronto».

Me giré con rapidez hacia el espejo que colgaba sobre el lavabo.

—¿Qué? ¡No! —le respondí con la cara encendida.

¿Desnudarme? No, gracias.

«Más tarde o más temprano tendrás que hacerlo, June White», me dijo la cruel vocecilla de mi cabeza.

Will se metió en la ducha y, muy rápido, una nube de vapor caliente y perfumado inundó el baño. Me froté la pierna con un poco de jabón y me lo retiré con una toalla mojada que dejé en el cesto de la ropa sucia.

El sonido del agua al caer me recordó que Will estaba desnudo, en la ducha, a unos pasos de mí…, así que decidí atenuar mi vergüenza echándole un vistazo al móvil.

Tenía un mensaje de Poppy:

> June, perdona por lo de esta mañana. Quería comentarte que el viernes es mi cumple y que me encantaría que vinieses.

Miré mi silueta en el espejo y pensé qué responder. Pero apenas reconocí el reflejo de la chica rubia que tenía delante: despeinada, con las mejillas sonrojadas y la mirada perdida. Se parecía mucho a aquella chica de la foto que le había enviado a James.

Y no tenía sentido darle más vueltas al asunto: me seguía sintiendo culpable.

Continuaba escrutando mi reflejo en el espejo cuando, por la puerta, entró la última persona a la que quería ver seguida de la alta figura de Jackson.

James se estaba comiendo un bocadillo. Jackson no perdió el tiempo y me examinó la melena despeinada con cierta sorna, lo que me obligó a tratar de arreglármela un poco.

Me sentí algo confusa al ver lo tranquilos que estaban mientras Will se daba una ducha, pero entonces caí en una obviedad: eran tíos, así que no les importaba lo más mínimo estar desnudos en presencia de otros tíos.

—Will, he venido a traerte la mochila que te habías dejado en mi coche —le dijo Jackson a William cuando este salía de la ducha envuelto en una nube de vapor.

Me giré de nuevo para no verlo desnudo y entonces me di cuenta de que James me estaba mirando con unos ojos profundos como la noche.

—¿Qué pasa? —pregunté cruzándome de brazos con un aire pretendidamente indiferente.

—¿Quieres? —me ofreció, poniéndome el bocadillo delante de las narices.

«Como si yo fuera capaz de decirle que no a un tentempié de medianoche...».

—Sí.

Traté de mantener la mirada alta y no dejarme seducir por la visión de su pecho escultural salpicado de moratones, pero él se acercó a mí con paso lento. Esperó a que abriese la boca a un centímetro de su estúpido bocadillo, y entonces me lo apartó de los labios.

—Pues te vas a quedar con las ganas. De todas formas, ya estás más que acostumbrada, ¿no? —dijo sonriendo justo antes de darle otro mordisco.

Apreté los puños y reprimí mis deseos de darle un guantazo.

«¿Desde cuándo piensas siempre tan mal, June?», me preguntó la vocecilla de mi cabeza.

«¡Desde que se relaciona con estos vándalos!», le habría contestado mi madre.

James terminó de comerse el bocadillo, se apoyó en el alféizar de la ventana y empezó a liarse un cigarrillo. Will se acercó a él con una toalla anudada a la cintura.

Jackson y James intercambiaron una mirada cómplice; el segundo se dirigió a mí tan borde como siempre.

—¿Por qué no te piras? —me espetó mirándome a los ojos.

—¿Y a ti qué te pasa? ¿A qué viene decirle eso? —le contestó Will.

—Jackson quiere hablar. ¿Podemos, por una puñetera vez, mantener una conversación privada? —preguntó James lanzándome una mirada a mí y, después, otra a Will.

—¿Por qué estás tan nervioso? Ya me voy. Encantada de tenerte lo más lejos posible —le respondí.

Pero, cuando salí del baño, algo me llamó la atención. Jackson habló en un tono muy serio. Me escondí detrás de la puerta para que no me viesen y me dispuse a oír lo que decían.

—No me preguntéis cómo lo sé, pero es una fuente de lo más fiable: el entrenador le quiere hacer un test antidroga a todo el equipo.

Will empezó a toser. El olor dulzón que provenía de allí dentro me acarició las fosas nasales; probablemente, se estaban fumando un porro.

—¿Quién cojones te lo ha dicho? ¿Cuándo? —Ni que decir tiene que James era el más preocupado de los tres.

—En cuanto sepa algo más, os lo digo. Bueno, Will, ¿estás ya más calmado? —le preguntó Jackson.

—Sí —masculló él.

—¿Te la has follado?

La voz de James me dejó sin respiración durante un instante.

«No, ¿qué dices?», le tendría que haber respondido Will.

—¿Y si lo hubiera hecho, qué?

Aquella chulería por su parte me dejó helada.

—¿En cinco minutos? —se burló James mientras Jackson se reía.

—¿Y qué pasa? —El tono de William era sorprendentemente hostil.

—¿Sí o no? No es tan difícil de responder, Will.

—¿Y si lo hubiera hecho, qué coño te importa?

—Menudo gilipollas.

—¿Soy yo el gilipollas, James? ¿Qué cojones te ha hecho June? ¿Por qué siempre tienes que hablar así de ella? No es como las demás, ya te lo he dicho.

Se me escapó un leve suspiro cuando oí que William me defendía. Pero James parecía no tener límites.

—Ah, ¿no es como las demás porque sigue siendo virgen? ¿A eso te refieres, Will? Pues qué pena.

William no respondió. Se hizo el silencio.

—¿De verdad crees que es tan inocente como te quiere hacer creer? —siguió James, sin piedad.

«Oh, no, se lo va a decir».

—¿Y qué pasa si lo pienso? ¿A ti qué te importa que sea más o menos experta…? Si a mí me gusta…

—Menuda gilipollez.

—¿Estás celoso, Jamie? —se burló Jackson.

—Menuda gilipollez —repitió James en tono cortante.

—Si son gilipolleces, ¿entonces por qué Austin ha amenazado con matarte? ¿Eh? ¿Por qué te ha dado hoy una paliza?

Will preguntó aquello de forma directa, sin titubeos.

—Le di yo primero —admitió James con la voz rasgada.

—¿Por qué? ¿Para protegerla?

Un instante de silencio siguió a aquella pregunta glacial.

—Tú proteges lo mío y yo protejo lo tuyo, ¿no?

Además de hablar de mí, ese criminal se atrevía a hacerlo como si yo fuera un objeto.

—Sí, pero la norma de compartirlo todo no se aplica a June.

—Pero si esa frase es tuya, Will. Somos más que amigos, somos hermanos. Y los hermanos lo comparten todo.

Se me heló la sangre al oír aquellas palabras de James.

—Y las chicas forman parte de ese todo, ¿verdad, Jackson?

—Siempre ha sido así —resopló el rubio.

—¿Es que la estás poniendo por delante de mí, de nosotros? —siguió James, presionando a Will cada vez más.

—Deja de decir chorradas, James.

—Pues deja tú de comportarte como un egoísta.

Hubo un instante de silencio y después se oyó la voz preocupada de William.

—Estáis de coña, ¿verdad?

James y Jackson se echaron a reír. Aquellas risotadas sádicas me provocaron un escalofrío en la columna vertebral.

—Pues claro que estamos de coña. ¿De verdad has creído que me quiero follar a tu chica?

«Lo odio. ¿Pero quién se ha creído que es? Eso no sucederá jamás».

Pensé en Will y James. Eran tan imprevisibles que sentí cómo un escalofrío me recorría la nuca.

—Pero, fuera de bromas, hay algo que tienes que escuchar, Will: esa tía nos va a joder. Y lo hará en cuanto descubra la verdad. No podemos fiarnos de ella.

—James tiene razón —aseguró Jackson.

—¡Cómo no! ¡«James tiene razón»! Siempre opinas lo mismo, Jax. Ya que estamos, si tanto te gusta..., ¿por qué no te arrodillas y le comes la polla?

Aquellas palabras de William causaron revuelo.

—¡Jackson, no! ¡Para!

Oí más ruido, y después distinguí de nuevo la voz de James.

—Will, no te comportes como un gilipollas. Piénsatelo bien antes de contárselo todo.

—¿Por eso la arrastraste a casa de Austin? ¿Querías que viese que no sería capaz de protegerla? —preguntó William.

—No, ya te lo he dicho: lo hice solo por divertirme y nada más. —Oí el sonido del mechero—. Ella no me importa una mierda.

«Lo odio».

De eso estaba segura. Volví a la habitación.

59

James

«Nunca despiertes a un perro dormido».

Ese era el proverbio que mejor describía a William.

Porque, si un segundo antes me estaba mirando con los ojos entrecerrados, las mejillas enrojecidas y los labios entumecidos por los besos, con la apariencia de ser la persona más tranquila sobre la faz de la tierra…, un instante después hizo que estallara de nuevo la guerra.

Y quería que entendiese que el causante no era yo, sino esa niñata rubia que nunca paraba de hablar.

¿De verdad creía que esa tía me interesaba lo más mínimo? Se le debían de haber subido las hormonas a la cabeza, no había otra explicación.

—Will, ¿por eso me insististe en que trajera a Stacy?

Sacudió la cabeza; estaba harto de mí. La broma de compartir a las tías no le había gustado, lógicamente, pero la verdad es que yo solo quería tantear el terreno. Con aquella afirmación y la reacción que le vino después, había entendido algo fundamental: Will estaba celoso y June le gustaba de verdad.

La situación era peor de lo que yo creía.

—Venga, Will, ¿qué mierda te pasa? Estaba de coña. ¿De verdad tienes miedo de que me la quiera follar?

—¿Es que soy el único de los tres que no piensa con la polla? —preguntó Jackson, que aún no había entendido mis verdaderas intenciones.

Will siempre se tensaba cuando le tocaban a la chavala, pero en ese momento estaba desbocado. Había llegado a darle un empujón a Jackson.

—Por Dios, ¿pero te estás viendo? ¿Qué cojones te ha hecho esa tía? No creo que tenga el coño de oro…

—¿Puedes no meterte en mi relación con ella? ¿Podrías hacer eso solo por una vez? —me espetó enfadadísimo.

Di una calada intensa. El sabor acre de la hierba me recorría el pecho provocándome un dolor placentero.

—¿Puedo confiar en ti, James?

No me lo podía creer: William confiaba menos en mí (su mejor amigo) que en ella (una tía a la que apenas conocía).

—Joder, Will...

—¿Qué?

—Pues claro que puedes confiar en mí, ¿te estás oyendo? —le pregunté indignado.

—Es que siempre la estás picando...

Ya... Pero puede que Will no hubiese entendido algo sencillísimo.

—Will, ¿tú eres consciente de que, a estas alturas, si me la hubiese querido follar ya me la habría follado?

Jackson enarcó una ceja; al parecer, esperaba que Will reaccionase fatal a aquella frase. Y, de hecho, así fue.

—¿Como hiciste con Ari? ¿Es eso lo que quieres decir, James? ¿Que nadie se te resiste y te dice que no?

—Claro que pueden decirme que no, pero no lo hacen. ¿Qué culpa tengo yo? —me justifiqué.

—Will, esa tía nunca te valoró —dijo Jackson en referencia a Ari.

Will seguía viviendo en un mundo de unicornios y princesas.

Solo porque su primera vez fue con Ari pensó que aquello duraría para siempre. Si hubiese sabido que me había pasado dos años rechazándola antes de tirármela para que él no hiciera ninguna tontería cuando se enterase de que estábamos juntos, probablemente no me habría tratado de esa forma.

Apagué el porro en el cenicero.

—Dejaos de tonterías. Podemos estar de coña, discutir... pero tenemos que estar de acuerdo en una cosa.

Eran las únicas personas que me importaban. Por ellos, y por Jasper, me echaría encima un bidón de gasolina y me prendería fuego.

Pero por culpa de una chica, Will empezaba a estar escaso de conciencia grupal... Y yo lo llevaba fatal.

Le puse una mano a Jackson en la nuca y otra a Will en la cabeza para unir nuestras tres frentes.

—Nosotros somos lo único que importa.

Will fue el primero en romper aquel contacto y aquello me sentó mal.

—Sí, muy bien, pero estáis hablando de June, no de una tía cualquiera.

—¿Otra vez con lo mismo, Will? Estamos hablando de amistad, que es una cosa bastante importante. Mucho más que un polvo.

—A June no la quiero solo para eso.

—Ah, sí, claro… Ella es especial, ya —bromeé encendiéndome un cigarrillo—. Cambiando de tema, ¿cuándo vuelven tus padres? —dije tratando de desviar la conversación, pero William era bastante testarudo.

—Sí que es especial. No te enteras de nada —insistió.

Quizá era verdad que yo no me enteraba de nada, pero tenía ojos para ver cómo me miraba June White.

—No es especial, Will. Es como todas las demás.

William parecía no entender que, si esa chica tuviera ciertos valores, no habría ignorado lo que hicimos; habría ido a la policía inmediatamente.

—¿«Como todas las demás» que te prefieren a ti antes que a mí, James?

No quería que Will lo pasase mal por culpa de June ni de ninguna otra tía. No quería que se fiase de una chismosa que solo conocía desde hacía un mes.

«¿Pero cómo coño le digo algo así?».

Lo había sentido con mis propias manos: su temperatura corporal cambiaba cuando me tenía al lado. Y lo había visto con mis propios ojos: su labio inferior le temblaba si yo me acercaba demasiado. Quería hacerse la dura, pero era como todas las demás. Ni más ni menos. Tendría que demostrárselo a Will.

«Voy a tener que ligármela para después decírselo a William y que así por fin entienda con quién está».

—Me importa mucho, James.

Esa confesión sí que no me la esperaba.

—¿La quieres?

—No lo sé.

«Me cago en todo, esto complica las cosas».

Seguía apoyado en el alféizar de la ventana; por el batiente entraba una ligera brisa que aliviaba el calor que me abrasaba el cuerpo. Me seguían doliendo los moratones y hacían que aquellos sofocos improvisados, que a veces me venían en el momento más inoportuno, fuesen aún más insoportables.

—¿Cómo que no lo sabes, Will? ¿Estás de broma? —le pregunté alterado.

Me dio la espalda para acercarse a la puerta. Fui tras él y lo detuve.

—No, no. Eh, quieto ahí, Will.

Se soltó de mi agarre, pero lo obligué a mirarme a los ojos.

—William, ¿estás enamorado de ella?

El problema no era que Will se enamorase con facilidad, sino los cambios de humor que lo volvían totalmente imprevisible.

¿Y si le había contado más cosas de las que debía? Todos acabaríamos de mierda hasta el cuello.

—Le he contado cosas que nunca le había contado a nadie.

—¿Qué cojones le has dicho? ¿Crees que, si consigues darle pena, se va a acostar contigo? —le pregunté casi rugiendo.

No quería hablarle así, pero se me había nublado el cerebro.

El empujón que Will me dio no fue demasiado fuerte, pero perdí el equilibrio y caí de espaldas sobre las baldosas heladas.

—¡Me cago en la puta, James! —exclamó Jackson siguiendo a William con la mirada mientras este, indignado, salía del baño.

—¿Y qué coño quieres que le diga? ¿Es que no recuerdas lo que le pasa siempre? Durante unos meses creerá que es el amor de su vida y después la dejará sin darle una puta explicación.

—Puede que esta vez sea diferente.

Jackson, abatido, bajó la vista. A ambos nos asaltó el mismo recuerdo.

—¿Y si es ella la que se porta fatal con él?

Aquellas palabras lanzadas al aire hicieron que el ambiente se cargase de un velo de tristeza.

—¿Te da miedo que haga alguna tontería, como cuando lo de Ari? —preguntó Jackson sin alzar la vista.

¿Qué puedes hacer para tratar de olvidar que tu mejor amigo intentó acabar con su vida después de su primera desilusión amorosa? Se encerró en el baño, se hartó de pastillas y estuvo a punto de entrar en coma farmacológico.

—Oye, Jax, estaba pensando que…

Posó sus ojos en los míos y sus iris color turquesa empezaron a brillar, quizá influidos por el color de los míos.

—Llevo tiempo con esta idea rondándome la cabeza.

—Dispara —me animó.

—Es un poco radical, pero ya sabes lo que se suele decir…

—Déjate de rodeos, James.

—¿Y si lo intento con esa chica?

—Has. Perdido. La. Cabeza —me respondió él, agitando los brazos.

—No podemos fiarnos de ella. La única manera de solucionarlo es mostrarle a Will la realidad.

—¿Cómo se te ha podido ocurrir algo así, James?

—Antes de que él se encoñe del todo de esa tocapelotas…, voy a ver si ella me deja que le meta ficha. Si Will ve que June no lo respeta, seguro que la deja. Y se acabó. Así le ahorraré un buen disgusto. Y, también, que le surjan más problemas en el futuro.

—¿Y quién te dice que ella va a aceptar? No todo el mundo va detrás de ti, James. A lo mejor Will le gusta de verdad.

«¿Cómo le explico a Jackson que esa muchachita tan inocente piensa en mí antes de irse a dormir?».

—Es probable que Will le guste, ese no es el tema. No quiero que él se involucre demasiado… Aunque no suceda lo que yo digo, imagina cómo serán las cosas cuando terminen. ¿Crees que ella no irá por ahí contándolo todo? Seguro que acaba picadísima. Lo mejor es deshacerse de ella cuanto antes.

«Además, si las cosas salen mal, ¿quién la va a proteger de ese animal de Austin?».

Jackson estaba estupefacto. No podía creerse lo que estaba oyendo.

—¿Quieres que lo dejen? Menuda idea de mierda…

«El fin justifica los medios».

«Además, si ella deja de salir con nosotros, dejará de estar en peligro».

—Se conocen desde hace poco, no creo que sea tan grave. La mía es la mejor de las opciones —asentí convencidísimo.

—Sí, pero, en esa situación, el único que gana algo eres tú, que te la vas a follar.

—¿Estás loco, Jax? ¿De verdad crees que me la quiero follar? Si lo hago es solo por Will.

Jackson me miraba con los ojos en llamas.

—Con un beso sería suficiente, ¿no? Eso es ya una traición —pregunté como si no tuviera ni idea de cómo funcionan las parejitas monógamas.

—Sí, pero Will sentirá que lo has traicionado.

—Qué va, se dará cuenta de que lo he hecho todo por él. Quiero demostrarle que estar con ella es perder el tiempo. Que esa tía sería capaz de liarse con su mejor amigo sin ningún problema, mientras que él ha estado a punto de echar por tierra nuestra amistad.

La mirada de Jackson me hizo entender que no aprobaba aquello y que estaba enfadado.

—¿Le vas a demostrar que ella no es de fiar... comportándote como una persona que no es de fiar? Vas a quedar fatal a los ojos de Will.

—Igual no te enteras. —Me puse serio y me acerqué a él para explicárselo en voz baja—. Ya he tenido ocasión de tirármela, simplemente he decidido no hacerlo.

De algo sí que no tenía dudas: jamás traicionaría a Will. Jamás. Aunque sabía que él no podría decir lo mismo. Mi amigo era una persona volátil e inestable, pero no por ello lo quería menos.

—No quiero traicionar su confianza —admití en un susurro.

—Será lo que consigas si llevas a cabo ese plan, James. William va a perder la cabeza si le haces algo así.

—Un beso no es más que un beso —respondí cortante.

—No todo el mundo piensa como tú. Es una traición.

—No es ninguna traición, joder. No le estoy dando la espalda, no le estoy haciendo daño. Se trata solo de una tía cualquiera con la que ni siquiera está saliendo; no es una traición.

—Oye, déjate de tonterías. Ya se nos ocurrirá algo, esto es demasiado radical. Me voy a ir yendo; si hoy también vuelvo tarde, mi abuela me va a dar un chancletazo.

Jackson me dio una palmada en la espalda tan fuerte que me hizo gemir de dolor.

—¡Ay!

—¿Seguro que no tienes daños internos? Te ha dado una buena paliza, ¿eh? Resulta bastante curioso pensar que te han dejado así por defender a «una cualquiera», ¿no crees? —me dijo en tono burlón.

—¿Qué cojones dices, Jax? Vete a dormir de una vez.

Soltamos una carcajada.

—Nos vemos mañana en el instituto.

Salió del baño y me quedé solo, apoyado en el lavabo.

La cabeza me daba vueltas, como siempre. Primero por la cerveza y después por la hierba.

Tenía que comer algo y que tomarme un analgésico.

En la lejanía, se alternaban sus voces: Jackson estaba atravesando el pasillo y Will, al parecer, seguía enfadado.

—Todo por tu culpa, June White —mascullé mirándome en el espejo.

Había discutido de nuevo con Will por culpa de aquella niñata insoportable.

Dos veces en un mismo día. Eso jamás había sucedido. Y, encima, él seguía enfadado conmigo.

¿Por qué no entendía que lo primero éramos nosotros, sus amigos, y después ella?

¿Qué sentido tenía anteponerla a nosotros cuando solo la conocía desde hacía un mes?

Ella le daría la espalda a la menor dificultad, eso lo tenía claro.

Pensé en mi plan.

Puede que Jackson tuviera algo de razón; mi idea era demasiado drástica. Pero al llevarla a cabo pondría a prueba a June y descubriría si era digna de mi confianza. Y, por tanto, si estaba a la altura de William. Me encontraba ante una encrucijada.

No entendía que Will quisiese estar con ella, ni tampoco que le preocupase que otro se la quisiera follar. Marvin y yo habíamos compartido tías mil veces y a ninguno le había sentado mal. ¿Tan erróneo era hacer algo así en este caso? ¿Es que lo que ella y yo habíamos hecho a espaldas de Will estaba mal?

Me acordé de cuando, durante una clase de Religión, Marvin incomodó a la maestra con una pregunta muy rara: «Y si el paraíso no existiese, ¿qué sentido tendría portarse bien?».

Pensaba en ello a menudo.

Teníamos once años y, por las tardes, solíamos robar en la tienda que había al lado del *skatepark*; y lo hacíamos solo por el gusto de hacerlo, ya que de dinero íbamos sobrados. Entonces pensábamos que aquello era lo más grave que haríamos en nuestra vida. Qué equivocados estábamos... Jackson se ponía rojísimo de la vergüenza que le daba; con él era imposible robar. A William, sin embargo, siempre se le iba de las manos y acababa con los bolsillos demasiado llenos. Marvin era el compañero perfecto para aquello.

«Si Jesús no existe, entonces voy a robar también una botella de vodka», decía provocándome una carcajada.

Bebíamos solo un par de sorbos y, al final, acabábamos vomitando en el jardín de detrás de su casa.

Marvin se hacía preguntas de lo más existencialistas y después me las planteaba a mí como si yo supiese algo de la vida. En realidad, lo que yo pensase sobre el paraíso o el infierno no importaba lo más mínimo.

Ser un chico malo me parecía de lo más excitante, así que siempre actuaba de esa forma. Todo me daba igual.

Cuando mi vida se convirtió en un infierno dejó de haber espacio para chiquilladas. Tuve que hacerme fuerte para defenderme a mí mismo y a los que me rodeaban.

Bajé a la cocina, me apoyé en el fregadero y me saqué el móvil del bolsillo del pantalón.

¿Te está gustando eso de ir de acampada?

Jasper me mandó un montón de emojis; intercalaba vómitos y elementos festivos. Siempre era así de sarcástico.

Vale, eso de acampar te parece una mierda.
¿Hay, al menos, alguna chica guapa?

Respondió con una carita sonriente.

¿Y tú?

Yo las tengo a patadas, Jas, ya lo sabes.

Me envió un sol y un corazón blanco. ¿Eso qué significaba? Aparté los ojos del móvil y la vi entrar en la cocina.

White es demasiado mayor para ti, Jasper.

Se lo envié.

Puede que, para mí, fuese simplemente «demasiado» y punto.

—¿Estás bien? —me preguntó aquella fisgona cuando se dio cuenta de que me estaba masajeando la cadera con insistencia.

«Voy a echarla de aquí a patadas».

—Métete en tus asuntos.

Dejé el teléfono en la mesa mientras ella se acercaba. Se cubrió las manos con las mangas de la sudadera. ¿Antes no estaba en pijama? ¿Por qué cojones se había puesto una sudadera de Will?

«Ignórala».

Le di la espalda y abrí el paquete de un *muffin* de chocolate. Fumar me daba tanta hambre que habría podido comerme una pizza a pesar de que aquel día ni siquiera había entrenado.

—Oye, ¿puedo quedarme con el sofá cama?

—No.

No sabía de lo que hablaba, pero le habría respondido que no a cualquier pregunta.

—Vale, entonces duermo aquí —masculló señalando el sofá del salón.

Alcé la vista y vi que parecía algo asustada.

«Maldita sea, y yo que quería ignorarla…».

—¿Qué ha pasado con Will? ¿Te ha largado? —le pregunté con fingida indiferencia.

—No quiere hablar, parece enfadado. —La rodeé tratando de evitar su mirada curiosa, y me senté en el sofá—. Se ha enfadado contigo, así que muchas gracias por amargarnos la noche. Hazme sitio.

«Que te den».

Levanté la barbilla y la miré a los ojos.

—No.

—¿Nunca duermes aquí y te lo tienes que pedir justo la noche en la que me lo he pedido yo?

—Acabo de discutir con Will, idiota. No me apetece subir a su habitación.

—¿Pero qué ha pasado? ¿Por qué habéis discutido? —me preguntó elevando las cejas.

—Cosas nuestras, White. ¿Cuántas veces quieres que te lo repita?

—¿Cómo está Jasper?

Resoplé y aparté la mirada.

—Eres una mosca cojonera.

—Te estás ablandando, lo sé.

—Ah, ¿sí? —le pregunté en tono desafiante antes de desmenuzarle sobre la cabeza los restos del *muffin*.

—¡Eres un imbécil! ¿Qué coño haces? —me gritó tratando de quitarse el chocolate del pelo.

—Ya paro, ¿pero tú podrías parar de tocarme los cojones durante un par de minutos? —le espeté.

—¿Y tú podrías ser educado durante solo un segundo?

—Sí, claro. Tráeme una cerveza.

Estaba seguro de que, de un momento a otro, me daría una bofetada. Pero, en lugar de eso, se echó a reír.

—Qué buen chiste… —me respondió.

—¿Te parece que estoy de broma?

—Me pareces un gilipollas —me contestó sin ningún miedo.

Solté sobre la mesa el papel del *muffin*, ya que necesitaba tener las dos manos libres.

La agarré de las caderas, la empujé contra el sofá y la obligué a tumbarse.

Siempre le decía que tenía muy pocos reflejos, pero en ese momento me di cuenta de que no era cierto. Seguro que se le daría bien golpear el saco de boxeo; le habría venido bien aprender a defenderse.

—Ni se te ocurra volver a insultarme —le susurré a poca distancia de la cara.

Antes de que pudiera reaccionar, le bloqueé las manos a ambos lados de la cabeza.

Se le agitó la respiración.

—Ni se te ocurra volver a darme una orden —me contestó con las mejillas enrojecidas.

—No eres especial, White.

Me lamí el labio inferior cuando mis ojos se posaron sobre su boca carnosa.

«Tengo que borrar aquella foto».

—¿Sabes decir algo más o siempre repites las mismas frases? —me desafió.

La agarré del brazo. La oí gemir, pero era demasiado orgullosa como para admitir que le estaba haciendo daño.

—Déjame.

—¿Y qué vas a hacer si no lo hago, chavala?

—¿Quieres recibir otro más? ¿No te han dado hoy suficientes puñetazos? —me recordó en tono desafiante, aunque seguía teniendo los brazos inmovilizados.

Empujé mi pecho duro contra el suyo, que, por contraste, me pareció muy blandito. Bajé la mirada y vi que, bajo la camiseta, sus pechos eran muy firmes; aquello era lo último que quería ver en ese momento.

—¿No puedes pasar un día sin que te peguen? —me gritó.

Si no fuera por Will, seguramente, nunca habríamos estado así. Lo más probable es que en el instituto nunca hubiese sido consciente de su existencia.

Puede que debajo de toda esa ropa fuese bastante sexy, ¿pero cómo iba a saberlo si se empeñaba en ir siempre tan cubierta?

Me aparté de ella y me senté a cierta distancia de seguridad.

Necesitaba fumar.

Me saqué un paquete de tabaco del bolsillo. Ella observaba los movimientos de mi mano. Parecía hipnotizada y yo no pude evitar hacerme una pregunta:

«¿Le gustan los anillos o los odia?».

¿Qué hacía yo pensando en esas idioteces cuando Austin había estado a punto de reventarme la cabeza? Si hubiese querido, podría haberme matado.

Justo cuando había llegado a la conclusión, después de lo que había pasado en su casa, de que quería alejarme de ella, me encontré forzado por mis deseos de protegerla.

Decidí llevarla a casa de Austin a modo de juego, pero, al final, acabé asegurándome de que nadie le hiciera nada malo.

«Tengo que follar más, seguro que el problema es ese».

La miré y, de forma inevitable, me encontré pensando en mi plan.

Porque, al final, aquella chavala no había resultado ser una presa fácil.

¿O puede que sí?

Esa curiosidad mía no tenía ni pies ni cabeza. Además, jamás me acostaría con una tía que vestía de esa manera y que se comportaba así.

Volví a mirarla y la pillé apartando la vista de mis labios.

La melena rubia le caía por los hombros. Tenía el pelo más fino que Stacy y peor peinado que Taylor. Sus ojos eran tan celestes como los de otras muchas chicas, pero, en su caso, eran enormes y me hacían sentir vulnerable. Eran demasiado claros; tanto que me daban miedo porque parecían estar a punto de atravesarme el alma.

Mientras desmenuzaba el tabaco sobre el papel, me humedecí los labios y sentí en la lengua el dulzor de la fresa.

Ella se miraba las rodillas, pero su actitud esquiva le duró poco. Volvió a mirarme.

—Cuánto trabajo te tomas para liar algo que te hace tanto daño... —me dijo señalándome las manos.

Sacudí la cabeza reprimiendo una sonrisa.

Me pregunté cómo sería ir seduciéndola hasta hacerla caer en mi trampa.

Algo me decía que sería una presa dulce, dulcísima. Sería por su perfume o por su actitud de chica buena. Pero ya se sabe que las chicas buenas no existen.

«Tengo que borrar esa puta foto».

—James, ¿me estás oyendo?

Cuando se puso a hablar me acordé de por qué no la soportaba.

Aunque hubiese sido el fruto más dulce del jardín, aunque Will no existiese..., ¿cuántas espinas tendría que apartar para darme un homenaje?

«No es para mí. Y está claro que yo no soy para ella».

—¿Por qué lo has hecho? —oí que preguntó tras un instante.

—¿El qué?

—¿Por qué has discutido con Will?

«Cállate, por el amor de Dios».

—Primero por lo de Austin, después por lo del director y, por último, por ti —enumeré con sequedad.

—¿Por mí? —preguntó enarcando una ceja.

—¿Es que no entiendes que Will está bajo mucha presión, joder?

—¿Y eso qué tiene que ver conmigo?

—No tendrías que estar aquí, a mi lado —le espeté.

—Soy capaz de elegir yo misma dónde quiero estar.

60

June

Me habría gustado tener una conversación civilizada con James, enterarme de qué había pasado para que Will estuviese tan enfadado…, pero no fue posible. El señorito me culpaba siempre de todo y, por defecto, se ponía de parte de su amigo.

—Soy capaz de elegir yo misma dónde quiero estar.

Aquella frase hizo que me mirara de reojo.

James se llevó a la boca el papel transparente. Mis ojos se clavaron en los suyos mientras lamía el cigarrillo de izquierda a derecha y viceversa.

No entendía por qué me sentía así.

No lo soportaba. Es más, ni siquiera lo toleraba. Aunque se hubiese mostrado amable conmigo, cosa que no había sucedido, la forma en la que había tratado a Stacy era intolerable.

James representaba todo lo opuesto a lo que a mí me atraía de un chico. No entendía por qué a mi estómago le parecía tan excitante.

—Salgo a fumar —anunció poniéndose en pie.

—Dime lo que ha pasado con William —insistí, siguiéndolo en su camino.

Miró en mi dirección y sus ojos azules se convirtieron en dos rendijas.

Me agarró el hombro con una mano y me obligó a retroceder hasta la pared.

—Oye, White, no sé qué se te está pasando por la cabeza, pero nunca voy a arruinar mi amistad con Will.

—¿Pero de qué hablas? ¿Por qué el hecho de que me odies tanto arruinaría tu amistad con Will?

—Joder, pues sí que te odio —musitó a un palmo de mi nariz—. Eres una niñata insoportable.

Contuve la respiración para no inhalar el sugerente aroma que emanaba de su piel.

—Yo también te odio: eres un insensible y no tienes corazón.

Levanté la mirada poco a poco aunque mis ojos no querían separarse de aquellos labios carnosos y brillantes.

—Me deseas —dijo con su característica voz rasgada que otorgaba a sus palabras un timbre cálido y sensual.

El roce de su aliento en mi boca me produjo un escalofrío intenso que me recorrió toda la columna vertebral.

—Eres... tonto de remate.

—No me provoques, Blancanieves.

Sentí cómo su cuerpo presionaba el mío y aquello me despertó una descarga eléctrica entre las piernas. Percibí en el vientre una tensión más que placentera.

—¿Y si no qué?

Sus ojos adquirieron aquella particular forma que le hacía parecer un experto depredador.

—Si no, ya lo verás. Te lo he avisado.

«Se te va la fuerza por la boca». No lo dije en voz alta para no meterme en problemas.

Su mano, que hasta hacía un segundo me agarraba del hombro, se deslizó hacia mi mandíbula y allí empezó a dibujar círculos imaginarios con el pulgar.

«¿Y este qué hace ahora?».

—Deja de dar por culo, tengo sueño.

James me acercó la cara y yo tuve que controlar la respiración.

—Eres tú el que está encima de mí.

—¿Desde cuándo eres tan descarada cuando nos quedamos a solas?

El timbre de su voz cambió levemente, se volvió más profundo. Me empezaron a temblar los brazos, pero me aseguré de que no lo notara.

—Desde que tú pierdes el autocontrol, Hunter.

Se le dibujó una sonrisa en sus labios carnosos y se acercó a mi oído.

—Nunca te hagas ilusiones conmigo. Nunca.

De forma distraída, me rozó el cuello con los labios tibios. Y aquello me provocó un cortocircuito en el cerebro.

—No. Jamás sería tan ingenua.

—Tendrías que haberlo sabido.

—¿Qué?

—Que solo me comporto así porque me gustan los juegos peligrosos.

Noté sobre la piel su cálida respiración.

Mi pecho y mi vientre se contrajeron con similar violencia.

—¿Yo sería un juego para ti? —pregunté sin tragar saliva.

—¿Es que no es obvio?

Por fin, nuestros labios se acercaron peligrosamente. El estómago se me puso del revés.

«Es que si no oliese tan bien…».

—Jamás te besaré —afirmó como si se le acabara de ocurrir aquella idea.

Se me tensaron los hombros.

—Yo tampoco te besaré jamás. Mi madre besó a tu padre y después lo dejó. Seguro que lo de ser un mal besador es hereditario.

Mi comentario le provocó una sonrisita divertida, casi inocente.

—Es lo más estúpido que he oído en mi vida.

—Pues estoy segura de ello. Y no cambiaré de idea.

Mantuve la cabeza alta ante su mirada glacial. Un remolino de sensaciones se abría paso en mi bajo vientre.

—¿Quieres que apostemos, Blancanieves?

Me estremeció la forma en la que movió la lengua para pronunciar esa frase.

«Ella no me importa una mierda».

Si no lo hubiese oído pronunciar esa frase hacía tan solo un instante, probablemente habría creído que, en ese momento, se moría de ganas por estar así conmigo. Quizá hasta de besarme.

¿Por qué su boca decía una cosa pero su forma intensa de mirarme decía otra?

—No te des tanta puta importancia. Puedo vivir perfectamente sin saber cómo besa James Hunter.

Me miró con indiferencia y apartó poco a poco su cuerpo del mío.

—Entonces voy a hacer que te vayas a dormir con la duda. Y recuerda: yo puedo jugar contigo, pero tú no conmigo —me dijo antes de apretar la mandíbula.

—Me voy —respondí dándole la espalda.

—Puedes dormir aquí —me ofreció señalándome el sofá justo antes de colocarse un cigarrillo entre los labios.

—Me habías dicho…

—Duerme aquí y cállate de una vez.

Observé cómo su ancha espalda desaparecía escaleras arriba.

«Buenas noches a ti también, gilipollas».

Aquella noche tuve unos sueños muy extraños.

No recordaba nada, solo imágenes sueltas y olores que parecían reales.

¿Se podía soñar con un perfume? Era absurdo. Y, sin embargo, lo sentía fuerte y claro incluso cuando volví a abrir los ojos y miré a mi alrededor.

La luz de la mañana entraba, sin fuerza, por las persianas medio abiertas. El silencio reinaba en la casa.

No había nadie conmigo en el salón.

Me acurruqué bajo la manta disfrutando del calorcito y cerré los ojos por un instante.

Pero entonces me acordé de algo.

Cuando me quedé dormida no tenía manta, ¿por qué ahora estaba tapada con una?

Me froté los ojos y, con dificultad, me levanté del sofá. Fui al baño para refrescarme. Tenía el pelo despeinadísimo y, bajo la sudadera, seguía llevando el pijama de los perezosos. ¿De verdad me había enfrentado a James Hunter así vestida?

Miré la hora en el móvil. Eran las siete menos cuarto, me daba tiempo a prepararme el desayuno. Eché un vistazo en la despensa, pero, justo como pensaba, estaba casi vacía.

No había galletas, ni cruasanes… Nada dulce. Y yo, por la mañana, siempre necesitaba algo dulce.

Comprobé que, al menos, en la nevera sí que había leche y huevos de sobra, así que cogí un paquete de harina y me puse manos a la obra para hacer tortitas.

—No me puedo creer que hayas dormido en el sofá.

La voz somnolienta y nasal de Will se oyó a mi espalda.

Me abrazó por detrás y me susurró al oído:

—Perdona por lo de anoche.

Envuelta en su abrazo cálido, me puse tensa.

—Parecía que estabas enfadadísimo.

«Y a mí me daba miedo quedarme a tu lado».

—Había discutido con James, ya te lo había dicho —explicó con calma.

Al parecer, para Will aquello era ya agua pasada.

—Vale —dije, y me dispuse a seguir cocinando.

Oí unos pasos pesados en la escalera.

William sonrió y se sentó a la mesa esperando la comida.

—La verdad es que... ¿qué más podrías pedir? —dije mientras le servía las tortitas calientes.

Le devolví una sonrisa tímida.

—¿Qué más podrías pedir? —preguntó James llegando a la cocina con paso seguro y mirada desafiante. Examinó la comida de nuestros platos y cogió la taza de café—. ¿Un capuchino decente con suficiente espuma? ¿Unas tortitas más esponjosas? ¿Una buena mamada antes de irme al instituto?

Aquel día tenía la intención de no dirigirle la palabra, pero aquello era demasiado. Lo atravesé con una mirada glacial; tan glacial que provocó que Will me hiciese un gesto para que se lo dejase pasar.

—Como ves, siempre se puede hacer algo más —dijo James sonriendo y cruzándose de brazos después de recostarse en su silla.

—También puedo escupir en tu plato mientras te lo preparo, por ejemplo.

—¿Y quién me dice que, con lo idiota que eres, no lo has hecho ya?

—Pues te vas a quedar con la duda —susurré, usando una fórmula parecida a la que había utilizado él la noche anterior.

James no pareció molestarse, pero se mordió el labio, concentrado en observar su móvil.

—No le hagas caso, June. —Will me agarró del brazo e hizo que me sentara sobre sus rodillas para susurrarme algo.

—¿Por qué has dormido en el sofá? Tendrías que haber venido a dormir conmigo.

—Tenía calor y no podía dormir… No quería despertarte. Me muevo mucho mientras duermo.

Al oír lo que acababa de decir, James esbozó una sonrisita satisfecha sin apartar los ojos de la pantalla.

—Si hasta le quitaste a James la preciosa manta polar que siempre usa cuando duerme aquí… Me extraña mucho que no se diese cuenta —comentó Will dejándome muy confundida.

Ahora entendía todo lo del perfume.

«Vale, vale, vale…».

—Sí, le robé su preciosa manta. Eso fue exactamente lo que pasó.

Miré a James, pero este no se inmutó.

—¿No te despertó? —le preguntó Will con aire sospechoso.

Él esbozó una sonrisa falsa.

—Cuando terminéis de tocarme los cojones, me avisáis.

La rabieta matutina de James pasó a un segundo plano en el momento en el que Will me metió en la boca un trozo de tortita bañada en sirope de arce.

—Will, déjame comer sola —le dejé caer, sonriendo.

—Qué dulce eres —susurró, y me dio un beso azucarado en los labios.

Will también habría sido muy dulce si no se hubiese empeñado en mirar a James justo después de haberme besado.

No me gustaba que William mirase así a su mejor amigo mientras estaba conmigo.

Yo no era ni un trofeo ni un motivo de discordia.

Pero así era como me estaba haciendo sentir.

Si Will tenía algún complejo de inferioridad con respecto a James, no iba a ser yo quien lo alimentase.

—Voy a arreglarme para ir al instituto —dije para librarme de aquella sensación.

James se estiró y sacó músculo. Se le subió un poco la sudadera y dejó al descubierto su abdomen compacto.

—¿No vienes a clase? —le preguntó Will mientras se levantaba de la mesa.

—No lo sé —respondió James en tono cortante.

—June, voy a vestirme. No hace falta que limpies la cocina, después se encarga Jamie —dijo William de broma antes de encaminarse hacia la planta de arriba.

«Pues entonces vamos listos…».

—Hoy no estoy de humor…

—Nunca estás de humor cuando tenemos examen —le solté mientras metía los platos en el lavavajillas.

—¿Cómo puedes ser tan charlatana tan temprano? Además, cocinas fatal…

Me giré y vi que James me estaba mirando. Seguía sentado y tenía las piernas abiertas.

—Mis tortitas estaban buenísimas. Y, a juzgar por la velocidad a la que te las has comido, estás de acuerdo conmigo.

Sonrió con malicia.

—Es que no me podía comer otra cosa… Pero bueno, al menos te han mantenido la boca ocupada y no nos has molestado durante un ratito.

—¿Cómo «que no te podías comer otra cosa»?

Me había despertado hacía menos de media hora, mi cerebro todavía iba a medio gas.

James abrió un poco más las piernas y se rozó la lengua contra el interior de la mejilla. Su sonrisita arrogante me dejó claro que se refería a alguna cochinada.

—Estás todo el día con las guarradas… —dije sacudiendo la cabeza.

—Y si estás tú, aún más —aseguró cruzándose los brazos sobre el pecho.

—Por cierto… —Cerré el lavavajillas con un golpe sordo y me giré para mirarlo con aire desafiante—. ¿Cómo es que arropas a la gente mientras estás dormido? ¿Es que te vuelves sonámbulo para llevarle tu preciosa manta a quien odias?

Se puso en pie de un salto.

—Hablas demasiado, chavala. —Se acercó a mi oído con una velocidad sorprendente y no me dio tiempo a reaccionar—. Y no tienes ni idea de lo poco que hablarías si estuvieras conmigo.

Me estaba provocando.

O, tal vez, esa era simplemente su odiosa forma de ser. Pero a mí me debía dar igual. Tenía que ignorarlo.

Fui al baño y cerré por dentro. Me lavé los dientes y me puse el uniforme.

Necesitaba un poco de tiempo para arreglarme el pelo; aquella mañana lo tenía indomable.

—¡White, date prisa! —oí que gritaba James desde el otro lado de la puerta, tan impaciente como siempre.

—Jackson ha llegado ya —me avisó Will.

—¿Pero qué os pasa? ¡Tenía que peinarme! —les dije mientras nos disponíamos a salir de la casa.

Cuando llegué a la puerta, el aire fresco de las ocho de la mañana me dio de lleno en la cara. Era más acre de lo habitual, quizá porque estaba impregnado de olor a tabaco.

James estaba fumando apoyado en el muro exterior de la casa.

—Como si el tiempo dedicado a arreglarte fuese a servir de algo… —dijo en tono cortante—. No entiendo por qué hemos tenido que esperarte, Blancanieves.

—¿Tanto te divierte tratarme así?

—¿Quieres saber la verdad? —James se me acercó y yo me puse más nerviosa. Me echó el humo en el pelo y me susurró al oído—: Te encanta que te hable así.

—¿Podemos irnos ya? —nos dijo Will, que ya estaba en el coche.

James me hizo una señal para que caminásemos hacia el vehículo.

—Después de ti, Blancanieves.

Apreté los dientes y puse los ojos en blanco.

«Te odio».

61

June

Nunca había llegado a clase acompañada de William, James y Jackson. Al principio no le di importancia, pero entonces me di cuenta de que no había ni una sola alumna que no se me hubiese quedado mirando.

Llegué ilesa a mi taquilla y pude sacar los libros de Matemáticas. Will se quedó a poca distancia hablando con sus amigos.

De repente, una silueta oscura se detuvo ante mí.

—June.

—Brian… Eh… Buenos días.

Se pasó la mano por el pelo corto de forma distraída.

—¿Podemos hablar un momento?

—Claro.

—Sé que Amelia y tú habéis tenido un malentendido y que, tarde o temprano, lo hablaréis, pero…

Vio algo a mi espalda y pareció bloquearse.

James y Will lo estaban mirando fijamente.

—¿Pero qué? —lo animé.

—He visto que has llegado con ellos al instituto.

—¿Y qué?

—June, es mejor que…

James se puso al lado de Brian y le dio una fuerte palmada en la espalda.

El chico moreno respiró hondo, como tratando de mantener la calma.

Le lancé a James una mirada de lo más elocuente, y este se puso a rebuscar en su mochila justo a nuestro lado.

—No le hagas caso —le dije a Brian antes de poner los ojos en blanco.

Pero entonces se acercó también Will. Se me puso detrás y pasó el brazo por encima de mi cabeza para apoyarlo en mi taquilla. Miraba a Brian de forma desafiante y no le importó lo incómoda que yo me sentía.

—Vamos, habla —lo animó William.

Brian estaba bastante confuso, pero decidió seguir la conversación.

—Poppy me ha dicho que te ha invitado a la fiesta.

Oí que James había tosido para camuflar una palabra:

—Patético…

William hizo lo mismo.

—Gilipollas…

Los miré fatal pero, como no parecía suficiente para disuadirlos, me alejé de allí haciéndole a Brian una señal para que me siguiese y pudiese hablar conmigo a unas taquillas de distancia.

—¿Qué haces con ellos, June? No tienes ni idea de…

—¿De qué?

—De lo que son capaces. No deberías siquiera relacionarte con ellos… ¿y ahora hasta venís juntos a clase?

Me giré hacia los chicos, que nos seguían mirando.

Estaba claro que no querían que hablase con Brian. ¿Cuál sería el motivo?

—Así son las cosas —respondí encogiéndome de hombros.

No tenía la menor intención de justificarme ni con él ni, mucho menos, con Amelia.

—¿Qué querías decirme, Brian? —le pregunté.

—Si no me pongo las pilas voy a sacar un suspenso que fastidiará mi media.

—En Historia, ¿no? —le pregunté acordándome de su mala nota.

—Sí. Pero el trabajo por parejas que nos ha puesto para finales de mes podría subirme la media. Eres una de las más listas de la clase, igual podríamos hacerlo juntos. Podrías venir a mi casa.

James pasó a su lado con su habitual aire arrogante y un destello de rabia coloreó los ojos esmeralda de Brian. Sin mediar palabra, agarró a James del cuello de la camisa y lo empujó contra las taquillas con una fuerza insólita.

La velocidad con que lo agredió me dejó sin respiración.

—¿Te pongo morado también el otro ojo, Hunter? —le preguntó con rabia.

—Brian, por favor, suéltalo —le pedí.

El que mejor se lo estaba pasando era el propio James. No tenía miedo, no conocía esa sensación.

—Venga, atrévete —le dijo, sonriendo, en tono provocador—. Me encantará ver cómo el director te patea el culo otra vez, Hood.

—Me ha suspendido por tu culpa —le espetó Brian antes de soltarlo.

—James, basta ya —lo regañé.

—Piénsatelo, June.

—Vaya técnicas de ligue tiene el empollón este… —se burló James mirándolo desde arriba.

—Mejores que las tuyas —contestó el otro.

—Ya, ya… Eso tendríamos que preguntárselo a A…

Me puse de puntillas y le tapé la boca con las dos manos para evitar que terminase la frase.

No quería que estallase la Tercera Guerra Mundial en el pasillo y, sobre todo, no quería que me pillase en medio.

—James, ¡basta ya! —le grité antes de girarme en dirección a Brian—. Me lo voy a pensar, ¿vale? Y ahora vamos a clase, que va a tocar el timbre.

James le hizo una señal a Will, que no había dicho nada en todo el incidente.

—Ahora voy, id vosotros —dijo en tono calmado.

James me obligó a avanzar, y dejamos a William y a Brian hablando en el pasillo.

—¿Qué le está diciendo Will?

—Nada —masculló James.

—Dios mío, entonces es verdad… ¿Es así como resolvéis las cosas? —pregunté mientras trataba de girarme para mirarlos.

—¿Cómo?

James frunció el ceño. Tenía un cigarrillo entre los labios.

—No lo sé, pero la verdad es que Will parecía tenso. ¿Qué le estará diciendo?

—Para ya de hacer preguntas, joder. Vámonos.

Tuve que apretar el paso para no quedarme atrás.

—Claro que hago preguntas, ¿qué está pasando? Brian solo me estaba diciendo…

—¿Eh? —James fingió que no me entendía.

—¿Es que ni siquiera podemos hablar?

—¿Has terminado ya de quejarte de una puta vez?

—Sois rarísimos, ¿por qué os odiáis tanto?

Se encendió el cigarrillo justo antes de llegar a la salida de emergencia.

—¿Sabe lo de Ari?

James abrió la puerta de emergencia que daba a la escalera exterior y entonces me miró.

—Por supuesto que no lo sabe. Ni lo sabrá a menos que se lo digas tú mientras os miráis a los ojos haciendo ese trabajito de mierda.

Me puse tensa.

—¿De verdad crees que quiero inmiscuirme en estas historias?

—Si no es así, ¿por qué se lo dijiste a Taylor?

Su pregunta me pilló de improviso.

—¿Crees que yo se lo dije a Taylor?

—Bueno… Eras la única que lo sabía. Y, mira por dónde, al final han roto. ¿Es que te gusta ese gilipollas?

Las palabras de James me provocaron un escalofrío.

—¿Durante todo este tiempo has creído que yo se lo conté a Taylor? —le grité.

—¿Es que no fue así? —James me miraba desde arriba, con una mueca arrogante y sin dejar de fumar.

—De ninguna manera, ¿por qué iba a hacer yo algo así?

—Porque él te gusta.

—¿Quién? —pregunté, confusa, enarcando una ceja.

James lanzó una gran bocanada de humo y me miró a los ojos.

—Deja de hacerte la princesita conmigo, sabes perfectamente a quién me refiero.

—Cuando me contaste lo de Ari pensé que lo dijiste en broma. Además, creía que te… fiabas de mí.

Carraspeé decepcionada conmigo misma por lo que acababa de decir.

—Yo también creía que te fiabas de mí, pero no me creíste cuando te dije que yo no le había contado a Taylor lo de tu hermano —se quejó.

¿Cómo es posible que Taylor se entere de todo?, me pregunté dándome media vuelta.

—¿Qué vas a hacer?

Oí la voz de James cuando yo ya estaba en mitad del pasillo.

—Voy a clase, Hunter.

—No, digo… con él.

Me quedé bloqueada y giré un poco la cabeza en su dirección.

—¿Vais a ir? —me preguntó mientras arrugaba con la mano el paquete de cigarrillos.

—No. Bueno… no lo sé —dije recorriendo con la mirada el cuerpo escultural que la camisa y los pantalones apenas le podían contener.

«Si no tuviese el cuello amoratado y los labios hinchados, estaría casi elegante con el uniforme del instituto».

—Bueno, ¿y a ti qué te importa? —le pregunté.

Actué de forma esquiva. Estaba claro que James no estaba celoso de mí, se estaría comportando así por algún asunto no resuelto con Brian.

—La verdad es que no me importa una mierda —contestó mirándome con sus ojos azules.

—Entonces puede que vaya —dije encogiéndome de hombros, como si aquello no me importase.

—Haz lo que quieras —masculló dejando caer al suelo las cenizas del cigarrillo.

—A menos que o tú o Will me digáis por fin qué pasó en la famosa fiesta de Tiffany del año pasado.

James negó con la cabeza y, contra todo pronóstico, sonrió. Aquellos dos hoyuelos hacían que se pareciese mucho a su hermano.

—Estás loca. ¿Tu madre es tan manipuladora como tú? ¿Va a grabar a mi padre en calzoncillos para extorsionarlo?

Puse una mueca altanera antes de cruzarme de brazos.

—Soy mucho peor que ella.

James siguió fumando con los ojos entornados sin decir nada.

—Me voy a clase —repetí viendo que no quería ceder.

—Hum... —masculló mientras daba una última calada y tiraba el cigarrillo al suelo.

—Espera. ¿Dónde coño vas, White? Ven aquí.

—¿Adónde? —pregunté mirando alrededor.

—Vámonos de aquí.

—Pero si ya ha empezado la clase...

—¿Prefieres hablar conmigo u oír a un gilipollas hablando de ecuaciones hasta que te explote la cabeza?

En vez de esperarme, James dejó la puerta abierta y empezó a bajar por la escalera de emergencia. Se quitó la chaqueta, se desanudó la corbata y se sentó en uno de los escalones. Su espalda dibujó una curva cuando se inclinó para sacarse el papel y el tabaco del bolsillo del pantalón.

«¿Qué haces, June? Vete a clase».

Puse los ojos en blanco y me culpé mentalmente.

«Venga, June, vete a clase...».

Pero ya era demasiado tarde, me había sentado en el escalón.

Cada vez que lo tenía al lado me daba cuenta de lo alto que era James.

—Así que no tienes ni idea de nada... —dejó caer moviendo con agilidad los dedos cargados de anillos.

—No. ¿Qué tendría que saber? Solo sé que en la fiesta de Tiffany intentaste ligarte a Amelia.

—¿Eh?

—Lo que oyes —dije en tono cortante.

—¿En serio que te han contado eso? ¿Pero no erais amigas? —Estaba tan sorprendido que había alzado ambas cejas.

—Eso es lo que me contó.

—Qué puta mentirosa... Siempre con la misma historia... —masculló malhumorado.

—Ella no quería decirme nada, insistí yo —admití.

—Claro, y ella te ha colado la historia de que tengo las manos muy largas... No me lo puedo creer, ¿cómo se atreve a hacer algo así?

Bajé la vista cuando vi que sacaba la lengua para deslizarla por el papel.

—Brian me dio una paliza aquella noche y ella no movió ni un dedo —recordó, cargado de resentimiento hacia Amelia.

Me habría encantado saber qué tipo de relación había entre ellos dos, pero no podía preguntárselo de forma directa. Las cosas de James no eran de mi incumbencia, sobre todo los asuntos relativos a las chicas.

—¿Quieres? —preguntó antes de encender el porro.

—Claro, para que me desmaye y así no me cuentes nada…

—Está mucho menos cargado que el que te pasé en mi casa, White. —Negó con la cabeza y resopló—. Haz lo que quieras.

—¿Por qué te pegó Brian? —insistí, segura de que estaba a punto de recibir una explicación.

—Porque el gilipollas se encontró a su hermana llorando a lágrima viva, conmigo, en la habitación de Tiffany. Ella dijo la primera mentira que se le vino a la cabeza y él, obviamente, la creyó.

—¿Y entonces qué es lo que pasó en aquella fiesta?

«Y, sobre todo, ¿por qué a él lo expulsaron y a ti te metieron directamente en el reformatorio?».

James cerró la boca y volvió a abrirla para dar una calada.

—Aquella noche estaba con Amelia en la cama de Tiffany…

—Guau, qué forma tan elegante de empezar una historia…

Se echó a reír y le vino la tos por culpa del humo que acababa de tragarse.

—¡No estábamos follando! ¿Pero qué te has creído?

—Pues eso sí que es raro… Es mejor que lo aclares. Contigo es fácil pensar mal.

—¿Puedes callarte por una vez y dejarme hablar a mí?

62

James

Un año antes

Amelia no parecía dispuesta a parar. Recorría la habitación sin dejar de contarme su historia como si a mí me importase una mierda.

—Así que, cuando dejé el examen de Lengua en su mesa, me rozó la mano al coger el papel.

—No lo entiendo —respondí de mala gana mientras, tirado en la cama de Tiffany, miraba fijamente el techo recién pintado de blanco.

—¡Me rozó la mano!

—¿Y qué pasa?

—¿No lo entiendes, James? —dijo ella, riéndose, y se tumbó a mi lado.

—Claro que no lo entiendo, ¿es que te ha rozado con… otra cosa? En ese caso, entendería tu excitación… —le dije en tono burlón.

—Me ha rozado la mano, ¡de forma voluntaria! Es la primera vez que lo hace.

—¿De verdad estás tan mal como para montarte una película mental sobre el profesor de Lengua? —le pregunté incorporándome apoyado en el codo.

—No son películas mentales. Me miraba de una forma que… ¡Ay!

Avergonzada, se cubrió la cara con un cojín en forma de corazón. Bajé la vista hacia su cintura esbelta y su top oscuro. Llevaba unos vaqueros negros que se ceñían a sus delgadas caderas.

—¿Y por qué me lo cuentas a mí? —le pregunté apartándole el cojín de la cara.

—Eres el único del que me fío… —murmuró.

Se acarició la mejilla. Teníamos las caras muy cerca.

—¿Y de Poppy?

—Poppy es mi mejor amiga, pero es una bocazas.

—La verdad es que eso es cierto.

Amelia me dio un cojinazo.

—¿Y de Ari?

—¿Y si se lo dice a Brian?

—Ya imagino los titulares: «Encuentran muerto a un profesor en una zanja...».

Soltamos una risotada que cesó con rapidez. Ella no paraba de mirarme los labios.

«No, Amelia».

Me puse en pie y me acerqué a una mesita en la que había un montón de pintalabios de Tiffany y otros cosméticos que no sabía para qué servían.

—James...

Amelia se dirigió a mí en tono preocupado cuando me vio manipular un polvo blanco.

—Abajo hay una fiesta —me justifiqué.

—Deberías dejarlo.

—Cierto.

—Y tan cierto —insistió ella mientras me acariciaba la espalda desnuda con los dedos fríos—. Te quiero mucho. Pero esa mierda hace que dejes de ser tú mismo, no te permite pensar correctamente.

—Si fueras yo también querrías dejar de pensar y de ser tú misma.

—James... —Esta vez, mi nombre sonó como una leve regañina.

—Perdona —le dije sin mirarla a los ojos.

Esperó a que yo acabase y entonces me lanzó la camiseta para que volviera a vestirme, pero yo la dejé caer al suelo.

La agarré por las caderas haciendo que se sobresaltase.

—¿Bajamos a divertirnos o nos quedamos aquí toda la noche hablando sobre el «Profesor Ricitos»?

—De acuerdo, bajemos. —Sonrió cuando le di un beso en la frente.

Bajamos a la planta principal y, poco después, la perdí de vista. Seguramente estaría bailando.

Yo me puse a beber y a fumar con mis amigos, pero entonces me llegó un mensaje.

Podría haber sido Tiffany, Stacy, Taylor… Cualquiera.

Pero sabía que no era ninguna de ellas. Porque siempre era yo quien las llamaba. Solo había una persona a quien no podía llamar y que me buscaba solo cuando le apetecía.

Era una foto.

Me aparté un poco del grupo y la abrí.

Ari llevaba un conjuntito de lencería roja y miraba a la cámara con ojos de corderita.

¿Era eso lo que me gustaba de ella?

No, todas me excitaban por igual…

Lo que me gustaba de ella era que no estaba disponible para mí cada vez que yo quería; eso me excitaba. También me parecía electrizante eso de que fuese tan peligroso vernos a escondidas; a espaldas de Brian, a espaldas de todos.

Eso me hacía perder la cabeza.

La colcha sobre la que estaba tumbada me llamó la atención. Era la de Tiffany. Ari estaba en la planta de arriba. Me lancé hacia las escaleras como un león a punto de atrapar a su presa.

Presente

—No hace falta que me des detalles, gracias —me soltó June White algo escandalizada.

«Pero si aún no he contado una mierda…».

—Tranquila, chavala, no quiero traumatizarte.

—Bueno, sigue. ¿Habéis estado así un año más o menos? —me preguntó, avergonzada, colocándose tras la oreja un mechón dorado.

—Más o menos, no llevo la cuenta —contesté quitándole importancia.

Me dio un golpe en la rodilla para que le pasara el porro.

—Solo dos caladas —le indiqué, aunque en realidad no tuviera ningún derecho a ello.

—Eso no lo decides tú —me respondió de forma instantánea.

—Vale, ¿puedo terminar ya esta maldita anécdota?

Asintió y se lamió el labio, yo tuve que apartar la vista.

Un año antes

—Creo que me voy a mi casa. Brian ha llegado. Voy a decírselo a James.

Oí la voz de Amelia en el pasillo. Pero los gemidos de Ari, que estaba encima de mí, no me dejaron concentrarme en oír lo demás. Se estaba divirtiendo, ¿quién era yo para impedir que acabase?

Amelia abrió la puerta de par en par y entró a la habitación sonriendo, sabiendo que me encontraría allí.

—Brian acaba de llegar. Me voy a casa… ¡¿Pero esto qué coño es?!

—¿Qué pasa? ¿Ha ocurrido algo? —pregunté en tono inocente, esperando que no se enfadase demasiado.

Mientras, Ari se apartó de mí y, de lado, empezó a vestirse. Apenas la vi cuando, ante la mirada estupefacta de Amelia, salió huyendo de allí.

—¿Cómo has podido?

Amelia me enfiló con sus ojos color esmeralda. En sus pupilas intuí la desilusión, pero estaba demasiado preocupado en taparme las partes íntimas con los calzoncillos.

—¡Cómo has podido!

Repitió aquello como un disco rayado.

—¿Por qué siempre lo arruinas todo?

—Oye, relájate, no eres mi novia.

Mi reacción la enfadó aún más.

—¿Y eso qué importa? ¿No te basta con follarte a todo el instituto? ¿También tienes que follarte a mi mejor amiga?

¿Qué podía responder a aquella pregunta?

Aquella escenita de celos me pareció excesiva.

¿Estaría borracha?

—Me has traicionado —mascculló antes de echarse a llorar.

Joder. No quería que Amelia llorase por mi culpa.

Me puse los calzoncillos y salí de la cama de un salto.

—Amelia, ¿pero qué…?

Le acaricié la mejilla y mis dedos se mojaron con sus lágrimas. Le levanté el mentón para obligarla a mirarme a los ojos.

—James, Ari es mi mejor amiga… Es la novia de mi hermano. Si Brian se entera, te mata.

—Me la suda Brian, ya lo sabes. Pero no quiero que tú estés mal.

—Yo también te la sudo. ¡Siempre has sido un puto egoísta! No piensas en las consecuencias de lo que haces.

—¿Egoísta yo? ¡Que te den por culo, Amelia! Solo te me acercas cuando necesitas algo o cuando quieres tocarme las pelotas con tus mierdas de niñata enamorada.

La maldad con la que me salieron aquellas palabras hizo que los dos sintiéramos un escalofrío.

—Mi familia te ha tratado como a un hijo. ¿No te da vergüenza decir algo así?

—Solo finges ser mi amiga.

Decir eso en voz alta me provocó una punzada en el estómago.

—Ya no soy tu amiga —afirmó mientras el dolor se me acentuaba.

—¿Y piensas que me importa? —le solté sin pensarlo demasiado.

—¡Eres un gilipollas! ¿Cómo puedes decir que me quieres y, a la vez, tratarme así? ¿Cómo puedes traicionar de esa manera a mi hermano?

—Perdóname por haber…

Empecé a hablar pero no pude terminar la frase porque sus labios temblorosos se acercaron a mi boca.

—¿Por haber qué, James? Venga, dilo.

Su nariz rozó la mía, así que cerré los ojos.

¿Estaba a punto de besarme?

Se me aceleró el corazón, pero bajé la cabeza para evitar ese contacto. No podía besarla. No me apetecía besarla. No quería complicar aún más las cosas.

—¡Te odio! ¿Cómo has podido hacerme esto? ¿Y ahora qué le digo a Brian? —me gritó con los ojos llenos de lágrimas al darse cuenta de que me había apartado para evitar su gesto impulsivo.

Un instante después, fue ella la que trató de apartarse. La agarré de la muñeca.

—Amelia, relájate. Se te ha ido la pinza. No ha pasado nada que no…

Brian eligió fatal el momento para aparecer en la habitación, y nos pilló con las manos en la masa.

Yo estaba en calzoncillos y cualquiera podía ver la erección que me había provocado su novia.

Tenía agarrada a su hermana por el brazo y ella lloraba desconsolada.

No existían palabras suficientes para evitar que Brian no malinterpretase la situación.

—¿Qué cojones estás haciendo, Hunter?

Sus ojos verdes, felinos, me atravesaron.

Y no había nada que yo odiase más que aquella mirada.

—Amelia, ¿por qué lloras? —le preguntó a su hermana.

«James estaba en la cama con Ari».

Pero no tuvo el valor de decirlo.

—¿Qué te ha hecho? —insistió furioso y con los ojos demudados por la ira—. ¿Ha intentado forzarte a hacer algo?

Y Amelia decidió castigarme de esa forma.

Estaba demasiado herida.

Asintió y salió corriendo.

Sabía que su hermano perdía el control cuando se enfadaba. Pero, igualmente, mintió.

63

June

—No podía respirar. No le devolví ni un golpe. Puede que me los mereciese —dijo entre dientes.

James lo estaba pasando mal al revivir lo que le pasó y a mí me pesó haberle empujado a que me lo contase. No se merecía que Amelia hubiese mentido de esa forma.

—Amelia se sintió doblemente traicionada —la justificó mientras seguía lanzando al aire grandes nubes de humo.

—La violencia nunca es la solución —apunté—. Entonces ¿mintió a Brian para proteger a Ari?

—Creo que sí.

«¿O es que el motivo de que estuviese tan enfadada y decepcionada era que estaba enamorada de ti?».

No me pareció el momento adecuado para preguntarle aquello.

—Yo me metí en medio.

—Bueno, James, sabías que estaban juntos. Podrías haberlo evitado.

Me puse a juguetear con el dobladillo de la falda del uniforme.

—¿No crees que aquello fue cosa de dos? —me espetó él.

—Entonces ¿Amelia sabe lo vuestro?

—No. Ari cortó conmigo después de aquella noche. O, al menos, lo intentó.

—Pero no fue capaz, ¿verdad? —pregunté sabiendo la respuesta.

—Ari le habrá dicho que solo pasó una vez y Amelia la habrá creído. Y entonces dejó de hablarme.

¿Amelia había zanjado su relación con James después de aquella noche?

Había algo que no encajaba…

—¿Y Brian y tú no erais amigos?

—Hace mucho. Cuando éramos pequeños.

Me acordé de la foto de toda la familia que me había enseñado Jasper.

—¿Y entonces qué pasó?

—Muchas cosas. Demasiadas.

—James, no me lo estás contando todo…

—¿Y tú qué sabes?

—Al día siguiente, mandaste a Brian al hospital. ¿Por qué?

—Ah…

—Aquella noche pasó algo más. Si no fue así, no me lo explico. Si hubieses querido pegarle, podrías haberlo hecho cuando él te atacó.

—June, ¿qué haces aquí?

James se puso en pie cuando oímos aquella voz. Era William.

Me di media vuelta y me topé con sus ojos sombríos mirándome desde arriba.

—¿Y qué haces… fumando?

Parecía molesto.

—Nada, estábamos… discutiendo.

James no contestó y Will bajó la vista.

—Vale, vuelvo dentro.

—Espera, Will. —Intenté ponerme en pie, tenía la intención de seguirlo. Pero James me agarró. Sentí que me ardía la piel de la muñeca y que la cabeza me daba vueltas.

—Deja que se le pase. Si lo sigues te va a responder fatal.

—¿Que se le pase qué? ¡Yo no he hecho nada, James! Solo estábamos hablando. ¿Es que ahora no puedo hablar con quien quiera?

En ese momento me acordé de cómo había reaccionado William cuando me había visto con Brian.

—¿Entiendes ya a lo que me refería cuando te decía que no quería verlo sufrir?

Fruncí el ceño.

Sabía perfectamente que James conocía a Will mejor que nadie y que solo quería protegerlo, pero yo no había hecho nada para provocar que reaccionase de esa forma.

—No tiene ningún motivo para estar celoso... —musité para mis adentros.

—¿Estás segura?

James me lanzó una mirada glacial que me provocó un escalofrío.

—Será mejor que vuelvas a clase —sugirió guardándose el mechero en el bolsillo.

—James, pero...

—Te he dicho que te vayas.

Pero si yo no le hacía caso a mi madre, mucho menos a James Hunter.

Volví al interior y vi la silueta de William torciendo una esquina del pasillo. Apreté el paso.

—¡Will!

Lo seguí hasta el baño de los chicos.

—¿Va todo bien?

—Sí —respondió con frialdad.

Sentía que algo entre nosotros se estaba rompiendo; sobre todo por mi parte, aunque ahora fuese Will el que me miraba decepcionado.

—Nunca te saltas ninguna clase —dijo en tono cortante.

—James me estaba contando una cosa importante sobre Amelia, Will.

—Podrías habérmela preguntado a mí.

—No, era una cosa que solo sabía él.

William estaba nervioso y tamborileaba con los dedos sobre el lavabo.

Observé en el espejo el reflejo de sus ojos brillantes. Se peinó con los dedos.

—No pasa nada, ya se me pasa.

Pero lo excesivo de su reacción me inquietaba bastante.

—¿Te has enfadado porque estaba hablando con James?

¿El problema era Brian?

O puede que el único problema real fuese lo tóxico que se estaba volviendo el vínculo entre William y yo. Aunque no estábamos juntos, él era extremadamente celoso.

—No es la primera vez que sucede, June.

—¿El qué?

—Déjalo.

En ese momento entendí que, quizá, estar con Will era más difícil de lo que en principio había pensado.

Al parecer, James no estaba tan equivocado.

—Pero va todo bien con James, ¿no? No tienes ningún problema con él, ¿verdad?

—No, tranquila.

Me puso las manos en los hombros e hizo que nos mirásemos a los ojos. Odiaba verlo de aquel humor; probablemente, lo mejor sería que aclarase mis ideas y que hablásemos. Pero no era fácil. ¿Por qué estaba actuando de una forma tan desproporcionada?

—¿Vienes esta noche al Tropical, June? Han montado unas atracciones navideñas en el exterior. Todo el instituto estará allí.

Su propuesta me pareció muy rara.

—Pero si aún faltan meses para la Navidad…

—¿Me lo tomo como un sí? —me preguntó sonriendo.

Después de lo que había pasado en los últimos días, lo mejor sería que me quedase en casa.

«Pero podría aprovechar la ocasión para hablar con Blaze».

—Vale, pero duermo en mi casa.

—Como quieras, June.

Me incliné para darle un pico, pero él se apartó. Me dio la espalda y salió del baño dando un portazo. Me quedé, con cara de tonta, mirándome al espejo.

—Mañana vuelvo. ¿La casa sigue en pie? —preguntó mi madre por teléfono.

—No lo sé. Te cedo el honor de que lo compruebes tú misma cuando te dignes a volver.

—¡June!

—Perdona, mamá.

—¿Qué pasa? ¿Has sacado malas notas?

«Claro, porque, en mi monótona vida, lo peor que me puede pasar es sacar una mala nota en alguna asignatura, ¿verdad?».

—Te dejo, mamá, que se me enfría la cena.

Colgué la llamada y me alegró ver que Blaze me había respondido.

Sí, June. Allí nos vemos.

Me hice un bocadillo, me metí en la ducha y me lavé el pelo.

Media hora después, oí un claxon. Jackson había llegado.

Cerré con llave la puerta de mi casa y bajé los escalones de la entrada.

—¿Qué pasa? No he tardado nada —resoplé cuando vi a James apoyado en la portezuela del flamante coche rojo.

No tenía puesta su habitual chupa de cuero, sino una camisa oscura de cuadros de distintos tonos de gris. La llevaba abierta hasta el segundo botón, lo que permitía que se viese una cadenita de plata.

—El tiempo suficiente como para fumarme un cigarrillo —me contestó enseñándome la colilla.

Le puse mala cara y me senté en el asiento de atrás, entre Will y la portezuela.

—Qué guapa.

Marvin, que estaba al otro lado de William, se inclinó para echarme un vistazo. Este le dio un codazo.

James entró al coche y se hizo el silencio.

—¿Es que estamos de luto? —resopló Marvin—. Jax, pon un poco de música.

—Cállate, Marv —le dijo el dueño del coche.

—¿Pero qué coño os pasa? No puedo pedir que se ponga música, no puedo hablar de la tía que se moría por un tatuaje en la mano…

—¿Un tatuaje en la mano? —Me picó la curiosidad.

—¿Te gustan, June? —me preguntó Marvin sonriendo.

—No me vuelven loca los tatuajes —confesé mirándole el cuello, completamente tatuado.

—A esta tía le encantaban. Y los anillos también —le dijo a Will, a quien no le interesaba aquella conversación lo más mínimo.

—¿Cómo que «y los anillos también»? ¿Es que no le gustan a todo el mundo?

—Bueno… —Se encogió de hombros y bajó la vista hacia las manos de William, completamente desprovistas de joyas.

Cuando volví a mirar hacia delante, mis ojos se fijaron en las manos de James, ya que las tenía apoyadas en su reposacabezas. No era algo en lo que me fijase demasiado en los chicos, pero James tenía unas manos preciosas.

Tragué saliva y miré por la ventanilla. Marvin le hizo cosquillas a Jackson en el cuello.

—¿Eres tonto?

Jackson, como siempre, fue un borde.

—¿Es que no te gustan las cosquillas, Jax?

—No. Sobre todo, mientras conduzco —se quejó el rubio al tiempo que se colocaba bien las puntas del cuello de su cazadora del equipo de fútbol.

Will se echó a reír, pero Jackson parecía molesto.

—Dejaos de tonterías. Tenemos algo serio entre manos. —James dijo aquello con voz ronca y las risas cesaron de forma inmediata—. Alguien tiene que hablar con Blaze. Quiero saber qué está tramando el director.

—¿Cómo te llevas con Blaze? —me preguntó Will, y no pude evitar fruncir el ceño.

Quería charlar con él, no usarlo para sacarle información.

—Bueno, pues…

—Hablo yo con él —zanjó Jackson.

James le echó un brazo por los hombros, pero Jackson se lo apartó.

—Eres un capullo, Jax —dijo echándose a reír y masajeándole el hombro.

Le acarició la nuca a su amigo y siguió subiendo hasta su pelo.

—¿Por qué? —preguntó Jackson en tono tenso pero sin apartarle la mano a su amigo.

—¿Por qué has dicho eso? —insistió Will, que parecía no enterarse de lo que estaba pasando.

—Vamos… Todos sabemos que Blaze pagaría lo que fuese por disfrutar de todo esto que Dios te ha dado —comentó James en tono jocoso mientras palmeaba los abdominales de su amigo.

Jackson contuvo el aliento. Se notaba que las manos de James no le resultaban indiferentes. Estaba tenso.

—James, no vayas por ahí —le regañó Will.

—¿Qué cojones he dicho?

—A mí me parece muy buena idea —dije apoyando lo que había dicho Jackson.

—¿Alguien ha pedido tu puta opinión, White? —me espetó James inmediatamente.

En su voz percibí una leve nota de celos. ¿Qué sabía él de Jackson y Blaze? Si es que había algo que saber, claro.

Me miró con sus ojos celestes y yo le puse mala cara.

«Eres un troglodita. ¡No eres capaz ni de percibir el estado de ánimo de los que te rodean!».

Pero no le dije nada, ya que aquella frase habría desencadenado un infierno.

El equilibrio de aquel grupo era mucho más frágil de lo que *a priori* pudiese parecer; un movimiento en falso o una palabra de más bastaban para que todo se tambalease peligrosamente.

Por fin llegamos al Tropical. La zona que lo rodeaba parecía mucho más iluminada y colorida de lo habitual gracias a las atracciones itinerantes que habían montado.

No me dio tiempo a mezclarme con la multitud cuando oí una voz de lo más familiar.

—Jamie.

«Taylor».

La rubia enarcó una ceja; no entendía qué hacía yo allí.

Se dieron un beso apresurado, pero ella parecía más interesada en mí que en él.

Nos pusimos en cola para entrar en el local y, mientras los chicos fumaban, Taylor aprovechó para acercarse a mí.

—Oye… ¿cómo es que, viniendo del campo, has acabado relacionándote con la gente más popular del instituto?

Llevaba un jersey rosa que se le ceñía a la cintura y un par de *leggings* oscuros. Estaba guapísima.

—Soy una trepa social compulsiva. Ahora que estoy con ellos empezaré a sentirme la reina de este puto sitio. Ah, no, espera… esa eres tú, Taylor.

Por un instante, a aquella chica se le borró la pose soberbia y me miró estupefacta. Pero entonces James le sonrió y ella se recompuso inmediatamente.

—Nunca serás como yo. Estás con Will, no con James.

Se acarició la melena con una elegancia innata.

—Oh, qué pena —le contesté.

No quería discutir con una persona tan presuntuosa.

—Tu madre también te dio un par de ojos con los que puedes ver las diferencias entre uno y otro, así que no te hagas la esnob, White.

—Sí, sí… —resoplé mirando el móvil.

—Y la verdad es que no creo que estés acostumbrada a estos estándares. Puede que ni siquiera tengas un estándar si tenemos en cuenta que es la primera vez en tu vida que estás con un chico.

«¿Otra vez con lo mismo?».

¿Pero qué le importaba a esa gente lo que yo había hecho o dejado de hacer?

James pareció notar que me sentía incómoda, así que se acercó a nosotras con mala cara.

—¿Qué coño le estás diciendo? —le preguntó a la rubia, que lo miraba como si fuese una aparición divina.

—Que eres el ser más bello sobre el que posará los ojos —le murmuró al oído con voz seductora.

A modo de respuesta, él simplemente la miró de una forma tan intensa que parecía querer arrancarle la ropa ahí mismo.

—Guau, qué envidia me dais. En mi próxima vida, espero ser tan perfecta como vosotros dos. Sois el mejor ejemplo de pareja feliz que conozco —mascullé apartando la mirada.

De repente, James pareció perder el interés por Taylor y se me acercó.

—Estás hablando demasiado, ve con cuidado —masculló entre dientes rozándome con los labios el lóbulo de la oreja.

Me puse tensa inmediatamente.

—A mí no me amenaces —le solté tratando de mantener el control.

James se lamió los labios y me miró a los ojos. Pero Taylor se acercó a él para darle un beso y yo me vi obligada a apartar la vista.

Lo había visto besar a muchas chicas y en ocasiones muy diversas, pero nunca tan de cerca.

Su buen olor, mezclado con el del humo de los cigarrillos que lo rodeaba, me ponía en jaque el sistema nervioso.

Llevó una mano a su cadera y le levantó levemente el jersey; con la otra le acarició la larga melena rubia. Se recrearon en aquel beso con lengua profundo y obsceno.

En aquel momento me habría gustado estar en cualquier otro lugar antes que allí.

Will y Jackson, mientras, seguían hablando de un partido de fútbol con el que parecían estar obsesionados.

—Jamie, ¿por qué no, en vez de hacer cola, vamos al puesto de tiro? —preguntó Taylor.

—¿Eso es un reto? —dijo James.

—No, no sería muy romántico por mi parte. Además, recuerda que llevo disparando desde los diez años. No tendrías ninguna posibilidad conmigo. Quiero ser yo la que te gane un osito de peluche, Jamie.

Lo dijo retorciéndose un mechón con si fuera una niña pequeña.

—¿Vienes, White? —me preguntó antes de ponerse en marcha.

—¿Yo?

—Sí, te reto —dijo Taylor mirándome a la cara.

—No creo que sepa coger una polla, así que imagínate una pistola de juguete —murmuró James haciendo reír a Taylor.

Lo odiaba. ¿Por qué tenía siempre que dejarme en ridículo delante de sus amigos? Sin embargo, cuando estábamos solos… No, seguro que lo suyo eran burlas y nada más.

Estaba a punto de rechazar aquella horrible oferta cuando Jackson vino a rescatarme.

—Me muero por ver de qué sois capaces vosotros dos —aseguró Jackson mirando a James y Taylor—. Le echaré una mano a June. Reto aceptado.

—Voy con Marvin a por algo de beber y ahora me uno —susurró Will dándome un beso en la mejilla.

Nunca nos había gustado demasiado demostrarnos amor en público, pero aquel día Will estaba más frío de lo habitual.

Habría podido pasarme la noche preguntándome qué había hecho para que él estuviera tan nervioso, pero la verdad es que preferí seguir a Jackson y darle una lección a Barbie y a Ken.

Will y Marvin entraron en el local, mientras que Jackson y yo nos dispusimos a seguir a la parejita del año.

James era una persona muy rara. Era cariñoso con las chicas; lo había sido con Tiffany y lo estaba siendo también ahora con Taylor. Le pasaba el brazo por el hombro y, de vez en cuando, jugueteaba con sus dedos cuajados de anillos con la sedosa melena de ella.

Llegamos al puesto de tiro y ahí empezó el ridículo más grande que había hecho en mi vida.

Taylor disparaba muy bien, era como si tuviese licencia de armas; yo, sin embargo, fallaba más que una escopeta de caña.

No le di ni a una lata. En un momento dado empecé a sudar, así que me até la sudadera a la cintura.

Cuando Jackson vio la gravedad de la situación, se puso a mi lado.

—Joder, White, eres penosa. Escúchame… —me dijo acercándose a mi oído.

—¿Qué?

—Yo te enseño. Levántala un poco.

Posó su mano sobre la mía y me enseñó a empuñarla correctamente.

Su mejilla suave casi rozaba mi sien. Al mirar hacia el lado no pude evitar ver sus labios carnosos y perforados.

Sabía que les gustaba a todas las chicas del instituto, pero aún no tenía claro si a él eso le importaba lo más mínimo.

—Si la coges así, seguro que te tiembla menos el pulso.

Oí una tos.

James estaba apoyado en el mostrador y nos miraba de reojo.

—¿Habéis terminado ya?

El rubio sonrió por la reacción de su amigo y se acercó de nuevo a mí.

—Ahora verás… —me dijo, provocándome un estremecimiento.

Estaba tan cerca de mi cara que podía percibir sin ningún problema su aliento en mi cuello.

—Jackson, la chavala ya lo ha entendido, ¿eh? —masculló James bajando la vista con expresión enfadada.

Al final, a pesar de aquellos útiles consejos, seguí sin apuntar bien, por lo que Jackson disparó las últimas balas por mí.

Si hubiésemos estado en una película, Jax y yo habríamos podido remontar… pero, en la vida real, esos dos idiotas nos habían destrozado. Taylor se regodeaba por haber ganado. Ni James ni ella habían errado un tiro.

El hombre de detrás del mostrador le dio el oso de peluche gigante a James, pero Taylor se lo quitó de las manos.

—No hay nada más humillante que dejar que un hombre te regale algo —aseguró orgullosa, y entonces se giró hacia mí—. O quizá sí que hay algo aún peor: ser una perdedora.

No le devolví la mirada de desprecio ni contesté a sus provocaciones.

—No a todo el mundo le gustan las armas tanto como a ti y a tu familia de locos, Taylor —le espetó Jackson, que aquella noche parecía estar extrañamente amable conmigo.

¿Tanto le había gustado que yo fuese la única que apoyase su propuesta de hablar con Blaze? ¿O es que odiaba tanto a Taylor que, en su presencia, se olvidaba de lo mal que le caía yo?

—Jax, más te vale cerrar el pico —le respondió ella—. Voy a hacer pis. Toma, Jamie. Puede que sea un poco grande para ti, igual no estás demasiado acostumbrado —le susurró poniéndole ojitos.

James trató de fumarse un cigarrillo, pero sujetar aquel muñeco le complicó las cosas y se puso a refunfuñar.

—Menudo coñazo de oso de los cojones… —masculló metiéndose el peluche debajo del brazo.

—¿Por qué sigues con ella? Es insoportable —le preguntó Jackson mientras nos acercábamos al local.

—Porque sí.

—Quizá sea porque Austin…

—No discutamos aquí. Sujétame esto —me dijo a mí.

Me endosó aquel osito que, además de monísimo, también era más alto que yo y me tapaba la vista mientras andaba.

—Es demasiado grande.

—Pues vete acostumbrando —se burló James.

—¿Por qué te quieres deshacer de él? Es muy tierno —suspiré, ignorando sus bromitas.

—Pues, si tanto te gusta, quédate con él.

—¿Me lo estás regalando, Hunter?

—Ni de coña. Es mío —afirmó—. Solo lo estás transportando.

—Si me lo das, es mío automáticamente.

—Qué ingenua, ¿es que no sabes que las cosas no funcionan así en el mundo de los adultos?

No entendí si aquella frase tenía alguna doble intención, pero no me importó demasiado.

—Lo único que tengo claro es que eres lo peor. Me lo quedo.

—Niñata de los cojones.

—Idiota.

—Después me lo devuelves.

—Parad ya los dos —nos regañó Jackson antes de desaparecer con James en el interior del Tropical.

Vi a Blaze a lo lejos con algunos de sus compañeros.

Estaba deseando que me aclarase cómo había sido la agresión a su padre, cómo se encontraba, cómo se había tomado todo aquello… y, por qué no, también su versión de los hechos.

Una mano me agarró del hombro.

—June, ¿eres tú?

Me quité el oso de delante de la cara y traté de metérmelo bajo el brazo.

Y entonces apareció Tiffany.

Mascullé un «hola» sin demasiado entusiasmo. Las pocas veces que había hablado con Tiffany me había dado la impresión de ser una cotilla la mar de ruidosa. Era una de esas personas que se toman demasiadas confianzas.

Inclinó la cabeza para atisbar mi silueta escondida tras el oso.

«¿Acaba de mirarme las tetas?».

—¿Estás sola?

—No, Will está dentro.

—¿Quieres un cigarrillo? —me preguntó apoyándose contra una pared bastante sucia.

Llevaba una chaqueta de piel, un top que le dejaba el vientre al aire y una falda a juego con este.

—No, gracias. —Pero ella me seguía mirando—. ¿Qué pasa?

«¿Tendré algo entre los dientes? ¿Me habrá salido un grano?».

—Nada.

Las dos nos giramos hacia la entrada del local. William y los chicos estaban saliendo de allí.

—¿Los conoces bastante? —le pregunté dedicándoles una mirada furtiva.

—Más o menos.

Esbozó una sonrisa que me animó a hacerle otra pregunta.

—¿James y tú estabais juntos o algo así?

Mi insinuación hizo que se echase a reír.

—¡Ni de broma! ¿Estás loca? Si dices algo así delante de Taylor, se transforma en la Reina de Corazones y sale corriendo detrás de mí al grito de «¡Que le corten la cabeza!».

Se me escapó una sonrisa.

—Me ves a menudo con James porque siempre está con las chicas más guapas del instituto, no porque me interese él.

Esa segunda vez no fueron imaginaciones mías: bajó la vista y posó sus ojos sobre mi camiseta ceñida.

—Eh… —Carraspeé—. Cuéntame cosas sobre ellos.

Traté de apartar su atención de mi cuerpo para que se centrase en el tema de James y sus amigos.

—¿Qué quieres saber? —preguntó sin dejar de fumar.

—No lo sé. Lo primero que te venga a la mente de cada uno de ellos. No lo pienses demasiado.

Quería una opinión sincera y, sobre todo, quería empezar a entender con qué tipo de gente me estaba relacionando.

Tiffany se enrolló un mechón de pelo color café alrededor del índice e hizo una mueca.

—¿Qué decir de James Hunter…? Si te coge manía, se acabó. Te hará la vida insoportable. Pero, al mismo tiempo, sabe ser muy seductor. Y convincente. Sería capaz de hacer que cualquiera excavase su propia tumba a cambio solo de un beso… Y, mientras te besa, ya estaría eligiendo a su próxima víctima.

«En resumen: un cabrón de primera categoría».

Tiffany se expresaba de una forma muy peculiar y rocambolesca, pero también era bastante clara.

Posó la mirada sobre William.

—Sin embargo, William Cooper… Bajo esa mirada de dulce angelito se esconde todo un psicópata. Lo he visto en acción: sabe ser frío y dejar de lado los escrúpulos. Está loco, pero tiene unos modales exquisitos. Nunca ha estado con muchas chicas, todas salen huyendo. Me pregunto cómo estás aguantando tanto…

Pensé que había sido una broma de mal gusto, pero Tiffany me estaba mirando muy seria. Quería que yo reaccionase. Me quedé impasible esperando a que continuase.

—A decir verdad, June, no estoy segura de cuál de los dos es más peligroso.

«¿A cuál de los dos debería temer?».

—¿Y eso?

—Digámoslo así: de uno no me fiaría —dijo mirando a Will— y del otro no me enamoraría —concluyó mirando a James.

Me quedé helada escondida detrás de mi oso. Aquella chica morena miró a Jackson.

—Sin embargo, el otro parece ser temible… —Acercó sus labios brillantes a mi oído—. Pero solo lo parece. Intenta hacerse el duro pero, en comparación con sus amigos, es blandito como este peluche. Pero estoy convencida de que, en la cama, debe de ser diferente.

Tiffany imitó el gesto de una fusta imaginaria cruzando el aire.

—Eres… eh… muy específica en tus opiniones. Me atrevería a decir que, incluso, bastante gráfica.

No se molestó en responder. Dio una última calada a su cigarrillo sin quitarme los ojos de encima.

—Así que, June, puede que no sean unos santos... pero, si estás con ellos, nadie te va a poner un dedo encima. Ni en la escuela ni en ningún otro sitio.

Me acordé de la escenita que aquella mañana le habían montado a Brian en el pasillo del instituto.

—Ser su amiga tiene sus ventajas. Aunque puede que, en tu caso, sea un poco diferente porque estás con Will. Aguantar a James, a Will y las rarezas de ambos... en fin, mucha suerte.

Tiffany se giró para sonreír a una chica con el pelo largo y la piel de ámbar. La había visto a menudo con ella, creía que se llamaba Bonnie. Se dieron un pico, parecían muy íntimas.

—¿Qué haces aquí con...?

La chica me echó un vistazo. Parecía molesta por mi presencia.

—Es June White. Estábamos hablando de esos tres. ¿Tú qué opinas?

—¿Y yo qué coño sé de esos tres? Solo me he tirado a James.

—No me refería a eso —dijo Tiffany entre risas.

Las dos empezaron a charlar mientras yo observaba al grupito desde lejos.

¿Quién era William, el chico dulce y educado o el tío posesivo y frío? ¿Quién era James, el tío sin escrúpulos que se divertía riéndose de mí o el que me había hecho sentir protegida y me defendía cada vez que estaba en peligro? Por no hablar de que, además, había veces en las que, cuando estábamos solos, parecía sentirse atraído por mí... mientras que, en otras ocasiones, parecía que le daba asco. Aunque eso no debería resultarme sorprendente: los tíos como James se comportaban de esa manera con todas las chicas.

—Tú estás con Cooper, ¿verdad? —me preguntó Bonnie en un momento dado.

Tiffany asintió respondiendo en mi lugar.

—Ya le he contado lo que creo que pasará con él —comentó con sarcasmo.

—¿Y eso? Es un tío legal —aseguró Bonnie—. Con James tienes que tener mucho más cuidado, a él solo le interesan los retos. Podría estar con cualquiera, pero se aburre muy rápido de todo el mundo.

Pero ¿por qué cuando estaba conmigo se comportaba de otra forma?

«Deberían empezar a llamarme "June White, la deshonra del género femenino"».

¿Qué se me había metido en la cabeza? ¿Creía que conmigo la cosa sería diferente? Me di una bofetada mental.

Bonnie y Tiffany se despidieron de mí y si, por un segundo, fantaseé con que un peluche gigante no llamaría la atención de todo el mundo, muy pronto entendí que estaba equivocada. Iba andando con los ojos puestos en el móvil; estaba tratando de escribirle a Blaze y, entonces, me choqué con alguien.

Alguien la mar de desagradable.

—¡Pero mira quién es! ¡Por fin nos encontramos!

64

June

—¡Austin! —grité asustada.

Miré a mi alrededor, pero aquel estúpido muñeco hacía que no tuviese muy buen campo de visión.

—Tú y yo hemos empezado con mal pie, ¿verdad?

Me habría gustado que James me viese justo en aquel momento, pero, después de echarme un vistazo, había vuelto a charlar con su grupo.

—No hemos empezado nada —dije tratando de abrirme paso entre la gente.

Austin sonrió y trató de rodearme la cintura desde atrás.

Estuve a punto de gritar.

—Esto está lleno de gente, ¿qué quieres de mí?

Aunque la pregunta debería haber sido: «James sale con un montón de chicas, ¿por qué la tienes tomada conmigo?».

—Es una regla muy sencilla —dijo en tono solemne, masajeándose el mentón—: para conocer a tu enemigo tienes que conocer sus puntos débiles.

—Estupendo… Cambia de camello —le contesté enfadada.

Pero Ethan parecía no querer soltarme.

—La verdad es que nunca había visto al bueno de James reaccionar así delante de una chica…

—¡Devuélvemelo, White!

Oí la voz familiar del susodicho mientras se abría paso entre la gente y alargaba las manos en mi dirección. Cuando cogió el oso se giró hacia Austin.

—Joder, ¿cuál es la parte que no entiendes? No quiero verte cerca de ella.

El color índigo de sus iris se volvió casi negro.

—Me gusta —resopló Austin jocoso.

—No te gusta una mierda —le respondió James.

—Me gusta su carita inocente. Es muy distinta a todas las que te follas, hermanito.

—Desaparece de mi vista —le amenazó James.

Se metió una mano en el bolsillo.

El peluche me tapaba la vista y no pude ver lo que sacó, pero la tensión se elevó peligrosamente.

—Eres un niño pequeño, ¿de verdad crees que me das miedo? —le provocó Austin con una mueca llena de maldad.

James no dijo nada, pero lo vi mover el brazo. En ese momento bajó la vista, estaba observando algo.

—¿Qué coño quieres hacerme? ¿Se te ha ido la cabeza, como a tu amigo? —le preguntó Austin mirándolo a los ojos.

—Estoy haciendo lo que tengo que hacer. No tienes ningún motivo para venir a hablar con ella. Esfúmate.

—Me provocas de esa manera porque sabes que no puedo hacerte nada, ¿verdad, Jamie?

—Dile a tu padre que tengo que hablar con él.

Las palabras de James parecieron no provocarle ninguna reacción.

—No paras de liarla. Mi padre no quiere ni verte.

James apretó la mandíbula y Austin supo que ese era el momento de largarse.

Suspiré aliviada.

—Hasta tú sabes que, si tu madre te hubiese abortado, el mundo sería un lugar mejor —concluyó Austin antes de marcharse.

Un escalofrío me recorrió el cuerpo y me dejó sin respiración.

Miré a James, que estaba impertérrito. Solo entonces me di cuenta de que, detrás del oso, se escondía una reluciente navaja. Era pequeña, pero muy afilada.

—James…

Traté de llamarlo, pero empezó a andar a grandes zancadas hacia la parte trasera del local.

—¿Dónde vas? —le grité.

—¡Déjame en paz!

Tiró el peluche al suelo y le pegó un puñetazo a la puerta del baño.

A James le empezó a sangrar la mano, ya que se le había abierto la herida que tenía.

—Tranquilízate, por favor —susurré acercándome a él, pero sin tocarlo.

Recuperé inmediatamente el peluche del suelo.

James se giró hacia mí con el dolor transfigurando su rostro y la rabia emanando de sus ojos.

—¿Por qué finges?

—¿El qué?

Aunque solo duró un segundo, vi que me miró los labios.

—¿Por qué finges que te importo?

El calor de su aliento me provocó un escalofrío por toda la piel.

—No lo finjo, James.

Sin decir nada más, me coloqué el oso bajo el brazo y agarré su mano ensangrentada. No sé lo que se me pasó por la cabeza, pero me la llevé a la mejilla. Me estremecí de placer. Me acarició dulcemente el labio inferior con su frío pulgar.

—¿Pero qué acaba de pasar?

Oímos la voz de Jackson seguida por la de Marvin.

—Joder, ¡ve a por el desinfectante que tengo en el coche! —le dijo el rubio a Marvin en cuanto evaluó la situación.

—Menuda mierda, ¿en serio que tengo que ir hasta el aparcamiento? —se lamentó el otro.

—¡Vete! —insistió Jackson sin apartar la vista de la mano ensangrentada de James.

—¿Pero qué hacéis?

La voz de William sonó más aguda de lo habitual.

Aunque ya nos habíamos apartado el uno del otro, James y yo nos separamos aún más.

—Nada.

Pero William miró inmediatamente la mano de su amigo y justo después la mía, que también estaba manchada de sangre.

—June y James.

Will pronunció esa frase de manera inconexa y con algo parecido a una sonrisa amarga.

Estaba claro que estaba borracho. En ese momento sentí un frío glacial que me hizo temblar.

—Will, ¿qué cojones haces? ¿De verdad has bebido?

James examinó la expresión de William y yo fui incapaz de descifrar si este último estaba enfadado, divertido o, simplemente, triste. Seguía riéndose, pero su risa fingida muy pronto se transformó en una expresión de odio.

—Ya sabías que no soy de fiar, James.

—Tranquilízate —le susurró Jackson agarrándolo por el hombro.

Yo me escondí detrás del peluche.

—Tú dices una cosa, pero tus ojos dicen lo contrario —mascullό William justo antes de tirar al suelo su botellín de cerveza.

El cristal estalló contra el asfalto.

De forma instintiva, me escondí tras la musculosa espalda de Jackson.

James no respondió, se puso a fumar mirando al vacío.

—Will, ¿y si nos calmamos un momento? Vayamos a dar una vuelta y así tomas un poco de aire…

Jackson trató de quitarle hierro al asunto, pero Will no estaba por la labor. Es más, en aquel momento no parecía ser dueño de sus actos.

—¿Qué hago? ¿Finjo que no veo cómo la mira?

William me señaló primero a mí y después a James.

Tragué saliva. Estaba enfurecido y el rumbo que estaba tomando aquello no me gustaba nada.

Jackson volvió a intentar calmarlo, pero fue en vano. Will se acercó a su presa.

—James, tú siempre quieres lo que no puedes tener.

Aquellas palabras de William, masculladas con dificultad, fueron armas letales.

—¿Es que no es esa la naturaleza humana? —lo provocó James sin siquiera levantar la cabeza.

Jamás me lo habría esperado. Ni su respuesta, ni la reacción de William.

—Esa es la naturaleza humana —respondió Will, con los ojos vidriosos, antes de lanzarle un puñetazo en el pómulo.

James se tambaleó.

—Joder, ¿pero cuánto has bebido? ¿En serio que estás haciendo esto por una tía? ¿De verdad? —gruñó Jackson mientras los separaba.

Aunque en realidad solo estaba alejando a William. James simplemente se había llevado la mano al pómulo y miraba a Will de reojo.

—¿Pero qué has hecho? —preguntó Jackson tratando de entender la situación.

James no respondió.

—Durmió con ella en mi casa —explicó William.

—Yo no hice nada.

—Solo porque ella no se dejaría tocar por alguien como tú.

James volvió a sentir su orgullo herido, pero esta vez no pudo resistirse.

—Ah, ¿sí? ¿Estás seguro?

Y, entonces, el peluche ya no bastó para cubrirme de sus miradas afiladas.

Se giraron hacia mí. Los tres me estaban mirando.

¿Qué tendría que haber dicho?

Mi indecisión duró poco, ya que James lanzó el cigarrillo al suelo.

—Tienes razón, Will. Lo mejor será que Jackson te lleve a casa —dijo apagando la colilla con la punta de las Jordan.

—No.

—No es más que una tía, Will. ¿Qué coño te importa si me la tiro yo o se la tira Jackson? —gritó James.

Un dolor punzante me atravesó el pecho como una puñalada.

—Tenías que dormir con ella en mi casa. Como aquella vez en la que Austin la siguió hasta su casa… ¿No podías haberme llamado a mí? ¿Tenías que quedarte tú con ella?

—Pero… me lo…

James empezó a hablar, pero se calló antes de confesar que había sido yo quien se lo había pedido.

—¿Qué?

—Nada.

¿Por qué James no decía la verdad? ¿Por qué no comentaba que yo le había pedido que se quedase?

—Fui yo, Will.

Jackson fue el primero que se giró hacia mí con los ojos abiertos de par en par. Se me quedó mirando como diciendo: «Lo sabíamos todos, pero te lo podías haber callado, joder».

—Te digo que fui yo quien lo llamó a él. Y que también fui yo quien le pidió que se quedase.

Jackson endureció aún más su mirada.

—Lo llamaste a él y no a mí.

—Pero ya te lo había dicho, Will —seguí diciendo, algo alterada.

Lo habíamos hablado en su momento, ¿qué sentido tenía que ahora se pusiese así?

Jackson sacudió la cabeza y yo me acerqué a Will, pero este seguía comportándose muy fríamente. Se quedó mirando el peluche.

—O sea que estás conmigo, pero quieres follártelo a él. ¿Verdad, June?

—¿Perdón? Para nada, no sé por qué piensas algo así —respondí ofendida.

—Venga, Will, déjalo ya. Estás borracho. Mañana lo arregláis. —Jackson le rodeó los hombros con el brazo, pero él lo apartó.

Will no solo estaba borracho, también estaba herido. Y aquello me desorientó.

No podía estar tan molesto por mi culpa, ya que solo me conocía desde hacía un mes. Por muchas vueltas que le daba, su reacción me parecía excesiva.

—Creo que me equivoqué contigo. Sí que eres como todas las demás —gruñó antes de volver a entrar en el local hecho una furia.

«¿Quiénes son "todas las demás"? ¿Por qué hablaba como si ya hubiese pasado por aquello?».

—¿Qué le has dicho para que se ponga así, James? —le espetó Jackson cuando Marvin volvió con unas vendas.

—Nada —resopló exhalando una bocanada de humo.

Miré a James y seguí con la vista la trayectoria que acababa de recorrer William.

—¿Puedes ir a buscarlo? Habla con él y acompáñalo a casa, por favor.

Como James me había ignorado, miré a Jackson.

—Chicos, por favor, no quiero que esté así por mi culpa.

—Así que según tú…

Jackson me miró desde arriba, jugueteando con el *piercing* de su labio con un gesto automático.

—¿Qué?

—No te sientas culpable, White. Will no está así por tu culpa —aseguró, dejándome estupefacta.

Terminé de lavarme la mano y le di a Jackson aquel osito que ya era solo un incordio. Entonces me acerqué a James.

—Solo te pido un favor. No puedes dejarlo aquí.

Puso los ojos en blanco.

—Me acaba de dar un puñetazo, ¿es que no lo has visto? Tengo más cosas de las que preocuparme que de vuestras escenitas de mierda.

—Sí, ya me imagino esas «cosas más importantes» de las que te tienes que ocupar —le respondí imitando su voz grave.

—Eres muy infantil, White. Tengo que seguir un ritual, ya que, por tu puta culpa, llevo varias noches sin poderlo hacer.

—¿Y en qué consiste?

—Lo único que tienes que saber es que no incluye hablar contigo —me espetó terminándose la cerveza de un sorbo.

—Ah, ¿y a qué viene eso de que no quieras hablar conmigo?

—Porque siempre me quieres psicoanalizar y me tienes hasta los cojones. Es raro que aún no hayas querido hacer lo mismo con Will.

—No lo dejéis aquí —insistí.

Me lanzó una mirada que brillaba por culpa del humo y del alcohol.

—No lo voy a dejar aquí, chavala. Está claro que iré a buscarlo y que trataré de calmarlo.

Le hizo a Jackson un gesto para que lo siguiera.

—Gracias —susurré a la nada mientras los veía darme la espalda.

Me vibró el móvil.

«Blaze, por fin».

—White —James se giró hacia mí para hacerme una pregunta inesperada—, ¿cómo te vuelves a casa?

—Blaze me ha dicho que me está esperando dentro, puede que vuelva con él.

Entonces asintió y se metió un chicle en la boca.

—Oye… —lo oí mascullar cuando se alejaba.

—¿Y ahora qué quieres?

—Sé que te ha tratado fatal, pero ten paciencia con Will.

Negué con la cabeza y entré en el local. Cuando me topé con Blaze, nos dimos un abrazo apresurado.

—June, ¿pero qué te ha pasado? —me preguntó preocupado.

Eso hizo que me mirase la mano, pero comprobé que estaba limpia. Quizá se me veía en la cara que había tenido una noche movidita.

—¿A qué te refieres, Blaze?

Miró a Jackson, James y Will, que discutían acaloradamente junto a la mesa de billar.

—Ah… Ha sido una noche rara —admití con un hilo de voz.

—Una de tantas, supongo. —Sonrió.

—Ya te digo. ¿Tú cómo estás?

Se colocó bien el cuello de su camisa gris y, nervioso, se masajeó la nuca.

—Bien. Estaba con Brian, pero entonces llegó Ari y prefirió irse a casa. Todo es muy complicado cuando dos de tus mejores amigos cortan… —lo oí decir a pesar del sonido de la música.

—Imagino…

Blaze me examinó con sus ojos oscuros.

—No quiero aburrirte con sus dramas. Espero que pronto las cosas vuelvan a ser como antes. ¿Cómo te lo estás pasando?

«¿Siguiente pregunta?».

—Me lo podría estar pasando mejor, pero no me quejo. Oye, me han dicho que tu padre ha vuelto al instituto.

De forma instintiva, Blaze miró a Jackson. James se había esfumado, pero el rubio se había quedado con Will.

—Sí… A ver cómo te lo explico…

—No me tienes que explicar nada. Sé que no son asuntos míos —me apresuré a aclarar.

—La verdad es que ya es de dominio público —aseguró.

—¿El qué?

—Que fueron ellos quienes lo agredieron.

Una brisa helada se coló entre nosotros dos. Durante un instante, solo se oyeron las voces de los demás y la música de fondo.

—Lo siento, Blaze.

—Lo sientes, pero sigues con Will.

Puede que sus palabras fuesen demasiado duras, pero tenía razón.

No supe qué contestarle; afortunadamente, él siguió hablando.

—No te juzgo. Soy el último que podría decir nada al respecto —confesó bajando la vista hacia su vaso, que aún seguía lleno.

—¿Te refieres a lo de Jackson?

Blaze asintió. Entonces improvisó un cambio de tema.

—Amelia me ha dicho que habéis discutido.

—Sí. Ya no nos hablamos.

—Solo te digo una cosa: ten cuidado con James. Sé que no es asunto mío, pero no quiero que te haga daño.

Ya sabía que me haría daño, mucho daño.

«Y puede que ese daño no viniese solo por parte de James», pensé mientras miraba cómo discutían Will y Jackson.

—¿Qué quieres decir, Blaze?

—En casa de Cooper os vi a ti y a Hunter de camino al dormitorio.

—Por Dios, Blaze. No entendiste bien lo que estaba pasando. —¿Se había apresurado Blaze a la hora de sacar conclusiones?—. Iba a cambiarme para que me acompañase a casa. —En ese momento, me invadieron muchas dudas—. ¿Se lo has contado a Amelia?

—Sí, pero solo porque estaba preocupado por ti. Perdóname —masculló mirando al suelo.

¡Por eso me había lanzado aquellas indirectas envenenadas!

—No pasó lo que tú crees —traté de aclararle aun a sabiendas de que no tenía por qué hacerlo.

—Te creo, pero, igualmente, ten cuidado. James no es ningún santo, ha tenido un montón de problemas.

—Blaze, gracias por preocuparte. Me fío de lo que dices y no quiero excusarlo, pero…

—¿Qué? —me preguntó con una ceja enarcada—. ¿Crees que estoy celoso?

—¿Por qué tendrías que estar celoso de ellos, Blaze?

El chico se volvió a mirar a Jackson, quien seguía hablando con Will. Marvin se les había unido. Parecía que, por fin, hubiesen conseguido calmarlo.

—Porque lo tienen todo —afirmó Blaze con un suspiro—. Son guapos, ricos, atléticos… Y mira sus notas: en algunas asignaturas sacan mejores resultados que yo.

—¿A pesar de las drogas, las fiestas y las actividades sospechosas? —pregunté sorprendida.

—Es cuestión de suerte, June. Y no todo el mundo la tiene. Es algo con lo que naces.

Asentí convencida.

«Teniendo en cuenta lo mucho que James come, no sé cómo lo hace para no tener ni un gramo de grasa en el cuerpo. Eso sí que es tener suerte».

—Es normal tenerles envidia sana… —concluí mirándolos desde lejos.

Había podido ver a aquellos chicos a través de los ojos de Brian aquella misma mañana; después, a través de los ojos de Taylor, de Tiffany… e, incluso, a través de los ojos de Bonnie y Blaze.

¿Pero cómo los veía yo?

«Abre los ojos, June. Intenta ver más allá».

Marvin siempre había sido amable conmigo. Parecía querer buscarle el lado bueno a cualquier situación.

De William apreciaba la sensibilidad, pero también había visto su parte más oscura.

Jackson, por su parte, a pesar de su gruesa coraza había demostrado más de una vez que tenía en cuenta la opinión de los demás, sobre todo la de sus amigos.

¿James? A él era al que más detestaba. Y, a pesar de ello, sabía que tenía aspectos positivos: era muy altruista y, probablemente, estaba convencido de que las vidas de aquellos a los que quería eran más valiosas que la suya propia. Y se equivocaba de cabo a rabo. Se había acostumbrado a recibir golpes, como esa paliza que le había dado Austin. Había sido abrumadora y habría hecho a cualquiera dar su brazo a torcer, pero a él no. Era fuerte y tenaz. Si Austin lo había llamado «hermanito», seguro que era porque tenía algo entre manos con aquella familia de delincuentes, y no debía de ser una situación fácil para él.

Volví a acordarme de la mujer de la foto, la madre de James, y de aquel insólito color de pelo, que era el mismo que tenían Tom y Ethan.

Me había acordado dos veces en el mismo día de aquella foto.

¿Y si fuese la clave de todo? ¿Y si Jasper me hizo intentar ver algo que iba más allá de lo que yo, cegada por mis prejuicios, podía entender?

Blaze señaló a James con un gesto mientras este se disponía a entrar en un reservado.

—¿Qué tiene James de especial? —le pregunté a Blaze siguiéndolo con la mirada.

Todas las chicas pendían de sus labios, incluso aquellas a las que no les gustaban los chicos.

—Es inalcanzable.

Su afirmación me dejó desorientada; observé cómo la silueta de James desaparecía detrás de una cortina oscura.

—Se ha tirado a toda la escuela, no creo que encaje en la definición de inalcanzable —apunté.

—No, bueno… desde ese punto de vista es muy accesible. No lo digo en ese sentido.

—Entonces ¿en qué sentido?

Era inútil fingir que no lo veía; estaba claro que Blaze sentía algo por James. Era como si entre ellos hubiese pasado alguna cosa.

—¿Lo dices por experiencia propia? —le pregunté; el chico se sonrojó visiblemente.

—No. No. Es solo una sensación. Pregunta a las chicas que han estado con él; hay algo en James que no consiguen descifrar.

Había hablado con algunas que creían que eran «su chica», pero, al final, quien mejor parecía conocerlo era Blaze.

—En cualquier caso, es un gilipollas —aseguré—. ¿No es cierto?

—June, tú estás saliendo con Will: jamás podrás entender cómo de gilipollas es James. No lo conoces. No tienes ni idea de lo que es capaz de hacer para defender a quien quiere.

¿Se refería Blaze a lo que James le había hecho a su padre?

—Me tengo que ir…

Vi que, desde lejos, Jackson le hacía un gesto a Blaze, así que los dejé que tuvieran un poco de intimidad.

Había llegado el momento de hablar con Will y de irme a casa. Pero, en lugar de reunirme con él junto a la mesa de billar, me acerqué al reservado. Aparté la cortina lo suficiente como para echar un vistazo al interior.

«¡Qué cochinos! ¿No pueden esperar a llegar a su casa para hacer esas guarradas?», habría dicho mi madre al ver aquellas tres figuras besándose de forma lasciva.

Una de aquellas figuras era James. Estaba sentado en un sofá. Frente a él, había una chica con el cuerpo envuelto en un vestidito corto y ceñido. La otra figura estaba sentada sobre él.

«No tiene palabra. Había dicho que llevaría a Will a casa y mira dónde está…».

Sus manos se aferraban al culo de la chica que estaba sentada sobre él. Ella le acariciaba el pecho de forma lasciva. James ladeó la cabeza para besar a alguien. Una persona que, al principio, yo no había visto. La mandíbula se me abrió de par en par.

James estaba besando a un chico.

65

June

«Lo he visto mal. No puede ser».

Se me hizo un nudo en la garganta; sentí que me estaba asfixiando.

«Quiero volver a casa ahora mismo».

—June, ¿estás segura de que te encuentras bien?

La calidez de la voz de Blaze me devolvió a la realidad. Estaba gélida como un cadáver, las manos me sudaban, la cabeza me daba vueltas.

—No… no. Bueno, sí. Estoy bien.

Abrí la boca para coger una bocanada de aire. De repente, el local me parecía más asfixiante de lo habitual.

—¿Pero qué has visto? —me preguntó mientras yo empezaba a sudar frío.

—Nada. ¿Qué hacéis vosotros dos?

Blaze y Jackson intercambiaron una mirada rápida.

—Nada.

El rubio se subió la cremallera de la chaqueta y Blaze apenas podía apartar los ojos de su pecho.

—Tenemos que acompañar a Will a su casa —anunció Jackson señalando a su amigo, que seguía charlando con Marvin—. A saber dónde está James a estas alturas de la noche.

«Sí. A mí también me gustaría saber dónde está, en un sentido literal: ¿abajo o arriba?». No era un buen momento para el sarcasmo, pero no pude evitarlo.

Di un respingo cuando, de repente, me lo encontré de frente. Sentí cómo las mejillas, prácticamente, me echaban a arder a ojos vista. Y aquel mismo fuego me prendió el pecho cuando observé sus labios, más rojos y carnosos de lo habitual.

No debí de haberlo mirado, seguro que se había precipitado a sacar conclusiones.

James cerró bien la cortina oscura tras su imponente espalda.

—Vámonos de aquí —les ordenó a sus amigos, ignorándome por completo.

—¿Adónde...? —mascullé.

Él me lanzó una de sus típicas miradas fulminantes.

—¿Adónde coño crees que voy? Voy a llevar a Will a su casa, ya que no se tiene en pie. Vámonos, Jax.

Blaze se encogió de hombros.

—Ven, June, yo te acerco a casa.

La madre de Blaze lo había venido a buscar, pero yo estaba tan pensativa que no pronuncié palabra en todo el trayecto.

Cuando, por fin, llegué a mi casa, recibí una llamada de William. Cerré la puerta con dos vueltas de llave y, muerta de curiosidad, descolgué el teléfono.

—¿June?

—¿Estás mejor, Will?

—Sí, sí.

No era lo que se intuía en su tono de voz. Balbuceó algo, pero estaba tan borracho que no pude entenderlo.

—¿Te he dicho cosas que no quería decirte?

—¿Me lo preguntas a mí? Déjalo, Will. Céntrate en recuperarte.

—¿Vuelves conmigo?

—¿Qué? ¿Ahora? —le pregunté en un tono cargado de incredulidad.

—¿Te vienes a mi casa, June?

En esa ocasión no tuve ni que pensármelo. La respuesta fue un claro y rotundo no.

Se estaba comportando de una manera muy tóxica. No me imaginaba que mi relación con Will acabaría siendo así. Puede que él mismo no fuese como yo me había imaginado.

—No. Mi madre ya ha vuelto, no te preocupes.

No era cierto. Le acababa de decir una mentira. Pero, en aquel momento, sentí que era lo más apropiado. Necesitaba estar un rato a solas y procesar con calma todo lo que había pasado durante la noche: las palabras de Taylor y de Tiffany, el encuentro con Austin, el berrinche de Will, lo que me había dicho Blaze y, también, lo de James. Puede que ellos hubiesen decidido vivir de esa manera, como si estuvieran montados con los ojos vendados en un coche deportivo sin frenos. Pero yo tenía que distanciarme de esa forma de vida tan alocada.

—Eres una mentirosilla, White —dijo la voz de James desde el otro lado del teléfono.

—Devuélveme el móvil —se quejó Will.

—¿Lo estás llevando a casa? —le pregunté a James, que respondió en un tono bastante desagradable.

—Cierra la puerta con llave y vete a dormir.

Resoplé.

—¿Me escribes cuando lleguéis a casa sanos y salvos?

—No.

—Gilipollas.

Entonces se me ocurrió algo.

¿Y si cada vez que pillaba a James mirándome fijamente mientras me estaba besando con Will en realidad estaba mirándolo a él y no a mí?

Ni a mi madre se le habría pasado por la cabeza algo tan retrógrado.

«Son amigos y ya está, a pesar de todo».

Mi intuición me lo confirmaba. Sin embargo, me habría gustado estar tan segura en lo relativo a Jackson…

Colgué la llamada y me metí en el baño para lavarme y cambiarme.

Estaba confusa y enfadada. No me molestaba que James hubiese besado a un chico, pero no me gustaban los imprevistos porque me desorientaban demasiado.

No sabía qué pensar.

Primero fue Will el que se comportó de forma impredecible, y ahora era James.

Me puse los pantalones del pijama y, cuando abrí el armario del baño, mis ojos se posaron en el rizador de pelo. Ya había tenido un impulso bastante fuerte después de haber discutido con William, pero, afortunadamente, no estaba en casa.

Entonces, una vibración me pilló por sorpresa y me hizo mirar hacia la cama.

La coherencia está sobrevalorada.

Parpadeé repetidamente queriendo comprender mejor aquella frase de James.

Quién iba a decir que eras filósofo.

Estamos en casa sanos y salvos, ¿contenta?

Ah, ¿a eso se refería? ¿A que primero había dicho que no haría una cosa y después sí que la hizo? Decía que yo no le importaba, pero al final…

Gracias.

Me descubrí sonriendo.

¿Y ahora me das las gracias? Que sepas que no es tuyo, que me lo tienes que devolver.

¿Pero de qué hablaba?

Te doy las gracias porque, a pesar de todo, siempre cuidas de Will.

Esta noche puede dormir solo.

Ah, se refería al peluche.

Qué amable, James… Igual te olvidas de que se lo di a Jackson.

¿Estás segura?

Miré la pantalla y, entonces, bajé a la planta de abajo y abrí la puerta principal.

El oso, con su expresión tontorrona y pacífica, reposaba sobre la vieja mecedora del porche.

Eres un cretino. Gracias.

Escribí aquello sin que se me borrara la sonrisa de los labios.

¿Solo por eso?

¿Hay algo más por lo que debería darte las gracias?

Puede que aún no.

¿Por qué siempre tenía que ponerme en lo peor?

¿A qué te refieres?

¿Te apetece repetir?

Me puse tensa de repente.

¿A qué juegas, James?

Ya sabes a lo que juego.

¿Con quién se creía que estaba hablando? ¿Pensaba que podía reírse de mí cuando le apeteciese?

Volví a mi habitación y me metí bajo la manta. El oso era tan grande que tuve que ponerlo al otro lado de la cama para que no me robase demasiado espacio. Me acurruqué contra una esquina para no patearlo y eché un vistazo por la ventana. Puede que fuese mejor cerrar la persiana. No me sentía segura desde que Austin se había presentado en mi casa.

¿Crees que puedo dormir tranquila?

Pasé por tu casa antes de volver. Después, he preguntado por ahí y sé que esos dos cabrones siguen en el club. No tienes nada que temer.

Volví a sonreír, esta vez bajo la sábana. Me gustaba mucho oírlo decir aquello, no podía negarlo.

¿Entonces estás seguro de que no hay nada de lo que me tenga que preocupar?

No, de lo contrario me habría quedado allí contigo.

Me quedé como hipnotizada mirando su mensaje. Ahora no estaba borracho, ¿qué excusa tenía para ser tan cariñoso conmigo?

No te habría dejado entrar, Hunter.

Los escalones de afuera no son tan incómodos, White.

Volví a sonreír. Pero entonces volví a tensarme.

«No caigas en la trampa».

Se comportaba de manera protectora, pero solo cuando estábamos a solas.

Al día siguiente volvería a ser el gilipollas de siempre.

¿Will está mejor?

Sí, ya está dormido.

No debería haber bebido. Me pregunté qué le estaría pasando…

¿Y tú no duermes, James?

No me di cuenta de lo peligrosa que era aquella pregunta hasta que ya la había enviado.

No, ¿y tú?

Todavía no.

Déjame adivinar: ¿llevas el pijama de los perezosos?

Respuesta incorrecta: ¿y tú llevas algún albornoz ridículo?

Respuesta incorrecta, chavalina.

Voy a dormir, James.

Envié el mensaje y lancé el móvil al otro lado de la cama. Esperaba que él no volviese a responder, pero unos diez minutos después volví a sentir una vibración.

¿Ya has terminado?

«La noche en la que hicimos aquello sí que estaba borracha…». Borré el mensaje. No era aquello lo que le quería decir.

Te dejo con la duda, Hunter.

Hoy vas a por todas, White.

«Si dices eso tú, que vives instalado más allá de la decencia…».

Dijo el que siempre habla de manera sutil y nunca jamás es vulgar…

¿De verdad soy sutil?

Puse los ojos en blanco. Siempre tenía que ser así de travieso.

Sutilísimo, me has entendido bien.

Me parece que no me has entendido del todo bien, chavalina.

Las palabras se las lleva el viento.

Allá tú… Entonces ¿vas a hacer ese trabajo con Hood?

¿Eso es asunto tuyo, James?

¿Sí o no?

Todavía no lo sé, ¿qué más te da?

A su casa no vayas.

JAJAJA

¿De qué coño te ríes?

No sabía que te debía ninguna explicación, pero ahora que lo sé haré lo que tú digas.

Lo digo en serio, White.

Yo sí que lo digo en serio. Déjate de idioteces, James.

Pues que te den.

No entiendo cuál es el problema de que yo vaya a casa de Brian.

James dejó de responder y aquello me puso de los nervios. Le volví a escribir.

Solo me ha pedido que estudiemos juntos.

Mira, no me importa una mierda lo que hagas.

Reuní un poco de valor y le respondí.

Pues no lo parece.

Sabes demasiadas cosas sobre nosotros. No quiero que le acabes contando algo que no debes.

Ya, ya…

Haz lo que quieras, White.

Eso siempre.

Qué lista eres.

Ya lo sé.

Me pones de los nervios.

¿Cuánto, James?

¿Has terminado ya de reírte de mí?

La verdad es que es bastante divertido.

Espero que te dé un calambre en los dedos, joder.

Y yo espero que te dé en los huevos.

Te juro que, como no te calles, me presento en tu casa.

Estoy temblando del miedo.

Voy a hacer que te tiemblen las piernas.

Empecé a mordisquearme el pulgar de los nervios. James envió otro mensaje.

Que vaya él a verte.

¿Qué hay en casa de Brian que sea tan macabro? ¿Tiene cadáveres enterrados en el jardín?

Eres tontísima, vete a dormir.

No tengo sueño, James.

Pues suelta el móvil y usa los dedos para otra cosa.

«Qué idiota».

Este dedo te lo dedico: 

Creo que tú al menos vas a necesitar dos, ¿no crees?

Me das asco.

¿Cuántos años tienes para no poder mantener una conversación seria sin que te dé vergüenza o sin decir que todo te da asco?

Ah, ¿esto te parece una conversación seria? ¿Qué hay de serio en lo que me estás escribiendo?

Deja de dar rodeos y respóndeme, joder.

¿A qué?

¿Lo prefieres con anillos o sin anillos?

Cerré los ojos. ¿De verdad estaba hablando de lo que yo creía que estaba hablando?

Nunca lo he probado.

Entonces, hagámoslo con anillos.

Sentí que el calor me inundaba las mejillas y el vientre.

James...

¿Te parece mal?

Leí su mensaje sin darle mucha importancia.

Claro que me parecía mal, pero también me moría de ganas.

¿De verdad crees que un par de dedos es demasiado?

Volví a cerrar los ojos. Estaba tensísima en la cama sin saber cómo reaccionar.

Buenas noches, James.

La vergüenza hizo que me ardieran las mejillas cuando leí el siguiente mensaje.

Buenas noches, los cojones. Se me ha pasado el sueño por tu culpa.

¿Seguía estando vigente la regla de «no me importas, pero si me apetece puedo perder el tiempo contigo»? Ya habíamos hecho aquello. ¿No había llegado el momento de pasar a lo siguiente?

Tengo clarísimo que te aburres un montón.

A veces, aburrirse es algo que uno elige.

¿Estás diciendo filosofadas mientras escribes con una mano?

No. Es que no te enteras de nada.

¿De qué me tengo que enterar?

¿De verdad te crees todo lo que digo, White?

¿Estás reconociendo que eres un mentiroso?

No, pero si estoy aquí es porque quiero.
Siempre tengo algo mejor que hacer.

¿Como follarte a una borracha?

«¿Y, además, besar a su novio?». Esto no lo escribí, claro.

Son decisiones, White.

Sí, seguro que alguien como él renunciaría a pasar el rato con una chica solo para escribirse conmigo…

«Lo estará haciendo al mismo tiempo con otras diez. Esta vez no cuela».

Pues esta ha sido una decisión equivocada, Jamie. Que duermas bien.

Llegué al instituto un poco tarde.

No estaba acostumbrada a trasnochar, sobre todo si al día siguiente tenía que madrugar.

En lugar de preocuparme por el examen de Lengua y por las cosas a las que no había asistido el día anterior, tenía otros asuntos en la cabeza.

—Buenos días.

Jackson me devolvió el saludo cuando nos vimos en el pasillo.

—No para todos —dijo girándose hacia James, que se estaba tomando un café mientras miraba por la ventana.

—¿Dónde está Will?

—En clase.

Respiré hondo y me dirigí al aula.

Cuando William me vio en la puerta, agachó la cabeza inmediatamente.

—Del uno al diez, ¿cómo de idiota fui anoche?

—No tendrías que haber bebido —aseguré arrojando sobre el pupitre el libro de Química.

—¿Te falté el respeto?

Miré a mi alrededor. No había nadie más, así que decidí responder.

—No. Solo, quizá, de forma indirecta.

—Perdóname. Solo recuerdo que James me llevó a casa.

«Deberías echar el freno de mano, Will. Me das miedo…».

¿Pero cómo podía decirle algo así sin hacerle daño?

—Sé que no será suficiente, pero voy a intentar que me perdones con este capuchino que he sacado de la máquina —dijo, suspirando, mientras me pasaba el café.

—Gracias, Will. Oye, creo que ha llegado el momento de…

James entró en clase y la garganta se me cerró instantáneamente.

—¿De qué? —preguntó William, sin que le importase la presencia de su amigo.

Tenía claro que no me iba a poner a discutir delante de él.

—Mejor lo hablamos cuando estemos solos —susurré.

William asintió distraído.

—Tenemos clase en el laboratorio… Antes voy a necesitar, por lo menos, otros tres cafés.

Se despeinó un poco el pelo y me miró con los ojos apagados. Parecía cansado. Yo era incapaz de fingir que el día anterior no había pasado nada.

Estaba claro que las cosas se nos estaban yendo de las manos. ¿Cómo era posible que la noche anterior se hubiese comportado así y que, al día siguiente, quisiese fingir que no había pasado nada?

Además, la mañana del día anterior también había amenazado a Brian. Y en ese momento no estaba borracho. ¿Qué se habrían dicho? No podía dejar pasar una cosa así, ni tampoco olvidar lo que me había confesado Blaze. Si, al principio, fue una suposición, ahora estaba segura. Habían agredido al director. No podía ignorarlo.

—¿Will? —Se frotó los ojos, tenía peor cara de lo habitual—. ¿De qué hablasteis Brian y tú ayer? ¿Tiene que ver conmigo o…?

—No, no. No tiene nada que ver contigo, tranquila.

Enarqué una ceja.

—¿Vas a presentar el trabajo de Historia que hay que hacer en parejas? —le pregunté, confusa.

—Pero ese se entrega a final de mes, ¿no? Pues creo que sí, pero aún no lo he decidido. ¿Por qué?

—Brian me ha pedido que lo haga con él. Tiene muy mala nota media y creo que le vendrá bien hacerlo con alguien a quien le vaya bien en Historia.

—Vale. —William se encogió de hombros y posó la vista en la mesa del profesor como si el asunto no fuera con él.

Al ver que no le importaba lo más mínimo que estudiase con Brian, empecé a pensar que la escenita de aquella mañana no tenía nada que ver conmigo. Y me pareció estupendo, pero entonces ¿por qué le importaba tanto a James?

La profesora llegó y nos dijo que nos pondría una proyección en el laboratorio.

—Allí nos vemos, antes voy a pasarme por la máquina de café. Te guardo el sitio, June. —Will señaló el vasito desechable que estaba sobre la mesa y se levantó.

Observé su figura salir de la clase con paso tranquilo, acompañada de Marvin.

La clase se empezó a vaciar, pero yo no me moví. Respondí a un mensaje de mi madre contándole que todo iba bien. «Una maravilla».

—¡Me cago en…!

Era James el que, desde la puerta, había exclamado aquello. Se le había caído al suelo la cucharilla del café y le había manchado los pantalones oscuros.

—¿De qué coño te ríes? —me espetó.

—He hablado con Will y parece que Brian no tiene el jardín lleno de cadáveres… —le lancé antes de darle un sorbito al capuchino, que ya estaba templado.

Mirarlo directamente a los ojos me inquietaba un poco, sobre todo al recordar las cosas que me había escrito la noche anterior. La clase ya estaba vacía; dejó el café en el alféizar de la ventana y se me acercó peligrosamente. Retrocedí hasta chocar con la mesa del profesor.

—¿Crees que me estás provocando? —me preguntó apoyando las manos en el escritorio que había detrás de mí y atrapando mi cuerpo entre el suyo y el mueble.

—Solo digo que eres el único al que le molesta. A Will no le ha importado.

«Dime a qué se debe».

—Pues entonces llámalo a él cuando lo necesites. Porque lo necesitarás —gruñó apretando la mandíbula.

—Estás muy tenso, relájate.

Pero entonces fui yo la que se puso nerviosa, porque James recorrió con el pulgar la esquina de mi labio inferior para quitarme un resto de espuma.

Me quedé de piedra, sentí que la sangre se me helaba en las venas. Posé mis ojos en su boca. James se lamió los labios y me agarró las caderas con ambas manos.

Y entonces el frío se convirtió en calor.

—James, no…

—¿No, qué? —susurró agarrándome más fuerte.

—Puede que tuvieses razón cuando dijiste que sería mejor que nos alejásemos.

Esbozó una sonrisa.

—Finge todo lo que quieras, pero sé que a ti también te gusta jugar con fuego —susurró.

«¿Por qué? ¿Por qué siempre se tiene que comportar de esa manera?».

—No sé de qué me hablas. Has empezado tú. Siempre lo haces. Eres tú quien me provoca —dije plantándole cara.

—Puede que solo lo haga porque me divierte.

El vientre me estalló en llamas.

—Pues yo no tengo el menor interés en divertirte. ¿Por qué no me dejas en paz?

—No eres más que una niña pequeña.

—Eso díselo a tus amiguitas. Que, a juzgar por lo de anoche, ni siquiera son capaces de satisfacerte…

—¡Hunter, White! ¿Qué está pasando aquí?

El profesor de Lengua se asomó por la puerta. Se miró el reloj y después nos echó otro vistazo a ambos.

—Suéltala y sal de clase —le dijo a James.

Dejó sobre la mesa una bolsa llena de exámenes y cartulinas.

En lugar de obedecerle, James me agarró más fuerte y me acercó a su cuerpo.

Se me levantó un poco la falda al entrar en contacto con el frontal de su pantalón.

—¿Te has vuelto loco? —bisbiseé.

—¿Alguna otra petición, profesor? —lo instigó James alzando el mentón.

El profesor Beckett bajó la cabeza.

—Hunter, no deberíais estar aquí. ¿No tenéis clase en el laboratorio?

—Sí, ahora mismo vamos… Sentimos haberle arruinado su hora de… ¿relax?

—Tengo que corregir exámenes, no quiero que me distraigan. Idos a clase.

—«Corregir exámenes…» —dijo James en tono burlón mientras me soltaba las caderas y se metía las manos en los bolsillos.

«Amelia y el profe».

Me pregunté si sería verdad lo que Amelia le había contado a James.

Observé de reojo el rostro del profesor: ojos penetrantes, labios prominentes, nariz recta… La verdad es que era guapísimo, pero también era un adulto.

—¿White?

James me chasqueó los dedos delante de la cara al ver que estaba embobada.

—¿Qué coño te pasa? —me regañó mientras salíamos del aula.

—Modera tu lenguaje, Hunter —le regañó el profesor.

—Que te den por culo —le respondió James cuando ya estábamos en el pasillo.

Nos dirigimos al laboratorio sin decir nada más. La mayoría de nuestros compañeros ya estaba allí.

Los ojos claros de Jackson nos miraron en cuanto entramos.

No le dio tiempo ni a saludar a sus amigos y a James ya le estaba llamando una chica desde las últimas filas.

Había hecho bien en pararle los pies la noche anterior. «Y, de ahora en adelante, siempre lo haré».

Blaze tenía razón. James se divertía tomándome el pelo como a todas las demás. O, quizá, debería decir «como a todos los demás».

Jackson me seguía mirando y, cuando pasé por delante de él, negó con la cabeza.

—Sé que piensas mal de mí —le dije sentándome en el pupitre que había a su lado.

—A saber por qué…

—No es lo que…

—No es lo que parece. No te gustan los dos. Sí, ya…

Jackson me quitó las palabras de la boca y aquello me puso muy nerviosa.

—Para.

—No, para tú, White. Y aclárate las ideas.

—Las ideas las tengo muy claras. Sé que no quiero hacerle daño a Will.

Se echó a reír y volvió a mirarme con los labios apretados.

—¿«Hacerle daño a Will»? ¿Pero quién te crees que eres? ¿De verdad piensas que Will está enamorado de ti?

—No, pero…

—No lo conoces —me interrumpió.

«¿Otra vez con lo mismo?».

—Explícate.

—June, ese es mi sitio. Pero, si lo necesitas, mis rodillas están libres.

Marvin se me puso delante y me lanzó una sonrisa mientras señalaba la silla donde estaba sentada.

—No, gracias.

Enfadada, me levanté de golpe. Me acerqué a donde estaba Will, pero no había ninguna silla libre a su lado.

—Perdona, June, te había guardado el sitio, pero… ya sabes cómo es.

William señaló a James, que estaba junto a él mascando chicle.

Eché un vistazo en busca de un sitio y crucé la mirada con dos pares de ojos llenos de malicia.

Amelia y Ari.

—Siéntate aquí, si quieres —me dijo Will.

Me senté en su regazo y, poco después, bajaron las luces. Empezó la proyección. El aula estaba en penumbra; seguramente por eso, Will decidió empezar a acariciarme el pelo que me caía por la espalda. En un momento dado, me descubrió el cuello y me dio un beso.

Rocé con los dedos la superficie de la mesa, siguiendo las líneas de algunos dibujos marcados en la madera.

—¿Lo has hecho tú?

—Siempre dibujo cuando estoy nervioso.

Will se sacó una navaja del bolsillo del pantalón del uniforme. Era la misma que le había visto a James la noche anterior. Abrí los ojos de par en par.

La hincó en la mesa, a muy poca distancia de mi brazo, y empezó a mover la hoja, que avanzaba poco a poco, marcando los contornos a un suspiro de mi piel.

—Me ayuda a descargar tensiones —me susurró en el cuello.

Di un respingo, no me esperaba algo así por parte de Will.

Ni, tampoco, mi reacción.

Contuve el impulso de apartar el cuello del contacto placentero de sus labios templados, pero entonces lo miré y me di cuenta de que me miraba fijamente con los ojos afilados.

El aire se me quedó en la tráquea. Estaba tensísima.

Cerré los ojos y me mordí el labio cuando la nariz de William rozó mi oreja. Estaba luchando con uñas y dientes para no sucumbir a aquellas sensaciones.

Vale, aún teníamos una conversación pendiente y las cosas entre nosotros se habían enrarecido demasiado, pero…

Su mano se perdió bajo la mesa y a mí se me cerró la garganta.

—¿Te da miedo, June? —preguntó rozándome el muslo con la hoja helada.

—¿… Will?

Encaminó la navaja hacia la parte exterior de mi muslo y me rozó muy despacio el borde de la falda.

Pero cuando Will empezó a saborear y mordisquear la piel sensible de mi cuello con más pasión, entendí que había llegado el momento de pararlo.

Estábamos en el instituto. ¿Y si alguien nos veía? No moví la cabeza, pero, de un vistazo, examiné el entorno que nos rodeaba. Nadie nos estaba mirando. A excepción de él.

James tenía el cuello tenso y la mirada fija; yo sentía como si sus ojos me marcasen los muslos. Giré la cabeza y observé que sus pupilas seguían la hoja. Era como sentir una fuerza magnética; quizá fuese su energía, o la fuerza de sus pensamientos, o simplemente es que las hormonas me estaban volviendo loca. Los dedos afilados de James rozaban la superficie de la mesa y, con la otra mano, todavía marcada por la herida que se había hecho la noche anterior, jugueteaba con el vaso desechable.

Se le hinchó la vena del cuello mientras le daba un último sorbo al café.

—Will, para de una puta vez —dijo casi sin respiración cuando se dio cuenta de que yo había cerrado las piernas para que William apartase la mano.

James extendió la palma de la suya y Will, sin decir nada, le devolvió la navaja. Nos quedamos quietos y en silencio hasta que acabó la proyección.

—Mierda, me he olvidado del libro —se lamentó Will cuando encendieron las luces.

James estaba chupeteando la cucharilla con la que había movido el café. Alargó la mano hacia mi libro y se lo puso delante.

—Ponlo aquí.

—¿Tú tampoco tienes el libro? ¿Para qué vienes al instituto si ni siquiera sabes qué asignatura toca? —lo regañé.

—Te he dicho que lo pongas aquí —insistió tirando del libro.

—¡Aparta esas manazas, Hunter!

—Es solo un puto libro. Si no lo compartes conmigo, le arranco las páginas una a una —me amenazó.

—¡Inténtalo! Soy capaz de arrancarte los dedos a mordiscos.

—Pues ve metiéndotelos en la boca —me espetó con una sonrisa burlona.

Entonces me puso dos dedos delante de la cara. Levanté la mano para apartarlo de un guantazo, pero él la esquivó con rapidez.

—June, no seas así —masculló Will, que me volvió a colocar bien en su regazo—. ¿La fiesta de Poppy es esta noche o mañana? —les preguntó a los del pupitre de atrás; no me había dado cuenta ni de que estaba charlando con ellos.

—Vuelve a intentar darme un guantazo y vas a ver lo que te pasa, White —gruñó James con los ojos entrecerrados.

—Me muero por descubrirlo. ¡Devuélveme el libro! —le grité.

—June, no te muevas tanto —volvió a quejarse Will con las mejillas sonrojadas.

—Perdona, ¿es que peso demasiado? —mascullé intentando sentarme mejor.

—No pesas... Pero es que estamos en el instituto... Por favor —murmuró él avergonzado.

Un escalofrío me recorrió la espina dorsal al notar la entrepierna abultada de William contra mi falda del uniforme.

El chico con el que estaba hablando le preguntó si iríamos a la fiesta de Poppy y él asintió, pero parecía no poder resistirse a besarme ese punto sensible justo detrás de la oreja, cerca de la nuca.

—¿Tú vas, June? —me preguntó entonces en un susurro.

Sentí su lengua cálida rozarme el lóbulo de la oreja y entonces ya no pude contenerme. Entrecerré los párpados y, sin querer, se me escapó un leve gemido.

—Menuda puta.

Volví a abrir los ojos y fulminé con la mirada al idiota que estaba sentado a nuestro lado. Este se puso en pie de repente con una expresión de rabia contenida.

Puede que William no lo hubiese oído, pero a mí no se me había escapado.

Enfadadísima, me levanté, agarré el pesado libro de Química y se lo lancé a James.

Aunque solía tener una puntería terrible, esta vez le di de lleno en la cabeza.

Cuando se giró hacia mí vi que su expresión no era nada tranquilizadora. «Ups».

Me asaltó un ancestral instinto de supervivencia. Tenía que huir de allí lo más rápido posible.

James dio un salto en mi dirección, así que me escabullí del laboratorio a toda velocidad.

Salí corriendo por el pasillo, pero sabía que mi final estaba cerca: yo no tenía su forma física ni tampoco las piernas tan largas.

La única opción para que no me pillase era encerrarme en el baño. Giré en la primera curva y me metí en el baño de las chicas, pero, antes de que pudiera cerrar la puerta tras de mí, James me agarró del brazo y me empujó contra la pared.

—¿De verdad creías que podías escapar de mí? —jadeó con los ojos entrecerrados.

—Pídeme perdón —le ordené casi sin aliento.

Me quedé sin aire cuando apretó su pecho duro contra el mío. Sentí que se me paraba el corazón.

—¡Que me pidas perdón! —le grité.

—Que te den, gilipollas.

Deslizó sus ojos por mi blusa blanca.

Intenté escaparme, pero me inmovilizó contra la pared helada.

El frío me hizo estremecer.

—Ojito, te estás acercando demasiado —susurré cuando vi que posaba los ojos sobre mi boca entreabierta.

—¿No se te ha pasado por la cabeza que alguna vez no pueda contenerme?

No era de las que se ponía a tartamudear delante del primer musculitos que le pasaba por delante, ni de las que se dejaba impresionar por unos bíceps imponentes… Y, sin embargo, tampoco podía ignorar la corriente eléctrica que me atravesó el vientre.

—Dijimos que teníamos que mantenernos a cierta distancia…

Mi voz perdió fuerza en el instante en el que sus pupilas recorrieron mi piel con lo que pareció una cálida caricia.

—Decimos muchas idioteces. Sobre todo tú.

—Habla por ti. Y pídeme perdón —insistí.

—No pienso eso que he dicho. Solo se me ha escapado un comentario estúpido. La verdad es que me pones enfermo.

Su insistencia hizo que en mi interior borbotease una rebelión.

—Hunter, ¿estás celoso o es que eres así de patético?

—Nadie me habla así —gruñó acercando sus labios a los míos.

—No me das miedo.

Intenté mover la pierna. Se merecía de sobra un buen rodillazo. Pero él, como siempre, demostró ser más fuerte que yo. Sentí que metía la rodilla entre mis muslos para separarlos un poco.

—¿Qué cojones crees que estás haciendo? —me preguntó levantando el rostro.

—Hoy puedo darme por satisfecha, ya te he dado un librazo en la cabeza.

—Cállate.

—¿Te preocupa que tus amigos y tu novia hayan visto que te he dado un librazo?

—Que te calles —repitió enfadado.

Me quedé sin respiración cuando James me tomó el mentón entre los dedos. No me agarraba fuerte, pero sentí un escalofrío igualmente. El frío de sus anillos rozó la piel caliente de mi cara. Estábamos tan cerca que podía respirar su aliento de menta, café y cigarrillos mientras exhalaba mi respiración en su boca entreabierta. Nuestros labios estuvieron a punto de rozarse, pero, justo antes de que esto sucediese, James se apartó de mí rápidamente y se apoyó contra la pared opuesta. Aún seguíamos cerca, el uno frente al otro.

—Perdóname —dijo, serio, mirándome a los ojos.

—Repítelo en voz alta.

Sacudió la cabeza sonriendo de forma irónica.

—Ya te he pedido perdón —dijo trabajosamente—. Y ahora, ¿quieres jugar a algo?

Una centella de excitación atravesó sus iris glaciales. Me sentí embriagada, confusa.

«No, tengo que irme».

—¿Qué… qué juego?

—¿Sí o no?

—¿Tengo que recordarte que estoy con Will?

—¿Y yo tengo que recordarte que lo que hay entre tú y yo es solo un juego?

Me quedé de piedra, se me heló la expresión y se me resecaron los labios.

—Además, no estás con Will —aseguró con desdén.

Vi que toqueteaba algo que tenía en el bolsillo.

—Will siempre lleva algo consigo.

—Lo sé —mascullé cuando me enseñó la navaja.

—¿Y también sabes que…?

James separó la espalda de la pared y se acercó a mi cuerpo, que seguía en la misma posición que antes.

—¿Qué?

—¿… Que me gustaría hacer saltar todos estos botones de uno en uno?

Acercó la hoja a la altura de mi ombligo y fue subiendo acariciando con cuidado cada uno de los botones de mi blusa. Mi pecho subía y bajaba con dificultad bajo su atenta mirada.

—¿Pero qué haces…? —susurré, sin aire, cuando la hoja me rozó la cara interna del muslo. Volvió a subir para acariciar mi piel caliente. Se abrió paso entre mis piernas dejándome sin respiración.

Inclinó la cabeza.

—Qué pena que me tengas miedo. Eso hace que me mantenga alejado de ti —me susurró examinándome detenidamente, como tratando de estudiar mi reacción.

—¿Estás mal de la cabeza? No te tengo miedo.

Mi máscara de convicción se tambaleó cuando el aliento de James me rozó el labio provocándome un escalofrío.

—¿Entonces por qué tiemblas? —Se lamió los labios carnosos—. ¿Puede que sea porque estás excitada?

—Es porque te odio.

Se lo dije con un gruñido entre dientes, pero inmediatamente me quedé paralizada. James empezó a deslizar las yemas de los dedos por mi mentón. Bajó por mi garganta palpitante. Me acarició la piel con delicadeza, con tanta dulzura que solo deseé cerrar los ojos para poder concentrarme en lo sublime de su roce.

—Yo también te odio, chavala. No sabes cuánto.

A James se le dibujó una sonrisita pícara y su expresión se transformó en la del típico chico muy seguro de sí mismo. Pero yo no quería caer en la trampa.

Tragué saliva cuando nuestros labios acariciaron a la vez el aire que nos separaba.

¿Me estaba poniendo a prueba?

No podía saberlo. Lo único que tenía claro era el estado en el que me encontraba: me faltaba el oxígeno y mi cuerpo estaba tenso como la cuerda de un violín.

—Si hay alguien excitado aquí, ese eres tú, Hunter.

Cogí aire con dificultad.

—No lo creo. Las tías como tú no me provocan ningún efecto.

Esa frase me hizo apretar los dientes. Quizá porque la inseguridad que sentía hacia mi cuerpo me llevaba a creer que era cierta. Sin embargo, a la vez, él me seguía mirando la boca con los ojos en llamas.

—Ah, ¿no? —lo provoqué bajando la vista.

Debía de haberme pasado porque, durante un breve instante, la boca de James rozó mi labio inferior provocándome fuegos artificiales en el estómago.

—Y, sin embargo, eres tú la que está empapadísima...

—¿Qué? —Sus palabras me sobresaltaron.

En ese momento no entendí lo que quería decir, pero cuando se alejó de mí y abrió el grifo de la ducha me quedó clarísimo.

—¡Me las vas a pagar, gilipollas! —grité con todas mis fuerzas en cuanto me cayó el agua.

La carcajada de James resonó en todo el baño. Mientras observaba cómo su ancha espalda salía por la puerta, solo se me ocurrió una cosa que me hubiese gustado hacer: matarlo.

66

June

Estuve indecisa hasta el último momento. No sabía si ir o no a la fiesta de Poppy; pero, al final, Will me había insistido tanto que había aceptado.

Aquella noche tenía tres buenos propósitos:

Hablar con Will.

Ignorar a James.

No beber alcohol.

Me los había escrito en las notas del móvil, como si esas tres cosas tan normales necesitasen algún tipo de preparación mental.

—Voy, pero prométeme que no tocaremos el alcohol —le dije a Will por teléfono.

Me lo había prometido, así que me di una ducha y me puse mi mejor par de vaqueros y un jersey blanco de manga larga.

Me presenté en casa de Poppy con el pelo suelto y sin maquillar.

Pareció especialmente contenta de verme, por lo que en un segundo se desvanecieron mis dudas.

Nos dimos un abrazo cariñoso y me sorprendió con una petición insólita:

—June, voy a acabar de arreglarme. ¿Te importa echarle una mano en la cocina a Amelia?

—Bueno… A lo mejor no lo sabes, pero…

—Lo sé. Y, justo por eso, me gustaría que hicieseis las paces. Por favor, hazlo por mí —me pidió.

Poppy parecía sincera. ¿Quién era yo para arruinarle el cumpleaños?

—Vale —suspiré, sin saber lo que me esperaba.

Entré en la cocina cargada de buenas intenciones. Pero cuando mis ojos se toparon con la mirada glacial de Amelia, se me desvaneció la sonrisa.

—¿Me ayudas con el glaseado? —me preguntó señalando una fila de *cupcakes* sin terminar.

—Claro —le respondí mientras me lavaba las manos en el fregadero.

Amelia me tendió un paño y me enseñó la proporción de azúcar y mantequilla que había que mezclar.

Estábamos en silencio, concentradas en terminar la tarea con una batidora. Y entonces la oí gritar:

—¡Acércate y te corto las manos!

Lo cortante de su tono me hizo mirar en su dirección.

Por el rabillo del ojo vi la silueta alta de James estampando la mano contra la pared y bloqueándole el paso.

Ella se puso tensa. A mí me pasó lo mismo.

¿Por qué hacía lo mismo con todas?

«Dios mío, cómo lo odio».

—Tengo hambre.

—¿Y a mí qué me importa? —le espetó Amelia sin mirarlo a los ojos.

—Déjame probar uno.

—No.

—Solo uno.

—¡Te he dicho que no! Aparta, Hunter. June, me fío de ti —gruñó ella saliendo enfadada de la cocina.

Amelia me había hablado bien dos veces seguidas; menudo récord.

En una fracción de segundo, los ojos azules de James atravesaron la cocina en mi dirección. Yo decidí ignorarlo. Aunque hacerlo era mucho más difícil de lo que me habría gustado. Sin querer, percibí que su camiseta de tirantes dejaba ver más piel de la debida.

Volví a mis *cupcakes*. No quería hablarle. Pero intuí que se acercaba. Recordé las palabras ambiguas que me había dicho en el baño.

«Un juego».

Si a él le gustaba jugar, yo odiaba a los jugadores.

—Así que tenía razón yo…

Su voz me rozó la nuca.

—Mantén la distancia. No sé de qué hablas, Hunter.

Sonrió.

—Lo importante es que yo tenía razón, White.

—No me interesa lo que tengas que decir. Hoy me has empapado. No tenía nada con lo que cambiarme, aparte de la chaqueta. Por poco pillo una bronquitis por tu culpa.

Me mordí la lengua. Era más fuerte que yo. No sabía estar callada cuando lo tenía cerca.

—¿Con veinticinco grados? —Se echó a reír—. Además, ¿quién empezó con la violencia?

—Chitón —le dije, nerviosa, mientras metía el glaseado en la manga pastelera para poder ponerlo en las *cupcakes*.

—Me has tirado un libro a la cabeza.

James se rio como un niño travieso, lo que me dio a entender que ya se le había pasado el enfado.

—Y tú me has insultado a la cara.

—Era solo una forma de hablar. Después te he pedido perdón.

Me giré hacia él para fulminarlo con la mirada.

—¿Es «la forma de hablar» que usas cuando no puedes conseguir lo que quieres?

No tuve el valor de esperar a su reacción, así que volví a concentrarme en los dulces. Los puse en fila de forma obsesiva esperando que aquello me mantuviese la mente ocupada.

—Pero si ya te tengo en el bote, chavala… —Hizo una pausa, y yo agudicé el oído—. Esta mañana casi te follo a lo bestia contra la pared.

La saliva se me atragantó en la garganta.

«Manda a la mierda a esa sensual tentación».

—Esta mañana no… ¡Vete por ahí, James!

—Además, yo nunca lo he negado, White. Tú sí.

—¿El qué?

—Que me tienes ganas.

¿Que él no lo había negado? Me dijo que nunca se rebajaría a estar con una como yo y que no le despertaba ningún deseo.

¿Estaba jugando con mi cerebro? Sin duda.

¿Lo estaba haciendo a propósito? Por supuesto.

No podía caer en su trampa.

—Yo no hice nada esta mañana. Como siempre, lo hiciste todo tú. Esa es tu forma de actuar, ya me he dado cuenta —aseguré mientras terminaba de preparar los *cupcakes*.

—¿De qué hablas? ¿Te refieres a cuando casi te beso?

Me giré de repente, como si me hubiese picado una avispa.

Se me tensaron los músculos, parecían querer escaparse de mis brazos.

—¿Pero qué dices? ¿Te has vuelto loco?

No era cierto, ¿por qué decía aquello con tanta naturalidad?

Tenía que hacer un esfuerzo por controlarme cuando tenía cerca a James, debía ser más tajante a la hora de mandarlo a paseo... De no ser así, seguiría tomándome el pelo.

—Será mejor que te vayas. No tenemos nada que decirnos.

—Como quieras —resopló sin moverse ni un centímetro.

—¿En serio que has venido a hablar de eso?

Dejó que se le escapase una risotada que me pilló por sorpresa.

—No, estoy aquí por esos malditos *cupcakes*. Solo intento distraerte para robarte uno, Blancanieves.

Rabiosa, puse los ojos en blanco.

«Voy a aplastarle uno contra esa cara de chulo que tiene».

—¡James, no!

Antes de que pudiese decir nada más, alargó la mano y hundió el dedo en uno de los pasteles.

—Le he metido el dedo, me lo tengo que quedar.

Noté su presencia a mi espalda. James se lamió el índice con avidez; hizo un sonido que, a la vez, era indecente y excitante.

—Mmm... Tengo que reconocer que se te da bien la repostería, White... —susurró entre mi pelo.

—Aparta las manos —le ordené.

Pero su dedo manchado de glaseado me rozó el labio inferior.

—Es importante que la cocinera pruebe el producto... —susurró con voz sensual.

Y entonces perdí el control.

James estaba de pie, a mi espalda, y yo abrí la boca para que me metiese el índice. Avanzó para introducírmelo un poco más, haciendo que rozase mi lengua con lentitud. De repente noté en mis labios la fría superficie de su anillo. De forma instintiva, giré la cabeza hacia él... Pero me arrepentí rápidamente.

—Tienes un poco más aquí.

Con la yema del dedo índice recogió un poco de glaseado blando de la comisura de mis labios y se lo llevó a la lengua.

Me alivió saber que James estaba a mi espalda, porque mirarlo lamerse el dedo era bastante peligroso.

«Los *cupcakes*, June. Aparta los que ha arruinado y mete los demás en el horno. No, perdón, en la nevera».

Noté contra mi espalda el calor de su pecho.

Su perfume me hizo girar la cabeza y, de forma inmediata, me empezaron a temblar las rodillas. No vacilaba al tocarme. Lo hacía con seguridad y decisión, igual que había hecho aquella misma mañana en el baño del instituto. Con su mano cálida recorrió mi costado derecho mientras el corazón se me aceleraba cada vez más.

Por un momento no entendí qué estaba pasando. Me aparté, asustada, de aquel contacto prohibido, pero, al echarme hacia atrás, me topé con la rigidez de su cuerpo. Choqué contra su pantalón, que en ese momento ocultaba algo duro. Se apartó instantáneamente, como si no quisiera que yo fuese partícipe de su debilidad.

—James, será mejor que...

Cuando me giré para mirarlo a la cara me topé con la dureza de sus ojos.

—Joder. Me has dejado lleno de babas, qué asco —masculló observándose los dedos—. Voy a lavarme las manos.

Bajé los ojos, avergonzada, y me puse un mechón de pelo detrás de la oreja. Sin quererlo, mi mirada bajó hasta el frontal de su pantalón, donde, de forma más que evidente, se observaba su prominente grandeza a través del tejido gris del chándal.

Aparté los ojos de forma inmediata.

—Tengo que acabar, será mejor que te vayas.

En aquel momento ya no eran posibles las bromas, así que James me dio la espalda y salió de la cocina.

Suspiré aliviada.

Deseé que el agua de la piscina de Poppy estuviese helada. Me moría de ganas de meterme dentro.

Hasta las diez de la noche la casa no empezó a llenarse de verdad. A esa hora aproximada fue cuando llegaron William y Jackson.

Aún tenía el estómago revuelto por lo que había pasado poco antes, así que, cuando Will me ofreció unas patatas fritas, las rechacé.

—¿Cómo que no? ¿Qué te pasa? —me preguntó.

—Tenemos que hablar —le dije sentándome en un sillón que había a su lado.

—¿De qué? ¿De la luna llena?

Lo observé muy confusa. William estaba allí, tranquilamente, al lado de Jackson, jugando a la PlayStation como si la noche anterior no le hubiese pegado un puñetazo a su mejor amigo y no me hubiese acusado de algo que… «Oh, Dios mío, teníamos que hablar urgentemente».

—¿De la luna llena? —pregunté mordisqueándome la uña del pulgar.

—Todos hablan de ella —aseguró Jackson mientras sus ojos azules se iban turnando entre la pantalla y una esquina apartada del salón.

Seguí la trayectoria de su mirada y caí en la trampa de James. Estaba besando a una chica, qué novedad. Tenía una mano hundida en su larga melena.

«Este es un buen recordatorio, June».

Fue un tormento, pero también un alivio.

Verlo así de inalcanzable me hizo volver a una zona de confort que no me resultaba nada indiferente. Volví a sentirme segura, como si nunca hubiese salido de mi burbuja.

El peligro estaba ahí fuera, y yo vivía cómodamente protegida, en un lugar en el que no podía hacerme daño.

Pero una descarga eléctrica me recorrió los sentidos cuando se apartó de los labios carnosos de aquella morena y me miró directamente a los ojos. Sentí un retortijón.

Por Will sentía cosas, sí; pero ninguna tan intensa. Quizá la única forma de eludir esas sensaciones era esquivar su mirada.

—¿Qué decías de la luna llena?

Me refugié en la espalda de William, que estaba concentradísimo en la partida con Jackson.

—Que la gente se vuelve loca cuando hay luna llena. Hacen cosas que no deberían hacer. Se pelean mucho más. Está todo lleno de lunáticos...

—Ah... —mascullé, escéptica.

Entonces vi llegar a Poppy y a Blaze.

Poppy parecía preparada para la fiesta. Llevaba la melena rubia recogida de tal forma que resaltaban sus puntas violetas. Vestía un vestidito blanco muy ceñido.

Si yo me hubiese puesto esa prenda (en el caso de que cupiese, claro), parecería un reloj de arena en el octavo mes de embarazo.

—¿Y Brian? —preguntó mirando a su alrededor.

—Vendrá cuando le apetezca —oí que dijo Amelia.

Blaze me hizo un gesto de saludo y le echó un vistazo rápido a Jackson; este estaba tan concentrado en la partida que ni siquiera lo vio.

—Ven conmigo, Blaze. Necesito de tus cálculos para preparar el cóctel perfecto —le pidió Poppy.

—Hola, cumpleañera.

James se le puso delante, pero fue sobre Blaze donde plantó sus ojos azules. A este le costó soportar el poder de esa mirada.

—¿Me acompañas? Tengo que hacer algo.

James se había dirigido a Poppy, pero a Blaze le empezaron a temblar los párpados. Volvió a formárseme un nudo en el estómago.

¿Serían celos?

«¿Se gustan Blaze y James?».

—Poppy, ¿entonces qué pasa con el cóctel? —preguntó Blaze abriendo los brazos mientras la rubia y James se alejaban.

—Yo te ayudo —se ofreció Jackson levantándose del sofá y pasándome el mando de la PlayStation.

—¿Crees que debería apuntarme al gimnasio? —me preguntó Will.

—¿Es la luna llena la que te hace decir esas tonterías?

Nos echamos a reír.

«Si solo fuéramos amigos, todo sería más sencillo».

Aquella idea fue tomando forma poco a poco en mi cabeza. Si él y yo solo fuésemos amigos, yo habría aceptado sin ningún problema todas sus facetas. Pero aquel limbo extraño en el que nos encontrábamos… no nos venía bien a ninguno de los dos.

Decidí aceptar aquel reto al FIFA y nos pasamos media hora sin preocuparnos de nada y olvidándonos de nuestros problemas. En un momento dado oí, de lejos, la voz de Ari. No sé por qué, pero aquello hizo que nuestra burbuja de felicidad estallase.

Le eché un vistazo rápido cuando la vi entrar por la puerta. Ni uno solo de los chicos se quedó sin girarse para mirarla con interés. Llevaba su larga melena castaña recogida en un moño alto y desordenado. Vestía unas botas de tacón y un jersey extragrande que le llegaba casi a las rodillas.

Era obvio por qué se la disputaban los chicos más guapos del instituto: era una diosa en miniatura. Resoplé cuando vi que Will la miraba con interés. Era la primera vez que me encontraba en una situación como aquella; puede que eso se debiese a que, en mis otros institutos, me quedaba sola en una esquina comiéndome mi porción de pizza mientras que las chicas más populares compartían barritas bajas en calorías y se intercambiaban a los jugadores de fútbol.

—¿Qué pasa? —preguntó Will al verme pensativa.

—Nada. ¡Me has ganado dos veces sin merecerte la victoria! —le dije en tono burlón.

—Estabas con él, ¿verdad? —La voz fría de Amelia cortó el aire de la habitación y nos distrajo a William y a mí de la partida.

Por el rabillo del ojo vi que la silueta de Poppy se unía a su grupo de amigas. Mientras, James bajaba la escalera con el pecho desnudo y el cabello más despeinado de lo habitual.

Había algo de música de fondo y más gente que al principio, pero aun así pude oír perfectamente lo que decían.

—¿De verdad que estabas con él? —insistió Amelia.

—¿Y qué pasa? Es mi cumpleaños. Déjame en paz. Mi madre me hizo prometerle que no romperíamos nada, pero ya he visto que en el baño alguien ha…

—¿También quieres llorar el día de tu cumpleaños? —la interrumpió Amelia bruscamente.

Aquella chica era fría, cortante, punzante.

—James y yo solo hemos subido arriba un rato. No montes un drama. ¿Ves que esté llorando?

—Ya llorarás —sentenció Ari apoyando a Amelia; miró a Poppy con los ojos entrecerrados y se alejó.

Ari se acercó a William y a mí con una copa de champán en la mano. Me sonrió.

—Hola, Will.

William se distrajo un instante con los sensuales movimientos de la chica.

—¿Eh? Hola —mascculló mientras yo aprovechaba que estaba distraído para marcarle un gol.

—Eh… June, ¿de qué querías hablar? —Will se puso serio, así que empecé a preparar mentalmente mi discurso; así era como me enfrentaba a las discusiones importantes.

«Seamos solo amigos».

Solté el mando sobre la mesa y miré a Will a los ojos.

«Me gustas, pero hay algo de ti que…».

En parte, me sentía culpable. Él no me había pedido que tuviésemos una relación, así que alejarme de él significaba no aceptar sus problemas. Me había esforzado en estar a su lado, en comprenderlo… pero, al final, las cosas siempre se acababan torciendo por culpa de lo imprevisible de su comportamiento.

«Aunque, teniendo en cuenta lo de la luna llena, ¿no sería mejor dejar aquella conversación para otro día?».

—De nada —aseguré encogiéndome de hombros.

La verdad es que no tenía ni idea de cómo podría reaccionar él; me daba miedo arruinar la fiesta de Poppy.

—¿Echamos otra partida? —sugirió mirando la pantalla.

—Creo que voy a ir un rato con las chicas —contesté poniéndome en pie.

—Vale, voy a buscar a Jax.

Pero antes de que yo pudiera alejarme de él, Will me agarró del brazo.

—Espera.

Y entonces me dio un buen beso. Dulce, como a mí me gustaba. Sin embargo, no terminó de convencerme.

Aquel beso me desorientó: parecía una confirmación por su parte, no un gesto de corazón.

—¿Nos vemos después? —preguntó mientras, luchando contra sus deseos, se separaba de mis labios. Me trazó unos circulitos en los pómulos.

Entonces recordé la sensación de los dedos de James en mi cara y se me enrojecieron las mejillas.

La forma en la que aquella mañana me la agarró en el baño de la escuela no fue ni violenta ni suave; fue… intensa.

—¿Lanzamos un par de tiros, Will?

Me quedé mirando fijamente a William, cuando la voz de James me entró por los oídos.

—¿A esta hora? No, voy a buscar a Jax para que me haga algo sin alcohol —respondió mientras se despedía de mí con un gesto de la cabeza.

Sentí sobre mí los ojos intensos de James.

—¿Puedo hablar contigo un momento, Hunter? —pregunté eludiendo su mirada.

—¿Tengo la cara de alguien a quien le apetece hablar? —me dijo en tono cortante; cuando me giré hacia él, vi que estaba rodeando a Stacy con un brazo.

«Vale, no puedes hablar porque estás ocupado arrasando tus neuronas y follándote a medio mundo, recibido».

—Solo quería hablar contigo sobre Will, no pasa nada —murmuré poco convencida.

Me pareció haber pronunciado la palabra mágica.

—¿Qué quieres?

—Estaba pensando…

—¿Que quieres dejarlo porque te he dedicado dos segundos de atención?

Me quedé sin habla.

El chico moreno que había a su espalda estalló en una carcajada.

—La rubita es la que te tiró el libro, ¿verdad? —James no dijo nada, me siguió mirando con los ojos entornados—. ¿Es tu novia? —insistió.

—No —gruñó James.

—Vale, no he dicho nada.

—No me importas una mierda, White. Pensaba que lo tenías claro.

Las palabras de James se me clavaron como puñaladas en la espalda.

—Es recíproco, pero eso no quita que lo que haces esté mal y que yo me sienta culpable, James.

Mis palabras le hicieron fruncir el ceño.

—¿Por qué, White?

—Por lo que hemos hecho. —Esto lo dije en un susurro mientras me acercaba a él para que los demás no me oyesen.

James inclinó la cabeza y esbozó una sonrisa traviesa.

—Por lo que hemos hecho en tu cabeza, querrás decir. —Lo miré impasible—. ¿Es que acaso te he besado?

Oírlo hablar de esa posibilidad con tanta indiferencia y chulería me hizo perder los nervios.

—Se acabó. Me has hartado. Siempre tienes que ser el centro de atención. No era de eso de lo que te quería hablar.

—Responde. ¿Es que acaso te he besado?

Su pregunta me dejó paralizada.

—No.

—¿Te he tocado?

Apreté los dientes y me negué a responder, probablemente porque ya sabía adónde quería llegar.

—Todo eso está solo aquí —dijo James poniéndome el dedo en la sien—. Y puede que… —bajó el índice por mi mejilla, surcó mi pecho y llegó hasta mi vientre levemente descubierto—… también aquí.

Le agarré la mano y se la aparté antes de que pudiese seguir bajando. Aquel gesto le provocó una carcajada al chico que estaba al lado de James.

—Tienes que dejar de comportarte así conmigo —aseguré.

—Dejaré de comportarme así cuando tú, Blancanieves, dejes de follarme con la mirada.

Mi cara se transformó en una mueca de estupefacción.

—¿Sabes lo que te digo? Eres experto en actuar como un gilipollas. No tienes solución. Diviértete molestando a la gente, no sabes hacer otra cosa. Puede que tu forma de actuar le encante a todo el mundo, pero a mí no.

—Ah, ¿no?

—Te crees el mejor, piensas que todo el mundo te quiere cerca..., pero, al final, siempre estás solo. Estás completamente solo. Y es muy triste. Porque tus amigos lo hacen todo por ti, pero tú no tienes escrúpulos y no te importa si ellos acaban metidos en problemas por tu culpa.

Si un segundo antes la atmósfera era distendida y James se estaba riendo de mí, ahora pasó a fulminarme con la mirada.

—No vuelvas a buscarme. ¿Me has entendido, niñata? —gruñó a un palmo de mi cara.

—Eres tú el que me busca —respondí.

—Menudo carácter... —comentó el chico que estaba a su lado en cuanto yo me di media vuelta—. Esta es la típica que te las hace pasar canutas antes de podértela follar.

—No quiero una mierda de ella —espetó James.

—Entonces, si no es tu chica y no te gusta...

—¿Qué?

—¿Puedo intentarlo? Está buena. Y, a lo mejor, es igual de violenta en la cama.

—Inténtalo. Acércate a ella y te arranco los huevos de un mordisco.

Fingí no haber oído aquella conversación tan vulgar y salí del salón de camino a la cocina, donde en ese momento reinaba la confusión. Will daba sorbos a un té frío apoyado en la mesa. Sus ojos color carbón miraban fijamente a Ari, que estaba en una esquina del salón completamente sola y con cara de estar en un funeral.

—¿Es normal que últimamente siempre esté sola? —pregunté al verlo preocupado.

—No. No es normal. Quizá deberías hablar con ella.

Seguí su consejo y me acerqué a Ari.

—¿Estás bien?

Levantó la vista del vaso vacío. A poca distancia, Amelia estaba de guasa con Blaze y otro chico.

—Eres la primera que me lo pregunta desde que Brian y yo lo dejamos —susurró haciéndome hueco en el brazo del sofá.

—¿Has aclarado las cosas con Amelia?

Siempre las veía juntas en el instituto, pero Amelia parecía mostrar una actitud pasivo-agresiva hacia ella. Aunque no soportase a alguien, le encantaba acercarse a esa persona solo para lanzarle pullas.

—Sí, pero en el fondo me sigue odiando por haber hecho sufrir a su hermano.

—Es comprensible. Pero si ya no te apetecía seguir con él, fue lo mejor que podías hacer. ¿No?

—Él me importa mucho, pero somos incompatibles. No entiendo por qué ella es incapaz de aceptarlo.

—Dale tiempo.

Ari había cometido errores, pero Amelia no tenía nada que decir en lo relativo a lo que había entre Brian y Ari. Especialmente, debido a que esta última había dejado de amar a su hermano.

Ari aguzó la mirada cuando Poppy se le plantó delante hecha una furia.

Poppy… ¿enfadada?

No podía ser.

—Ari, eres una puta manipuladora.

Oh, no. La luna llena también había afectado a la cumpleañera.

La chica miró a su alrededor como si no pudiera creerse que Poppy le estuviera hablando de ese modo.

—¿Qué pasa? —dije sin pensármelo demasiado.

—Me juzgó, me hizo creer que me estaba volviendo loca y que era una idiota sin dignidad cuando estuve con James en la fiesta de Will. Y, como soy tonta, confié en ti y me empecé a sentir culpable —dijo mirando a Ari—. Pero no lo decías pensando en mi bien, ¡sino porque estabas celosa!

«Oh…».

—Fui ingenua por confiar en ti. Me estuviste echando mierda encima… ¿y ahora voy y me entero de que te lo tirabas a espaldas de Brian? ¡Y, encima, no me lo contaste aunque yo era tu mejor amiga!

La chica rubia pronunció aquella frase consumida por la ira. Llegó casi a quedarse sin respiración.

—Poppy, baja la voz —susurré cuando vi que Brian, a poca distancia de nosotras, acababa de entrar en la casa.

—June fue la única que no me juzgó —insistió.

Ari me miró de reojo y, de repente, pareció haber recuperado el don de la palabra.

—June, ¿tú sabías lo de Poppy?

—Sí, pero… creo que Poppy tiene razón. Es absurdo que la critiques si tú…

—¡No me lo puedo creer! ¡Tú se lo dijiste a Taylor! También sabías lo mío, ¿verdad?

—¿Yo qué pinto en este asunto?

Estábamos empezando a levantar el tono y los invitados empezaron a mirarnos sin disimulo.

—¿También sabías lo mío? Di la verdad, ¿te lo dijo él?

Las dos me estaban mirando fijamente.

Habría bastado que la música estuviese unos decibelios más suave para que Amelia lo hubiese oído. Entonces sí que todo habría estallado por los aires. Está claro que no es plato de buen gusto enterarte de que tu mejor amiga le pone los cuernos a tu hermano desde hace más de un año con su peor enemigo.

—Oídme… —Me puse en pie como queriendo tomar distancia de aquella situación—. Sería más fácil que fueseis sinceras la una con la otra si evitaseis follaros al mismo tío, ¿no creéis? —Aún me miraban estupefactas, así que seguí con mi discurso—. Hay más hombres aparte de James. ¿Por qué no podéis aspirar a estar con alguno que os haga sentir especiales, en vez de con uno que… que…?

No supe cómo continuar.

James estaba apoyado en la encimera de la cocina mientras, con cara de aburrido, mojaba una galleta en un vaso de leche. No sé si mis palabras de hacía un momento le habían herido, pero era cierto que mi arrebato había sido excesivo por muy justificado que estuviese.

Puede que Will tuviese razón en lo de la luna llena.

—¿Esto es un cumpleaños o un entierro?

Reconocí inmediatamente aquella voz chirriante.

Solo faltaba Taylor para completar aquel precioso cuarteto nocturno.

—¿Vamos a tu habitación?

La chica llegó con un conjunto rosa chicle y agitó una enorme botella de champán delante de la cara de Poppy, que abrió los ojos de par en par muy confundida.

—Hagamos un juego, esto está aburridísimo.

—Me apunto. Esto está lleno de falsas.

Contra todo pronóstico, Poppy le hizo caso a Taylor, se puso en pie y fue a avisar a algunas de las personas que estaban en la fiesta.

¿Había llegado la hora de que June White regresara a casa? Sí, desde luego.

Dejé que las chicas se dispersaran y fui a la cocina, donde Will se estaba bebiendo un zumo con James. Jackson se asomó por la puerta.

—¿Estás desayunando a las diez de la noche, James?

—Tengo hambre y se han acabado los *cupcakes*. ¿Dónde coño has estado, Jax? —preguntó James examinando a su amigo de pies a cabeza.

—Estaba aquí.

—Pues no te he visto. ¿Aquí, dónde?

Jackson tragó saliva nervioso.

—Toma. Aquí tienes más galletas. Tranquilízate un poco —le soltó alcanzándole otro paquete.

—Vaya… Aquí viene —susurró William cuando Taylor se presentó en la cocina como una aparición.

—Estoy mosqueadísima —aseguró la rubia en tono desafiante.

—Esta noche la luna ha afectado a todo el mundo menos a mí —dijo Will riéndose.

—Claro, Cooper. Tú te pasas ido todo el año, te puedes permitir una noche libre.

Will le puso mala cara, pero Taylor lo ignoró porque esa noche tenía otra presa en mente.

—¿Me has oído? He dicho que estoy mosqueada. Contigo.

James no se inmutó.

—¿En serio?

—Me das asco —le espetó ella.

—Vale.

—Ayer no te pasaste por mi casa.

—Vale.

—¡James!

—No me toques más los cojones, ¿cuántas veces te lo he dicho?

—James, ¿es que no lo entiendes?

Ella empezó a susurrarle algo y a James, que hasta ese momento parecía estar pasándoselo muy bien, se le cambió de repente la cara.

—Mi padre ha pensado en ti inmediatamente.

Soltó el vaso de leche.

—¿Se ha dado cuenta?

—Sí. Y en los vídeos de la cámara de vigilancia se ve que en casa no ha entrado nadie más aparte de la familia y de Tiffany…, así que solo quedáis tú y la criada.

—Bueno, esa viejecita puede ser perfectamente una cleptómana —aseguró él encogiéndose de hombros.

—No te hagas el gracioso porque no hay nada de lo que reírse. Mi padre está enfadadísimo porque en los vídeos se ve que vas a verme a escondidas. Y ahora estoy castigada, y es posible que me quede sin ir de viaje a México.

—Qué pena… —comentaron Jackson y William entre risas.

—¿Y eso por qué? —preguntó James, que seguía bastante serio.

—Porque lo primero que ha hecho ha sido bajar al sótano a ver si faltaba algo.

—¿Y qué ha pasado?

—¿Qué crees que ha pasado? Cree que has sido tú. Sobre todo teniendo en cuenta que la criada nunca nos ha robado ni un…

—Yo no la robé. Me la diste tú —la interrumpió James en tono cortante.

—¿De qué hablan? —le pregunté a Will, que seguía la discusión muy atento.

—De «eso» que ahora tiene Austin. Parece que estamos de mierda hasta el cuello.

—¿Venís arriba? —preguntó Poppy apareciendo por la puerta con una bandeja llena de chupitos.

—Será mejor que vuelva a…

William me plantó un beso que no me dejó terminar la frase.

—Quédate un rato más. Nos lo vamos a pasar bien.

Decidí hacerle caso, así que subimos a la habitación de Poppy junto con un par de invitados más.

—¿Por qué todo el mundo está tan raro? —preguntó Marvin.

Will no se molestó en responderle.

Vi que Ari y otra chica estaban sentadas en el borde de la cama, mientras que el resto de los invitados se acomodaban en el suelo.

—Luna llena —respondió Poppy, extrañamente escueta.

—Estupendo. ¿Qué mejor noche que esta? —comentó Taylor, que venía acompañada por James.

—Sentaos, que vamos a jugar a algo muy divertido.

Ese «muy divertido» pronunciado en la voz de aquella bruja me pareció de lo más escalofriante.

La mirada sutil de Taylor siguió el recorrido de James por la habitación. Este se sentó en el alféizar de la ventana con el paquete de galletas en la mano.

—¿Qué se te ha ocurrido? —le preguntó él, despreocupado.

Seguía con el pecho desnudo y yo me pregunté cómo conseguía no sentirse nunca incómodo y cómo era posible que nunca tuviera frío.

—Nadie te ha invitado, Jamie —le respondió ella, aún resentida.

—De hecho, no voy a jugar. Pero será divertido observaros.

El resto no parecía demasiado preocupado, era como si yo fuese la única que no se fiaba de Taylor.

Me acurruqué contra William y él me echó el brazo por el hombro.

—Marvin, ¿has cogido los vasos?

Él le dijo que sí a la rubia, que era la única que seguía en pie.

—Vale, en lugar de jugar al verdad o consecuencia de siempre, jugaremos a una nueva versión del yo nunca. —Hubo un coro de voces decepcionadas—. Contaremos un secreto que sepamos de alguien de aquí y veremos si esa persona se atreve a dar un paso adelante. Solo tendréis que beber si os reconocéis en lo que otra persona ha dicho.

—¿Puedes poner un ejemplo? —preguntó uno de aquellos chicos.

—Si yo digo «Tengo un color de pelo ridículo», Poppy tendría que beber. Simple, ¿verdad?

«Menuda cabrona».

—No es cierto. Qué envidiosa... Tienes un pelo precioso —susurró Marvin provocándole una sonrisa a la rubia.

—Qué buena idea, Taylor. Así puedes acosar a medio instituto en una sola noche —le dije indignada.

Todo el mundo contuvo la respiración.

—¡Ay, pobre Blancanieves...! Estoy segura de que, bajo esa apariencia de santita, eres la que más secretos esconde. ¿Te da miedo que te descubramos?

—No —le gruñí.

En ese momento llegaron también Blaze y Brian.

—¿Qué pasa? —preguntó el segundo.

—Sentaos, que lo vamos a pasar bien —respondió la chica rubia lanzándole una sonrisa diabólica.

Se recogió la larga melena color miel en una cola de caballo y, sin disimular sus ínfulas de superioridad, dijo la primera verdad:

—Este año he dado mi primer beso.

Ni que decir tiene que todos se echaron a reír ante lo absurdo de aquella afirmación.

—No sabía que había que contar chistes... ¿Es un juego serio o no? —preguntó Marvin sin saber a quién iba dirigida la indirecta.

Nadie bebía, pero... joder, todos me estaban mirando.

—Las mentirosas no pueden jugar. Esto trata de beber, no de mentir. —La insinuación de Taylor fue bastante clara. Se inclinó hacia mí e intensificó la crueldad de su mirada.

—June, no tiene nada de malo —me consoló Poppy.

—¿Qué pasa, Barbie campesina? ¿Te da vergüenza? —preguntó Taylor en tono desafiante.

—No me avergüenza ser lo que soy —contesté.

No me importaba lo que pensasen de mí, ni tampoco quedar mal. Cogí el vaso y le di un sorbo. De fondo se oyeron algunas risas, pero también sonidos de aprobación.

—Ahora me toca a mí —afirmó James arrebatándole el cetro de las manos.

—¡De eso nada! Tú no participas —exclamó Taylor.

—Este año he besado a mi mejor amiga y..., literalmente, me la he follado.

Taylor lo miró escandalizada.

—Yo, por si las dudas, voy a beber. ¿Y tú, Taylor? —le preguntó en tono burlón.

Aquella provocación por parte de James despertó murmullos de fondo. Todos miraron a Tiffany, que se acabó el vaso de un sorbo.

Algunos chicos se rieron y aquello enfadó aún más a Taylor.

—¡Tiff! ¿Pero qué cojones...? —le regañó al ver que seguía bebiendo.

—¿Qué pasa? Tengo que decir la verdad, ¿no? —contestó la chica morena con aire inocente.

Me habría encantado darle las gracias a James, ya que había provocado que Taylor pagase por haberme humillado públicamente..., pero me quedé en silencio. Él se encogió de hombros y volvió a su esquina a seguir comiendo como si nada le importase.

—Bueno, ya que estamos jugando al juego de la verdad... James, empecemos a decir verdades —bisbiseó Taylor con el ceño fruncido.

Me eché a temblar.

—Soy tan vicioso, patético y traidor que me tiraría hasta a la novia de mi mejor amigo.

La mayoría de la gente no entendió la indirecta.

Pero había alguien que sí que la había entendido perfectamente: Will. Abrió poco a poco la boca mientras posaba sus ojos sobre James, que seguía comiendo galletas. James miró de reojo a Taylor como diciéndole: «¿No se suponía que yo no jugaba?». Dio un largo sorbo a la leche ignorando por completo la mirada de William.

No tuvo el valor de mirar a Will, y este acabó agachando la cabeza.

—En mi instituto me odia todo el mundo porque soy la reina de las gilipollas.

Aquella voz vacilante provenía de Ari, sobre la que, de repente, se posaron todas las miradas.

Taylor se echó a reír, encantada por aquel desafío imprevisto. Al parecer, Ari se lo había puesto en bandeja de plata.

La rubia bebió y, entonces, afiló las uñas.

—Soy una mentirosa, una falsa. Un pedazo de… ¿Cuál es el sinónimo? ¡Ah, sí! Soy una señorita de moral distraída. Adivinad quién soy. Pero creo que es demasiado fácil, ¿verdad, Ari?

Miré a Brian, que se puso en pie para dirigirse hacia la puerta. Lo sentí por él. Se notaba que seguía enamorado. No se merecía todo aquello.

—¿De moral distraída? ¿Pero qué dices? —Tiffany se echó a reír.

—No tienes nada de lo que reírte. Sabes que te quiero, pero eres la primera que tendría que beber —aseguró Taylor mirando a su mejor amiga—. Y vosotras dos también —añadió señalando con el dedo a Poppy y a Amelia, que no movieron un músculo.

—Si seguís siendo unas cabronas, no va a beber nadie. ¿Es que no os dais cuenta? Además, no tiene nada de divertido —masculló James antes de comerse otra galleta.

Ari, por supuesto, no le dio la razón. No bebió, a pesar de la indirecta. Se le humedecieron los ojos y, aunque sabía que había traicionado a Brian, me apenó verla así. Estaba a punto de derrumbarse delante de todo el mundo.

—Soy una sádica y solo me divierto viendo sufrir a la gente.

La voz de Will rompió el silencio y retumbó por toda la habitación. ¿De verdad acababa de defender a Ari?

—¡Anda! Se me ha ocurrido otra… Estoy colado por Ari desde que usaba chupete. ¿Cuántas personas tendrán que beber? —preguntó Taylor mirando a su alrededor.

James se encogió de hombros mientras algunos chicos se bebían sus chupitos. Tiffany también lo hizo. Por el rabillo del ojo vi cómo Will, que estaba a mi lado, permanecía impasible.

Di un suspiro de alivio, pero entonces me acordé de que aquel era un juego estúpido y de que Will me había prometido que no iba a beber.

«¿Y si ella era la chica de la que él siempre había estado enamorado?».

—Al menos yo tengo los cojones de hacerlo… —aseguró Tiffany.

—Aquí hay mucha gente muy falsa, ¿verdad, Will? También puedes beber agua, pero algo tienes que beber.

A Taylor no le había pasado desapercibido el comportamiento de William. Con aquella frase había solventado mis dudas.

Ari era la chica de la que me había hablado. ¿Cómo no lo había visto antes?

Ella nunca me había dicho nada, y él mucho menos. Solo una persona me había contado la verdad. Miré a James a los ojos y, cuando se dio cuenta, bajó la vista.

«Bingo».

—¿Todo el mundo elige «verdad»? Qué plastas. ¿Nadie elige «atrevimiento»? —dijo Marvin, provocando que la rubia pusiera los ojos en blanco.

—Cállate, así es mucho más divertido.

—A mí me encantaría ver a June y Ari dándolo todo.

—Ponte una peli porno y deja de dar por culo —lo interrumpió James antes de dar un buen sorbo, que fue justo lo que también hicieron Tiffany y Marvin, como si la afirmación de este último fuese parte del juego.

—Solo hay cuatro chicos jugando. Las chicas están en mayoría. Así que, matemáticamente hablando, al final nos tendríamos que besar entre nosotras, lo que solo serviría para alegraros la vista a unos pocos… —Poppy intentó explicarse, pero Tiffany la mandó a callar inmediatamente.

—Sssh, calla. En este caso, las matemáticas no tienen razón.

—Solo digo que eso no vale. Si no, yo también puedo decir: «Quiero ver cómo se besan James y Will» o «James y Jax» —explicó la cumpleañera.

—Yo ya he visto eso. Bah. No te pierdes nada —sentenció Taylor con aire de superioridad.

Mis ojos se fueron rápidamente hacia Blaze, pero se quedó helado como un témpano.

—O James y Brian —sugirió otra chica.

La risita nerviosa de Brian me hizo ver que acababa de volver a la habitación.

—¿De qué coño te ríes? —le espetó James.

El moreno entrecerró los ojos y le contestó.

—Me río porque me apuesto lo que quieras a que seguro que te gusta.

La habitación se congeló durante un instante.

Los ojos azules de James se toparon con el verde esmeralda de los iris de Brian.

—Si te acercas a mí, te mato —lo amenazó James abriendo los brazos como si su silueta no fuese ya de por sí lo bastante intimidatoria.

—Ah, ¿sí? A ver de lo que eres capaz.

Estaba claro que, por el tema del reformatorio, James no podía ponerle un dedo encima a nadie, sobre todo a Brian.

—No. Basta ya, chicos.

Amelia no había dicho nada hasta ese momento.

Algo me decía que ella era la pieza que faltaba en aquel puzle.

Brian, contrariado, sacudió la cabeza. Decidió abandonar definitivamente aquella habitación.

—Vale, que nadie se sienta obligado. Siempre queda el armario —resopló Taylor, enfadada.

—¿Cómo que el armario? —pregunté sin que nadie se molestase en contestarme.

—¿El armario? ¿Para que yo no pueda alegrarme la vista? —preguntó Marvin.

—Vamos, dispara —lo azuzó Tiffany, que parecía muy acostumbrada a esos juegos.

—Tiff, al armario con June —dijo Marvin señalándome con el dedo.

James por poco no escupe la leche contra el cristal de la ventana.

—No, un momento. ¿Qué es lo que tengo que hacer?

—Adivina —se rio Marvin mientras Tiffany se ponía en pie.

—¿De qué te ríes? No podéis obligarme a hacer nada.

—Claro que nadie te obliga a hacer nada. Solo tienes que estar con ella cinco minutos en el armario. Y allí podéis hacer lo que queráis. No estás obligada a besarla —me explicó Will.

—Qué charlatanes estáis todos esta noche, ¿eh? —masculló Tiffany, ajustándose la chupa de cuero a juego con sus pantalones ceñidos. Entonces se dirigió a mí—. ¿June?

—Eh…

La miré de arriba abajo y pensé que no se me iba a tirar encima, ya que podía pesar la mitad que yo.

Musité un desganado «vale…» y me levanté.

Algunos empezaron a animarnos y William, de repente, se puso nervioso.

—Sí, pero allí dentro…, no aquí, delante de todo el mundo.

—Venga ya, Will. No seas aguafiestas —oí que dijo Marvin cuando Tiffany y yo nos acercamos al armario empotrado de Poppy.

Me sorprendió ver que aquella chica morena no parecía nada incómoda con la situación.

—No estoy segura… —musité antes de entrar.

—No es más que un beso. ¡Qué puritana eres, por Dios! —exclamó un tío.

—¿Y si no se besan? Eso no vale —dijo otro antes de que James pusiese fin a todas las dudas.

—No os preocupéis. Tiffany sabe ser muy convincente.

Volví a resoplar, esta vez con aire abatido. No estaba enfadada con Tiffany, pero no quería ser víctima de los juegos perversos de aquella gente.

—¿Así? —pregunté cuando la chica abrió la puerta y me hizo entrar.

—Tendremos que apretarnos.

Me puso ojitos, pero la miré y ella, de inmediato, se puso muy seria.

—Bueno, pues aquí estamos —dijo señalando aquel espacio lleno de ropa.

Cerró la puerta y a mí me entró la vergüenza. Me senté con las piernas cruzadas frente a Tiffany, que hizo lo mismo.

«¿Y ahora?».

—¿Alguna vez has besado a una chica? —preguntó mirándome con sus preciosos ojos color avellana.

—No.

—¿Quieres probar?

—Eh...

—Por supuesto, no estás obligada —me recordó encogiéndose de hombros.

—Respóndeme a algo, Tiffany...: ¿por qué yo?

—¿Qué quieres decir? —Me miraba jugueteando con un mechón de pelo entre los dedos.

—No lo sé..., ¿por qué yo y no otra?

«¿Es que soy el hazmerreír de la clase?».

—Es que eres nueva. Taylor se cansará pronto de tenerte en el punto de mira.

—¿No debería vigilarlas alguien? —Oímos gruñidos masculinos desde el exterior—. Seguro que solo están hablando.

Me puse nerviosa.

—Tranquila, June. Diré que nos hemos liado. No tenemos que hacerlo de verdad.

La sonrisa sincera de Tiffany me provocó un suspiro de alivio.

—Gracias...

—¿No te parezco guapa? —me preguntó jugueteando con la pajita de su mojito de fresa.

—¿Qué? ¿Estás de broma? Eres guapísima —admití sin ningún filtro...—. Es solo que... Eh... No lo sé, me da vergüenza.

—¿A quién consideras la más guapa? —dijo señalando la habitación de Poppy.

—Amelia. O puede que Ari —respondí sin pensarlo.

—¿Y a ellas las besarías?

—No. —Hice una mueca de desagrado—. Nunca he pensado en ellas de esa forma. Son... o, mejor dicho, eran mis amigas.

—Pero yo no soy tu amiga —dijo inclinándose hacia mí.

Se detuvo a un pelo de mi cara, ofreciéndome así la oportunidad de aceptar o no aquel contacto.

Cerré los ojos y, en un momento de locura, acerqué mis labios a la boca de cereza de Tiffany. Esta pareció acoger mis labios sin ninguna prisa.

Nos saboreamos con lentitud. Nos dimos algunos mordisquitos y nos succionamos los labios con la boca cerrada, casi olvidándonos de las lenguas. Estas se empezaron a rozar cuando el beso pasó a hacerse más íntimo.

El sabor a mojito de fresa me inundó las papilas gustativas. Mientras Tiffany lamía mi labio inferior con más pasión, su mano se deslizó por debajo de mi jersey.

Acarició mi sujetador presionando mi piel ligeramente. Mostraba una audacia a la que ni Will se había atrevido.

—Tiffany…

Me aparté de ella, mostrando mi deseo de que se detuviese.

Avergonzada, bajé la vista. Pero los ojos se me fueron hacia su camiseta ajustada, que mostraba más de lo debido. No llevaba sujetador.

—¿Qué pasa? —me preguntó sonriendo.

—No… Nada.

—Aún faltan dos minutos —anunció mirando el móvil—. Si quieres que hablemos…

«Pues se lo voy a preguntar, no me importa quedar mal».

—¿Entonces a ti te gustan solo las chicas o…?

Me limpié la comisura de los labios con el dorso de la mano.

—Depende… No lo sé. Digamos que prefiero las chicas. Las chicas son mejores —respondió poniéndose seria—. Piénsalo, June. Cualquier persona en sus cabales que pudiese elegir su orientación sexual elegiría a las chicas.

—Tienes razón. Los tíos son tan… tíos —concluí haciéndola reír.

—Y tan tontos. Pero no es culpa de ellos, pobrecitos. Las hormonas masculinas les hacen papilla el cerebro.

Nos seguimos riendo hasta que retomó el hilo.

—Pero no los desecho del todo. Además, ellos también tienen sus cosas buenas, ¿no?

En ese momento, James abrió la puerta de par en par.

—Se acabaron los cinco minutos —anunció con su voz profunda. Tenía la espalda inclinada porque era tan alto que no cabía en el armario si se quedaba erguido—. ¿Seguís vestidas?

—No te pases —le regañó Tiffany.

Se puso serio y nos miró los labios con detenimiento.

Bajé la cabeza, pero antes de hacerlo intuí que disimulaba una sonrisa de satisfacción.

—James es un buen ejemplo. —Tiffany lo arrastró al interior del armario agarrándolo de la cinturilla del pantalón—. Solo es útil de cintura para abajo —aseguró recorriendo con una mano su bronceado torso.

Puede que lo hubiese dicho en broma, pero no había resultado gracioso.

—Vete a tomar por culo —le respondió él apartándose.

—¡Vamos, ya sabes que estoy de broma! Los tíos decís cosas mucho peores, ¿te vas a escandalizar solo porque una chica haya dicho algo así?

—¿Qué tipo de cosas dicen?

—No te gustaría saber lo que dicen de ti. Será mejor que te quedes en tu burbuja de inocencia mientras te sea posible.

—¿Por qué no cierras la boca de una vez? —le espetó James.

Tiffany se puso en pie y, sin pensárselo demasiado, abrazó a James y acercó sus labios brillantes a su oreja.

—Huele bien —le susurró mirándome—. Y sabe bien. Tiene un sabor dulce y suave. Justo como a ti te gusta.

James tragó saliva. Pareció que se le habían pasado las ganas de bromear.

Tiffany se echó a reír.

—¿Lo ves? Es justo como te había dicho: solo piensan con una cosa.

—Lárgate —le espetó James mientras Tiffany salía del armario empotrado.

Empezaron a sonrojárseme las mejillas. Tenía que salir de allí.

Me puse en pie, pero él me impidió el paso con su imponente figura.

—¿Dónde crees que vas?

Sentí que su cuerpo presionaba mi costado.

Me daba igual que hubiese bebido un poco o que hubiese luna llena: me trataba fatal y no le importaban mis cosas.

James y yo nos miramos fugazmente a los ojos.

—¿Estás segura de que estás bien?

Por mucho que pareciese estar de broma, Tiffany tenía razón.

Lo que sentía cuando tenía cerca a James no era algo que pudiese elegir. La temperatura del armario se había elevado con su mera presencia.

Lo había sentido en el aire, había intuido el aroma de su virilidad. Cuando percibía sus hormonas nunca me quedaba indiferente.

—Será mejor que salgas de aquí —masculló con su voz grave, echándome un último vistazo.

—Sí —farfullé siguiéndolo fuera del armario.

—Basta, se acabó. Me he hartado de este juego —dijo James mirando a Taylor, que parecía tener otros planes.

—De eso nada, ahora le toca al guapito. Will, ¿armario o verdad?

—¿Por qué habéis tardado tanto en salir, June? —Will no le hizo caso a Taylor. Me miró de reojo.

—No lo sé… Han pasado cinco minutos, ¿no? —El alcohol hacía que la cabeza me diera vueltas. ¿Me lo estaba imaginando o Will también parecía decepcionado?

—¿Qué has hecho…?

—Eh…

—June, ¿qué has hecho? —insistió Will, enfadado.

Retrasé un poco el momento de sentarme junto a él.

—Nada. No hemos hecho nada —mintió Tiffany al notar el estado de tensión de William.

—Se lo he preguntado a June.

—Will, tranquilízate y no empieces con tus gilipolleces. Hoy estoy ya hasta los cojones —respondió James por mí.

—Te gusta. ¿Es a eso a lo que se refería Taylor antes?

«Oh, no. Otra vez lo mismo».

La rubia se cruzó de brazos como dispuesta a disfrutar del espectáculo.

—White me importa una mierda, ya te lo he dicho. Si hubiese querido, ya me la habría follado. Y hasta en tu cama.

«No ha podido decir algo así. Y, menos, delante de todo el mundo. No es posible».

Will se puso en pie. Le llegaba a James a la barbilla.

—Eres un hijo de puta.

Todo el mundo contuvo la respiración. Taylor también.

—Literalmente, Will —añadió.

—En tu vida estarás con una chica como June. ¡No te mereces algo así!

—Ah, pues dime entonces qué es lo que me merezco: ¿un mejor amigo gilipollas que me da la espalda por una cualquiera?

—¡Te mereces a una tía como Taylor, Tiffany o cualquiera de las que te follas! —le gritó, presa de la ira.

Will acababa de decir un montón de barbaridades, pero James no parecía molesto.

—¿Estás contenta ya? —le preguntó James a Taylor, que parecía estar disfrutando de ver a William enfadadísimo.

Yo no podía dejar de mirar a Ari con recelo.

¿Por qué no había sido sincera conmigo desde el principio?

—¿Contenta? ¿Y eso por qué? El único que debería estar contento es Will. ¡Es su noche de suerte! Le toca besar a Ari.

Las palabras de Taylor nos hicieron enarcar una ceja tanto a Amelia como a mí.

—No pienso hacer eso —aseguró Will, molesto.

—No puedes negarte. No has bebido en dos rondas consecutivas, así que ahora tienes que aceptar lo que se te imponga.

Algunos de los presentes respaldaron la propuesta de Taylor. Poppy intervino.

—Lo mejor será que aceptes esos cinco minutos en el paraíso, así podéis no besaros —le dijo a Ari al oído.

—¿No puede ir con June? —preguntó esta.

—¿Y eso qué interés tendría? —preguntó Taylor con sorna.

—No —insistió Will.

—Bueno, si tan fiel le eres a June White, puedes meterte con Ari en el armario. Está claro que no vas a hacer nada con ella aunque tengas la oportunidad, ¿verdad?

El maquiavélico hilo de pensamientos de Taylor primero me molestó y después me resultó sorprendentemente satisfactorio.

—¿Verdad, June?

Aquella cabrona tenía razón.

No, no era posible. La cabeza me daba vueltas, era imposible que estuviese de acuerdo con Taylor. ¿Un chupito había sido suficiente?

¿Pero qué sentido tenía establecer unas normas si después no se respetaban?

Me lo pensé rápidamente y llegué a la conclusión de que Taylor tenía razón. ¿Por qué iba a vivir con el miedo de que el chico que me gustaba prefiriese a otra chica? Que le apeteciese besarla era como si ya la hubiese besado. Además, yo había besado a Tiffany y me daba pánico decírselo porque sabía que se enfadaría.

—Venga, Will —susurré, tragándome el orgullo.

—Pues menos mal que el juego se llama cinco minutos en el paraíso… —comentó un chico mientras Ari y William se acercaban al armario con el semblante serio.

Will fue un caballero y la dejó pasar delante de él. Después, entró y cerró la puerta.

Yo me sentí fatal.

«¿Cómo que cinco minutos en el paraíso…? Este juego tendría que llamarse cinco minutos en el infierno».

67

Ari

William dedicó unos instantes a observarme.

Era algo que hacía a menudo en el instituto, pero allí siempre lo hacía a escondidas y de forma disimulada. En ese momento lo tenía sentado delante y no podía ignorarlo. Sus ojos color carbón asomaban bajo su flequillo rubio, que le seguía cayendo por la frente a pesar de que tratase de apartárselo.

—¿Cómo estás? —me preguntó, pillándome por sorpresa.

Entonces bajó la vista y yo aproveché para soltar un leve suspiro.

—Bien, Will. ¿Y tú?

Me tragué el nudo que se me había hecho en la garganta, aunque William tenía poco que ver con mi estado de ánimo.

—Bien —susurró mirándome a los ojos.

Bastó una mirada para que los dos decidiésemos dejar caer nuestras máscaras.

—No, no es cierto que esté bien —admití ladeando la cabeza.

William imitó mi gesto, como si se estuviera mirando al espejo.

—Yo tampoco —suspiró.

Nos quedamos un instante en silencio. Jugueteé con mi coleta a la espera de que él decidiese decir algo más.

—¿Por las chicas o por Brian?

—Por las dos cosas —confesé con un hilo de voz.

—¿Quieres hablar?

Era muy raro que alguien, sobre todo un chico, se interesase por mí. Lo normal era que solo les interesase mi aspecto físico y Will no tenía por qué ser una excepción. En el pasado, dando por hecho que era un inmaduro, nunca había sido demasiado simpática con él.

Ni que decir tiene que no se me había pasado por la cabeza que acabaría la noche hablando con él en el interior del armario de Poppy.

No nos hablábamos desde hacía años, pero aquella noche habían pasado tantas cosas que me resultaba imposible mantener la boca cerrada: Brian no quería tener nada que ver conmigo y estaba segura de que me disponía a perder también a Amelia y a Poppy.

Hasta hacía un mes lo tenía todo y ahora no me quedaba nada. Y me había acostumbrado a vivir así, entre dos fuegos. James y Brian. Aunque sabía que yo no significaba nada para James y que para Brian lo era todo, no había sido capaz de tomar la decisión que cualquiera hubiese considerado lógica.

—¿De verdad ha acabado tu relación con Brian? —preguntó William enarcando una ceja.

—Sí.

—¿Y también lo que tenías con James?

—Sí, porque él lo ha querido —confesé entre dientes.

Will asintió. No hacía falta ser su mejor amigo para entender que, con Brian fuera de la ecuación, a James Hunter yo ya no le interesaba.

—Cuando lo dejé me di cuenta de que no lo quería lo bastante. Hablo de Brian. No tenía sentido seguir con él, por mucho que hubiésemos crecido juntos.

—Puede que lo mejor sea empezar de cero —aventuró Will encogiéndose de hombros.

Claro, pero eso no era tan fácil para una chica que nunca había estado sola.

—¿Y tú? Ha sido una noche difícil, ¿eh? —Traté de cambiar de tema, haciendo un gesto que señalaba la habitación que estaba al otro lado de la puerta.

—James me hace… perder el control.

La absoluta sinceridad de William me sacó una sonrisa.

—Ya lo he visto…

—Lo quiero mucho, pero nunca entiendo bien sus intenciones.

—Y que lo digas, Will. Creí que él y yo teníamos algo…

William, incrédulo, frunció el ceño.

—¿«Algo especial»? ¿Con James? No te ofendas, Ari, pero…

—Lo sé, soy una ilusa. Él me decía claramente que yo no le interesaba. Pero sus hechos…

—No es tu culpa, hace lo mismo con todas. No creo que vaya a querer nunca a nadie.

—Seguro que nunca querrá a nadie como os quiere a Jackson y a ti —aseguré.

—Como novio es penoso, pero como mejor amigo es inmejorable.

Sin embargo, vi cómo se ensombreció su mirada.

—Te quiere como si fueras su hermano, Will. ¿Qué es lo que te preocupa?

Vi la duda en sus ojos. Parecía confirmar las mías.

—No lo sé… Desde que June apareció…

—Will, James jamás te traicionaría. Tiene mil defectos, pero es leal. Todos lo sabemos —aseguré.

William dejó de juguetear con un pañuelo que colgaba de una percha y me miró de reojo.

—¿Y tú cómo lo sabes?

«Sabes que lo sé».

—Puede que no te lo haya dicho, pero me pasé un par de años detrás de él antes de que se dignase a echarme un vistazo.

—Ah…

Avergonzado, Will empezó a acariciarse la nuca.

—Sabía que tú, bueno…

No fue necesario que acabase la frase. Él asintió. Había entendido que me refería a sus sentimientos por mí.

Me preguntaba si Will sabría que James había esperado a que él se olvidase de mí antes, siquiera, de darme un beso.

—Pero creo que lo de June es diferente…

Will se sacó el móvil del bolsillo para echarle un vistazo rápido al tiempo que llevábamos allí.

—¿Crees que es diferente? —pregunté, curiosa.

—Sí, noto que con ella es mucho más protector.

—¿No será que estás celoso…? —bromeé al ver que fruncía el ceño.

—No lo sé... Si lo pienso, lo mío no son celos; es solo miedo de que me la quite. Puede que me equivoque, pero todas las chicas lo prefieren a él antes que a mí.

Se me encogió el corazón al ver cómo le temblaba la voz de tanta inseguridad.

—Pero June no. Te ha elegido a ti, Will —le insistí.

Él parecía inmune a mis palabras.

—Al principio tenía miedo de que me dejase; ahora que se lo he contado todo, me siento un idiota. Me trata como a un hermano pequeño. No discutimos ni cuando la cago. Parece que tiene miedo a mis reacciones.

«Le sobran las razones para ello».

—Bueno, seguro que para ella no es fácil... Y para ti tampoco, claro —me corregí.

William apenas respiraba. Parecía un cachorrillo indefenso. Me habría gustado mucho darle un abrazo.

—Will, por lo que he visto esta noche, James y June no se aguantan.

«Está claro que cuando están juntos saltan chispas, pero parece que aún no se han dado cuenta».

Lo mejor sería no incidir en el tema. Will ya estaba lo bastante paranoico.

Era obvio que tenía que ser muy difícil vivir siempre a la sombra de su mejor amigo.

—No lo sé —lo oí mascullar.

Will no tenía ningún motivo para sentirse inferior a James. Eran dos chicos muy diferentes.

—¿Y si nos disfrazamos?

Will me hizo aquella propuesta inesperada mientras señalaba los vestidos de colores suspendidos sobre nuestras cabezas.

—¿Qué? ¿A qué te refieres?

Solo lo entendí cuando me pasó uno de los vestidos más extravagantes de Poppy.

—¿De verdad te quieres poner esto, Will? ¡No me hagas reír! —exclamé viendo el trozo de tela de lentejuelas que tenía entre las manos.

—Empieza tú, yo me doy media vuelta —dijo dándome la espalda.

—Vale.

Me bajé la cremallera del vestido y entonces vi que, en una esquina, había un montón de disfraces de Halloween.

—¡Por Dios, esto debe de ser de alguna fiesta de disfraces de cuando éramos pequeñas! —Cogí una boa fucsia y unas gafas de sol a juego.

Seguía en sujetador y bragas, solo cubierta por aquella boa de plumas. Entonces Will me preguntó:

—¿Puedo?

—Sí.

Se puso muy nervioso al verme semidesnuda.

—¡Guau! ¿Y esto qué es? —le pregunté señalando la prenda de cuadros que tenía en la mano.

—¿Eh?

Solté una carcajada cuando se quitó la camiseta y se puso un sombrero ridículo.

—¿Por qué en el armario de Poppy hay un sombrero de vaqueros y... una falda escocesa? ¿Es un *kilt*? —pregunté sin dejar de reírme.

—¿Tan mal crees que me va a quedar?

—¡No te va a caber, Will! Es diminuta, ¡suéltala! —exclamé quitándosela de las manos antes de que pudiera ponérsela.

Nos peleamos por la falda de Poppy como dos niños pequeños, y al final gané yo. La presioné contra mi pecho con todas mis fuerzas, lo que hizo que William se me echase encima.

—Perdona —me dijo cuando yo ya estaba con la espalda contra la pared y su pecho desnudo presionaba el mío.

No emití ningún sonido cuando, con mucha dulzura, me quitó aquellas gafas ridículas.

—Te he echado de menos.

Bajé la vista tratando de esconder el escalofrío que me había causado aquel susurro.

Para mí, Brian era como un mar en calma; James era un mar embravecido.

Pero yo siempre había buscado las dos cosas.

—Ahora estás con June —susurré.

William se apartó inmediatamente y dejó un pequeño espacio entre nuestros cuerpos acalorados.

—Sí.

Le brillaron los ojos con solo oír su nombre.

—Te gusta mucho, ¿verdad?

—June es… June. Lo que piensa se le nota en la cara. Es tal como la ves. Cuando le hablo de mis problemas se preocupa de verdad por lo que le tengo que decir. Sé que me aprecia mucho. Pero al final siempre le acabo montando alguna escenita…

—¿Por culpa de James? —le pregunté tras reunir el valor suficiente.

—Más o menos. Salvo en una ocasión, nunca hemos discutido por una chica.

Dijo aquello lanzándome una mirada de lo más elocuente.

—Will, tú sabes que entre nosotros nunca ha pasado nada, ¿verdad? Más allá de lo de aquella vez…

Sonreí mirando el suelo y Will hizo lo mismo.

—Lo sé, pero… ¿cómo me voy a olvidar de aquella noche?

Habría jurado que los cinco minutos ya habían pasado, pero en aquel momento no parecía importarnos a ninguno de los dos.

Una tímida sonrisa le iluminó el rostro y yo empecé a no entender qué estaba pasando.

El zapatero contra el que estaba apoyada tembló cuando William se acercó a mis labios para rozarlos con los suyos.

Había besado a un montón de chicos, pero cuando nuestras lenguas se acariciaron reconocí de forma inmediata su dulce sabor. Con los ojos aún cerrados, le eché los brazos al cuello. Tenía la piel en llamas.

Nos besamos hasta quedarnos sin respiración.

No sentía por él el cariño tan profundo que le tenía a Brian, pero tampoco era solo sexo como en el caso de James. Will me quería de verdad; lo notaba por cómo me acariciaba la cara mientras, con un brazo, me mantenía pegada a su cuerpo.

—Maldita sea…

Nos separamos y lo vi llevarse a la boca el dorso de la mano. Parecía querer atesorar aquel beso como fuese. O, quizá, solo quisiera borrarlo.

—Ari, no tendría que haberlo hecho.

Miré a mi alrededor. Por un instante había olvidado dónde estábamos.

—¡Perdona! —insistió Will.

—No, perdóname tú —me apresuré a corregirle.

Fue en aquel momento cuando Taylor abrió de par en par la puerta del armario.

—Cómo no… —gruñó la rubia mirándome con mala cara—. Eres incapaz de no desnudarte, ¿verdad?

Me había dejado llevar por el beso sin darme cuenta de algo: seguía en sujetador.

68

June

—No creo que se líen, ¿no? —preguntó con sorna un chico desde el lado opuesto de la habitación.

—¿Te haría daño si te tiro esto a la cara?

Amagué con lanzarle una botella de tequila y aquello hizo que se dejase de bromas.

—Tranquila, en un minuto comprobaré si siguen vivos.

Taylor se puso en pie y aquello hizo que todo el mundo se quedase callado. Miré a James en busca de una pista. Él estaba fumando apoyado en el alféizar. Tenía la vista clavada en el exterior, pero parecía que solo trataba de evitar mi mirada.

Ni que decir tiene que no estaba celoso de Ari; el problema era que sabía perfectamente lo que Will sentía por ella.

Taylor me miraba desde arriba. Su mirada afilada se posaba sobre mí como dos saetas encendidas.

—Qué pena que no hayas podido entrar con ellos. Habrías presenciado fuegos artificiales.

No conseguía entender cómo era capaz de odiarme tanto sin apenas conocerme. ¿Habría sido por robarle el papel de Julieta? Por mí podía quedárselo; además, últimamente había estado en más fiestas que ensayos.

—Dame eso.

Para mi sorpresa, James se le acercó y le arrancó el móvil de las manos.

—¿Qué coño haces, Jamie? —le espetó ella.

Cuando James dejó escapar una media sonrisa entendí que sus intenciones distaban mucho de ser buenas.

—Estoy eligiendo una foto.

—¡James! —exclamó Taylor.

La chica hizo una mueca y se puso de puntillas para tratar de recuperar su teléfono.

Yo no entendía lo que estaba pasando, pero no podía tomarme demasiado en serio a alguien que aún tenía una galleta entre los dientes y que levantaba los brazos para que no le quitasen un móvil ajeno.

—¿Crees que tu padre preferiría una foto mía en primer plano o una en pareja? O puede que un vídeo…

A Taylor se le transformó la cara; ante los ojos de todos, se puso violácea.

—Enviada.

—James, ¡ni se te ocurra! ¡Eso es delito! Atrévete a hacerlo y…

Él bajó el móvil de las alturas con una sonrisa diabólica.

—¿Delito? ¡Pero si es una foto mía!

—Pero…

—Soy yo. Lo que pasa es que estoy desnudo en tu cama. ¿Crees que a tu papaíto le molestará mucho?

Taylor entrecerró sus ojos azules con una expresión de puro terror.

—¿Qué?

—Oh, parece que ya la ha visto. Te está llamando.

Ella se quedó con la boca abierta cuando James le devolvió el teléfono. Yo me cubrí los ojos…, pero había sido demasiado tarde: sin querer, yo también había visto la foto.

—¡Vas a arruinarme la vida!

—Ya estamos empatados, guapa —le susurró al oído con tono sarcástico justo antes de salir de la habitación.

Taylor seguía enfurecida cuando abrió el armario, del que salieron Ari y William.

No tuve el valor de alzar la vista, pero escuché con claridad una frase.

—Eres incapaz de no desnudarte, ¿verdad?

Se armó un revuelo y Amelia me miró desde lejos.

—Bueno, el juego se ha terminado —anunció Jackson en tono aburrido mientras Taylor se enfrentaba a su padre.

—¿June?

La voz que me llamaba sonaba lejana, pero me bastó mirar a Will y Ari para vislumbrar la culpabilidad en sus expresiones.

Empecé a oír un extraño murmullo en los oídos. Era incapaz de averiguar lo que decía la gente que me rodeaba.

«No voy a quedarme aquí ni un segundo más».

Me puse en pie con rapidez y salí inmediatamente de la habitación de Poppy.

Unos pasos me siguieron hacia la escalera, pero yo no me giré.

—¡June!

Will me había seguido. Su reacción era previsible, la que no me esperaba era la de Ari, que me estaba llamando a voces.

—¡June! ¡Espera!

Esos dos tenían que tener la conciencia sucísima.

—No, se lo tengo que decir yo.

La voz de William se camufló entre el sonido del salón. Cuando, por fin, salí a la calle, me llené los pulmones con una enorme bocanada de aire fresco.

«Tengo que irme a casa ahora mismo», me dije notando en la boca un sabor amargo.

No eran Will y Ari quienes me habían hecho sentirme así. Ni, mucho menos, Taylor o Tiffany.

Pero me daba miedo que alguien me hiciese romper a llorar, que me empujase a derrumbarme delante de todos.

Respiré de nuevo, me puse la capucha de la chaqueta y eché a andar por la acera. Sin darme cuenta, pasé junto a James, que estaba fumando con una chica sentado en un bordillo.

—June, escucha…

Me volví hacia Will.

—¡No quiero escuchar nada! —le respondí sin pensarlo.

—¡June!

Era, otra vez, Ari. Aquello me hizo perder los estribos.

—¡Os he dicho que no os quiero escuchar! —repetí, esta vez más decidida.

—Ah, pues yo me muero por escucharlo todo.

James dijo aquello con su voz grave cargada de sarcasmo.

Ari lo miró con mala cara.

—¡Tú te callas, esto no tiene nada que ver contigo!

—Pues cuando piensas en tirarte a un tío que no es tu novio sí que tiene que ver conmigo, ¿no? —le espetó él.

—Perdona, June, es que tú has llegado hace poco y no sabes que...

¿William? ¿De verdad iba a tener el valor de tomar la palabra para poner excusas?

—Solo ha sido un beso y...

—No me apetece escucharos. ¿Os habéis besado? Me alegro por vosotros. Enhorabuena. Se acabó.

Me crucé de brazos y los miré con frialdad.

William estaba algo despeinado, pero Ari seguía impecable.

La verdad es que parecían la pareja perfecta.

—¿Pero qué pasa? —preguntó Amelia saliendo por la puerta con expresión preocupada.

No nos miró ni a mí ni a William, toda su atención recayó sobre Ari.

—Estoy tratando de cambiar... —dijo Ari mirando al suelo con sus ojos de color avellana.

La callecita de delante de la casa de Poppy estaba poco iluminada, pero sí que pude ver una cosa: Amelia estaba mirando a su amiga echando chispas por los ojos.

—Y yo que creí que Taylor estaba de broma... ¡Está claro que eres incapaz de evitarlo! —le regañó.

—No soy perfecta, pero eso no cambia el hecho de que seas mi mejor amiga y de que... —Ari dudó un instante y Amelia aprovechó para acercársele a poca distancia de la cara.

—¿Y qué? Acabas de dejarlo con Brian... ¿y ahora vas y te lías con Will? ¡Enhorabuena! ¿Quieres un aplauso? ¿Quieres que June te aplauda? Me das asco —aseguró Amelia levantando su labio superior.

—Relájate, ¿vale? —le pidió Will.

«Y ahora, encima, la defiende. Estupendo».

Me había hartado. Les di la espalda, solo me apetecía alejarme de esa escenita. Aquello ya no tenía nada que ver conmigo.

—Oye, June... ¿Por qué no hablamos tú y yo solos?

William me rozó el hombro y aquel contacto bastó para hacerme reaccionar.

—No tenemos nada que decirnos.

Aparté la vista, y entonces me di cuenta de que la que estaba más enfadada era Amelia, que seguía discutiendo con Ari.

—Tienes ahí a June, ¿por qué no le pides disculpas? ¿Por qué te estás justificando conmigo? —le gritó a su amiga, que empezaba a tener los ojos brillantes por las lágrimas.

Will y yo nos giramos y las miramos, mientras James fumaba con la mirada gacha.

Ari temblaba y era obvio que estaba a punto de explotar y echarse a llorar. No podía mantener aquello dentro mucho más.

—He traicionado a tu hermano, sí. Y lo siento.

Amelia elevó la palma de las manos en señal de incredulidad.

—¡Lo sabía! ¿Fue cuando fuiste a la playa el verano pasado y conociste a ese idiota del *skate*? ¿Es eso lo que me estás diciendo?

El tono se había elevado tanto que los vecinos de Poppy empezaron a ser partícipes de la discusión.

—James… —Ari dijo su nombre y a Amelia no le costó demasiado unir las piezas.

—¿Me estás diciendo que aquella vez en casa de Tiff… no fue la única?

Miré al cielo.

La luna seguía estando llena. Resplandecía en el cielo oscuro.

—Amelia, lo siento. En serio —siguió diciendo Ari, al borde de las lágrimas.

—Me lo juraste. Mentí a mi hermano por tu culpa. Pensé que había sido una cosa de una noche. ¿Por qué estoy rodeada de gentuza? —gritó Amelia mirando a James, que se había contenido todo lo que había podido.

—¿Me explicas qué coño te he hecho yo? Me he follado a tu mejor amiga, ¿y qué? ¿Quieres odiarme también por eso?

—¡Te follas a cualquiera! Sabes que no es por eso por lo que te tengo entre ceja y ceja —rugió Amelia con los ojos brillantes.

Pero, en cuanto James se puso en pie y dio un paso adelante, se hizo tal silencio que, en comparación, el resto de las discusiones pasaron a parecer chiquilladas.

—¿Qué cojones quieres de mí? —gruñó él.

—Que me dejes en paz. A mí, a Brian, a mis amigas, a mi familia.

—¿A tu familia? ¿En serio?

—Chicos…

La voz suave de Blaze invadió la tensión del ambiente. Pero nadie le hizo caso.

—Brian no se lo merece —afirmó Amelia con aire triste.

Pero James no parecía nada afectado por sus palabras.

—No, claro. Brian es el mejor hermano del mundo y yo soy la causa de todos tus problemas, ¿verdad?

—Madura un poco, James. ¡El mundo no gira a tu alrededor! —exclamó ella con la voz temblorosa.

—No, claro… Gira alrededor de esta princesa y del gilipollas que no es capaz ni de venir a darme las gracias.

—Bueno, creo que por esta noche ya es suficiente.

La enorme silueta de Jackson se interpuso entre los dos. Blaze rodeó con el brazo los hombros de Amelia con la intención de llevársela de allí.

—¿Qué te parece si volvemos a casa?

—¡Brian y yo nunca te he hemos pedido nada!

A Amelia se le rompió la voz cuando, de nuevo, se giró hacia James.

Él cerró los ojos y respiró hondo. Parecía estar conteniendo algo, pero yo no tenía ni idea de qué se trataba.

—¡Igual que nadie te pidió que agredieras al director! ¡Si os gusta hacerle daño a la gente y esconderos detrás de vuestro falso heroísmo, estupendo! ¡Pero yo estoy harta! June debería alejarse de la gente como vosotros, ¡sois tóxicos!

Las palabras de Amelia atravesaron el aire rompiendo el silencio. Nadie respiraba; sobre todo Blaze, que apartó la mirada. Parecía encontrarse mal.

—June.

—¿Sí?

Miré a Amelia a sus ojos color esmeralda y supe que estaba a punto de preguntármelo.

—Dime una cosa, ¿tú sabías lo de Ari y James?

—No. Es decir… Me enteré por casualidad y…

—¿Lo sabías o no? —insistió.

Asentí con la cabeza gacha.

—No me lo puedo creer.

—Sí, pero eso no es asunto mío. No te dije nada porque son cosas vuestras y yo…

—¿Sabes lo que te digo? A lo mejor sí que encajas bien con esta gente —sentenció.

Se enjugó las lágrimas, nos dio la espalda y se fue con Blaze.

Miré a Ari y a William.

Ambos estaban en absoluto silencio.

No sabía por qué, pero los celos que me habían despertado se habían esfumado por completo.

El problema no era Will, era yo.

Perdía el control en situaciones como aquella, me desorientaba. Además, había sido tan fácil para William besar a Ari… que, probablemente, no estaría tan colado por mí como decía.

—¿June?

—No, Will. No me apetece hablar. Respeta mi decisión, solo quiero volver a casa.

—Oye… —Will me agarró del brazo antes de que pudiese alejarme de él.

—Will, te acaba de decir que no quiere hablar —resopló James sin apenas levantar la voz.

William bajó la cabeza y su amigo se le puso delante.

—¿No has tenido ya bastante esta noche, Will? —le susurró.

—James, antes no quise insultar a tu madre, pero…

—Pero… nada. Vete —le espeté mirándolo a los ojos, por encima del hombro de James.

En aquel momento parecía inofensivo. Pero yo ya no me fiaba de su carita de ángel.

—June, ¿adónde vas? —Will pareció preocuparse cuando enfilé la calle para encaminarme hacia mi casa—. James, acompáñala —le oí pedirle a su amigo.

—Estoy hasta los cojones. ¿Por qué siempre tengo que acabar en mitad de una escena de *Patito feo*? No puedo más.

Me giré para echarles un vistazo y vi que William volvía a la casa.

—¡White!

—Déjame en paz, Hunter. ¡Vuelve a... adonde te apetezca!

—Entiendo que estés enfadada, pero me parece que te estás pasando... ¿Me oyes? ¿Dónde coño vas?

—¡Tengo que volver a casa!

—Vale, pues te acompaño. Dame solo...

James miró a su alrededor. Seguía a pecho descubierto y, entre los labios, sostenía un cigarrillo casi acabado. Se palpó los bolsillos del pantalón del chándal como buscando las llaves del coche.

—Dame un momento —repitió fastidiado.

—No, quiero irme ahora mismo.

—¡Qué coño te pasa! Déjame terminarme el cigarro. —En cuanto reemprendí mi camino hacia la oscuridad, lo oí acelerar el paso a mi espalda—. ¿Adónde cojones vas?

—¡Te he dicho que vuelvo a casa!

—¿No puedes darme cinco putos minutos para que me vista? —me gritó, pero yo no me detuve—. Eres una niñata. Venga, ¡vámonos! —dijo señalando su coche, que estaba aparcado al otro lado de la calle.

Me quedé en silencio mientras nos acercábamos al coche. Él no dijo ni pío hasta que no estuvimos en el interior.

—¿Qué cojones te pasa? ¿Estás así por Will?

—¡No!

—¡¿Entonces qué te pasa, White?!

Me pasa que, cuando pierdo el control, siento que la tierra se resquebraja bajo mis pies hasta el punto de que siento que caigo al vacío.

¿Cómo le explicaba una cosa así? Que no lloraba desde hacía años. Que me lo guardaba todo y que, en mi vida, necesitaba orden porque el caos me ponía contra las cuerdas.

James apartó la vista de la carretera y me miró enarcando una ceja.

—¿Estás bien?

—Sí, solo necesito volver a casa —mascullé con rabia.

—Vale. Pero tranquilízate, joder.

El aire fresco entraba por la ventanilla. Él expulsaba grandes bocanadas de humo directamente de los pulmones.

—Podías haberte puesto una camiseta —le dije cuando vi que su silueta descamisada estaba temblando.

—¡No me has dejado tiempo ni para mear!

—¿Tienes frío?

—Venga, pásame la sudadera —me pidió señalándome el asiento trasero con un gesto de la cabeza.

Me estiré para recuperarla, pero, cuando me tendió la mano para que se la diese, no se la di.

—No te la pongas mientras conduces, es peligroso.

La sonrisilla que se le dibujaba en la cara siempre me recordaba a la de su hermano.

—No tienes ni idea de la de cosas que soy capaz de hacer mientras conduzco, Blancanieves...

Ignoré la indirecta y me concentré en mirar por la ventanilla.

—¿Y ahora por qué me acompañas a casa, James?

—Ya sabes por qué —respondió inmediatamente.

—Porque te lo ha pedido Will, bla, bla, bla. Qué pesados sois.

—Esta noche estás más coñazo de lo habitual. Ayer tendrías que haberme dado cancha.

—¿Qué?

Lo vi morderse el labio inferior al tiempo que mis pupilas recorrían su perfil perfecto.

Y mientras examinaba su mandíbula cuadrada, mientras recorría la curva de su nariz (tan perfecta que parecía pintada), me acordé de lo que Amelia le había gritado un momento antes, de lo que le había dicho Will y de las cosas feas que yo le había dicho durante la fiesta.

—Estás acostumbrado.

Elevó las cejas.

—¿A qué?

—A recibir golpes. No solo físicos.

—¿Y tú?

Su pregunta me pilló desprevenida.

—No… No lo sé.

Sí, era cierto. Sentía lo que le había dicho, pero no iba a pedirle perdón.

—¿No lo sabes o no quieres que los demás lo sepamos?

Negué con la cabeza.

—James, es inútil que siempre finjas ser quien no eres.

—¿Qué quieres decir, Blancanieves?

Sus ojos azules centellearon en la oscuridad.

—Un momento parece que te importa la gente que te rodea y, al siguiente, dices que te la suda.

—Ah… Parece ser que no estás hablando de «la gente», sino de ti.

—No, yo…

Me giré hacia la ventanilla para no darle la satisfacción de verme sonrojarme.

—Tú crees que yo soy el lobo más malo del bosque… y puede que eso sea verdad. Pero que sepas que no estás rodeada de corderitos.

«Al parecer, habíamos pasado de *Blancanieves* a *Caperucita roja*».

—Si te refieres a William, ya me he dado cuenta. ¿Es Ari la chica de la que siempre ha estado enamorado?

—En fin…

—James…

Apartó la vista.

—¿Por qué siempre os guardáis las espaldas?

—¿Tú qué crees? —me respondió.

—¿De verdad le salvaste la vida a Will?

—¿Y eso qué tiene que ver?

La manera en la que me respondía me dejaba sin habla.

—James, ¿qué es lo que pasó con Will?

En todo aquel rifirrafe no me había dado ni una respuesta. Solo frases que se superponían esperando a que él se decidiese a decir algo interesante.

—Sucedió hace dos años. Ari acababa de pasar de él. Me lo encontré… —Tragó saliva de forma audible, como si lo que se disponía a decir fuese demasiado doloroso—. Me lo encontré tirado en el suelo de su baño. Inconsciente. Seguramente, si yo no hubiese llegado…

—¿Y qué le pasó al hombre al que golpeaste? —Cambié de tema porque James parecía demasiado afectado como para seguir hablando de lo que le pasó a William.

—Traumatismo craneal e ingreso en el hospital.

—¿Y después?

—En fin… —Hizo una mueca que quería decir que le daba igual.

—¿Te denunció?

Se pasó una mano por el pelo despeinado mientras el semblante se le oscurecía.

—No.

—¿Y por qué no? ¿Lo despidieron del instituto?

James asintió levemente y se mordió el labio.

—¿No lo has vuelto a ver?

—En el instituto no —respondió de forma tajante.

Intuí que había llegado el momento de dejar el tema.

—Se acabó, Sherlock. Ahora me toca a mí hacer las preguntas. ¿Por qué querías irte de esa casa con tanta prisa?

—¿Pero qué dices?

—«¿Pero qué dices?» —repitió con una vocecilla ridícula.

—Lo que yo hago no es de tu incumbencia. Llévame a mi casa y ya está —le pedí tratando de zanjar el tema y cruzándome de brazos.

—Joder, qué bien te habría venido…

—¿El qué?

Dio un frenazo tan brusco que tuve que agarrarme al cinturón de seguridad para no acabar estampada contra la luna delantera.

—¡James! —grité alarmada—. ¿Pero qué coño…?

Dejé la frase a medias cuando vi que apagaba el motor y salía del coche. Perpleja, observé su silueta alta e imponente rodear el vehículo.

Me asomé por la ventanilla y vi que se estaba poniendo la sudadera.

—¿Pero qué haces?

—Móntate en el coche —me ordenó.

—¡Ya estoy en el coche, idiota!

—¡Al asiento del conductor! ¡Idiota!

Me eché a reír por cómo imitó mi voz.

—¿Desde cuándo te dedicas a las imitaciones? ¡Se te da fatal! —le espeté.

—¿Desde cuándo las niñatas testarudas hacen lo que quieren y no lo que yo les digo?

Puse los ojos en blanco, pero él seguía mirándome fijamente y sin moverse.

¿Lo decía en serio? ¿Quería que me sentase en su asiento?

—Vamos, White.

—¿Qué?

—Se me está acabando la paciencia, te aviso.

Abrí la portezuela para lanzarle una mirada glacial.

—¿Quieres… que conduzca? —Asintió satisfecho—. ¿Te has vuelto loco de repente o siempre has estado así? —le pregunté provocándole una risotada.

—Puede que sí que esté loco. ¡Muévete antes de que cambie de idea!

Salí por la portezuela del copiloto, James se sentó en mi sitio y yo en el suyo.

Cuando cerré de un portazo, sentí un escalofrío imprevisto.

Su mano aferró mi muslo con firmeza.

—Todo va bien.

Su voz grave vibró en la oscuridad.

—No, no…

—No era una pregunta. Todo va bien —repitió mirándome con sus ojos luminosos. Noté una especie de vibración a la altura del pecho—. Ahora, endereza el volante y vámonos.

Arranqué y seguí la callecita de chalets que llevaba hacia mi casa.

—¡Te he dicho que vayas recta!

—¡Voy recta!

—¡No, vas directa a esa brecha!

—¡Es que está muy oscuro! —exclamé divertida.

Sentí una sensación embriagadora que me llevó a pisar el acelerador.

—¡Ve más despacio! ¿Qué coño haces?

—¡Guau…! —exclamé satisfecha al sentir aquella sensación de control sobre el coche.

—No pises demasiado, recuerda que has bebido —puntualizó muy serio.

—¡Ostras! ¡Es verdad!

—Sí, pero no sueltes el volante. ¡Qué haces! ¿Dónde vas? Con lo bien que habías empezado… —se quejó.

—¿Cómo había empezado?

—Como una viejecita asustada…, que siempre es mejor que como una loca.

Llegamos a la calle que desembocaba en mi casa, así que se lo pregunté:

—¿Cómo lo he hecho?

—Hum… Eres una conductora pésima, pero tienes margen de mejora.

—Así que podrías…

Me giré hacia él y se le iluminaron los ojos azules.

—Como tú me dijiste: no apartes los ojos de la carretera.

—No lo sé, quizá…

—Oh, no. No.

Por el rabillo del ojo vi que hizo una mueca.

—¡Pero si aún no he dicho nada!

—¿Quieres que te enseñe a conducir? ¿Yo? —me preguntó incrédulo.

«William se moriría, pero igual este no es el mejor momento en el que pensar en vengarme».

Así que, después de un montón de palabrotas y de compararme unas ocho veces con la abuela de Jackson, llegamos a mi casa.

Paré el coche con un frenazo brusco, lo que provocó que James diese un gruñido.

Él no era tan malo cuando estaba a solas conmigo; yo no sabía por qué se empeñaba en tratarme tan mal delante de los demás.

—Me había propuesto varias cosas y no he conseguido hacer ni la mitad —confesé mirando fijamente el volante.

—¿Como qué? —Sacudió la ceniza de un cigarrillo por fuera de la ventanilla.

—Quería hablar con Will y no lo he hecho. Quería evitar beber alcohol y he bebido. Y… —giré el cuello lo suficiente como para mirarlo a la cara— quería mantenerme lejos de ti.

—¿Tú? —preguntó con su voz grave.

—Como si eso fuera posible. James, al menos haz como que te lo crees.

Bajó la vista y entreabrió los labios carnosos para liberar una bocanada de humo.

—Te he dejado conducir mi coche, White.

—Vale. Gracias.

Durante un instante, James pareció casi sorprendido por mi amabilidad.

—No te enfades con Will —añadió, haciendo que me tensase de forma instantánea.

—¡Ni se te ocurra empezar otra vez con tus lecciones vitales sobre que tenemos que tolerar todo lo que William haga!

—No me refiero a eso. Digo que a él le importas mucho.

Su afirmación me desconcertó. ¿Cómo podía decir algo así?

—¡Sí, ya he visto lo que le importo! En cuanto lo han encerrado en un armario con una chica, le ha saltado encima.

—¿Y eso qué coño tiene que ver? Claro que le importas.

—¿En qué sentido…? —Mi cara de incredulidad no le afectó lo más mínimo. Hablábamos dos idiomas totalmente distintos.

—¡Despierta! La amistad también existe, White.

Seguía exhalando nubes de humo blanquecino.

—¿Me ve como una amiga? ¿Crees que eso me consuela?

—¿Qué más te da? ¿Es que tú estás enamorada de él?

La pausa fue brevísima.

—No.

—¿Entonces por qué tendría que afectarte? Acéptalo, quiere a otra.

Su afirmación, tan escueta y certera, me sentó como una patada en el estómago.

Herida, bajé la vista hacia mis rodillas mientras mis mechones lisos me cubrían la cara como si fueran lágrimas.

—White, no quería…

—No, tienes razón —le concedí tras aclararme la garganta—. Es una sensación de fracaso que me cuesta asumir. Y no es por Will. Es…

—Lo superarás —aseguró James.

—Sí, pero a qué precio.

—¿En qué sentido? —La frente se le llenó de arrugas, parecía confuso.

—Déjalo.

Bajé del coche y él hizo lo mismo.

—White.

—Dime.

—No necesitas a nadie. Tú… eres fuerte, ¿verdad? —me preguntó mientras los dos rodeábamos el coche.

Lo miré con atención.

—Sí, creo que sí. ¿Quieres el…?

Le señalé la mecedora sobre la cual, la noche anterior, había encontrado el peluche.

—¿Qué?

Era obvio que se estaba haciendo el tonto.

—Vamos, ya lo sabes…

—¿El qué? —Esbozó una sonrisa.

«Ya le vale».

—Te lo concedo una noche más, White. Creo que hoy lo necesitas.

Una levísima sonrisa se hizo visible en mis labios.

¿Por qué delante de los demás me trataba fatal si, en realidad, era capaz de ser así de… dulce?

Examiné sus hombros anchos cubiertos por la tela de la sudadera mientras se daba media vuelta para alejarse hacia el coche, pero entonces se detuvo.

—Oye, quería preguntarte algo.

Su voz profunda sonaba extrañamente seria y yo sentí un escalofrío.

—¿Qué?

Con las manos en los bolsillos, posó sus ojos de cielo nocturno sobre los míos.

—¿Tienes algún problema?

—¡¿Cómo te atreves?! —exclamé en un tono escandalizado y agudo.

—Me refiero al sueño…

Me puse tensa.

—¿De qué diablos estás hablando, James?

—En plan… yo qué sé, algún trastorno del sueño.

—¡Ve al grano! ¿Qué insinúas?

—¡Y yo qué coño sé! Si te lo estoy preguntando es porque no lo sé. Te he visto… no sé. —Sacudió la cabeza y masculló—. Vale, olvídalo.

No me dio tiempo a decir nada antes de que él patease un guijarro del suelo y sacase un cigarrillo del paquete. Continuó:

—Tengo que irme a casa. Mañana por la mañana voy a recoger a Jasper, que vuelve del campamento.

—Resuélveme tú una duda —le dije cuando lo vi apoyarse de espaldas contra la portezuela del coche.

—A ver…

—¿Qué hacías esposado a la cama de Taylor? —James me dedicó una sonrisa satisfecha. Encendió el cigarrillo y dejó que el humo saliese de una bocanada entre sus dientes blancos—. Sí, he visto la foto.

—Si tú supieras, Blancanieves…

No sabía si meterme en casa o quedarme allí un poco más.

—¿Por qué no entras? —me preguntó.

—Mi madre ha vuelto. Y tiene un alcoholímetro en vez de una nariz. Con que haya bebido un sorbito de alcohol, se da cuenta.

—Dile que no se meta en tus asuntos.

—Claro, ¡prueba a decírselo tú!

James salió corriendo hacia la puerta principal, así que tuve que contenerlo a la fuerza.

—¡No! ¿Es que te has vuelto loco?

Me eché a reír y le clavé las dos manos en su suave sudadera.

Con una mano sostenía el cigarrillo, con la otra se despeinó el flequillo. Aquel gesto hipnótico me obligó a mirarlo a los ojos.

Y entonces inclinó la cabeza.

Estábamos tan cerca…

Su sudadera olía maravillosamente.

—¿Por qué no puedo entrar? —Me miró fijamente y yo, por un instante, me quedé sin habla.

—Eh… ¿Porque mi madre te odia?

—No me cabía duda —susurró a muy poca distancia de mi oreja. Me sentí embriagada por la cercanía de su rostro perfecto—. A Will le gustas de verdad, no creo que quiera renunciar a ti.

«¿Por qué siempre tenía que hacer lo mismo?».

—Qué haces hablando ahora de él…

Me mordí un poco el labio algo arrepentida de lo que acababa de decir.

—¿Y de qué crees que debería hablar…?

Levanté un poco el mentón. Su cuerpo era tan grande que apenas le llegaba al hombro.

—No lo sé… Creía que…

Las palabras se me deshacían en la boca. No sabía qué estaba haciendo. Me costaba pensar con lucidez.

—¿Qué creías? —me preguntó sin apartar su mirada de la mía.

«¿De qué hablaba Amelia?».

—¿Confías en mí? —dijo tras un breve instante.

—Hasta ahora me has demostrado que no debería hacerlo, James.

—June, no confías en mí.

No sabía si se estaba burlando de mí o no, pero la forma en la que sus labios rosados pronunciaban mi nombre me hacía temblar las piernas.

—Siempre he confiado en ti. Si no, nunca te habría contado lo de mi hermano. Ni habría ido con vosotros a lo de Austin. Sabía que no me pasaría nada malo porque tú estabas allí.

Entreabrió la boca. Parecía desorientado. Quizá no estaba acostumbrado a que le dieran las gracias ni a que alguien reconociese su valía.

—Joder…

—Lo único que no entiendo es por qué siempre acabas tratándome como una mierda…

James exhaló un aliento que olía a galletas de chocolate, tabaco y menta.

—¿Por qué crees que lo hago?

Me encogí de hombros, ¿cómo iba a saberlo?

—No te caigo bien y me odias tanto que…

Tiró al suelo su cigarrillo, que aún estaba encendido.

Un escalofrío me recorrió la piel cuando, desde lo alto y dulcemente, pegó su frente contra la mía.

Cuando lo vi cerrar los ojos, el corazón me empezó a latir de una forma insólita.

—No le puedo hacer esto a Will, ¿lo entiendes?

Me abandoné a aquel momento. Yo también cerré los ojos poco a poco. Era incapaz de pensar en Will ni en nadie más. Incluso la vocecilla de mi cabeza se había callado.

«Si James puede hacerlo, yo también».

Me lamí los labios y estaban muy calientes; ardían en deseos de sentir los suyos.

Tragué saliva con dificultad. Se había alejado. Cuando volví a abrir los ojos, James ya se estaba subiendo al coche.

—Mañana me lo devuelves —me espetó antes de encender el motor y alejarse.

Entré en mi casa con la cabeza dándome vueltas. Afortunadamente, no había rastro de mi madre.

Poco después, me metí bajo las mantas suaves y apreté fuerte el osito.

El aroma de James me acunó mientras me quedaba dormida con una sonrisa dibujada en la cara.

69

Tiffany

El chirrido del saco de boxeo no me dejaba concentrarme.

—Estoy intentando ver la tele… —me quejé, harta.

Con cada golpe, James alternaba gemidos más profundos con gruñidos más suaves. Las gotitas de sudor le bajaban por el cuello hasta recorrer su pecho bronceado.

—¿Qué coño quieres? —rugió enjugándose la frente perlada de sudor.

—Que vayamos a esta fiesta.

Mi respuesta le provocó una mueca de disgusto.

—No sé…

—No le digamos nada a Will. Así no la caga y tú no tienes que estar preocupándote por él. ¿No te parece un planazo?

James golpeó el saco con más fuerza y la puerta de su habitación se abrió de par en par mostrando la figura de Jasper.

—Ey, Jas.

Antes de terminar de saludarlo, el niño ya se había esfumado.

—Tu hermano me odia.

—Igual está harto de oír el follón que montas cada vez que te quedas a dormir aquí.

—No digas chorradas. Solo la lío cuando me emborracho.

—Entonces supongo que siempre que te acuestas conmigo estás borracha.

—Mira quién habla.

Le lancé un cojín y lo cogió al vuelo. Entonces se empezó a quitar los guantes sujetando los cierres con los dientes.

James y yo nos parecíamos mucho.

Nos gustaba divertirnos y no estar atados.

Y era la única persona que jamás me juzgaba.

Solo había un problema: mi mejor amiga estaba enamorada de él.

Así que sí, James y yo nos parecíamos demasiado, también en la falta de escrúpulos.

Le pasé una botella de agua mientras él se sentaba a mi lado, en la cama, dejando que me embriagara con su perfume.

—¿Qué pasa? —le pregunté cuando lo vi mirándome de reojo.

—Me la estaba guardando para esta noche —anunció contrariado al verme sacar una bolsita de polvo blanco del bolsillo de sus vaqueros, que estaban tirados en la cama.

—Ahora, esta noche… ¿Qué más da?

—Después de lo que pasó ayer…

—James, no puedes vivir preocupado por Will. Es un adulto. ¿Besó a Ari? Es cosa suya.

Ni que decir tiene que no me estaba haciendo caso. Lo conocía demasiado bien; era muy testarudo y creía que siempre tenía razón.

—Si se las tiene que ver con Brian, se las tendrá que ver con Brian. No puedes estar siempre en medio.

Me acerqué a él para besarlo; pero, cuando sus labios suaves no me dieron el acceso que quería, me retiré.

—¿Estás preocupado por ella?

—¿Qué? No. Qué cosas tienes. —Se envaró.

Sus voluptuosos bíceps se tensaron bajo su piel suave cuando apretó los puños sobre las rodillas.

Le di un beso en el cuello, aunque él estuviera pensando en otra cosa.

—Será mejor que Blancanieves no se deje ver en la fiesta de esta noche.

—Ella será Blancanieves, pero hoy, aquí abajo —le dije acariciándole el paquete—, tú eres la Bella Durmiente.

—Que te den por culo, Tiff.

Cuando James no estaba de humor, no había nada que lo animase.

Era mucho más sensible y cerebral de lo que le gustaba hacer creer. No le bastaba con tener encima una chica semidesnuda.

—¿Qué te pasa? —le pregunté observándolo con atención.

—Tendría que haberme quedado con Will... y lo que hice fue llevarla a ella a casa.

—¿Y qué? Te lo pidió él. Si ahora se arrepiente, peor para él. Es tu mejor amigo, sí, pero le parece mal todo lo que haces.

—Mira quién habla, la que sería capaz de donarle un riñón a Taylor...

—¿Y eso qué tiene que ver? —resoplé arrugando la nariz, aunque estaba claro que tenía mucho que ver.

—Ella te dice «Oye, Tiff, la Tierra es plana» y tú le contestas «Tienes razón, Taylor; la Tierra es plana. Espera un segundo, que me voy a tumbar en el suelo para que me pisotees».

—¡Tampoco exageres!

—¿Me ducho y nos acercamos a esa puta fiesta?

James se bajó los pantalones cortos de deporte con un gesto enfurruñado.

—¡Por fin! —exclamé contenta.

—Ojalá fuese como tú, Tiff —masculló.

Me eché en la cama para relajarme y disfrutar del espectáculo.

—Ojalá tuviese tu culo, Jamie.

Como respuesta, él me hizo una peineta y se metió en el baño.

Antes de que me diese tiempo a elegir una serie de Netflix, empecé a oír unos ruidos que venían del otro lado de la ventana.

En ese momento no les presté atención, pero entonces los ruidos empezaron a hacerse más insistentes.

¿Qué sería aquello?

—¡¿James?!

—¿Qué pasa? —me preguntó malhumorado desde el otro lado de la puerta del baño.

—¿Estabas... estabas esperando a June White?

Cerró la ducha con brusquedad.

—¿Qué coño has dicho?

—June White está trepando por tu ventana.

70

June

Durante la cena estudié a mi madre atentamente. Quería analizar al detalle todas sus respuestas. O, mejor dicho, todas sus mentiras.

—Y dime, mamá, ¿cómo ha ido tu viaje de trabajo?

—Bien, ¿no crees que la pasta está un poco pasada?

Pinché dos macarrones con el tenedor y la miré de reojo.

—Sí, pero ¿no me cuentas nada más? ¡Cuando yo voy de excursión me haces contarte vida, obra y milagros! —me quejé, buscando su mirada al otro lado de la mesa.

—¿Qué quieres saber? Ha sido un viaje de trabajo aburridísimo, June. ¿Qué tal el instituto? ¿Has tenido más exámenes?

«Muy bien, hablemos del instituto: un clásico».

—¿Cómo está Jordan Hunter? —le espeté, provocándole una mueca indescifrable.

—¿Y a qué viene sacar ahora a Jordan a colación?

—No lo sé, dímelo tú —respondí sin el menor entusiasmo—. Sé que él también ha estado de viaje. Menuda coincidencia, ¿verdad, mamá?

Se limpió la comisura de los labios con la servilleta y dio un sorbo de agua.

—Ha estado de acampada con Jasper. Por cierto, fingiré no saber cómo te has enterado de esa información, señorita.

Puse los ojos en blanco. Siempre encontraba la manera de usar las cosas en mi contra.

Pasé en silencio el resto de la cena. Entonces la vi levantarse de la mesa.

—¿Adónde vas?

Tenía que preguntárselo.

Colocó los platos y los cubiertos en el lavavajillas y se metió en el baño. Poco después, salió de allí arregladísima y con una cantidad de perfume escandalosa.

—¿Vas a salir? —le pregunté, preparada para mirar la hora en el teléfono.

Eran las nueve y media, ¿adónde se disponía a ir?

—No... Bueno, sí. Melissa y yo tenemos que acabar una cosa de trabajo.

Era absurdo que no se esforzase en encontrar una excusa mejor. ¿Con quién creía que estaba hablando?

—¿Y no podéis hacerlo mañana?

Ella masculló otra excusa, se puso una chaqueta de entretiempo, agarró el bolso y se fue.

¿Así que quería seguir mintiéndome...? Muy bien. Pues ya me enteraría yo de la verdad.

Me puse las zapatillas deportivas y salí de casa con la bici. Me disponía a seguirla. No pude ir pisándole los talones, ya que su coche me dejó atrás muy rápido. Pero sí que pude ver en qué calle había girado.

Y era justamente la ruta que yo creía que seguiría.

Decidí hacerle caso a mi sexto sentido y encaminarme hacia la casa de James.

No me sorprendí demasiado al ver el viejo Toyota de mi madre aparcado en la puerta.

—No me lo puedo creer...

Lo sabía, pero hasta el último momento había pensado que a lo mejor me equivocaba.

Escondí la bici detrás de un contenedor rezando para que no me la robasen, me puse la capucha de la sudadera y me aposté como un buitre junto a la puerta principal.

Desde la planta de abajo no podía ver nada, ya que había demasiadas cortinas.

Me sentía una ladrona, una acosadora, pero tenía que hacerlo. Era por el bien común. Sobre todo, por mi salud mental. No quería que mi madre se relacionase con aquel hombre. Y, mucho menos, que me mintiese.

«Malditas cortinas...».

Estiré el cuello todo lo que pude e intuí dos siluetas a través de la ventana del salón.

Jordan y ella estaban subiendo la escalera.

«Que no vayan adonde yo creo, por favor».

Por una parte no quería saber adónde iban, pero por la otra... era mi obligación.

Examiné rápidamente la pared externa de la casa. ¿Cómo podría llegar a la planta de arriba?

Sin pensármelo demasiado, trepé a uno de los pilares del porche. De pequeña me encantaba subirme a los árboles, así que no me resultó demasiado difícil. Sin embargo, cuando empecé a escalar la pared estuve a punto de dejarme en el muro la piel de las manos. Me quedé agachada en un pequeño saliente en el tejado, con las tejas rozándome las rodillas. Me daba demasiado miedo ponerme en pie. Estaba a unos tres o cuatro metros del suelo.

«Si te caes, te matas, June».

Mejor, así esa mentirosa me llevará en su conciencia.

La habitación frente a mí no tenía cortinas. Vi que allí no había nadie, solo un montón de lienzos.

«Parece que ese idiota de Jordan sí que es un apasionado del arte...».

Al ver que mi madre y Jordan entraban a esa habitación y se acercaban a uno de los cuadros cercanos a la ventana, me agaché rápidamente.

Con el corazón en la garganta, me pegué contra la pared y, poco a poco, me puse en pie. Estaba de espaldas contra el muro. Di unos pequeños pasos laterales tratando de no mirar abajo.

«¿Y ahora cómo bajo de aquí?».

Probé a mirar muy rápido hacia abajo, pero por poco me desmayo.

No tenía vértigo, pero la idea de saltar desde allí me hacía prever lo peor.

«Vale, no me puedo distraer».

Me di cuenta de que a mi espalda había otra ventana. Estaba entreabierta.

«Muy bien, me meteré aquí».

No sirvió de nada que desease que fuese la habitación de Jasper, ya que, en cuanto me acerqué al cristal, intuí al fondo una silueta alta y musculosa.

Era James. Y estaba en calzoncillos.

—¿Pero qué coño…?

—¡No es lo que parece! —me apresuré a decir con las mejillas rojas por la vergüenza.

Se echó a reír.

—¿Me estás espiando?

—¡Sssh! ¡No! Baja la voz.

—Me cago en todo, White.

Entonces oí la voz de Tiffany. Y su silueta acabó también asomándose por la ventana.

—¡Entra! —me pidió mientras James me daba la espalda.

—¿Cómo que «entra»? ¡Échala!

«James se va a pasar la vida riéndose de mí».

En las series de Netflix eran los chicos los que escalaban y llamaban a las chicas dando unos golpecitos en la ventana. Sin embargo, como tantas otras veces, en la vida real quien hacía el papel de chico era yo. A saber lo que estaría pensando Tiffany, me pregunté cuando la vi allí, tranquilísima, con un vestidito muy elegante. Parecían a punto de salir.

Pero antes de que ella pudiese extenderme una mano, James se le adelantó y se colocó delante de mí. Por poco pierdo el equilibrio cuando abrió la ventana y me dirigió una media sonrisa.

—¡Hunter, por favor, déjame entrar!

Se cruzó de brazos y contrajo sus voluptuosos músculos.

—Ni lo pienses.

—¡Venga! Tu padre está a punto de verme, estoy colgando del canalón.

—Pues quédate ahí —me contestó muerto de risa.

Intenté seguir mi camino por aquella pequeña cornisa, pero la superficie sobre la que me apoyaba cada vez me parecía más peligrosa.

Mi pie derecho resbaló y, por un momento, noté el vacío debajo de mí. Pero entonces algo me agarró del brazo.

—Joder, mira que eres torpe… —resopló James agarrándome con fuerza—. ¿Cómo se te ha ocurrido pensar que eso te iba a aguantar?

—¿Me estás diciendo que peso demasiado?

James me ayudó a entrar por la ventana. Acabé cayendo directamente en sus brazos.

¿Era posible que un ser humano oliese así de bien?

—No, solo digo que eres tonta del culo —me respondió, burlándose de mí con una sonrisa maligna y alzándome al vuelo como si fuera una pluma.

—Y tú eres un… —Nos miramos desde muy cerca. Sus ojos azules parecían más claros de lo habitual—. Y tú estás…

Se pasó una mano distraída por el pelo y me miró con una expresión de cachorrito abandonado.

—¿Irresistible? —me dijo, volviendo a su habitual actitud chulesca.

—¡No! Estás… medio desnudo, ¡como siempre!

Me di media vuelta para evitar quedarme mirando fijamente su cuerpo escultural cubierto solo por unos calzoncillos.

—Eres un caso perdido, White —lo oí decir entre risas.

Entonces escuché una voz femenina.

—¡June!

Ah, sí, Tiffany…

—¿Qué cojones estabas haciendo ahí afuera?

—Me estaba escondiendo de mi madre —respondí avergonzada.

—Menuda pringada… —masculló James poniéndose unos pantalones oscuros.

—Puede que no lo sepas, pero está aquí. En la habitación de al lado, con tu padre. Tenemos que descubrir si han ido juntos de viaje. Porque si me ha contado otra mentira…

—¿Ves lo plasta que es? —le dijo a Tiffany señalándome como si yo no estuviese allí escuchándolo—. Si quieren follar, déjalos follar.

James no fue demasiado sutil y, ante mi expresión estupefacta, Tiffany se echó a reír.

—A ver si me entero, ¿te da igual que esos dos tengan una relación?

—¿Por qué no espabilas un poco? ¿De verdad crees que tienen una relación? Mi padre no se compromete con nadie. Habrán tenido algún lío, pero seguro que mi padre no va a empezar nada con tu madre, que está medio loca.

Las palabras de James me provocaron un escalofrío.

Estaba demasiado ocupada en enfadarme como para darme cuenta de que Tiffany me estaba hablando.

—June, ¿por qué no te quedas con nosotros?

—De eso nada, nosotros vamos a salir. —James fue tajante. Cogió del armario una camisa perfectamente planchada.

La suavidad con la que aquel tejido blanco envolvió sus hombros me hipnotizó; me recordó a un ángel. Los rasgos de su rostro eran delicados, a pesar del pequeño moratón, recuerdo de alguno de sus encontronazos, que tenía sobre la ceja izquierda.

—Pero June puede venir con nosotros si ella quiere —insistió Tiffany.

—No quiero tener que cuidar de ella.

Y entonces esbozó una sonrisa que tenía poco de angelical; de hecho, le hizo parecer un diablo con apariencia humana.

—De eso nada, June también viene.

No entendí la insistencia de Tiffany.

—Tiff, ¿de verdad crees que puede venir a bailar así vestida?

James elevó un poco el mentón y recorrió con la mirada mi sudadera y mis *shorts* vaqueros.

—Tengo algún vestido que prestarle.

—¿Adónde se supone que voy a ir?

Miré primero a Tiffany y justo después a James, pero no sirvió de nada porque ellos pasaron totalmente de mí.

—Te he dicho que no.

—Y yo que sí. Me apetece que venga.

Agité las manos delante de sus caras con la esperanza de que se dignasen a mirarme.

—¿Podríais decirme adónde…?

—¿Te da miedo? ¿Tan poco recomendables crees que somos? —Tiffany se rio mientras sacaba un vestido de su mochila del instituto.

—Aunque decidiese ir con vosotros, yo aquí no me cambio de ropa —aseguré con los brazos en jarra.

—¿Por qué?

Tiffany puso su mirada más ingenua, pero James la miró con mala cara.

—No tienes de qué preocuparte, June. James ahora mismo va a prepararse un bocadillo. Así sale un poco de su rutina.

—Esta es mi habitación. No voy a irme porque a la princesita de los cojones le dé miedo que yo le pueda mirar el culo.

—Como si no te pasases el día haciéndolo… —le dejé caer.

—¡Cállate ya!

—Te jode porque es verdad.

Lo miré de reojo y él hizo lo mismo.

—¡James, esfúmate! —Tiffany, literalmente, lo echó de su habitación.

Él resopló y nos miró de una forma poco tranquilizadora.

—¿Por qué? ¿Es que no podéis resistiros a coquetear en mi habitación?

—¡Fuera! —le gritó ella haciéndome reír.

James salió dando un portazo. Me quedé mirando a Tiffany algo avergonzada.

Pero ella no parecía conocer la timidez. Además del vestido me ofreció un sujetador con un poco de relleno.

—Pero es…

—No lo mires así. Es un poco de relleno, no una bomba —me explicó al ver que yo me mostraba reticente.

—Pero ya tengo el mío puesto.

—Sí, pero para este vestido es mejor que te pongas uno sin tirantes. Pruébatelo, tenemos la misma talla.

—¿Tú crees?

Se encogió de hombros.

—Sí. ¿Cuál es el problema?

«Claro. ¿Cuál es el problema?».

Vamos, June, tú puedes…, me dije dándole la espalda.

Me quité la sudadera y me desabroché el sujetador.

No sabía qué estaba haciendo Tiffany exactamente, pero no me cabía duda de que me estaba mirando. Sentía sus ojos sobre mi espalda. Deseé que no pareciera que no tenía ni idea. Dejé el sujetador blanco en la cama y me puse aquel negro sin tirantes que me había prestado.

—¿No es demasiado…?

Me miré el pecho algo confundida.

—Espera. —Se me acercó para ayudarme a bajármelo un poco de los lados—. Así, ¿ves?

—¿Un sujetador no debería mantenerlas dentro? —refunfuñé provocándole una risotada.

—Debería resaltártelas, y este lo hace la mar de bien.

—Si tú lo dices…

Tiffany me pasó el minúsculo trapito que tenía entre las manos.

—Y ahora el vestido.

Me miré las piernas.

«Me cago en todo, no puedo quitarme los *shorts* delante de Tiffany. Seguro que ella no tiene ni idea de lo que son las estrías».

Me los desabotoné despacio y me eché un vistazo al bajo vientre. Me puse muy nerviosa al pensar en la cara interna de mis muslos.

«Si solo fueran las estrías…».

Al final decidí ponerme primero el vestido y, una vez puesto, bajarme los *shorts*.

Contra todo pronóstico, Tiffany no me tomó el pelo por la cosa tan rara que acababa de hacer. Me ayudó a colocarme bien el vestido, que resultó ser considerablemente ceñido a la cintura.

—Pobre Will. No me gustaría estar en su pellejo esta noche. Le va a dar un infarto —sonrió mientras un destello de malicia le brillaba en los ojos.

Posó las manos sobre mis caderas y me hizo dar media vuelta para que me viese en el espejo de cuerpo entero.

—Es-tu-pen-da —aseguró satisfecha.

—Es un poco agresivo para mi gusto…

—¿No te gusta?

—No he dicho eso. Solo que… no me parece que sea muy de mi estilo —puntualicé.

—Creo que piensas eso solo porque no estás maquillada. Vas con la cara lavada, con que te pongas delineador y te peines un poco estarás perfecta.

Tiffany hacía que todo pareciera muy fácil, pero yo no era capaz ni de pintarme los labios sin que se me corriese la pintura. Al parecer, se dio cuenta rápido; inmediatamente se tomó la confianza de empezar a arreglarme el pelo.

Deshizo mi moño y trató de hacerme un recogido.

—Si no te gusta, te puedo hacer unas ondas.

Asentí confiando en sus manos expertas; sobre todo porque, al menos hasta ese momento, no había hecho más que mejorarme hasta el punto de que casi no me reconocía.

—Veamos cómo queda.

Puso a calentar su rizador y sentí un escalofrío al ver lo mucho que se parecía al mío; tenía la misma forma y la misma estructura lisa y sin dientes.

Mientras esperábamos a que alcanzase la temperatura adecuada, Tiffany sacó de su mochila una bolsita con maquillaje.

—Qué suerte tienes de tenerlo liso —me dijo señalándome el pelo.

—La verdad es que me encantaría tenerlo como tú.

Tiffany se humedeció la boca y, con mucho cuidado, se dispuso a pintarme los labios.

—Siéntate. Eres muy alta y no llego bien.

Me señaló la cama de James y yo, algo dudosa, me senté allí.

—¿Conoces a James desde hace mucho? —le pregunté, sin parar de mirar a mi alrededor, mientras ella me iba haciendo unas ondas en el pelo.

Ya había estado antes en aquella habitación, pero ahora percibí algunos detalles en los que no había reparado.

El perfume era el mismo: una mezcla de ropa blanca recién lavada con notas de vainilla y hormonas masculinas.

No había ninguna foto.

La luz era muy fría, casi azulada.

—¿Qué quieres saber, June?

—¿Qué cosas le gustan?

Se lo pregunté sin pensármelo demasiado.

—¿Aparte de la droga, el sexo y las risas? —me preguntó sonriendo, aunque la verdad es que no era un asunto que tomarse a la ligera.

Entonces pensé en mi madre. La había juzgado porque estaba allí con Jordan, pero yo no era tan diferente a ella. De hecho, estaba justo en la habitación de al lado.

—Le gustan los excesos —me explicó Tiffany mientras me seguía peinando—. Si no consigues que viva nuevas experiencias, tienes poco que hacer con él.

—¿Es por eso por lo que lo vi besar a un chico?

—Oh, no. No. —La chica morena soltó una risotada y echó la cabeza hacia atrás—. Los chicos siempre le han gustado.

Oímos unos pasos en el pasillo. Tiffany me dio el rizador y se acercó a la puerta.

—Danos solo un par de minutos más, aún no he acabado —le dijo a James, que ya estaba refunfuñando—. ¿Qué estás bebiendo? ¿No erais Will y tú los que queríais permanecer sobrios en la fiesta?

—¿Y qué pasa? —le preguntó él en tono seco.

—Pasa que el entrenador se enfada.

—El entrenador puede chupármela cuando quiera, Tiff.

—Sabes que no te puedes permitir que te echen del equipo de fútbol.

Tiffany se había dirigido a él con un tono muy maternal y James se rio de ella.

—¿Y qué es lo que te preocupa?

—No cambiarás nunca... Dame un par de minutos más.

Tiffany cerró la puerta y se dispuso a terminar de peinarme.

—«El entrenador puede chupármela cuando quiera, Tiff» —repitió imitando la voz grave de James.

Las dos nos echamos a reír, pero mi curiosidad volvió a ser más fuerte que yo.

—¿De qué hablabais?

—De nada... Le van a hacer un control antidroga por sorpresa a todo el equipo de fútbol.

—Si todos lo saben no parece que sea por sorpresa —señalé sarcástica.

—Alguien se lo ha chivado a Jackson.

«Alguien llamado Blaze».

—Bueno, parece que este entrenador no les da demasiado miedo… —me aventuré a decir.

—Oh, la verdad es que sí que da bastante miedo. Por otra parte, piénsalo: ¿qué universidad va a querer a un tío que ha estado todo un año en un reformatorio?

No había nada en lo que pensar. Tenía clarísima la respuesta: ninguna universidad lo aceptaría.

—Y lo mismo pasa con los demás: ¿Qué universidad de Ivy League aceptaría a dos alumnos con un currículum lleno de actos vandálicos?

Me giré y, boquiabierta, miré a Tiffany.

—¿Hablas de…?

—Ah, claro. Hablo de Will y de Jackson. Y, si el director los odia, el entrenador es el único que puede salvarles el culo consiguiéndoles una beca para alguna universidad prestigiosa.

—¿Entonces el entrenador trata de ponerlos firmes para que tengan un buen futuro?

—Bueno… al final no dejan de ser varones blancos, ricos y privilegiados. Pero sí: el entrenador es un capullo porque sabe que algunos de ellos solo cuentan con el fútbol para conseguir una beca. Y eso hace que se aproveche.

«El mundo es injusto, June». Me lo había dicho mi padre, llorando, el día del funeral de mi hermano. Y era cierto.

Una chica como yo tenía que tener un comportamiento ejemplar, notas altísimas y muchísima suerte para poder entrar en Yale. Mientras que ellos, que ni siquiera se dignaban a presentarse a los exámenes, tenían el futuro asegurado. Por no hablar de todo lo que hacían cuando no estaban en el instituto…

«Injusto».

—¿En qué sentido, Tiff? ¿Por qué dices que el entrenador se aprovecha?

—Un chico se presentó al entrenamiento con los ojos pintados y él lo echó del equipo.

—¿Estás de broma? —le pregunté incrédula.

—No. Él sigue pensando que los tíos tienen que ser de una determinada forma y comportarse de cierto modo.

Con razón el grupito de James y sus amigos destilaba una masculinidad tan tóxica. Puede que tuviese que ver con aquello.

—Y, en fin, June, el viejo entrenador no tiene ni idea de las cositas que les gustan a sus machitos preferidos... —dijo sonriendo con cierta maldad.

¿Se refería a James o a Jackson?

Me aclaré la garganta, pero me faltó valor para seguirle preguntando.

—¡Joder...! —exclamó Tiff cuando me llevó hasta el espejo.

—¿Qué pasa? —pregunté confusa mientras examinaba mi figura curvilínea embutida en aquel vestido tan provocativo.

—Cuánto potencial desaprovechado se escondía detrás de aquella chica tan mona... —mascculló señalando mi reflejo.

—Gracias por ese insulto disfrazado de piropo.

Acercó su cara a la mía sin despegar los ojos de mi boca.

—Jamás te insultaría, June. Solo digo que, si quisieras, podrías sacarte mucho más partido. Pero...

—¿Pero qué?

Dejé que mis pupilas se posaran en las suyas. No sabía por qué, pero aquel intercambio de miradas me resultaba de lo más placentero. La forma en la que Tiffany me miraba me hacía sentir hermosa.

—Tienes una cara preciosa, June...

Di un respingo cuando Tiffany acarició mi espalda desnuda. Sus yemas delicadas me rozaron la piel y mis ojos se posaron en sus labios, tan carnosos y rojizos como dos cerezas maduras.

—... Incluso sin maquillaje.

James irrumpió en la habitación con la ligereza de un elefante.

—¿Habéis terminado o queréis que os reserve una habitación de hotel?

Tiffany y yo nos alejamos inmediatamente.

—¿Entonces me has hecho un bocadillo o no? —le preguntó ella en tono jocoso.

—Ni de coña, este bocadillo es... —James se quedó sin palabras un instante, justo en el momento en el que nuestras miradas se cruzaron— mío.

Tiffany sonrió satisfecha y yo me quedé sin respiración. Las palabras se me atragantaron en la garganta; sentía una especie de nudo que no me dejaba tragar aire.

La forma en la que James me observaba no tenía nada que ver con el modo sutil en el que Tiffany me miraba con sus ojos aterciopelados. En aquella mirada no había ninguna dulzura. Me sentí arrastrada por una ola de calor que hizo que se me vaciase de pensamientos la cabeza, me vibrase el pecho y se me cerrase el estómago.

«No puede ser, June».

En las películas y las novelas que solía leer, el chico malo quedaba deslumbrado por la belleza de la chica buena de turno y, automáticamente, se convertía en el novio perfecto.

Pero la realidad era bien distinta: James estaba acostumbrado a las chicas mucho más atrevidas y atractivas que yo.

Y Tiffany era una de ellas.

Se puso a comerse el bocadillo sin separar los ojos del móvil mientras ella terminaba de arreglarme.

—Pendientes, ¿sí o no?

Negué con la cabeza.

—Venga ya. Me tenéis harto. Llevo listo media hora —insistió él, impaciente.

James me dio un codazo y, sin pensárselo, me robó el sitio delante del espejo.

Lo miré desde abajo mientras se concentraba en abotonarse la camisa blanca y se observaba encantado con su reflejo.

Cuando Tiffany se fue al baño a guardar el maquillaje, James y yo aprovechamos para lanzarnos una mirada incendiaria.

—¿Qué pasa? —le pregunté nerviosa cuando vi cómo me miraba.

Tendría que haberle dado un guantazo por la forma indecente con la que examinaba mi cuerpo. Pero, en lugar de eso, sentí un escalofrío cuando lo vi sonreír.

—No pasa nada. ¿A qué viene esa pregunta?

Aproveché aquel momento para indagar un poco más.

—¿De qué fiesta se trata?

—¿Y qué más te da…?

—Es que quiero saber adónde voy. Además, nadie me ha invitado.

—Vienes conmigo. Nadie tendrá nada que objetar, Blancanieves.

—Pero…

Lo observé dar un par de pasos en mi dirección. Su altura me pareció imponente.

—¿Pensabas que te iba a dejar sola en mi cuarto para que me robases los calzoncillos?

—Qué asco… —respondí indignada.

—Sí, seguro que te dan asco…

Me alejé de su figura imponente antes de que pudiese arrinconarme contra la pared, como tantas veces había hecho. Pasé por delante de él sin dignarme a mirarlo.

—Veo que te has perfumado…

Dio media vuelta y siguió mis pasos.

—¿Y?

—Y que te has maquillado…

Me estaba diciendo todo aquello en tono jocoso.

¿De quién quería burlarse?

Seguro que con todo ese maquillaje parecía un payaso. Tiffany había sido tan convincente al hacerme creer que estaba guapa que, por un momento, la había creído.

Me habría gustado decirle a James que dejase de tratarme como a una niña pequeña o como a una hermana menor, pero lo único que hice fue fulminarlo con una mirada desafiante.

—Después de ti, White —susurró mordiéndose el labio antes de señalarme el camino hacia la puerta.

71

June

—¡A pasarlo bien! —gritó Tiffany en cuanto pusimos el pie en una discoteca atestada y oscura.

—¡Pero si no nos han pedido el carnet de identidad! ¡No podemos estar aquí!

James soltó una carcajada.

—De vez en cuando, White sabe ser graciosa.

Miré el techo, atestado de neones. El local estaba lleno de gente y la música resultaba ensordecedora.

Había salido para pillar a mi madre con las manos en la masa y ahora estaba en un sitio en el que no debería estar con dos personas que apenas conocía.

Antes de que pudiera perderme entre la multitud, James me agarró del brazo con firmeza.

—¿Y bien? —preguntó examinándome de pies a cabeza.

—¿Qué quieres?

Se me acercó a la cara con actitud amenazante y sin apartar la vista de mis labios.

—¿Qué tienes pensado hacer?

—¡Divertirme! A eso venimos, ¿no?

La verdad es que empezaba a tener un poco de hambre. Me apetecía acercarme a la barra y pedirme unas patatas fritas. Pero no se lo dije.

La saliva se me atascó en la garganta cuando, bajo aquellas luces psicodélicas, vi los ojos de William examinándome a lo lejos.

—¿Qué planes tienes?

—¿Y a ti qué te importa? —respondí distraída por la presencia de Will.

—Tú no me importas nada, desde luego. Te repito la pregunta, chavala: ¿qué planes tienes?

—Quiero emborracharme —dije chasqueando la lengua.

A James se le escapó una sonrisa sorprendida, pero los hoyuelos le desaparecieron inmediatamente porque se dio cuenta de que no estaba de broma.

—¿En serio, White? ¿Tú?

—No, mira, solo lo digo porque quiero ver la reacción del señor «No me importas una mierda». ¿Pero quién te crees que eres?

Aquella respuesta le hizo apretar la mandíbula. Entonces frunció el ceño, algo confuso por mi ironía.

—No me parece una buena forma de enfrentarse a lo que pasó ayer —comentó mientras me seguía hacia la barra.

—No se me pasa por la cabeza aceptar ningún consejo por tu parte, James. Ah, no, espera…, tú eres la persona más responsable que conozco, ¿verdad? —Di un golpe con la mano sobre la barra como había visto hacer en las películas.

—¿Has terminado ya con las bromitas de los cojones, White?

El barman me pasó un vaso y James me lo quitó inmediatamente de las manos.

—¿De verdad quieres impedírmelo? ¿En serio? —Lo miré con expresión incrédula.

Como respuesta, él agachó la cabeza y me dijo:

—Nunca sería tan hipócrita.

—Ah, ¿no?

Le hice una señal para que me devolviera el vaso. En realidad no quería emborracharme, solo lo estaba provocando.

—Si quieres divertirte, no seré yo quien te lo impida.

Echó un vistazo a la gente que invadía la pista de baile y pronto intuyó la silueta de William, que destacaba entre la muchedumbre.

—¡Jamie!

No había pasado ni un minuto y dos chicas del último curso ya se habían acercado a James y se habían puesto a susurrarle algo al oído.

—Además, parece que vas a estar demasiado ocupado… —comenté, casi segura de que ya no me oía.

—Exacto, White. Y, dime, ¿desde cuándo eres tan irresponsable?

Dejó sobre la barra pegajosa el vaso que me había quitado hacía un momento.

—¿Y tú desde cuándo finges serlo?

—Mira, haz lo que te apetezca —resopló, harto de nuestro rifirrafe.

—Siempre.

Lo dejé allí, en compañía de las chicas; pero, cuando me alejé lo suficiente, me giré para mirarlo.

No pude evitar hacerme algunas preguntas absurdas.

¿Es que se ducha con miel? Porque no es normal que, en cuanto llega a cualquier sitio, las abejas se le posen como si fuera el momento de la polinización. ¿Es posible que a esas chicas no les importe la forma en la que se comporta sino, simplemente, su aspecto físico?

Busqué a Tiffany entre la multitud. Pero, para mi sorpresa, me llamó la atención una figura alta y tatuada.

—Brian...

—Hola, June. No creí que fueses a venir.

«Qué me vas a contar a mí...».

—Anoche te esfumaste.

—Por lo que me han contado, fue lo mejor que pude hacer.

Brian me miró de manera más intensa con sus ojos oscuros.

—Así que te has enterado... —Hice una mueca mientras jugueteaba con mi vaso, aún lleno.

—Sí.

—Lo siento, Brian.

—Empiezo a pensar que fue una buena idea dejarlo con ella.

Su boca pronunció aquella frase, pero sus ojos decían lo contrario.

—No nos merecen, ¿verdad? —Traté de destensar el ambiente, pero no tuve mucho éxito.

—La verdad es que no.

Brian parecía desvalido, casi indefenso. A saber por qué James estaba tan enfadado con él, hasta el punto de pedirme que no fuera a su casa.

Mi curiosidad era cada vez mayor.

«Si se le dice a Caperucita Roja que no hable con el lobo, será lo primero que haga».

—¿Qué te han contado exactamente?

—Que se besaron mientras jugabais al verdad o atrevimiento —gruñó.

Su tono de voz había cambiado de repente. Ahora mostraba toda la rabia de su interior. ¿Cómo no iba a darle la razón? Ari había hecho cosas muy feas a sus espaldas.

Me distraje durante un momento cuando Jackson y James pasaron a mi lado.

Enderecé el cuerpo de forma instintiva.

El rubio me miró extrañado, chupeteándose el *piercing* del labio.

—¿Esa es June? No la había reconocido.

—Ya, pues ese cabrón la ha reconocido al instante —sentenció James.

Brian entrecerró los ojos. Se miraron el uno al otro y saltaron chispas.

—Ignóralo, Brian.

Pero él no me hizo caso.

—¡Si hay alguien aquí que tiene que divertirse sois vosotros dos! ¡Mirad qué par de caras tan tristes!

Tiffany volvió con nosotros y parecía muy animada.

—Yo me tomo algo y me voy a casa —mascullé con desgana cuando trató de pasarme su bebida.

—Y yo también. Este fin de semana tenemos partido —recordó Brian.

—¡No seas viejuno! ¡Mira qué pedazo de monumento tienes delante! ¡A saber cuándo te vuelve a pasar!

—La verdad es que sí… —musitó él bajando sus ojos color esmeralda.

Y si de Will y de James nunca sabía qué esperarme, Brian también me sorprendía siempre… pero para bien.

Tenía el aspecto de un chico malo tatuado, pero en el fondo era un trozo de pan.

—Vale, dale solo un sorbito —dijo Tiffany, que nos observaba con una sonrisa en los labios.

Ella le pasó lo que parecía un mojito. Brian bebió un poco usando la pajita y justo después yo hice lo mismo cuando Tiff me acercó el vaso.

—Sois los dos guapísimos —me susurró al oído en un tono que no me dejó dudas de que estaba achispada.

Ya tenía bastantes líos en la cabeza como para incluir a Brian y liarme aún más.

Mientras pensaba aquello noté que dos ojos grandes me miraban a lo lejos. Podía actuar como si no lo hubiese visto, pero sentía la mirada de Will como una cuchilla afilada.

El buen ambiente que había entre Brian y yo se esfumó en cuanto la diminuta silueta de Ari nos pasó cerca.

A Brian se le cambió la cara de forma instantánea.

«Está claro que uno no elige de quién se enamora».

—Ari...

Brian se acercó a ella con un gesto que me recordó al de los toxicómanos que tienen el mono. Ari, al parecer, hizo como que no lo había oído.

—Ariana —repitió él en un tono más decidido.

Si antes solo había puesto la oreja, en aquel momento me di media vuelta para ver la escena.

Brian le cortó el paso.

—Brian, ¿y ahora qué pasa?

—No te pierdes una...

—No empieces otra vez... —suspiró Ari, molesta por la presencia allí de su ex.

Brian le contestó algo, pero yo solo pude oír la respuesta de ella.

—Déjame.

—¿Qué coño haces así vestida?

—Me visto como me da la gana. Ya no estamos juntos, ¿te acuerdas?

Me habría gustado no verlo, pero me fue imposible no percibir el desprecio en los ojos de Brian mientras la chica se alejaba.

—¿Estás bien? —le pregunté a la chica, sorprendiéndome a mí misma por hacer aquello.

Había besado a Will la noche anterior y yo tendría que estar enfadada con ella, pero no era capaz.

Negó con la cabeza y miró al suelo.

Sentí algo extraño en la boca del estómago, algo parecido a una intuición.

«¿Y si James tenía razón y yo no tenía idea de cómo era la gente con la que ahora me relacionaba?».

Ari me saludó con un gesto seco y yo dirigí mi mirada hacia Will. Pero, en vez de toparme con él, mis ojos se posaron en James. Estaba en la barra hablando con una chica y dando su espectáculo habitual.

No hacía más que exhibir sus virtudes con sus gestos ensayados. Mientras, los reflejos de los neones creaban luces y sombras en su pelo castaño.

Aquel mismo juego de luces pasaba en la melena rubia de la chica que estaba aferrada a su pecho. Me habría gustado apartar la vista, pero ella no hacía otra cosa que poner los ojos en blanco cada vez que él le recorría con los labios la oreja y la garganta como si fuera un depredador. Me estremecí cuando empezaron a besarse.

Tenía clarísimo que él era un exhibicionista y un egocéntrico, pero no podía comprender cómo a las demás personas no les daba vergüenza dar un espectáculo como ese delante de todo el mundo.

¿Haría yo lo mismo si tuviera unas copas de más?, me pregunté mientras observaba cómo la densa melena de la chica se convertía en un revoltijo en las manos de James.

Puede que su campo magnético fuese tan fuerte que provocase una reacción en el cerebro de cualquiera que se le acercase. ¿Sería ese el motivo por el que casi lo había besado la noche anterior?

Aquella idea me provocó un mareo. Quizá era el vaso medio vacío que tenía entre las manos el que me hacía razonar de esa manera.

Reuní toda mi buena voluntad y traté de apartar la vista de aquella escenita subida de tono. Pero, entonces, James le apartó a la chica el pelo de la cara con un gesto dulce. Sentí aquel gesto directamente en el pecho. Fue como si aquel roce me recorriera la piel como un terciopelo caliente. Me sobresalté cuando apartó la vista de la chica y fijó sus ojos en mí.

Desvié la vista hacia Tiffany.

—¿Qué pasa? —preguntó ella al verme tensa.

—Nada, no lo entiendo. No entiendo lo que le pasa en la cabeza. Me trata fatal, pero después se preocupa por mí…

—Will tiene algunos problemas, pero es muy buen chico.

—No estoy hablando de Will —le respondí.

Tiffany alzó una ceja y se cruzó de brazos.

—Oh, esto sí que es interesante…

Las dos miramos a James, que ahora estaba de espaldas.

Por mucho que me molestase admitirlo, era guapísimo. Era evidente que resultaba más atractivo que Brian, Blaze, Jackson y que hasta el mismísimo Will. O que cualquier otro chico del instituto. O que cualquier otro chico que hubiese visto jamás.

Me fastidiaba reconocerlo. Deseaba con todas mis ganas no opinar aquello.

Tiffany me dio un tirón del brazo que me devolvió a la realidad.

—Que sepas una cosa: James se siente culpable por haberte acompañado a casa y por haberte defendido. Le habría gustado estar de parte de Will.

—¿Vuestras vidas son tan aburridas que todavía seguís hablando de lo de anoche?

«Taylor».

Era una persona odiosa, pero era el talón de Aquiles de Tiffany. Los ojos de aquella chica morena se transformaron en dos gemas luminosas cuando se posaron sobre la esbelta figura de aquella chica rubia.

—¿Y tú qué haces con la Barbie Putoncilla? —le preguntó Taylor a Tiffany mirándome de arriba abajo. Mi vestido provocativo no pasaba desapercibido, y mi profundo escote mucho menos.

—¿Pero qué dices, Tay? Le he prestado yo el vestido.

—Pues eso digo. ¿Dónde has estado hoy? —le preguntó la rubia, con expresión malhumorada.

—Estaba… Tenía cosas que hacer. He estado con mi madre.

Tiffany intentó disimularlo, pero era obvio para todo el mundo que no podía apartar la vista de los labios de su mejor amiga.

—¿Estabas con ella?

La expresión de Taylor, que al principio parecía jocosa, se tensó.

—¿Y qué pasa?

Tiffany quiso mostrarse molesta, pero, a pesar de la mala educación de Taylor, al final siempre acababa buscando su aprobación.

—Y deja de drogarte, te estás jodiendo el cerebro.

Taylor nos fulminó con la mirada antes de alejarse de nosotras.

—¿Qué le pasa contigo? ¿Por qué dejas que te trate así? Esa chica es puro veneno.

Aquello me salió sin pensar, así que bajé la vista hasta el vaso que sujetaba entre las manos. Estaba muy alterada, a pesar de que, literalmente, solo le había dado un sorbo a aquel cóctel.

Tiffany ladeó la cabeza y me miró con atención. Parecía contenta de que me preocupase por ella.

—No lo sé, June. Puede que Tay sea muy tóxica, pero es que yo me siento culpable.

—Sé que hay algo entre James y tú, y que Taylor no sabe nada. Pero ellos no tienen una relación exclusiva; no puedes sentirte culpable mientras que a él se la suda…

Cuando me giré hacia James, este tenía la lengua metida en la boca de la tía con la que estaba bailando.

—No me siento culpable por la relación que Tay tiene con James, sino por el vínculo entre ella y yo.

—Vale, admito que no lo había visto desde ese punto de vista.

Pero a Tiffany se le habían pasado las ganas de escucharme. Toda su atención se centraba ahora en su amiga, que hablaba con un chico alto y guapo, muy probablemente uno de los jugadores de fútbol de nuestro equipo. Intercambiaron unas palabras y se dirigieron hacia la salida del local.

—June, perdona…, voy un momento a…

Asentí mientras Tiffany salía detrás de Taylor.

«Está claro que uno no elige de quién se enamora».

—¿Estás con ellos?

—¿Perdona?

Un chico se me acercó. Me golpeó con el hombro en el pecho, pero no se dio cuenta.

—¿Eres June?

—Sí.

Lo miré con una mueca inquisitiva.

—Vamos juntos a clase.

—Ah…, vale. ¿A Educación Física? —le pregunté con la esperanza de acertar de dónde nos conocíamos.

—No. A Literatura.

—Perdona, tengo una memoria pésima para las caras —confesé.

—Yo me acuerdo de todo el mundo, pero esta noche estás irreconocible.

—¿En qué…?

Me quedé sin palabras cuando el chico se dio media vuelta y se encaminó hacia la pista de baile.

—Eh… Será mejor que… —dijo alejándose.

—¿Qué?

—Será mejor que te deje en paz.

—Espera un momento, ¿qué quieres decir? —Lo sujeté del brazo, no porque me interesase él, sino porque su rápido cambio de actitud me despertó mucha curiosidad.

—Estás con ellos, ¿no?

—¿«Ellos», quiénes?

—Son muy protectores con lo que les pertenece.

Elevé la vista y vi que Will y James me miraban fijamente. Sentí un escalofrío.

—Deberías actualizarte y desarrollar una mentalidad propia de 2023. Eso o ponerte gafas. —El chico me miró con los ojos como platos—. Mírame bien: no soy una cosa, soy una persona. Y, desde luego, no soy de su propiedad.

Pero mis palabras no lo convencieron.

William se nos acercó y le hizo un gesto con la cabeza.

El tío se dio media vuelta y desapareció.

Aquello no me gustó un pelo.

Habría debido ser yo quien lo largase. Abrí la boca y, en vez de decir lo que pensaba, dije lo contrario.

—No pareces el tipo de tío que les da miedo a los demás —lo piqué mirándolo de reojo.

Me dieron ganas de reírme. Me sentía muy rara. Era como si no fuese yo misma.

—Puede que sepan que estoy completamente loco. —Su estúpida afirmación me hizo esbozar una sonrisa—. Y la verdad es que tienen razón... —Los ojos de William me recorrieron de arriba abajo: empezando por mis caderas y pasando por mi escote hasta posarse en mis ojos. Me sostuvo la mirada un momento antes de decir lo siguiente—: Estás guapísima.

«Joder, Will, ¿por qué tienes que ser así?».

James, a poca distancia, seguía con aquella chica; pero yo podía sentir sobre mí el calor de sus ojos.

«¿Por qué tenéis que ser así los dos?».

—June, siento lo de ayer. No quería humillarte delante de todo el mundo. Tampoco quería ocultarte lo de Ari, pero ya te había contado demasiadas cosas sobre mi pasado y...

—Will. —Detuve sus intentos de excusarse, quizá porque los sonidos se me habían empezado a mezclar y ya apenas era capaz de oír ni una sola palabra.

—June, escucha...

—No, ahora escúchame tú. Lo que hay entre nosotros ha acabado del todo, pero no soy capaz de odiarte. Lo he intentado, pero no soy capaz. Y no termino de entender el motivo.

William me miró con el ceño fruncido antes de bajar la vista.

—Puede que sea porque no estás enamorada de mí.

Enarqué una ceja.

—Sí, pero la verdad es que yo tampoco he sido del todo sincera contigo, Will.

—¿En qué sentido?

Me terminé el cóctel de un sorbo, como si aquel gesto pudiera darme el valor necesario para seguir hablando.

—En la fiesta quería decirte que lo mejor sería que lo dejásemos de forma definitiva. Así que, por muy mal que me sentara aquel beso, no puedo estar enfadada contigo. Yo ya tenía intención de terminar lo nuestro antes de que sucediera eso. Además, besé a Tiff.

—¿Por qué haces esto, June? Cualquier chica habría aprovechado mi error para devolvérmela o para odiarme... ¿Por qué siempre tienes que ser tan correcta?

Sus palabras me impactaron. Su respiración me rozaba el cuello. Estábamos tan cerca que podía percibir el olor a cereza de su aliento.

—¿Es un defecto? —pregunté estupefacta.

—No…, pero ese comportamiento me hace más difícil alejarme de ti.

—Will, lo que hay entre tú y yo… no tiene sentido. Tú sigues pillado por ella y yo…

—Tú querías dejarme, vale. Pero fui yo el que se comportó como un cretino, June. Tú besaste a Tiff durante un juego, pero yo nunca te había contado lo de Ari y también la besé. Tú nunca habrías hecho algo así.

«¿Tú crees?».

En teoría, no: June White nunca habría hecho algo así. Se habría enclaustrado en su casa de por vida después de vivir una desilusión semejante. Pero en la práctica…, en aquel momento, ni yo misma sabía qué era capaz de hacer.

—No quiero que dejemos de hablarnos. Hagamos lo siguiente, ya que es lo que los dos queremos: seamos amigos.

Asentí ante aquella propuesta tan sensata por parte de Will. No quería más dramas y, si William necesitaba una amiga, me encantaría ocupar ese puesto.

—Y aprovechemos esta noche para divertirnos, ¿vale? —añadió señalándome la barra del bar.

—Voy a por un par de mojitos y nos echamos unos bailes. —Sonrió. Y lo hizo de forma sincera.

Casi me dolió pronunciar las siguientes palabras:

—Sin alcohol para los dos.

—¿Para ti también?

—Sí, no sé lo que tenía este —le dije señalando el vaso que llevaba en la mano—, pero era bastante fuerte…

Me quedé inmóvil en mi esquinita y sentí una repentina sensación de alivio. Me daba pavor que las cosas con Will terminasen fatal, ya fuese con una discusión fuerte o con un corazón roto. Pero no había pasado nada de eso y tenía que estar agradecida. Sonreí, pero entonces un chico mayor que nosotros se me acercó más de lo debido.

«¿El segundo tío en la misma noche?».

Me dijo algo que no entendí; una de aquellas frases manidas del tipo «eres demasiado guapa para estar tan sola».

—Si hablas más claro a lo mejor me entero de lo que dices —le respondí con mi sarcasmo habitual.

Pero él no parecía interesado en lo que yo quisiera decirle. Sin el menor disimulo, tenía los ojos fijos en mi escote.

—Mira, rubita…

—Me da que no le apetece hablar contigo. —William acababa de volver con dos vasos en la mano.

—¿Y eso quién lo dice? ¿Tú, que pareces un niño pequeño? —le espetó aquel tío, irguiendo su figura imponente por encima de la de Will.

—Calmémonos un poco, sé defenderme sola —aseguré, harta del comportamiento excesivamente protector de William.

Pero el tío me agarró de un hombro y me acercó a su cuerpo.

Sentí náuseas. Me invadió la impotencia.

—Vamos, déjala en paz… —le pidió Will, que tenía las dos manos ocupadas.

—¿Crees que me puedes decir lo que tengo que hacer? —le preguntó el tío, que me quitó el vaso de la mano y empezó a beber de él con aire arrogante.

Me liberé del agarre de aquel desconocido. Pero él ya estaba mirando a William con aire desafiante.

A mí había dejado de interesarme aquella discusión. Me parecieron solo dos machitos en busca de una excusa para pelearse.

—Te digo que no me das miedo, niñato —dijo el otro entre risas.

—Y yo te digo que te conviene irte a tomar por culo y dejarla en paz. Tú decides.

La voz de James me sobresaltó.

Su aparición hizo que aquel tío se fuese con el rabo entre las piernas.

—¿Por qué siempre estáis igual…? Estoy harta —susurré.

James se mordió el labio y no dijo nada. Sentí cosquillas en las mejillas, y hasta en los párpados, cuando mis ojos rozaron su boca turgente y brillante.

La imagen abrasadora de su beso con aquella desconocida me volvió a la mente.

—¿Estás bien? —preguntó Will al notarme algo confusa. Entonces me dio un vaso y James me lo quitó inmediatamente de las manos.

—¿Me lo devuelves, por favor? —le pregunté algo tensa.

—Creo que ya has bebido demasiado.

«Literalmente he tomado dos sorbos».

—Es sin alcohol —aclaró Will, a lo que su amigo respondió con una mueca escéptica.

—Déjame probarlo. —James se llevó la pajita a los labios y sorbió sin dejar de mirarme con sus ojos azules como el cielo.

El eco de sus palabras me llegaba desde muy lejos. Tras haberse asegurado de que era sin alcohol, James me devolvió el vaso.

William me acarició la cara mientras yo trataba de apartar los ojos de James, que me acercó la pajita a los labios. No sabía en qué consistía aquel juego, pero decidí dejarle hacer y darle otro sorbo al mojito.

Cerré los ojos.

La sensación que me recorría las venas me provocó un escalofrío. Puede que se debiese a la manera tan dulce en la que William me apartaba el pelo de la cara o quizá por la forma tan poco disimulada en la que James me acariciaba el cuerpo con su mirada febril y anhelante.

—Eh…

«Necesito tomar el aire».

—Voy a salir un poco —farfullé mientras trataba de liberarme del roce de aquellos dos cuerpos tan cercanos y abrasadores.

—Si quieres, te acompaño —oí que dijo William.

—No.

Me pregunté cómo era posible que me resultase tan complicado unir dos ideas coherentes. Me habría gustado decirles a los dos que, después de lo que había pasado la noche anterior, aquella actitud no era la adecuada. Will no tenía ningún derecho a inmiscuirse si algún tío se me acercaba para hablarme. Sabía defenderme sola. Y a James podría haberle dicho exactamente lo mismo.

«Tengo que alejarme de los dos».

—Es mejor que no te quedes sola. Has bebido demasiado —me susurró James al oído con su voz grave, lo que me provocó un escalofrío.

—No he bebido.

—¿Estás segura?

—Sí, la primera bebida apenas la probé.

—Ah, vale.

Retrocedí un poco al notar que me había rozado de una manera casi prohibida. Choqué de espaldas contra el pecho cálido de Will.

—James…

Era incapaz de separar los ojos de sus labios.

Sentí a mi espalda el perfume de William. Era un aroma delicado, quizá de suavizante y gel de baño de miel.

Cuando me giré hacia él me sentí atrapada por el perfume de James, mucho más intenso y masculino.

Will se me acercó a la mejilla. Yo bajé los párpados, pero sentí en mi cuello aquel aroma de menta y cerveza. Cerré los ojos y me dije que la imaginación me estaba jugando una mala pasada.

—Will…

—Sí…

—¿Qué haces?

—¿Te molesta? —me preguntó rozándome la punta de la nariz con la de la suya.

«¿Me molesta? No, pero… ese no es el tema».

—Ya no estamos… Ya no estamos juntos —le recordé acercándome a su cara mientras la música parecía vibrar con más fuerza en mis oídos.

Él asintió. La música era ensordecedora, pero logré oír lo que me dijo.

—Lo sé, June.

—Quiero que seamos solo amigos —repetí lentamente.

—Y yo también.

«¿Y él también? ¿Will quiere que seamos solo amigos? ¿Entonces por qué sigue mirándome de esa forma?».

—¿Es esto lo que hacen los amigos? —le pregunté con una sonrisilla divertida que se desvaneció cuando Will le lanzó una mirada muy seria a James, que estaba a mi espalda.

—Bueno…

Un leve resoplido tibio que sentí en la mandíbula me hizo ladear el cuello.

—Es que no sé si puedo…

Entonces, la respiración cálida de James se acercó más a mi oreja.

Se me contrajo el vientre.

Lo sentí lamerse los labios y rozar con la punta de la lengua la parte más sensible de mi lóbulo.

La cabeza me daba vueltas.

—Ahora mismo puedes hacer cualquier cosa que quieras, Blancanieves.

El susurro de James fue tan penetrante y lascivo que empecé a creer que estaba en un sueño. En uno de esos en los que mis sentidos se adormecían con sensaciones extremadamente placenteras porque él se comportaba como un buen chico y no se burlaba de mí delante de sus amigos ni me lanzaba ninguna indirecta envenenada.

Me apartó el pelo para encontrar con sus labios el punto más sensible de mi cuello. No me estaba besando, solo me provocaba. Quizá era una especie de promesa. Se ceñía a rozar con dulzura la superficie de sus labios suaves contra mi piel vibrante.

Durante un momento, me abandoné a aquella sensación divina. Pero cuando volví a abrir los ojos, retorné de nuevo a la realidad.

Will seguía delante de mí y no dejaba de mirarme la boca.

«No puedo dejarme llevar».

Las luces del local me dieron directamente en los ojos.

«No. Son dos diablos tentadores. No cederé».

Tenía que escabullirme de allí cuanto antes.

Le había dicho a James que no estaba borracha, que no había bebido… y era la verdad. ¿Entonces por qué me sentía tan confusa?

Parpadeé un par de veces, pero aquel gesto no me hizo recuperar la lucidez.

Cuando volví a abrir los ojos, los dos seguían allí. Mi cuerpo continuaba aprisionado entre los suyos. La música era atronadora y yo seguía siendo incapaz de pensar con claridad.

Noté que la sangre me hervía en las venas y, casi sin darme cuenta, empecé a moverme entre sus cuerpos. Fue una sensación extraña. Me llevé la mano al hombro para colocarme bien el pelo, pero me topé con la mejilla de James y, justo después, con su melena. Hundí los dedos entre sus mechones suaves y del fondo de su garganta pareció emerger un gemido de placer.

«June, no».

Volví a mirar hacia delante; Will estaba cada vez más cerca.

«Tengo que irme. Cuento hasta tres y me voy. Ya».

Uno.

James hundió la punta de su nariz perfecta en mi garganta y entonces se le dibujó en la cara una sonrisa de satisfacción que me provocó una serie de escalofríos que nacieron de mi bajo vientre.

Dos.

Will acercó sus labios a los míos. Distinguí su sabor dulce en su cálida respiración.

Tres.

Las manos de James se apropiaron de mis caderas y me atrajeron contra él hasta que mi culo chocó contra sus pantalones.

William introdujo los dedos en mi melena y abrió los labios.

Estaba a punto de besarme.

«Esto no puede suceder».

Yo era la típica chica buena que no salía de fiesta, que no se metía en problemas, que en clase siempre se mantenía al margen y no se hacía notar.

Ellos eran James Hunter y William Cooper.

«Los dos chicos más populares del instituto no deberían tener ningún interés en mí».

Pero allí estaban ambos.

«Tengo que irme de aquí ahora mismo».

72

James

Ojos de hielo.

Pelo suave.

Labios rosados y culo perfecto.

«La odio. ¿Quién coño se cree que es?».

—Me cago en todo, ¿esa es June?

Will empalideció cuando llegó al local y la vio en medio de la multitud. Estaba charlando con Tiffany, quien no perdía la oportunidad de acercársele a la cara todo lo que podía.

«¿Y ella se lo permite?».

Conocía bien a Tiffany, y este interés repentino en pasar tanto tiempo con June después de lo de la noche anterior solo podía tener un único significado.

«Pues parece que aquel beso le gustó bastante…».

—James, ¿por qué no me haces caso? —me preguntó, cortante, Will.

—Eh…

Llevábamos unos veinte minutos en aquel repugnante local, pero aún no había ni rastro de Jackson y Marvin.

—¿Sabías que ella vendría?

«Will y sus preguntas de mierda».

—Es culpa de Tiffany —mascullé devolviéndole la mirada a una chica desconocida que no me quitaba ojo.

—No me lo puedo creer… ¿Qué le digo?

—No le digas una mierda, ignórala —dije tratando de zanjar el tema.

Resoplé y me coloqué un cigarrillo en los labios justo después de fulminarlo con la mirada.

La chavala parecía tener un sexto sentido: cada vez que la miraba, se coscaba. Siempre estaba a punto de pillarme mirándola como un pringado. Quería salir a fumar, pero la desconocida que hacía un momento me había susurrado su nombre se me acababa de echar encima. La dejé hacer, pero no parecía que Will me permitiese tener la fiesta en paz.

—Esta noche está guapísima. ¿Ves cómo la miran todos los tíos? —musitó.

—Bah, yo creo que está igual que siempre.

En el instituto también la miraban todos los tíos, pero ella no se daba cuenta.

—Will, déjala en paz —lo regañé cuando lo pillé volviendo a mirarla.

—Sí… Sé que no debería…

—Oye, quítatela de la cabeza. Estoy hasta los cojones de tenerla cerca.

—Es que… me atrae.

«Ya».

—Fóllate a otra. Esto está lleno de tías —le solté mientras la tía que tenía encima no dejaba de hacerme preguntas que no tenía intención de contestar.

—¿Que me la saque de la cabeza, James? Haces que parezca fácil… —comentó Will entre un sorbo y el siguiente.

«Hago que parezca fácil porque es lo más sencillo del mundo».

—Es que me mira de una manera… —La señaló con un gesto de la cabeza.

«Ah, ¿es que crees que te está mirando a ti?».

—Por cierto, ¿quién es ese gilipollas que le está hablando? —pregunté al verla hablando con un desconocido.

—No lo sé, pero voy a descubrirlo.

Me encogí de hombros, pero no pude deshacerme de cierta sensación negativa que me había nacido en el estómago.

William ya se había mezclado con la multitud, así que me apresuré a seguirlo.

—¿Pero qué coño haces? ¿Quieres asustarla? —le pregunté cortándole el paso antes de que llegara a su altura.

Primero me miró extrañado y, justo después, se recompuso y me hizo un gesto para que me acercase a él.

Me pareció oír alguna queja por parte de la chica con la que yo había estado bailando. Era una tía atractiva y lo bastante provocativa como para no estar acostumbrada a que la abandonaran en mitad de la discoteca.

—¿Qué pasa, Will?

—Si hipotéticamente... —Reconocí aquella mirada; era la que ponía cuando empezaba a obsesionarse con algo.

No me importaba que se obsesionase con las carreras o con Ari, pero con ella no.

—No, Will.

—Pongamos el caso de que yo volviera a...

Alcé la vista y vi el techo lleno de luces. Intenté poner fin a sus absurdas elucubraciones con una frase contundente.

—Pero si tú no la quieres.

—Vale, pero imaginémoslo. ¿Qué debería hacer, James?

¿De verdad me estaba preguntando eso a mí, al tío de quien no se fiaba porque temía que se la quitase delante de sus narices?

A menudo, como la noche anterior, Will me dejaba sin palabras. ¿De verdad tenía que besar a Ari después de haberme martirizado con todas esas escenitas de celos?

—Ignórala —le respondí tajante.

Toda esa conversación con Will me recordó que llevaba demasiado rato con la mente lúcida. Necesitaba un poco de alcohol que me ayudase a lidiar con todo aquello.

—Ya la he ignorado, ¿y ahora?

—Eso no es cierto —resoplé.

—¿Y ahora qué hago, James? —insistió de forma impaciente y testaruda.

—Y ahora no haces nada, Will. No creo que estés en situación de poder lidiar con este asunto. Puede que no lo hayas entendido, pero esa chica no tiene pinta de querer conformarse con ser el segundo plato de nadie.

—Es que es imposible que las cosas funcionen entre Ari y yo...

—¿Quién lo habría dicho? ¿Aún crees a esa mentirosa compulsiva?

De repente, la chica con la que había estado bailando emergió de entre la multitud con dos bebidas.

—Oye, no me apetece hablar de Ari —gruñó Will con los ojos entornados; cuando se hablaba de ella, se ponía más agresivo que Brian Hood—. ¿Qué hago?

—Pues, en vez de dar por culo como has hecho hasta ahora, hazle entender que puede contar contigo. Que te tiene ahí si te necesita.

Se lo dije contra mi voluntad, con la esperanza de que William terminase ya con ese interrogatorio sobre cómo recuperar la confianza de una niñata estúpida que ni siquiera era consciente del poder que tenía sobre los tíos.

—¿Y qué hago para hacerle entender eso? —insistió él, mostrando lo tenaz que era (o lo loco que estaba).

—Demuéstrale que siempre estás listo para protegerla. Que es tu única prioridad.

Ya me había tomado tres copas, así que dejé que mis ojos se pasearan sin disimulo por la porción de piel que el vestido le dejaba al aire: primero, su impresionante escote; después, sus muslos firmes.

Will me miró de reojo.

—Vaya, veo que, a diferencia de mí, tienes las ideas claras —me dijo en tono suspicaz.

—Solo hablo de forma hipotética —me apresuré a explicar antes de darle otro sorbo a mi enésima copa.

—¿Así que sería buena idea decirle a alguien que la molestase para después ir en su ayuda?

—¿Qué? No. No he dicho eso. Además, no creo que haga falta. Mira la de buitres que tiene alrededor.

La verdad es que había varios chicos rondándola. Probablemente, algunos de ellos querrían hablarle, pero ella no se daba ni cuenta.

«Está atontada».

—¿Y entonces?

—Es su mejor faceta —mascullé mirándola primero a ella y después a él.

—¿Qué?

La música era demasiado estridente y Will no parecía haberme oído.

—Nada. Déjala en paz —le dije al oído.

—James, ¿cómo lo haces? —me preguntaba Tiffany a menudo—. Al final todas acaban enamoradas de ti. Cuéntame tu secreto.

—El secreto es que no hay secreto —respondía yo provocándole una mueca de disgusto.

Pero sí que había un secreto. Funcionaba desde con el hijo del director hasta con la chica más idiota del instituto. Tenía claro por qué todo el mundo quería estar cerca de mí, pero no por qué tantos me amaban. Pasaban de adorarme a odiarme en muy poco tiempo, conseguía hacer nacer en los demás un vendaval de emociones que hacía que me necesitasen como si fuera una droga. No podían vivir sin mí. Pero mi actitud no era fingida, me salía de forma natural.

A veces el hechizo se rompía y había algunas personas que acababan odiándome de verdad, sin que hubiese vuelta atrás. Así que, en el fondo, no estaba tan bien eso de que todo el mundo te adorase, igual que tampoco era ningún chollo cambiar de chica o de chico cada noche. Mi objetivo siempre era el mismo: desfogar. Desfogar mis frustraciones, mis miedos, mis inseguridades. Usar a las personas para sentirme menos solo se había convertido en un hábito. Lo que nadie sabía era que prefería hacerlo con la gente a la que quería. Porque la desconocida con la que había bailado un momento antes me habría concedido un polvo en el baño, pero después me habría dejado solo. Pero Tiffany y el resto de mis compañeras de clase eran mis amigas; después de aquello, se habrían quedado hablando conmigo. Me habrían preguntado cómo estaba, habríamos visto juntos una peli o nos habríamos quedado un rato acariciándonos en silencio.

—Will, en lugar de planear gilipolleces, ¿por qué no le dices que vaya a un cursillo de defensa personal?

El alcohol estaba haciendo que mis ideas fueran cada vez más tontas e insensatas.

—Estás obsesionado con la defensa personal, James —me dijo en tono burlón.

—La verdad es que ella no la necesita, nos tiene a nosotros —aseguré.

—Ah, ¿no? ¿De verdad crees que los Austin soltarán tan pronto su presa?

Will nunca se tomaba nada en serio. Nunca.

Se encogió de hombros y me pareció ver que no tenía del todo claro con quiénes estábamos tratando.

—Mira, ¿crees que él está aquí por casualidad?

Señalé a Tom Austin, que acababa de entrar al local con algunos de sus amigos. Lo había visto unos minutos antes, pero no me había dado cuenta de con quién estaba charlando.

«Joder, Tiffany».

La ingenuidad de aquella chica a veces me ponía de los nervios. ¿Sería posible que no lo hubiese reconocido?

—¿Pero dónde vas? —me preguntó Will, sorprendido, cuando me vio encaminarme hacia la chica morena.

Ella se sorprendió.

—¡Jamie! ¿Qué pasa?

—Has dicho que tú conducías a la vuelta. ¿Qué coño haces bebiendo?

—Me estoy tomando esta copa a medias con June; tranquilízate, no me voy a emborrachar —se justificó enseguida.

—¿Qué coño has tomado? —le pregunté observando sus pupilas dilatadas.

—Nada, precisamente porque tengo que conducir tu queridísimo coche.

Me señaló el vaso que tenía entre las manos.

La música estaba alta, pero pude oír una risita a mi espalda. Aparté a Tiffany de aquel grupo de indeseables.

—¿Ese cabrón te ha preguntado por mí? ¿Te lo ha dado él? —le pregunté tratando de quitarle el vaso.

—No, no, no. —Ella me apartó la mano—. James, para. No soy Amelia, conmigo eso no funciona.

—¿El qué?

—La típica escenita en la que te preocupas por mí y me haces creer que soy especial para después follarte, en mi cara, a la primera que pasa como si yo no valiese una mierda.

Estaba hablando demasiado. Ella nunca decía ese tipo de cosas.

—Tiff, ¿qué coño dices?

—Te lo he dicho: conmigo no funciona. Contigo he dejado las emociones de lado. ¿Has visto *Crónicas vampíricas*?

Vale, estaba claro que Tiffany estaba colocada. Pero, teniendo en cuenta que yo no le había dado nada, la pregunta estaba clara.

—¿Estás segura de que no has tomado nada?

Como única respuesta, me estampó un beso en la mejilla.

—Voy a intentar que aquel muerto viviente beba algo —dijo señalando a Brian Hood.

Observé cómo los rizos de Tiffany se encaminaban hacia él. Vi que Brian rechazaba la bebida mientras, para mi sorpresa, la chavala aceptaba la oferta y empezaba a beber a sorbitos.

«¿Qué hace allí con él?».

El ambiente estaba en penumbra. Cuando me di cuenta de que llevaba demasiado tiempo mirándole los labios, me giré de repente.

«Me muero de ganas de reventar algo».

Nervioso, me palpé los bolsillos de los pantalones.

Había dejado la chaqueta en unos sofás, así que fui a buscarla.

—¿Qué es lo que pasó ayer cuando la acompañaste a casa? ¿June te habló de mí?

Will volvió a la carga. Cuanto más le decía que dejase de obsesionarse, más pesado se ponía.

—Hum, no. Estaba regular, así que hice que condujese mi coche para que se relajase. Pásame la chaqueta, Will.

—Déjate de gilipolleces —me espetó de repente con los ojos cargados de desconfianza.

Pero, un instante después, se echó a reír por lo que yo le había dicho. Lo hizo como queriendo animarme a mí a que hiciera lo mismo, pero cuando vio que yo no me estaba riendo se le cambió el semblante.

Cogió la chaqueta para pasármela.

—¿Estás diciendo en serio que la dejaste conducir tu coche? ¿Tú, que no se lo dejas ni a Marvin? —Asentí molesto—. ¿Solo para que se distrajera? Y dices que ella te la suda, ¿verdad? —William me estaba mirando con una expresión absolutamente desafiante.

—Claro que me la suda. ¿Por qué tendría que no sudármela?

Y entonces sucedió. Un relámpago inesperado de locura le atravesó los ojos brillantes.

Localizó la silueta de June entre la multitud. La miró a ella y después a mí.

—Pues demuéstramelo.

Enarqué una ceja. Le quité mi chupa de las manos.

¿Lo decía en serio? ¿Me estaba retando?

—¿Que te lo demuestre?

Fingí que no lo había entendido, pero ya sabía adónde quería llegar.

—Sí, demuéstramelo.

Sujeté entre los dedos una bolsita que encontré en el bolsillo de la chaqueta.

—¿Cómo?

Will esbozó una sonrisita maligna, terminó el vaso y se encaminó hacia ella.

«Will, te quiero mucho, pero eres un hijo de puta».

Alcé la vista y dejé que las luces psicodélicas me atravesaran las pupilas.

«No quiero saber una mierda de esos dos. Me quedo aquí, me busco cualquier chica y…».

Joder, ¿por qué me invadía una sensación tan visceral e intensa cuando la veía sonriendo con él?

—¡Ey, James! ¡Tú también estás aquí! Me han pedido el carnet en la entrada, ¿te lo puedes creer?

La figura bajita de Stacy me rodeó.

—Anastasia… —A ella la recorrió un escalofrío cuando me incliné para susurrarle el nombre contra la mejilla.

—Oye, James, no tengo dinero…

—Y yo, ahora mismo, no tengo nada que ofrecerte —le respondí, perfectamente consciente de lo que ella quería.

—Venga…

Me miró con sus ojazos color avellana, tan grandes que la hacían parecer un animalillo asustado. Pero su mirada ya no tenía ningún efecto sobre mí. Austin quería que vendiese aquella mierda y que le llevase el dinero, no que me dedicase a la beneficencia.

—Pídeselo a tu amiga, la del *piercing* en la lengua —le solté señalando a la chica castaña que la acompañaba.

—¿Y tú cómo sabes que tiene un *piercing* en…? —Stacy se quedó bloqueada y me miró desde abajo—. Cabrón… —la oí mascullar.

—Con él vas a tener que ser un poco más convincente… —dijo la otra acercándose a mí.

Una noche estaba demasiado borracho y la chica del *piercing* me había acompañado a casa. Lo descubrí en aquella ocasión, y no porque me hubiese besado o me hubiese sacado la lengua.

—Te pagamos a la próxima, Hunter —dijo la pelirroja tratando de convencerme.

—Abre la boca.

Usando el pulgar, le puse a la chica una pastilla roja en la lengua. Esta recibió mi dedo con los labios entreabiertos. Me rozó la yema del dedo con el metal helado y me provocó un escalofrío.

—Esta vez invito yo, pero la próxima…

Stacy no me dejó terminar la frase. Me echó los brazos al cuello y me dio un beso en la comisura de los labios. Entonces, metió una mano en el bolsillo de mi chupa para robarme lo que tanto deseaba.

—Gracias, James. Te amo.

«Ya».

Cuando vi que ya me había aburrido lo suficiente, me fui al baño. No me importaba que estuviese lleno de gente, ni que fuese un lugar sucio y oscuro.

Eché un vistazo rápido, casi involuntario, a mi reflejo.

Me incliné sobre el lavabo y mi imagen desapareció durante un instante y volvió a materializarse poco después.

Mis ojos habían cambiado, lo demás seguía igual.

Me parecía a mi padre. El hombre que, de vez en cuando, reaparecía durante mi infancia solo con el objetivo de ponernos a mi hermano y a mí en manos de los médicos. Y es que, si los problemas de Jasper habían sido correctamente diagnosticados cuando él tenía apenas cuatro años, conmigo las cosas no habían sido tan sencillas. Cuando mi madre recibió aquella noticia, cayó en una depresión y se convenció a sí misma de que yo también necesitaba algún tratamiento, ya que en realidad era el verdaderamente problemático: el que sacaba malas notas en el cole porque no atendía, el que no estudiaba porque era incapaz de estar más de cinco minutos seguidos sentado en una silla, el que destrozaba las cosas cada dos por tres. Y los médicos le habían hecho caso: me habían diagnosticado un trastorno de déficit de atención, respaldando así la teoría de la mujer que me había traído al mundo. Era hiperactivo y estaba confuso.

Pero, al crecer, aquel diagnóstico había demostrado ser erróneo. Había dejado de presentar las características que me clasificaban como un niño problemático y dos médicos distintos habían confirmado que lo mío tenía que ver con mi comportamiento, no con mi cerebro. Pero aquella confusión se alargó durante toda mi adolescencia.

Aunque no lo demostraba, estaba confuso en todos los aspectos de mi vida; incluso en lo relativo a mis gustos sexuales. Las chicas me excitaban de una forma primitiva, casi violenta. Mientras que, en los chicos, primero buscaba el enfrentamiento y después la aprobación.

Y, como si eso no fuese suficiente, también me confundía mucho el comportamiento de mi madre, que pasaba constantemente de no acordarse de que tenía dos hijos a hacer que nos examinasen continuamente distintos psiquiatras y psicoterapeutas infantiles. El diagnóstico como tal no me había causado ningún daño. Lo que me dañó fue que ella no parase de repetirme que era raro y que me lo confirmase una sucesión de doctores. Lo que supuso una diferencia fueron los tratamientos. El verdadero trauma fue pasar de tomarme las medicinas que me prescribieron desde que tenía siete años a, de un día para otro, no tomar nada. Cuando se dieron cuenta de que no tenía ningún problema y solo era un niño travieso, ya era demasiado tarde.

Así que yo había decidido aceptar ese diagnóstico y usarlo como excusa para robarle pastillas a mi madre. Era la única forma en la que podía estudiar, hacer los deberes, comer poco, volver tarde a casa y, aun así, sacar buenas notas.

Pero seguía estando confundido.

Los agujeros negros que sobrevolaban mi infancia no eran imaginaciones mías, como los adultos habían tratado de hacerme creer; eran reales. Y me habían cambiado.

Conforme crecía, se me revolucionaron las hormonas y me aumentó la rabia.

El fútbol no era suficiente para desfogar todo lo que tenía adentro; ni siquiera el boxeo lo era. Lo que me mantenía vivo era meterme en problemas. Will, Jackson y Marvin estaban siempre conmigo.

«No los traicionaría ni aunque me pusieran una pistola en la sien. Mucho menos por una niñata».

Con la cabeza hirviendo de pensamientos salí del baño del local e, inmediatamente, vi que Will estaba con ella. Hablaban con un desconocido.

June los observaba con los ojos fríos y los labios fruncidos.

Recordé aquella sensación: la de cuando posé la frente en la suya, justo antes de abandonarme y cerrar los ojos. El silencio. Por fin. Había desaparecido aquel molesto ruido que siempre oía en mi cabeza. Por una vez, mi cerebro se había detenido y en él solo había espacio para la calma. Y para el sonido de nuestras respiraciones.

Mientras la miraba, Will sacudió la cabeza para apartarse de delante de los ojos uno de sus rizos rubios.

«Demuéstralo», había dicho.

«A tomar por culo, vamos allá».

73

June

James me tenía agarrada por las caderas. Sentía en mi piel la fuerza de sus dedos, que me presionaban la carne con intensidad.

—White...

Me puse al rojo vivo cuando, aún a mi espalda, empezó a susurrarme al oído como para que William no lo oyera.

—¿Se puede saber qué cojones has bebido?

—Nada... Es decir...

El calor de su cuerpo contra el mío me estaba empezando a resultar irresistible. Sus labios, tan cálidos y tan cercanos a mi piel, me estaban provocando un agujero en el estómago.

¿Me gustaba aquella situación?

En aquel momento sí, me encantaba, pero no quería que él lo supiese.

—James, no creo que...

Un leve gemido se escapó de entre mis labios cuando sentí que presionaba su pelvis contra mí.

—Pues deja de moverte —suspiró ávidamente en mi oído mientras Will trataba de que nuestras narices se rozasen en la oscuridad.

Cuando William posó su boca en la mía y me rozó el labio con la lengua, algo se desencadenó en mi interior.

Entendí que aquello estaba sucediendo de verdad, que no me lo estaba imaginando.

Por un instante, me había parecido ser otra persona.

La voz de mi madre retumbó en mi cabeza confusa.

«June, pórtate bien».

«June, no les respondas mal a los abuelos».

«June, no interrumpas a los adultos».

«June, siéntate bien cuando lleves falda».

«June, córtate un poco: estamos en un hospital lleno de enfermos terminales y tu hermano está muy mal, no puedes reírte de esa manera».

Me sobrevino un arrebato, le di un empujón a William y zanjé aquella extraña situación.

—¿June? —me dijo Will.

Sentí muy lejana la voz de James.

—Déjala respirar.

No me giré ni miré hacia atrás. En aquel momento solo deseaba habérmelo imaginado todo. Habría jurado que, de darme media vuelta, lo sorprendería bailando con otra chica. Me tambaleé entre la gente con la cabeza llena de preguntas.

«¿De verdad vas a dejarte tratar como un objeto solo porque ellos sean guapos y populares?».

Había estado en muchas escuelas y había visto a muchas chicas llorar en los baños, pero lo que siempre me llamaba la atención era que, las que menos te esperabas, eran las que peor lo pasaban.

Siempre me hacía la misma pregunta.

¿Por qué las chicas más populares del instituto, las más más guapas, las que tenían más carácter y autoestima, toleraban las mentiras y las traiciones de los chicos más cabrones de su entorno?

Por primera vez, me había encontrado en la situación de esas chicas. Y había descubierto que ese tipo de tíos sabía poner en jaque el sentido común de cualquiera.

No es que hubiese buscado encontrarme en aquella situación, pero tampoco me disgustaba.

«No eres tú misma, June».

Tenía que volver a casa.

Debía beber agua.

Me ardía la garganta.

—¡Dame agua! —le grité al camarero.

—Son siete dólares.

—¿Cómo? ¿Siete dólares por un agua?

Me puso mala cara.

—La del grifo es gratis.

—Pero no es potable, ¡y me estoy muriendo de sed!

—Pues son siete dólares.

—Mira, es una cuestión de principios. Es decir…

Entonces me di cuenta de que no podía formular ningún pensamiento elaborado, ni siquiera uno simple. Y supe que algo me pasaba. ¿Cómo podía estar achispada si apenas había probado una bebida?

Unas chicas me pisotearon las Converse y se apoyaron en la barra, haciendo que yo retrocediese en mi puesto.

—Estás tardando mucho, nos toca a nosotras —dijo una de ellas justo antes de darme la espalda.

Decidí no gastarme un centavo, aguantarme la sed y volver a casa lo antes posible.

Me costó encontrar la salida, pero, por fin, entre siluetas difusas y sonidos inconexos, logré localizarla.

El aire fresco me rozó los brazos y di un suspiro de alivio.

—¿Estás bien?

La voz de Jackson me pilló por sorpresa. Estaba con un grupo de chicos gritones. Se apartó de ellos con su habitual aire de superioridad.

—Sí… No lo sé —respondí.

—¿No lo sabes? —me preguntó examinándome de pies a cabeza—. ¿Sabes lo que te pasa? Yo sí lo sé: estás borracha perdida.

—No… —Confundida, me enjugué la frente.

—Solo son dos semanas, Jax.

Al oír tan cerca la voz de James, sentí como una estampida de elefantes en el estómago.

«Tengo que irme de aquí».

—No me importa permanecer sobrio —le dijo Jackson a su amigo.

«¿De qué hablarían?».

—Lo sé, pero…

Allí afuera todo estaba bastante oscuro y a James le costó un momento percibir mi presencia. Cuando adelantó a la silueta de Jackson, se detuvo.

Encontré sus ojos azules en la negrura y me estremecí.

Mis ojos se fueron directamente a sus labios y, justo después, a su torso enfundado en la chupa de cuero.

«¿De verdad acabábamos de estar tan cerca?».

Frunció el ceño al verme. Me quedé sin respiración.

—¿Estás bien? —dijo solo moviendo los labios.

¿O lo había dicho en voz alta?

Probablemente, me tomé demasiado tiempo en responder, porque James y Jackson empezaron a mirarme con expresión preocupada. Apenas entendía lo que pasaba a mi alrededor.

—¿Y esta quién es, tu hermana? —preguntó una chica que habría jurado que apareció de la nada.

—¿Qué coño dices? —le dijo James antes de plantarme en la cara la linterna del móvil.

—¡¿Eres tonto?! —le espeté, apartándole la mano al sentir que me ardían las pupilas.

—Oye, o vuelves adentro conmigo ahora mismo o me largo —le gritó a James la desconocida.

Él bajo la vista hacia mí:

—¿Alguien te ha dado algo?

Lo miré sin pestañear.

Me chasqueó los dedos delante de la nariz, pero mi mirada se desplazó de forma inmediata al vestido rosa de la chica. Parecía un caramelo gigante, y a mí me dio la risa.

—Será mejor que vuelvas a casa.

«¿James estaba hablando conmigo en aquel momento? ¿Por qué estaba tan serio?».

—Voy a llamar a Will —añadió frotándose el mentón con los dedos.

—No.

A pesar del caos que reinaba en mi cerebro, tenía clara una cosa: no quería estar con William, sobre todo después de lo que me había hecho la noche anterior.

—¿Cómo que no?

Me balanceé hacia la silueta de James. Este me miró detenidamente mientras yo me acercaba a su oído para que Jackson no me oyera. Jax me estaba mirando con curiosidad, pero yo hice como si no existiese. Posé la mano en el pecho de James y me puse de puntillas.

—Solo me fío de ti —le susurré.

El movimiento oscilante de su pecho se detuvo durante un instante.

—Joder —gruñó James—. Pues vámonos.

—¿Dónde vais, James? No creo que estés en condiciones de conducir —intervino Jackson.

Se pusieron a discutir, pero yo no podía hacer otra cosa que observar el *piercing* del labio de Jackson; cuanto más lo miraba, más grande me parecía.

«¿Qué me está sucediendo?».

—¿Qué le has dado de beber, Tiff?

Antes de que pudiese darme cuenta, James estaba discutiendo con Tiffany.

—¿Eh?

—¿Austin te ha dado algo de beber? Di la verdad.

—No ha sido él —contestó con expresión confusa—. Ha sido su hermano. Creo.

La chica morena se llevó las manos a la boca.

—¡James, te juro que no lo había reconocido! —exclamó Tiffany—. Mira, es un mojito normal y corriente.

—¡No me puedo fiar de ti! Te he dicho mil veces que prestes atención.

James le arrancó el vaso de las manos.

Mis ojos se deslizaron por sus dedos salpicados de anillos. Metió el índice en el vaso y recogió un polvillo que se había quedado adherido al cristal. Se llevó el dedo a la boca y lo chupeteó con sus labios turgentes.

—¡Qué cojones has hecho, Tiff!

—¿Qué pasa? —La chica entrecerró los ojos.

—Puede haber perfectamente una pastilla entera aquí dentro, ¿cómo has podido no darte cuenta?

—¡Joder! —masculló Tiff antes de acercarse a mí con aire afligido—. Perdona, June, no lo sabía.

—Jackson, llévala a casa.

James se quitó la chupa; me impresionó ver el destello de rabia que atravesaba sus ojos profundos.

—¿Dónde vas? ¡James, no! ¡No! —le gritó Jackson—. Austin no está solo, está con todos sus amigos. Ni lo pienses. ¡No hace falta que te hagas el héroe justo hoy!

James parecía haberse quedado sordo, así que Jackson lo agarró del brazo.

—Piensa un poco, por favor. En este estado no puedes enfrentarte a ellos, acabarían contigo.

No entendía del todo lo que estaba sucediendo. Pero, en un momento dado, oí que James volvía a regañar a Tiffany.

—¿Es que no te han enseñado a no aceptar bebidas de los desconocidos? ¡Joder!

—¡Dijo el camello del instituto!

Reconocí al instante esa voz punzante. Taylor.

Salió del local con otras dos chicas y miró a James con fuego en la mirada.

«A saber lo que le dijo su padre después de recibir aquella foto…».

—Tengo aquí algo que te interesa, Jamie —dijo con tono desafiante agitando su iPhone forrado de brillantitos.

Él la fulminó con la mirada.

—No pongas esa cara, cariño. Todo el mundo sabe que adoro las venganzas. Sobre todo cuando tengo cuentas pendientes con putos traidores —susurró Taylor, con el semblante de una felina enfadada. Entonces, me atravesó con la mirada—. Pobre Blancanieves… Siento decírtelo, pero en esta historia no hay príncipe azul. Espero que seas consciente —musitó antes de darse media vuelta.

Aquellas palabras me dejaron helada.

—James, ¿de qué venganza habla? —pregunté, inquieta, mientras él se encendía un cigarrillo.

—Descuida, tú no te preocupes.

Se alejó de mí. Aceleré el paso, pero cuando James intuyó que iba detrás de él, llamó a su amigo.

—Jax, conduce tú —dijo mientras los tres nos dirigíamos hacia el aparcamiento.

—Oye, no la tomes con Tiffany. No es culpa suya, ella es otra víctima. La bebida se la ha dado… —empecé a decir, pero aquel tema no parecía agradarle a James y vi cómo apretaba los dientes.

—Por favor, no se lo recuerdes —me pidió Jackson.

—Lo sé, pero Tiffany… —Me esforcé en razonar sobre asuntos que no comprendía del todo bien, así que James se dirigió a mí de forma tajante.

—¿Por qué le haces caso a Tiffany? Va a hacer contigo cosas de las que después te vas a arrepentir.

—¿Eres experto en hacer cosas de las que después te arrepientes? —le pregunté, andando rápido para tratar de mantener su ritmo.

Se detuvo de repente y me miró desde arriba.

—Mucho más de lo que crees, chavala.

—Por cierto… No quiero volver a mi casa —confesé.

—¿Qué?

—Te lo pido por favor. Si vuelvo así, mi madre se volverá loca.

Mis palabras sacaron a relucir su humanidad.

—Joder… —masculló entre dientes. James dio unos golpecitos con los dedos en su cigarrillo para dejar caer el exceso de ceniza—. Que sea la última vez, White —me soltó, dejándome sin habla.

—Os llevo a casa en mi coche. Pero tú ponte atrás con June —pidió Jackson cuando llegamos hasta su flamante camioneta roja.

—¿Qué? ¿Por qué?

A James no parecía apetecerle.

—¿Y si vomita en los asientos? Si estás atrás, al menos lo puedes limpiar con tu preciosa chupa. No se me ha olvidado que, la última vez que estuvisteis en mi coche, jugasteis a la gallinita ciega con el tequila —le recordó su amigo.

Me eché a reír, pero James no parecía de mi mismo humor.

Se quedó inmóvil cuando, tras acomodarnos, posé la cabeza sobre su pecho.

Elevé la vista hacia su nuez; esta se contrajo en cuanto James notó el calor de mi aliento.

—¿Qué miras, White? —preguntó tenso.

No dije nada, probablemente porque estábamos solos. Cuando Tiffany encendió la radio, me acerqué a su oído para que los otros dos no me oyesen.

—¿Por qué lo has hecho?

—No he hecho una mierda —respondió tajante.

—Si no me hubiera ido…

Me quedé sin aliento cuando James bajó la mirada hacia mí.

Vi cómo contenía una sonrisa maligna. Se mordió el labio inferior antes de humedecérselo con la lengua.

—Relájate, chavala. Solo era un juego —susurró.

Recordé los escalofríos que, hacía un momento, me había provocado la cercanía de su cuerpo.

—Estabas a punto de…

—¿De verdad creías…? —Se acercó peligrosamente a mi oído.

—¿Qué?

—¿De verdad creías que William y yo íbamos a follarte delante de todo el mundo?

Se me removieron las tripas.

—No te entiendo.

—Ya te lo he dicho, no era más que un juego —repitió.

Claro, solo un juego. Yo no le importaba a James, ¿a quién quería engañar?

—¿Y en qué consiste ese juego?

«Además, ¿cómo era posible que Will estuviese tan cómodo? ¿Dónde habían quedado sus celos?».

—Will…

Mis pensamientos se hicieron añicos en el momento en el que James hundió los dedos en mi melena.

Posó su mano cálida contra mi mejilla mientras yo seguía apoyada contra su pecho.

Cerré los ojos. Me centré en respirar su perfume y en oír el latido de su corazón.

Debí de caer en un sueño profundo durante el viaje en coche. Cuando volví a abrir los ojos, James me llevaba en brazos. El vaivén de sus pasos acunaba mi sueño, pero, en cuanto me di cuenta de que me estaba dejando en la cama, di un respingo.

—Oh, no. Mi madre me va a matar…

Una carcajada. Tiffany se tumbó a mi lado.

—¿Pero dónde…?

Miré a mi alrededor y de pronto entendí que no estaba en mi casa, sino en la de James.

—Voy a asegurarme de que Jasper está dormido. No la lieis —dijo, algo molesto, mientras salía de la habitación.

—¿Nosotras? Imposible —dijo Tiffany, haciéndome reír.

No podía controlar los movimientos de mi cara.

Normalmente, no me parecía tan divertida.

Me giré hacia ella y me topé con sus ojos oscuros.

«Es guapísima».

—El gato se ha escapado —musitó en tono burlón.

—¿Nosotras somos las ratonas? —Me llevé una mano a la boca para frenar una inminente carcajada.

—Algo así… —dijo poniéndose de lado. Hundió un codo en el colchón y apoyó la cara en la palma de la mano.

—¿Sabes lo que le pasa, June? Que no quiere que lo intente contigo.

«¿Y por qué querrías hacer algo así?», habría preguntado la June de siempre.

Pero la June de ahora le preguntó otra cosa:

—¿Y por qué James no querría que hicieses algo así?

—Es muy raro… —la oí decir mientras me venían a la cabeza imágenes de aquella noche.

—¿Tú… has visto algo?

Mi pregunta le provocó una sonrisita.

—Pasé cerca de vosotros cuando salía a fumar con Jackson. Así que sí, os he visto.

—¿Qué… qué es lo que has visto?

—Que si los hubieras provocado un poco más, te los habrías cargado a los dos de un infarto.

Me tapé la cara con las manos.

—Qué vergüenza…

Afortunadamente, Tiffany parecía la última persona del planeta con algún interés en juzgarme.

—A saber por qué se han comportado así… —pensé en voz alta.

Tiffany pareció reflexionar seriamente sobre ello.

—En el caso de James, por aburrimiento. Las relaciones de pareja son algo demasiado convencional para alguien como él… Además, aunque lo intente continuamente, es incapaz de estar en serio con nadie.

Dijo aquello de manera inocente, pero esa frase despertó mi curiosidad.

—Eso ya lo intuía. No me parece alguien capaz de establecer una relación seria. Pero si hablamos de… eh…

—June, si hablamos de sexo es lo mismo. Siempre trata de crear una intimidad más profunda, pero nunca lo consigue.

Quería saber más sobre aquello.

—¿Y tú por qué crees que le pasa eso?

—No lo sé, es una cuestión de elecciones. En lo sentimental, prefiere a la gente más hosca, a persona de las que nunca podría enamorarse. Puede que sea un mecanismo de autodefensa.

—¿Y Will?

—Will solo quiere estar a la altura de James, hacer lo que hace James. Quiere sentirse aceptado. Y, por una parte, lo entiendo…, nunca lo ha tenido fácil. Todo el mundo lo quiere, pero, a la vez, lo tratan distinto.

—¿Así que crees que esta noche Will quería usarme para impresionar a James y sentirse a su altura?

—¿Usarte? —Tiffany soltó una carcajada—. Deja atrás esa mentalidad tan misógina. No eres un objeto inanimado, June. Tienes el poder de elegir con quién bailas y a quién besas. Si hubieses querido hacerlo, habrías podido. ¿Es que tú no te lo has pasado bien?

Su tono se volvió más travieso y yo ya no sabía qué pensar.

Tiffany era capaz de cambiarme la perspectiva y, en un segundo, hacerme ver las cosas desde otro ángulo.

—No creo que fuese correcto por su parte hacer aquello en un momento así. Yo nunca había hecho nada parecido y ellos lo saben. Así que sí, en cierto sentido se han aprovechado de mí. De hecho, no estaba del todo lúcida en ese instante…

—¿Y ellos dos te parecían lúcidos? Si os hubieran hecho un análisis de sangre, el resultado, probablemente, diría que has sido tú la que se ha aprovechado de James.

La miré con mala cara, pero entonces ella me dio una palmadita en el brazo.

—¡Venga, estoy de coña! Pero resuélveme una duda: ¿de verdad que nunca lo has hecho?

—No.

—¿Nada de nada? —Pareció sorprendida por tener que preguntar aquello—. ¿De verdad eres…?

—Sí, totalmente.

«Indudablemente virgen, me atrevería a decir».

—No te creo —masculló.

«Me iré a la tumba sin haberlo hecho. Si tú tuvieses mi fobia a bajarte los pantalones delante de otras personas, estoy segura de que me entenderías, querida Tiffany».

—June… —Tiffany me miró a los ojos por un tiempo indefinido. Se sentó mientras yo la miraba desde abajo—. Te voy a decir lo que creo, pero no le digas nada a James.

—Dispara.

—En lo relativo a ti, creo que todo es una cuestión de confianza entre Will y James. Probablemente, Will quería una prueba de lealtad por su parte.

—Ha tenido pruebas de sobra. James nunca me ha besado. Ni se le ha pasado por la cabeza —confesé en un susurro.

—El hecho de que nunca haya intentado nada contigo no significa que no le intereses. Estamos hablando de James. Que se esté tomando todo este tiempo en conocerte es bastante raro.

—Bueno, es que no le gusto —musité estirando las piernas, que cada vez me parecían más etéreas. Tiffany echó la cabeza hacia atrás y sonrió—. O a lo mejor es porque sabe que yo nunca lo he hecho y…

«¿Cómo hemos acabado hablando de esto? Debo de estar colocadísima para intercambiar unas confesiones tan íntimas con una chica de la que apenas sé nada».

—June, tú no conoces a James. Si quisiera follarte en una esquina cualquiera, lo intentaría. Independientemente de que tú fueses virgen o no. Independientemente de lo concurrida que estuviera la esquina. Independientemente de que tú fueses la chica de Will o de que estuvieses soltera. Eso es lo que ha hecho siempre, ¿crees que le importa algo? Le da igual una tía que otra.

Sus palabras hicieron mella en mi cerebro neblinoso y me provocaron ciertas imágenes que me habría gustado evitar.

—¿Y qué? No entiendo adónde quieres llegar —mascullé mirándola a los ojos.

—Digo que contigo es diferente y que Will se ha dado cuenta. Es como si William le hubiese dicho: «Demuéstrame que te importo más que ella. Demuéstrame que ella no es especial para ti y que no te importa».

—¿Cómo podría Will ser así de mezquino? —pregunté escandalizada.

—Sería mezquino si James y tú sintieseis algo el uno por el otro, pero…

—Yo no siento nada por él —aseguré mientras las mejillas se me enrojecían.

—¡Sssh, ya vuelve! —chistó poniéndome una mano en la boca.

Se oyeron unos pasos a través de la puerta cerrada, pero pasaron de largo.

—Falsa alarma.

Nos echamos a reír.

—¿Adónde habrá ido?

Tiffany se encogió de hombros.

—Seguro que a comer algo, como siempre.

—¿Está comiendo siempre? Dios, qué envidia… —mascullé palpándome el vientre blando.

—Yo no lo envidio en lo más mínimo. James lleva a dieta desde que tenía trece años.

—¿En qué sentido?

—Boxeo, fútbol, gimnasio... Le han metido muchas mierdas en la cabeza.

Recordé que a su padre lo había visto varias veces justo después de hacer deporte.

—Jordan, ¿verdad?

—Qué va. Jordan nunca estuvo presente.

—¿Entonces?

Pero mi morbosa curiosidad no se vio satisfecha porque Tiffany se me acercó a la cara, lo que me provocó un escalofrío a lo largo de la columna vertebral.

—Dejemos de hablar de Jamie. Siento mucho lo de antes. ¿Te sientes mejor ya? —musitó acariciando con los dedos mis mechones rubios extendidos sobre la almohada.

—Me da vueltas la cabeza —confesé.

Ladeó la suya mientras jugueteaba con uno de sus mechones castaños.

—James tiene razón, he sido una inconsciente. No se aceptan bebidas de los desconocidos —murmuró con su voz sedosa.

—Yo he aceptado hasta el vestido de una desconocida... —le contesté.

Me mordí el labio sorprendida por mi tono de voz, mucho más cálido y sensual de lo habitual.

—Que sepas que me lo tienes que devolver —susurró acercando los labios a mi oído.

—¿Ahora?

Enarqué una ceja, sorprendida por mi propia audacia, pero cuando posó sus labios sobre los míos me di cuenta de que allí la valiente era ella.

—Exacto, rubita.

Cerré los ojos y dejé que se me dibujase una sonrisa al tiempo que nuestras bocas se unían con suavidad. En cuanto entreabrí los labios sentí el sabor de su lengua suave, que se retorcía junto a la mía mientras, con la mano, rebuscaba el cierre lateral del vestido.

Tiffany acarició mi cadera con avidez y trató de bajarme la cremallera, pero a mí se me congelaron las intenciones.

No me sentía bien desnudándome delante de nadie, y Tiffany pareció intuir lo que me pasaba. Dejó de juguetear con el cierre del vestido y posó las dos manos sobre el colchón, a ambos lados de mi cara.

Cuando volví a abrir los ojos, estaba encima de mí. Un calor inexplicable me subió del vientre a las mejillas cuando su muslo desnudo se abrió paso entre mis piernas. Las separé levemente sin interrumpir nunca el beso que nos unía. Tiffany entendió aquel gesto como una invitación para seguir y entonces empezó a frotar suavemente su pierna contra mis bragas.

Mi respiración se agitó tanto que sentía que el pecho me iba a explotar.

—¡Qué coño haces, Tiff!

Oí la voz de James y por poco me caigo de la cama del susto.

Tiffany se alejó de mí con expresión culpable y volvió a colocarse el vestido por encima de las rodillas.

—¿Qué pasa, James?

—¿Qué coño estáis haciendo? —le preguntó fulminándola con los ojos encendidos.

La inquietud inicial de Tiffany parecía ya agua pasada, porque volvió a soltarle una pulla.

—¿Desde cuándo eres tan aguafiestas?

James ignoró aquella provocación y me miró con muy mala cara, lo que hizo que dejase de reírme de inmediato.

—Normalmente es justo al revés… —explicó Tiffany girándose hacia mí.

—¿En qué sentido?

—Bueno… Lo habitual es que, cuando llega James, empiece la diversión.

—¿Qué quieres decir? —susurré tapándome la boca con una mano, como si eso fuera suficiente para que él no me oyese.

Miré a mi alrededor tratando de no interesarme demasiado en la figura masculina que había en la puerta.

—Nada. No quiere decir nada —respondió él de forma tajante.

—Quiero decir que James es tan vicioso que ya ni siquiera se la saca si no tiene, al menos, un par de chicas delante.

Mis ojos se posaron sobre la boca carnosa de Tiffany que, tras decir aquello, se humedeció los labios, lo que me recordó lo que sentí cuando, un momento antes, nos besamos.

—¿Pero qué coño dices? —le espetó él, enfadado.

James entrecerró los ojos hasta convertirlos en dos ranuras. Me miró con avidez. En un instante, la temperatura de la habitación subió hasta el cielo y yo me quedé sin palabras.

Me di cuenta de que James había detenido su inspección en mis piernas, así que las cerré inmediatamente.

Contuve la respiración cuando lo vi dar un paso en mi dirección.

—Ha llegado la hora de que te vayas. Bonnie viene de camino para recogerte —le espetó.

—¿Pero qué dices? —respondió Tiffany enfadada.

—La he llamado yo. No puedes volver a casa sola en ese estado.

—Eres un coñazo, antes del reformatorio eras mucho más divertido —sentenció ella poniéndose en pie.

—¿Y eso? —pregunté en un susurro ignorando las miradas enardecidas que él me lanzaba.

—James era terrible —respondió ella, lo que hizo que mi curiosidad aumentase.

—Ah, ¿es que ahora no lo es?

Busqué los ojos de James, pero estaba demasiado concentrado en terminar su porción de pizza apoyado en el marco de la puerta.

—En comparación, ahora es un angelito. Te voy a contar…

La chica morena sacó un mechero de su bolso y se sentó en la cama con las piernas cruzadas.

—Quita las botas de la cama y vuelve a tu casa, lo digo en serio.

—¿Es que quieres quedarte a solas con June? —insinuó ella.

La mirada de James se volvió feroz.

—No, quiero llevarla a su casa y dormir un poco.

—Venga, pero primero déjame que lo cuente —insistió Tiff.

James resopló y se fue al baño a lavarse los dientes mientras Tiffany se encendía un cigarrillo.

—Pues resulta que había una chica que era la hija del dueño del estanco que hay al lado del instituto. —Negué con la cabeza cuando Tiffany me ofreció su cigarrillo—. Él veía a esa chica cada vez que iba al estanco. Ella no coqueteaba con él ni nada, solo pensaba en estudiar y en ayudar a su padre. A James se le metió en la cabeza conquistarla y no descansó hasta que ella dio su brazo a torcer.

—¿Cuando dices que «dio su brazo a torcer» te refieres a…?

—Sí, June. Empezó a salir con ella, tuvieron varias citas… y se la acabó follando en una fiesta. Como ella quería algo serio pero él no, la chica se picó, se lo dijo a sus hermanos y al día siguiente estos fueron al instituto y le dieron a James tal paliza que acabó en un charco de sangre.

—Por Dios… ¿Y qué pasó después?

—Y después no pasó nada —zanjó él saliendo del baño con la camisa desabotonada.

—Y después, el aquí presente, junto con Will, Jax y Marvin destruyeron el negocio del padre.

—Y… ¿qué culpa tenía el pobre?

—Perdió de golpe el negocio y la virginidad de la hija —insistió Tiffany.

—Te has olvidado contar que le compensé pagándoselo todo y que, gracias a aquello, ahora ese gilipollas tiene un negocio decente en lugar de un tugurio. Vamos, White. Mueve el culo. Te llevo a casa —me dijo señalándome la puerta.

—Yo también voy —se entrometió Tiffany.

—No, no os soporto cuando estáis juntas.

—Vaya, ¿en serio? Y yo que pensaba que te encantaría…

—Cierra el pico —gruñó él mirando el móvil.

—Ahora es más civilizado, June.

—Vamos, ha llegado Bonnie. Te espera abajo.

Tiffany me plantó un beso justo al lado de la boca y se puso en pie. La observé mientras se tambaleaba hacia la puerta. Se acercó a James y lo retó con aire desafiante.

—La quieres solo para ti, ¿verdad? —la oí mascullar.

—Buenas noches, Tiff.

—¿Desde cuándo eres tan egoísta, Jamie?

—Esfúmate —le respondió él empujándola, literalmente, fuera de la habitación.

Por un instante no supe qué pensar.

—Levántate de mi cama.

—Vale —le respondí sin mover un músculo—. Me tiemblan un poco las piernas, James —añadí mientras él me miraba impaciente—. ¿Me prestas una camiseta?

—¿Por qué tendría que hacer eso?

—Porque no voy a dormir así de incómoda y no sé dónde puso Tiffany mi ropa.

—¿Das por hecho que vas a dormir aquí?

—Ya te he dicho que no puedo volver a casa en este estado —le expliqué como si fuera lo más obvio del mundo.

James suspiró y puso los ojos en blanco.

Me levanté de la cama con movimientos inseguros.

La cabeza me daba vueltas. Me acerqué a su armario y abrí un cajón sin pedirle permiso.

—No toques mis cosas, ¿qué haces?

Su reacción hizo que diese un paso atrás. Mi habitual torpeza provocó que me diese un rodillazo contra el canto de la puerta.

Empecé a lloriquear. Al bajar la vista, vi que me había hecho una herida. Del pequeño corte salía un poco de sangre.

—Me cago en todo, White. Eres peor que los niños pequeños —gruñó James mientras yo cojeaba en dirección al baño.

Me senté en el borde de la bañera y James abrió de golpe un armarito fijado en la pared.

—Déjame ver…

—¿Qué haces?

Me quedé sin respiración cuando se arrodilló en el suelo y me sujetó el tobillo.

—¿Puedes estarte calladita por una vez en tu vida?

Me pasó por la herida un algodón empapado en agua oxigenada, lo que me provocó un respingo.

—¡Ay!

—Solo es un cortecito. No seas tan teatrera, por Dios.

Me recorrió un escalofrío cuando, después de desinfectarla, James acarició dulcemente la herida con el pulgar.

Mantuve la mirada baja. No tenía el valor de mirarlo a los ojos mientras me abría las piernas y se relamía. El calor me invadió el cuerpo.

—Llévame a la cama.

James siguió con la cabeza inclinada sobre mi rodilla. Entonces elevó la vista y vi que sus ojos desprendían llamaradas.

Una sensación desconocida me recorrió las venas cuando nuestros ojos se encontraron. Cada vez que me miraba así, algo muy placentero me invadía el pecho y un ruido insistente me resonaba en la cabeza.

Aquel batiburrillo de emociones no se aplacó ni cuando me ofreció el brazo para que me apoyase en él y me levantase.

—¿Estás segura? —me preguntó señalándome la cama.

Su pregunta, así como su expresión atormentada, me despertaron algo en la mente.

«¿Segura de qué?».

En lugar de pensar en ello, asentí. Evité mirarlo a los ojos; a menudo, me resultaba difícil mantenerle la mirada.

—Ponte esta.

Me estaba sentando en la cama cuando James me lanzó una de sus camisetas.

La recogí haciendo una mueca. Cuando vi que se empezaba a desabrochar los pantalones, le di la espalda.

«¿Y ahora qué? He sido yo quien le ha pedido quedarme aquí…».

Dejé escapar un suspiro y me puse su camiseta encima del vestido. Lo oí reírse.

—Mira que eres rara…

Me bajé la camiseta y resultó ser más larga que el vestido que llevaba. Traté de quitarme este último por la parte de abajo, pero el sonido de un desgarro hizo que me detuviese.

—¡Mierda!

—Es que… ¿a quién se le ocurre cambiarse de ropa de esa manera?

—¡Ayúdame! —exclamé señalándole cómo el tejido se me había atascado en las caderas.

—¿Acabas de cargarte el vestido de Tiffany? —me preguntó echándose a reír y haciendo que le aparecieran los dos hoyuelos que hacían que tanto se pareciese a Jasper.

—Tira, por favor.

Estaba tratando de bajarme el vestido, pero el tejido no me pasaba de las caderas. Me eché en la cama con la esperanza de facilitarle la tarea. James no necesitó que se lo repitiera dos veces y me sacó la prenda de un tirón.

«Qué ridículo he hecho…».

—¿Es que no tenía cierre, White? —me preguntó mirando el trozo de tela desgarrado.

Con los reflejos de un gato adormilado, me bajé la camiseta, que se me había levantado, antes de que él pudiese verme las piernas desnudas.

—Eres especialista en romper la ropa ajena… —añadió.

—¿Pero qué dices?

—En casa de Will te pasó lo mismo. ¿No recuerdas cuando apareciste ensangrentada y con el vestido hecho jirones?

No pude controlar el enfado que me provocó su torno burlón.

—¡Me encerraste en un sótano y aún no me has pedido perdón! —exclamé mientras me sentaba.

James se inclinó sobre la cama y se acercó tanto a mi cara que se me olvidó cómo se respiraba.

—Tienes razón… —susurró con voz seductora.

«¿Me va a pedir perdón? Lo dudo…».

—White…

Permanecí a la espera de que lo dijese mientras hacía un importante esfuerzo ante la visión de sus seductores labios.

—¿Por qué no te apartas un poco? —siseó antes de tumbarse a mi lado.

—Te odio, James.

Él se echó a reír.

—¿Es que siempre tienes que estar semidesnudo? —le pregunté al ver cómo su escultural torso surgía de sus calzoncillos ceñidos y por su camisa abierta.

—¿Hay algún problema?

«Parece que sí. No se me puede olvidar lo que me acaba de decir Tiffany: hace las cosas por aburrimiento».

—¿Qué coño quieres? —me espetó cuando me sorprendió examinándolo.

—¿Qué coño quieres tú? —le respondí, avergonzada.

Todo pasó de ser onírico a real cuando su aliento cálido me rozó el lóbulo de la oreja.

Aquella sensación me resultó tan placentera que se me escapó un gemido involuntario.

«No es el momento de sentirse así; esta noche ha metido la pata una y otra vez, siempre lo hace».

—Estás colocada y, aunque no lo estuvieras, eres la chica de Will.

Sus palabras fueron como un jarro de agua fría.

—¿Y quién te ha pedido nada? —Se le dibujó una mueca en el labio superior—. ¿Lo dices por si hay alguna cámara escondida?

Me miró de reojo.

—Además, actualízate un poco. Ya no estamos juntos —dije muy seria, casi ofendida.

Pareció no creerse lo que le había dicho.

—¿Crees que el hecho de que no lo estéis cambia algo? —Efectivamente, debía de estar colocada, ya que había perdido el hilo—. No estás lúcida.

—No lo estamos —lo corregí.

—¿Y qué? ¿A dónde quieres llegar, White? —me preguntó, casi divertido.

«¿Por qué no soy capaz de mantener la boca cerrada?».

—A ningún sitio. Solo decía que… Quería dejar claro…

En aquel momento, James hizo un movimiento y, de repente, me encontré debajo de su cuerpo.

—Déjate de jueguecitos conmigo, chavala.

—¿Y, si no lo hago, qué vas a hacer?

James no dijo nada. Paseó sus ojos por mi cuerpo tembloroso, lo que me dio mucha vergüenza. Entonces, se quitó del todo la camisa desabotonada.

—Te voy a hacer una pregunta.

—Házmela —le dije mientras me apoyaba sobre los codos.

—Pero me tienes que responder con sinceridad.

—Estoy esperando, Jamie —le dije en tono burlón y disimulando una sonrisa.

Se inclinó hacia mí e hizo que su pecho se posase sobre el mío.

Sentí el calor de nuestros cuerpos al entrar en contacto.

—¿Qué tenías pensado hacer en mi cama?

Lo observé desde abajo, estupefacta. No tenía duda de que solo trataba de provocarme.

—Nada, sobre todo teniendo en cuenta que daba por hecho que dormirías en el suelo.

Me mordí el labio por lo atrevido de mi comentario. Él entrecerró los ojos hasta convertir su mirada en dos cuchillas.

—¿No te cansas de ser tan coñazo? —bisbiseó.

—Mira quién habla…

Alcé el mentón e inhalé su respiración. Contra todo pronóstico, olía a menta en lugar de a cigarrillos.

—Hablas demasiado para estar abierta de piernas debajo de mí…

—Yo no…

Me habría gustado responderle algo a la altura, pero, cada vez que nos adentrábamos en el terreno de lo físico, me resultaba muy difícil. Al no encontrar palabras con las que contestarle, traté de cerrar las rodillas…, pero la presencia de su cuerpo entre mis piernas me impedía cualquier movimiento de ese calibre.

—James…

Su pecho comenzó a moverse rítmicamente; me pregunté cuánto tiempo llevaba respirando a esa velocidad.

Percibí una extraña conexión entre nuestras miradas. Cuando posó su frente sobre la mía, cerré los ojos de forma instintiva.

Él hizo lo mismo.

No sé por qué decidí hacerlo, pero posé ambas manos sobre su pecho desnudo. Notaba sus latidos en mi palma derecha.

Me pareció que, quizá, me había pasado porque, cuando despegué los párpados de nuevo, sus ojos azules me estaban mirando de manera penetrante.

Me sentía muy extraña. Era como si su cuerpo fuese capaz de transmitirle electricidad al mío.

—Lo habrías hecho —me susurró al oído.

—No —me apresuré a responder.

—No sabes de lo que estoy hablando.

Estaba hablando de Will, de él y de mí.

—Sé de lo que hablas y la respuesta es no —insistí con la respiración entrecortada.

—Yo no estoy tan seguro…

James me acarició la mejilla con su aliento sin dejar de mirarme a los labios.

—¿Y qué te hace pensar eso?

—Lo intuyo… —masculló en voz baja justo antes de rozarme los muslos desnudos con la punta de sus dedos.

La intensidad de su mirada me hizo enloquecer. Aspiré la respiración que se me había quedado atascada en la garganta. Él se mordió los labios y me miró a los ojos con sus iris del color del cielo.

«¿A qué espera?».

No sé por qué lo hice, pero volví a cerrar los ojos. Como si aquel gesto fuera suficiente para convencer a alguien como James Hunter de besar a alguien como June White.

Y no sucedió.

Por eso, empujada por un arrebato de valentía, me levanté un poco y lo agarré por la cadenita de plata que le colgaba del cuello para, así, atraerlo hacia mí.

A James se le escapó un gemido grave y entonces abrió los malditos labios para decir algo.

—Dios mío…

Su tono excitado me provocó un escalofrío.

—¿Qué? —le pregunté casi temerosa.

—Tarde o temprano alguien te va a echar un polvazo de campeonato, chavala —susurró junto a mi boca, poniéndome los vellos de punta.

—James...

—Y, joder, me encantaría ser yo quien lo hiciese.

—¿Cómo... has...? ¿Qué...?

Incrédula, abrí los ojos de par en par.

—Nada, vámonos —farfulló agarrándome del antebrazo con la intención de que me levantara de la cama.

—¿Por qué? ¿Adónde?

—Te acompaño a casa.

Otro jarro de agua fría.

—Quiero quedarme aquí —dije aferrándome al colchón y hundiendo la cara en la suave almohada que olía a él.

Pero James parecía no tener ninguna intención de escucharme.

—No puedo dormir contigo.

—Y yo no puedo volver a casa en este estado. Además, no sé de qué te quejas: ya hemos dormido juntos. —Me encogí de hombros como si aquello no tuviese ninguna importancia.

—Sí, ya hemos dormido juntos... Pero no así.

—¿Cuál es la diferencia? Solo tenemos que dormir...

—¿Que cuál es la diferencia? Debes de estar muy mal como para no darte cuenta.

—No son más que excusas. Pues duerme en otro sitio, yo de aquí no me muevo —le respondí en tono tajante.

—Quieres meterme en problemas, Blancanieves —resopló antes de volver a la cama; en lugar de ponerse a mi lado, se tumbó sobre mí.

—Cierra los ojos y duerme, ¿qué problema tienes? —lo provoqué sin apartar mis pupilas de las suyas.

Bajó la vista hasta la camiseta que me cubría el cuerpo.

—Es que...

—Eso dirás tú, James. —Sonreí.

—No estoy acostumbrado a esto.

—¿A qué?

—A esto. No lo sé. A tenerme que contener tanto. Además, ¿para qué?

«¿Pero de qué habla?».

—¿Pero de qué…?

No pude preguntárselo lo bastante rápido. James me inmovilizó sobre el colchón poniéndome una mano en la cadera.

—De las putas ganas que tengo de follarte ahora mismo, en esta cama.

Me empezó a temblar el labio inferior cuando nuestros ojos se encontraron en la penumbra. Su cuerpo, contenido entre mis piernas, empezó a emanar un calor inesperado y yo empecé a dudar de mí misma.

«¿Lo deseo? Dios mío, ¿lo deseo?».

—Pero no lo voy a hacer —añadió, haciendo que descendiera la montaña rusa en la que estábamos.

—No, no, claro.

Me tragué un suspiro tembloroso y me obligué a darle la espalda. Me estaba haciendo perder la cabeza.

—Oye, tengo sueño. Buenas noches —dije poniéndome de lado, con el corazón a mil.

—Pues sí, es mejor que nos durmamos.

James también se dio media vuelta y se tumbó de lado. Su enorme espalda me hacía sentir diminuta.

—Quién sabe cómo sería…

Me cubrí la boca inmediatamente. En la oscuridad se me había escapado un pensamiento que, aunque no había terminado de verbalizar, James parecía haber intuido en su totalidad.

—No creo que sea el momento de descubrirlo. Créeme.

Cuando me desperté, el sol ya penetraba por las ranuras de las persianas. James seguía allí, junto a mí. Lo sentía por el olor de su perfume y por cómo su cuerpo cálido encajaba con el mío, pero, sobre todo, por cómo con su brazo me apretaba contra su pecho amplio. No estaba pasando nada picante entre nosotros, pero me invadió lo mismo que sentí cuando nos despertamos juntos en casa de William.

Abrí un ojo lentamente, casi con miedo.

Ante mí había dos siluetas diminutas y casi se me para el corazón del susto.

Me froté los párpados con los nudillos para cerciorarme de lo que había visto.

—¡Dios mío! ¿Qué hacen aquí unas niñas? —grité.

—¿Pero qué coño dices...? —me regañó James con tono grave y sorprendido mientras hundía un poco más la punta de su nariz en mi garganta.

No era, como había creído en un principio, un sueño ni tampoco una alucinación: en mitad de la habitación había dos figuras bajitas e inquietantes.

—¿Quién es? —gritó la primera niña.

Miré a la otra, que estaba inmóvil a su lado, y me di cuenta de que eran idénticas. Una trenza rubia les caía por el hombro derecho y un flequillo muy tupido les cubría la frente.

—¿Quién eres? ¡Responde! —me ordenó la otra apuntándome con una pistola de juguete.

Me senté en la cama. Mi pelo era un desastre y la cabeza aún me daba vueltas.

—Soy... eh... June.

Las niñas empezaron a correr en círculos dando voces, lo que empeoró instantáneamente mi dolor de cabeza.

—¡June quiere a James! ¡June quiere a James!

74

June

Desesperada por entender lo que estaba pasando, me quedé mirando cómo aquellas niñas daban vueltas por la habitación.

«Voy a echarlas», pensé apartando la sábana.

Pero aquel gesto no pareció gustarle demasiado a James. Se puso a palpar la cama en busca de una manta que ya estaba en el suelo.

—¿Te has vuelto loca? —me gruñó.

Me atrajo hacia su cuerpo y se escondió detrás de mí; aquello me hizo estremecerme.

Pegada contra su físico sólido, de repente me sentí más fofa. La piel de James estaba tan caliente que sentí un leve bochorno. Mi espalda contra su pecho; mis caderas presionadas con las suyas; sus piernas enlazadas con las mías… «Oh, Dios mío…».

—¿En serio te estás escondiendo detrás de mí? —musité con la esperanza de que aquellas niñas no me oyeran.

Dejé de respirar en cuanto su mano se posó en mi cadera. James me agarró con fuerza antes de que yo pudiera moverme. Solo cuando sentí sus dedos rozándome la piel me di cuenta de que se me había levantado por completo la camiseta. La llamarada que me ascendió a las mejillas fue casi insoportable.

Empecé a sentir que me subía la temperatura corporal.

—Despacio, chavala… Dame… dame un minutito más.

Lo sentía respirar, con un sonido grave, contra mi cuello, y eso me provocó una serie de escalofríos.

La respiración de James me acarició la piel en varios puntos sensibles. La sensación me dejó aturdida, como si todavía estuviese soñando. Me vino un pensamiento absurdo: nuestros cuerpos parecían combinarse a la perfección. Era como si la blandura del mío existiese para encajar con la dureza del suyo.

—Eh… ¿podrías intentar no…?

Me di cuenta de que me había distraído porque, en un momento dado, las niñas desaparecieron cuando una voz las llamó desde la planta de abajo. Tal como habían aparecido, se esfumaron.

—¿Pero quiénes eran esas dos diablillas? —le pregunté con la cara aún hundida en el cojín.

James rompió nuestro abrazo y me miró con indiferencia.

—Mis primas.

Me giré en el colchón usando toda mi fuerza de voluntad para no mirarlo de arriba abajo y atesorar la imagen prohibida de su cuerpo semidesnudo.

Inmediatamente percibí un molesto murmullo de fondo.

—¿Tienes visita en casa?

—¿Y qué pasa?

A diferencia de mí, James no parecía ni mínimamente turbado por lo que acababa de suceder. Se puso en pie y yo intenté resistirme, pero la curiosidad me estaba comiendo viva.

Observé cómo su cuerpo se inclinaba hacia la chupa de cuero que estaba sobre la silla.

Su pecho, amplio y desnudo, era un amasijo de músculos que le bajaban hasta la cintura, mucho más esbelta. Mis ojos recorrieron cada línea de su tórax hasta que tropezaron con sus calzoncillos ceñidos bajo los que se escondía su firme trasero. No había ni un centímetro en aquel cuerpo que no pareciera el resultado de una buena alimentación y de un duro entrenamiento.

«Justo lo opuesto a mí», pensé.

Cuando se me enrojecieron las mejillas desplacé la vista hacia sus manos.

Se sacó un cigarrillo del bolsillo y se lo llevó a la boca con un gesto de fastidio. Cuando me fijé bien me di cuenta de que muy probablemente se trataba de un porro.

«¿Por qué alguien desearía desconectar el cerebro desde tan temprano?», pensé bastante contrariada.

—¿Tu padre también está abajo? —pregunté algo turbada.

—¿Y qué?

—Oh, Dios mío.

Con los pensamientos aún algo borrosos, traté de aclararme a mí misma qué había pasado la noche anterior.

Vi que James se acercaba a la ventana, la abría y se apoyaba en el alféizar sin mirarme. Con los ojos acaricié aquella musculosa espalda.

Giró la cabeza y vi sus ojos azules, y aquello me hizo recordar la sensación de nuestros cuerpos entrelazados. Como había sucedido aquella mañana, pero, sobre todo, durante la noche.

¿De verdad había dicho aquellas cosas o yo las había imaginado?

James fumaba sin pestañear y yo aproveché para repasar en qué estado me encontraba. Si él estaba medio desnudo, yo no me quedaba atrás. De repente lo recordé todo perfectamente. Habíamos dormido juntos, me había abrazado..., pero lo más sorprendente había sucedido justo antes. O, mejor, no había sucedido pero... me habría gustado que sucediese.

Me habría gustado que me besase.

Cerré los ojos para apartar de mí aquel pensamiento tan incómodo y William me vino a la mente. Había bailado con él y también había besado a Tiffany.

«Esa no soy yo».

James me observaba desde arriba como si yo fuese un extraterrestre; mientras, yo miraba a un punto fijo y repasaba todos los errores que había cometido en las últimas doce horas.

—¿Qué miras? —le pregunté tímidamente en el momento en el que me di cuenta de que no apartaba la vista de mí.

—¿Tú qué crees? El móvil te lleva vibrando media hora —dijo él antes de señalar la mesita de noche.

Y esa era la peor parte de todas: mi madre.

Había dormido fuera y no la había avisado.

«Puede que tenga que escaparme a Siberia. Tengo que ir pensando nombres para los osos con los que viviré».

—¡¿Dieciocho llamadas?! —exclamé escandalizada.

Empecé a leer sus mensajes amenazantes con el corazón en un puño.

June, esta vez tendrás que darme una excusa mucho mejor.

El último, de aquella mañana, decía esto:

¿POR QUÉ MI HIJA NO ESTÁ EN SU CAMA?

Las mayúsculas acrecentaron mi, ya de por sí persistente, dolor de cabeza.

Si hasta ese momento ya estaba nerviosa, a partir de ahí se me empezaron a escapar de la garganta algunos sollozos ahogados.

Estaba entrando en pánico. No podía respirar bien y tenía la cabeza hecha un lío.

—White.

James me estaba hablando, pero yo no podía oírlo.

No volví a la realidad hasta que no noté su mano cálida en mi espalda.

—Cálmate.

Bajé la cabeza. Era incapaz de mirarlo a los ojos. Probablemente no volvería a ser capaz de mirarme al espejo.

—Tengo que irme a casa —dije sin ninguna emoción.

James hizo una mueca y arrugó la frente.

—Pues adiós —dijo dándose media vuelta.

Sentí cómo, desde la ventana abierta, el hielo me arañaba la piel. Me estremecí mientras James rebuscaba ropa limpia en su armario.

—Acompáñame. Hace demasiado frío para volver en bici.

Cogió un par de pantalones de chándal, se los puso y me echó un vistazo.

—Ni de coña. Antes tengo que desayunar.

—Menudo cabrón.

Aparté la manta y me incliné para buscar bajo la cama la mochila con mi ropa.

—Bueno, pues me voy sola.

—¿Qué tienes que hacer en tu casa?

Su pregunta me sorprendió, pero lo que me dejó perpleja fue que me agarrase de la muñeca y me arrastrase hacia él.

Aunque me tambaleé, conseguí mantener el equilibrio. Me atrajo hacia su cuerpo y sentí que invadía un espacio vital que olía a gel de baño almizclado y hormonas masculinas.

—No le digas a tu madre que has dormido aquí o va a estar un año sin dejarte en paz.

Enarqué una ceja.

—¿Te crees que me muero de ganas de decirle algo así? No se lo voy a decir a nadie, pero a ella mucho menos.

Asintió y me pasó los dedos por la melena despeinada.

—Será mejor.

Me quedé hipnotizada con sus labios durante una fracción de segundo, pero muy pronto volví a la realidad.

¿Me estaba insinuando que no quería que dijese por ahí que habíamos dormido juntos? ¿Quería que se lo ocultase a William?

—¿Pero a dónde vas? —le pregunté cuando lo vi dirigirse a la puerta.

—A desayunar. Muévete, Blancanieves —masculló con desgana mientras terminaba su «cigarrillo».

—No puedo bajar, está tu padre.

Eché un vistazo rápido a la ventana, pero ya sabía que era bastante complicado bajar por allí.

—¿De verdad crees que le importas lo más mínimo a mi padre? —me espetó.

—No, pero parece que hemos…

James me mostró una sonrisa traviesa.

—¿Qué parece? ¿Que me he pasado la noche follándote sin hacer ruido?

El tono que usaba me ponía de los nervios.

—Ah, ¿es que normalmente usas un megáfono para que te oiga todo el barrio?

Aquello le despertó una carcajada sincera.

—No, no suelo necesitar un megáfono para despertar a todo el vecindario.

—Qué asco —mascullé mientras seguía poniendo la habitación patas arriba en busca de mi ropa.

—Qué asco, ¿eh, Blancanieves? ¿Alguna vez te has corrido cinco veces seguidas?

Lo miré a los ojos casi intimidada. James me estaba mirando intensamente.

«¿Y ahora qué digo?».

Avergonzada, tragué saliva y dejé escapar una risita nerviosa.

—Si tus trolas fuesen un poco más modestas a lo mejor me las creería...

—Me importa una mierda que te lo creas o no. Te hablo de hechos. —Se encogió de hombros.

—Sí, ya...

Aquella respuesta pareció despertar algo en él. Se me acercó sin avisar y me obligó a apartarme.

—James... —susurré con un hilo de voz.

—¿Me estás retando, Blancanieves?

Inclinó la cabeza para bajar a mi altura.

¿Por qué se lo tomaba todo como un reto?

Alcé el mentón con chulería a pesar de sentirme totalmente desorientada.

—Puede que sea un reto, sí.

Mi respuesta le sorprendió gratamente. Lo supe por cómo abrió los labios para humedecérselos.

—No durarías conmigo ni cinco minutos, chavala.

Estaba de espaldas contra la pared cuando aquellas palabras me provocaron un escalofrío en la columna vertebral.

—Deja de decir idioteces. —Bajé la vista para evitar la intensidad de sus ojos.

La cadenita que le adornaba el cuello me trajo a la mente recuerdos de la noche anterior.

—Apuesto lo que sea a que la primera vez solo necesitaría rozarte.

Un gemido grave se escapó de entre sus labios carnosos cuando, con la yema del dedo, me acarició el labio inferior y, con la boca, me rozó el lóbulo de la oreja.

Una densa sensación de calor me invadió inmediatamente el interior de los muslos justo en el momento en el que su mirada se volvió más dura al posarse en mis labios.

Sentí que me derretía contra la pared. Sentí las piernas flojas, el estómago revuelto y la cabeza lúcida.

Puede que fuese su perfume.

O, tal vez, algo invisible a los ojos.

Lo que estaba claro es que existía una especie de electricidad que atraía mi cuerpo hacia el suyo. Me pregunté si él también la sentiría.

«Habrá estado con miles de chicas, estará harto de sentir cosas así. Seguro que no tiene la sensibilidad como para notar esas cosas…».

James desplazó su mirada de mis ojos a mis labios, que estaban siendo víctimas de la delicada yema de su dedo. Seguía jugando con mi boca como si fuese suya.

—Si ya has terminado de montarte tus películas mentales, tengo que desayunar.

Lo aparté de mí y él alzó las cejas. Parecía verdaderamente sorprendido por mi reacción.

—Solo estaba esperando a que dejases de temblar —dejó caer con una sonrisa complacida debido al efecto que había entendido que tenía sobre mí.

Negué con la cabeza y me miré al espejo. Mi pelo parecía haber sufrido una catástrofe nuclear, tenía el rostro enrojecido y unas ojeras enormes.

Me fijé en que, a mi espalda, James estaba apagando el porro en una botella de cerveza semivacía que estaba en el alféizar de la ventana.

Me pregunté cómo, sin pretenderlo, podía estar tan perfecto a primera hora de la mañana. ¿Cómo era posible que las bellezas como la suya no requiriesen de ningún esfuerzo? Porque él también estaba despeinado, también tenía los ojos enrojecidos e, incluso, se le podían intuir ojeras, y sin embargo estaba…

—¿Quieres un dibujo, una foto, una lona con mi cara?

—No te flipes —le contesté fingiendo que no me había pillado de lleno mirándolo fijamente.

La mañana había empezado con mal pie y, por si no fuera suficiente, ahora tenía que ver a su padre vestida con una camiseta de hombre.

Qué vergüenza.

—No voy a ir —aseguré.

—Como quieras, si te apetece morirte de hambre…

«¿Morirme de hambre? Creo que se ha confundido de chica».

—¿Me prestas algo para ponerme debajo de la camiseta? —le pregunté.

James se miró al espejo y contrajo los abdominales. Aparté la vista cuando lo vi ponerse una camiseta de tirantes muy ceñida que dejaba intuir cada uno de los músculos de su abdomen.

—Solo tengo pantalones de chándal y te van a quedar enormes —masculló examinando su reflejo en el espejo.

Entonces, para mi sorpresa, se quitó la camiseta que se acababa de poner y se puso otra distinta.

—Siempre será mejor que bajar en bragas —le respondí cuando observé que había optado por una camiseta larga de baloncesto que no mostraba tanto su cuerpo.

—Pruébate estos.

Me lanzó unos *shorts* que agarré al vuelo antes de encerrarme en el baño.

Me lavé la cara y me dispuse a observar a la chica que me miraba desde el espejo.

«Aguanta un poco más, June».

—Gracias por lo de ayer —le dije cuando ya me había lavado y me había cambiado de ropa.

James puso una expresión interrogante.

—¿Por?

—No lo sé… Yo no estaba lúcida y tú no te aprovechaste.

—Si me tienes que agradecer algo así es que vivimos en una sociedad de mierda.

Me miró fijamente y no supe qué responder.

—Bueno… ¿es que no estaba claro?

—Hum, no lo sé.

Sonrió y vi que se disponía a decir una de sus frases.

—Lo que está claro es que aunque yo no me he pasado, tú sí que lo has hecho: ese culazo ocupaba la mitad de la cama, White.

—Tengo clarísimo que te conoces mi culo de memoria de todas las radiografías que le has hecho, cretino.

—Vámonos ya, cretina —me dijo empujándome afuera de la habitación.

Le hice un gesto para que él bajase primero la escalera.

—Venga, pasa…

—Como si tú no me mirases el culo a mí… —dijo con una sonrisita.

—Pero yo soy mucho más discreta que tú.

—Calladita.

Nuestro rifirrafe se interrumpió cuando llegamos a la planta de abajo. Y fue entonces cuando empezó la pesadilla.

—June, June, June…

Sonó como una cantinela.

—¿Es tu novia?

James se echó a reír.

—¿Quién? ¿Ella?

Puse los ojos en blanco.

—¿Te parece que yo sería el novio de una chica así? —dijo señalándome.

—Tiene un nombre feísimo y está muy despeinada —dijo una de las dos niñas.

—Y está vestida de niño —añadió la otra.

Me habría encantado hacerles un corte de manga, pero no habría sido muy buena idea debido a que sus padres no estarían muy lejos.

—James, eres demasiado guapo para salir con una chica que en vez de pelo tiene en la cabeza un ramo de flores del cementerio.

«Menudas boquitas tienen estas dos enanas malignas…».

—Creo que estamos de acuerdo —dijo James entre risas; parecía el único que se lo estaba pasando bien.

Les chocó los cinco a las niñas mientras yo me arreglaba el pelo un poco. Una de las dos le hizo un gesto para que bajase a su altura y así poder contarle un secreto al oído.

Aquel murmullo acompañado de risas infantiles me sorprendió bastante. Cuando la niña le habló, James me echó una ojeada descarada por todo el cuerpo que me hizo temblar de la vergüenza. Se detuvo en mi pecho sin el menor disimulo.

—Sí, tienes razón. Las tiene enormes —susurró con voz seductora.

—¡Cállate! —le grité cubriéndome el pecho con los brazos cruzados.

No iba a dejar que se rieran de mí dos niñas pequeñas y un cretino de campeonato.

Decidí acercarme a Jasper, que estaba sentado a solas a la mesa principal. Me sonrió y me pasó un zumo de naranja.

—Buenos días, June.

Di un respingo del asiento cuando la voz de Jordan atravesó el aire.

Me recompuse tratando de disimular que no estaba allí un domingo a las nueve de la mañana vestida con la ropa de su hijo.

«Tengo que darme una maldita ducha», fue lo primero que se me pasó por la cabeza.

—Pensé que te vería esta tarde.

«¿Pensó que me vería esta tarde?».

Me giré, con expresión interrogante, hacia aquel hombre y le eché un vistazo a su silueta alta y maciza. Siempre estaba elegante. Jordan se sentó ante la mesa puesta sin borrar su sonrisa de cortesía. Su mandíbula cuadrada era tan perfecta que parecía un dibujo; se le intuía una sombra ligera de barba rubia. De repente me di cuenta de que no le quitaba ojo al padre de James Hunter.

«Para, June».

—¿Adónde? —le pregunté escondiéndome detrás del vaso de zumo.

—Tu madre y yo hemos organizado una exposición que se celebrará en tu casa.

—Ah.

—¿No lo sabías?

—No he hablado últimamente mucho con mi madre…

«Y, por mucho que parezcas una especie de dios griego, es por tu culpa».

—¿En qué consiste la exposición? —pregunté fingiendo que me interesaba.

—Es una exposición benéfica, irá bastante gente.

Oí unas risitas: James y las niñas le hacían burla a Jordan y este los fulminó con la mirada.

—¿Y sabes qué? Mi hijo también irá.

Las risitas divertidas se detuvieron de forma instantánea.

—No, tu hijo estará fuera o no estará —respondió James sentándose a la mesa.

Jordan parecía confuso. Jasper disimuló una sonrisa.

—Siempre estás igual.

—¿Te parece que estoy de broma, Jordan?

James le habló en tono desafiante y su padre se enfadó, lo noté por cómo frunció el ceño.

—James, por favor, no hagas esto delante de las niñas. Y preséntate en la exposición con algo decente.

—¿En calzoncillos y calcetines te sirve? ¿O crees que eso hará que todas las *milf* empiecen a meterme dólares en la ropa interior?

Las niñas se echaron a reír y James puso una cara graciosa.

—¡No hables así delante de tu hermano! —exclamó Jordan, molesto.

—No he dicho ninguna palabrota.

—Ah, ¿no?

—Bueno, la verdad es que «milf» es un acrónimo, no una palabrota —puntualicé yo.

Mi afirmación hizo que Jordan me mirase con desaprobación.

—¿Qué es una «mill»? —preguntó una de las niñas, corriendo en nuestra dirección.

—¡June es una *mill*! —exclamó la otra.

«A que me levanto de la silla y las cuelgo de las trenzas…».

—Tu madre —contestó James riéndose mientras Jordan resoplaba al límite de su paciencia.

—Niñas, idos a jugar al salón. Pronto vendrá a buscaros vuestra madre.

Las dos cabecitas rubias salieron corriendo hacia el sofá, no sin antes sacarme la lengua.

—Está todo riquísimo —dije tratando de fingir un poco de educación, cuando en realidad estaba tragando gofres y *muffins* como si no hubiera un mañana.

James, mientras, deslizaba los dedos por la pantalla del móvil, desparramado en una silla.

Sentí un escalofrío al recordar el calor de su pulgar sobre mis labios.

Me maldije por aquel pensamiento inoportuno.

Seguro que estaba escribiendo a una de sus amiguitas. Aquel chico se despertaba cada día con la posibilidad de elegir, ya que tenía detrás a un centenar de compañeras.

Y eso sin contar que el público se duplicaba si incluíamos a los chicos…

No sabía el motivo, pero esa estúpida idea me atormentaba.

Terminé de comer sin decir nada y entonces James rompió el silencio.

—Aunque, ahora que lo pienso…, creo que voy a retrasar la salida. Seguro que es divertido.

—¿De qué salida hablas? —preguntó Jordan, confuso.

—En fin… —respondió James, encogiéndose de hombros, como única respuesta.

—Te pasas el día diciendo idioteces, James —mascullé.

Jordan me fulminó con la mirada, no parecía que le gustase demasiado que se hablase mal en su presencia.

—Me han dicho por ahí que han vuelto los padres de William Cooper —dijo cambiando de tema y despertando mi curiosidad.

—¿Él también asistirá? —pregunté justo antes de empezar a toser por culpa del zumo de naranja con el que me había atragantado.

—No lo sé, creo que sí.

«Vale, va a ser complicado…».

James siempre tenía la habilidad de desdramatizar cualquier situación, puede que fuese por su sarcasmo. En cualquier caso, siempre podíamos intercambiar algunas pullitas. Con Will nunca había sido tan fácil…

—¿Adónde vas?

Jordan se dirigió a James cuando este se puso en pie después de beberse del tirón un vaso de leche.

—Con toda el hambre que tenías, al final no has comido nada —observé.

—¿Por qué no te comes esto, White?

James me hizo la peineta y aquello provocó que Jordan se escandalizase por enésima vez.

—¿Adónde vas? Acuérdate del entrenamiento —le regañó.

James se apartó de la cara su pelo despeinado y, justo después, este volvió a cubrirle la frente.

—Es domingo, hoy no entreno —masculló.

—Sí que entrenas. El entrenador ha aumentado las sesiones pensando en el partido de la semana que viene.

James miró a su padre con aire ausente.

—Ah, por cierto, he visto esta mañana en el lavadero de coches a la madre de Taylor. Me ha preguntado de qué color será tu traje para el baile de fin de curso. Todavía no ha comprado la tela para el vestido de su hija. Yo qué sé, ha dicho que iríais a juego o algo así.

Las palabras de Jordan me sentaron como un guantazo en la cara.

Aquel jarro de agua fría me despertó del letargo en el que llevaba inmersa demasiado tiempo.

Sentí un escalofrío.

Y me acordé de que se trataba de James.

Recordé que él tenía una vida extremadamente distinta a la mía.

Claro que existía el James que yo conocía, pero también estaba el James que veía a diario en el instituto.

«Inalcanzable».

Chicas, deporte, cosas prohibidas… Había olvidado la distancia abisal que nos separaba. ¿Tan ingenua era? ¿Le había bastado con abrazarme mientras dormía?

James chasqueó la lengua y soltó un suspiro irritado.

—No sé si seguiré vivo dentro de un par de horas… ¿y esa tocapelotas quiere saber lo que me pondré de aquí a unos meses?

Hizo un mohín con los labios.

Al mirarlo recordé las palabras tan sensuales que James había pronunciado la noche anterior, aquellas palabras que hicieron que el corazón se me desbocase.

«Les dirá lo mismo a todas…».

Sin embargo, en aquel momento parecía que solo me deseaba a mí.

Una sombra oscura atravesó el rostro de James en el momento en el que nos dio la espalda y salió de la cocina.

Algo tenía que haberle hecho cambiar de humor. Pero ¿qué podía saber yo? No conocía a James de nada; solo tenía claro que en él había una parte buena y que era esa la que me atraía. Su lealtad; su sinceridad casi brutal; lo mucho que protegía a sus amigos, a su hermano y, llegado el caso, incluso a mí. James era inteligente y, cuando quería, sabía hacerme reír. Pero también tenía un lado oscuro que lo alejaba… de mí y de todos los demás.

—Te acerco a tu casa, tengo que hacer unos recados.

Aquella invitación de Jordan disipó mis pensamientos.

—Muchas gracias, voy a prepararme.

—No hay prisa. Termino el café y nos vamos.

Le di las gracias a Jordan y subí a la planta de arriba. La puerta de la habitación de James estaba abierta, así que entré directamente… y me arrepentí de ello al instante.

—Coge tu puta ropa —me espetó lanzándome la mochila.

—¿Dónde estaba?

Pero James no me hacía caso. Si antes parecía ausente, ahora mostraba muy mal humor. Se encerró en el baño sin decir ni pío. Oí que abría el grifo de la ducha.

Su cambio de humor me hizo pensar en William.

Intuía que aquella sería una tarde intensa, pero las llamadas de teléfono y los mensajes amenazantes de mi madre me aseguraban que la vuelta a casa sería una tragedia anunciada.

75

Blaze

Si ser hijo del director no era lo bastante humillante, él, además, tenía que llevarme al instituto en domingo.

—Tengo cosas que hacer. Dame media hora, hijo.

—¿Y no podía haberme quedado en casa? —me quejé mientras lo seguía por aquel pasillo desierto.

—Después tienes cita con el psicólogo.

—Vamos, papá…

—Ayer te lo saltaste sin avisar y me hiciste quedar fatal. Da gracias a que me haya podido hacer un hueco para esta tarde.

—Pero…

—Ni peros, ni peras. Puedes esperarme fuera de mi despacho —sentenció mientras se alejaba hacia la oficina de dirección.

Odiaba el instituto, sobre todo los domingos.

Pero, cuando pensé que no habría nada peor que aquello, oí un ruido sospechoso acercándose: unos pasos firmes seguidos del sonido de una voz masculina.

«¿No se suponía que no debía de haber nadie aquí?».

Intuí a lo lejos varias chaquetas rojas y se me hizo un nudo en el estómago.

Jugadores de fútbol.

«Oh, no».

—¿Qué hace aquí el hijo del director?

No sabía quién lo había preguntado, pero poco importaba. Estaba en mi taquilla, buscando unos auriculares, cuando otro de ellos se burló de mí.

—¿Tan pringado eres como para venir al instituto los domingos?

Me hablaron más chicos, pero yo me quedé embobado con la silueta de James. Me miró desde lejos con indiferencia y, como no le interesé lo más mínimo, siguió charlando con sus amigos.

—¿Entonces qué? ¿Papaíto te ha obligado a vigilar esta mierda de sitio? —me preguntó Connell, uno de los mayores cabrones del equipo.

No respondí a aquellas provocaciones. La indiferencia era la mejor arma contra aquellos abusones.

«Tarde o temprano me dejarán en paz».

O eso es lo que siempre esperaba.

Antes de darme cuenta, me habían empujado contra la taquilla. Tenían el rostro sudoroso y la camiseta empapada. Jackson estaba entre ellos.

Frunció los labios y a mí se me aceleró la respiración. Cuando se metían conmigo, daba igual que él estuviera presente. No movía un dedo por mí.

—¿O es que has venido a clases particulares? ¿Todos los sobresalientes que te regalan no te bastan?

—Si a alguien le vendrían bien esas clases particulares sería a vosotros —mascullé.

—¿Qué has dicho?

Connell pesaba el doble que yo. Se hacía el gallito porque su madre era de las mayores donantes de fondos de la escuela, pero era un bruto sin ninguna educación.

—Bueno… no es que vuestro rendimiento sea sobresaliente.

—¿Lo has oído, Hunter? El hijo del director ha comentado algo sobre nuestro rendimiento académico.

«Cómo no, cuando necesitan que les echen una mano siempre llaman al más tonto».

James dejó con la palabra en la boca al chico con el que estaba hablando para mirarme desde arriba. Aquella mirada duró solo un segundo, pero fue tan intensa que me cayó como un jarro de agua fría.

—¿Y tú qué coño sabes de mis notas? —me preguntó con su voz grave y rasgada.

El azul de sus ojos se intensificó; se volvió tan oscuro que me olvidé hasta de quiénes estaban a nuestro alrededor. Tenía el poder de atraer toda la atención con un gesto, todas las palabras con una mirada.

No pude responder. Se me había cerrado la garganta.

—«Los jugadores de fútbol no destacan por su inteligencia», ¿es eso lo que quieres decir?

James y su mirada, esa mirada.

—Bueno…

Además de sin respiración me había quedado sin palabras… y me resultaba difícil recuperar la capacidad de hablar con lo mucho que se me había acercado a la cara.

—¿Y lo de tener tantos prejuicios es sinónimo de inteligencia, Blaze?

Retorció la lengua para pronunciar mi nombre con un tono grave y sensual.

—No… La verdad es que…

No me dio tiempo a terminar la frase, el gilipollas de Connell se me acercó con un vaso mezclador rebosante de un líquido verde que ellos llamaban «de preentrenamiento».

—Joder, qué torpe soy…

Un olor dulzón y afrutado, quizá de proteína, me asaltó la nariz. Cuando bajé el mentón vi que me había empapado la camiseta.

Pero, en lugar de reaccionar, el corazón me empezó a bombear a gran velocidad y mi aliento se fue entrecortando. No podía respirar.

Era muy duro no saber si lo que se avecinaba era uno de mis ataques de asma o uno de mis ataques de pánico.

—¿Eres alérgico a las espinacas? —preguntó uno de ellos, entre risas.

Las voces empezaron a amortiguarse, y lo mismo le pasó a mi visión.

—Joder, se está asfixiando…

Las risas de fondo se multiplicaron; el único que no se reía era el propio James. Vi su mirada intensa cuando aparté a Connell de un empujón a pesar de su corpulencia.

—Lárgate —le dijo James a Connell muy enfadado. Entonces, se giró hacia mí—. Toma, ve a cambiarte.

Me tendió una prenda sin siquiera pestañear.

«¿Por qué se comporta así? Siempre hace lo mismo».

—No… no puedo ir a mi casa ahora…

Mi respiración se estaba empezando a calmar.

—Ve al vestuario y te cambias —gruñó James.

—No, yo…

De nuevo, volvió a acercarse peligrosamente a mí.

Habría jurado que podía percibir el aroma de su dentífrico mezclado con el olor aromático del humo.

—¿Por qué no? —me preguntó.

Sus poderosos bíceps se contrajeron cuando me pasó su camiseta limpia.

Me incliné para coger la prenda, pero la fragancia masculina que emanaba de su cuerpo después del entrenamiento me provocó un cosquilleo en el vientre. Este se agudizó cuando vi que James me estaba mirando los labios.

—Porque estaréis vosotros en los vestuarios.

—Si te da miedo entrar con nosotros, puedes ir después. —Se acercó a mi oído—. Nosotros tardamos poco, Blaze —susurró con malicia.

Me lamí los labios secos en un gesto inconsciente y Jackson, de repente, pareció interesado en mí.

Me miró con sus ojos glaciales y no apartó la vista hasta que decidí que era el momento de salir huyendo.

76

June

—¿Qué opinas de Jasper?

Jordan agarraba el volante con seguridad cuando me sorprendió con aquella pregunta insólita. O puede que no fuese tan insólita, ya que él no dejaba de ser un padre preocupado por su hijo. Tal vez solo quisiera la opinión de una desconocida, de alguien que no supiera todos los detalles de ese asunto.

—Jasper es un chico muy inteligente —respondí desde mi sitio.

El hombre asintió, pero en mi mente se dibujó la expresión de disgusto de Jasper del día en que James y yo discutimos en el sofá. Ese niño no solía tener reacciones tan espontáneas, pero aquello le afectó tanto que tuvo que irse a su habitación.

—Y es muy sensible —añadí.

No conocía mucho a Jordan, pero las pocas veces que lo había visto me había sorprendido para bien. Mi madre, en su lugar, habría puesto el grito en el cielo al enterarse de que James y yo habíamos dormido juntos. A él, sin embargo, no había parecido molestarle lo más mínimo aquella situación; es más, en realidad, su único interés parecía ser el bienestar de Jasper.

—¿James te ha dicho algo al respecto? —preguntó sin apartar los ojos de la carretera.

—Sí, me ha contado algo…

—¿Qué te ha contado?

—Me ha hablado un poco sobre Jasper. ¿Qué tendría que haberme dicho?

En ese momento olvidé por completo lo que significaba ser discreta.

Jordan negó con la cabeza.

—Me sorprende una barbaridad que James te haya hablado de algo que le hace tanto daño. —Su afirmación me hizo apretar los labios—. Ya te habrás dado cuenta de lo difícil que es hablar con él... —susurró con un tono algo amargo.

—Sí, me he dado cuenta... —admití a regañadientes—. ¿Pero te refieres a Jasper o a James?

Solo entonces me di cuenta de que el hombre estaba afectado por una angustia más que palpable. Contrajo el pecho como si quisiera contener un suspiro de desesperación.

—Es como tener dos muros delante de mí, June. En cierto sentido, ninguno de mis dos hijos me permite ayudarlo.

—¿Puede que estén enfadados contigo? —aventuré antes de morderme la lengua.

—No pude hacer otra cosa. Cuando me di cuenta de que su madre se seguía viendo con su exmarido, decidí que tenía que dejarla.

Parecía que Jordan se moría de ganas por liberarse del sentimiento de culpabilidad que le producía el hecho de que su familia se hubiese roto.

—¿Crees que tus hijos están enfadados contigo por este asunto? —le pregunté.

—Aquella separación fue necesaria. Ya no nos amábamos. Jasper vivió un tiempo conmigo en Nueva York... Lo único de lo que me arrepiento es de haber dejado a James solo con ella. Era una irresponsable, siempre lo ha sido.

El hombre aminoró la velocidad en cuanto entramos en la calle que llevaba a mi casa. En mi mente no había espacio para bromitas sobre por qué Jordan conocía tan bien el camino, ya que estaba demasiado concentrada en lo que me estaba contando.

—Si pienso en cuántas veces se olvidó a James en el coche... Y en cuántas veces se tuvo que quedar en el colegio hasta muy tarde porque ella se había olvidado de irlo a buscar...

Se me encogió el corazón.

—Pero tú te esfumaste de sus vidas...

—Ella me había roto el corazón, así que decidí volver a Nueva York. Allí pude retomar mi carrera.

—Así que elegiste el trabajo —musité.

—Durante una época sí, June. Antepuse mi carrera a mis hijos y ahora… estoy tratando de hacer lo que puedo para arreglarlo.

—¿Y ella?

—Ella cometió muchos errores, pero no puedo culparla por todo lo que pasó. Las relaciones son cosa de dos y ambas partes cometen errores —afirmó en tono triste.

—¿Viene a verlos alguna vez?

—No. Ahora vive sola y se ha abandonado. James va a verla alguna vez, pero nunca me habla de ella.

Me acordé de la foto familiar que me había enseñado Jasper.

—¿Qué le pasó? —pregunté cuando el coche frenó delante de mi casa.

Jordan me miró con una sonrisa triste.

—Saluda a tu madre de mi parte. Hasta luego.

«Sí, a mi madre». La mujer que me fulminó con la mirada en cuanto puse el pie en la casa.

—¡Ven aquí ahora mismo!

«Si me lo dices con ese tono furibundo…».

—¡June!

—Sí, mamá…

—Bueno… Vayamos por partes…

—¿Y cuál es la primera?

—Si te has quedado a dormir en casa de Amelia, ¿por qué diablos te ha traído a casa Jordan? —gritó señalándome con el dedo.

«Lo de hoy va a ser un infierno».

«Mamá, no es lo que parece…».

«Mamá, estaba volviendo a casa andando y, por casualidad, me encontré con Jordan y se ofreció a traerme».

«Mamá, los extraterrestres me abdujeron mientras hacía los deberes y me soltaron en casa de Jordan, justamente en la cama de su hijo».

Cualquier excusa le habría resultado más soportable que la verdad. Así que decidí adoptar otra estrategia.

Solté la mochila encima de la mesa y puse los brazos en jarra.

—A ver si lo entiendo: ¿tu hija desaparece y tú no llamas a la policía?

Enarcó una ceja y empezó a agitar un cepillo gigante en mi dirección.

—Ah, al final va a resultar que ha sido culpa mía... —me espetó.

—Me esfumo durante doce horas y mi madre no denuncia mi desaparición... Interesante —le dije acariciándome el mentón.

—¡No te pongas así, June!

—No tenías tiempo para eso porque tenías una exposición que organizar y, a juzgar por tu peinado, arreglarte para el evento era más importante que tu hija desaparecida...

—Cuidado, señorita, que yo no nací ayer.

Se me acercó, amenazante, con aquel cepillo infernal.

—Vale, baja las armas y hablamos —dije levantando las manos.

—June. No estoy de broma. Dime dónde has estado, no me hagas preguntárselo a Jordan...

Ladeé la nariz y también la boca.

—Qué guapa estás hoy, mamá. Aparentas veinte años menos. Tus rivales no tendrán ninguna opción. Tienes mucha competencia para conquistar a Jordan, ¿verdad?

—¡Te he dicho que eso conmigo no funciona! —gritó, harta de aquella situación.

En mi antiguo instituto era la presidenta del club de debate, pero esa habilidad mía nunca me sirvió demasiado con mi madre, que es un hueso duro de roer.

—¡No has entendido la gravedad de la situación, señorita! ¡No vas a volver a salir de esta casa!

«Pues sí que está enfadada...».

—Además —añadió—, ¿en qué estado estás? ¿Has fumado? ¿Has bebido? ¿Has estado con algún... —una mueca de asco le deformó la cara— chico?

Dijo aquello como pronunciando el nombre del anticristo.

—¿Y a ti qué te importa? ¡Si estuviste hasta ayer con Jordan Melissa Hunter!

El hecho de pronunciar aquella frase me provocó una enorme angustia. Mi madre me siguió hablando, pero yo había dejado de escucharla. Me saqué el móvil del bolsillo y, para mi sorpresa, me encontré un mensaje.

Me estremecí.
Era él.

¿Sigues viva o Psico-April te ha hecho pedacitos para meterte en el congelador?

«Psico-April».
Me eché a reír como una idiota.
—¿De qué te ríes?
—De nada, mamá.
—¿Con quién te escribes?
—Con nadie.
Me vino un arrebato de valor y se lo pregunté.

¿Vienes hoy?

¿Te crees que me apetece volver a ver tu culazo?

«Menudo idiota».

Haz lo que quieras, siempre que no vengas en calzoncillos.

Tardó poco en responder.

A tu madre le daría un infarto.

Sí, es cierto, y en esta casa ya hay demasiadas naturalezas muertas, James.

No me gustaría salir en una naturaleza muerta de tu madre. Aunque te gusto tanto que seguro que la acabarías colgando en tu habitación.

Claro, pero para lanzarle cuchillos y desahogarme.

Menuda chavala violenta... Después nos vemos.

Se me dibujó en los labios una sonrisa involuntaria.

—¿Qué hay entre James y tú?

Mi madre me quitó el teléfono de las manos y yo casi me caigo al suelo del susto.

El miedo se dibujó en mis ojos cuando se me vinieron a la mente las imágenes del apocalipsis que estaba a punto de acontecer.

—¡Mamá, devuélveme el móvil!

Mi tono estridente dejaba claro mi nerviosismo.

—¿Por qué?

«Si sube hacia arriba en el chat, estoy muerta. Literalmente».

El miedo se me disipó cuando dejó el teléfono en la mesa, se pasó la mano por la frente y me miró muy seria.

—Cariño, no duermas fuera de casa... Y, menos, con un chico como él.

«Vaya, me ha pillado de lleno».

—Siempre crees que lo sabes todo.

—Ya me lo dirás dentro de nueve meses.

Su mirada hostil parecía dar a entender una cosa muy concreta.

—¿En serio, mamá? —Me llevé una mano a la boca para esconder una risilla nerviosa, puede que un poco avergonzada.

—¡Es un delincuente que deja embarazadas a las chicas! —insistió ella, enfervorecida.

Fruncí el ceño. ¿Era una suposición por su parte?

—¿Y eso te lo ha contado Jordan? Guau, seguro que sois como dos viejecitos que se colocan las manos detrás de la espalda para observar cuadros y especular sobre la vida de sus hijos.

—No hace falta una declaración por escrito, June. Lo tengo calado.

—¡Esos son prejuicios tuyos! Felicidades, mamá. Tantas teorías educativas para después cagarla cuando llega el momento de ponerlas en práctica. ¡Menudos padres...!

En ese momento, subí a la planta de arriba y cerré la puerta de un portazo.

Por fin estaba a solas en mi habitación.

77

Blaze

Como no quería que mi padre viese que me habían humillado por enésima vez, me quedé fuera de su despacho hasta que vi que los jugadores salieron por la puerta principal. Por fin tenía vía libre.

Entré en el vestuario masculino, que seguía envuelto en una densa nube de vapor.

Estaba a punto de quitarme la camiseta sucia cuando, por el rabillo del ojo, intuí una silueta familiar.

«Jackson».

Con el pelo aún húmedo y la mochila a cuestas emanaba un agradable perfume de gel de baño almizclado.

—¿Y bien? —me dijo muy seguro de sí mismo.

Desconcertado, miré a mi alrededor.

«¿De qué habla este?».

—¿Qué pasa, Jackson?

Mantuve las distancias.

—¿Estás seguro de que harán el test antidroga? —me preguntó.

—He oído a mi padre y al entrenador hablando de ello, lo harán a finales de mes. Será aleatorio, solo analizarán a algunos jugadores. Si alguno da positivo, lo expulsarán inmediatamente.

—¿Aleatorio? ¿En serio? —Jackson no parecía fiarse; quiso dar una risotada sarcástica, pero solo le salió una sonrisa seductora—. ¿Quieres decir que tu padre y el entrenador no van a ir a por nadie? Seguro que si se trata de Hood le pasarán la mano, pero que si pillan a James lo expulsarán sin pensárselo. Lo sabes perfectamente.

Nos quedamos mirándonos con mala cara, como si entre nosotros hubiese un enemigo invisible.

—Eso no lo sé —dije zanjando el asunto y dándole la espalda—. Por cierto, el otro día en casa de Poppy…

Un destello travieso atravesó sus iris del color del cielo.

—Parecía que te gustaba… —dejó caer mientras jugueteaba con el *piercing* entre los dientes.

¿Estaba hablando de cuando acabamos encerrados en el baño con mi boca en sus partes íntimas?

—No me refería a «eso» —respondí.

Los ojos nerviosos de Jackson se fijaron en mis manos temblorosas, que sujetaban la camiseta que me había prestado James.

—¿Y de qué hablas? —La pregunta fue seguida de su habitual expresión de fastidio.

—Preparamos un cóctel y tú no probaste ni un sorbo. Los chicos estuvieron fumando y tú no diste ni una calada. —Lo escruté con ojos atentos.

—¿Y qué?

—Es por James, ¿verdad? ¿Te estás preparando para sacrificarte por él?

Jackson se me echó encima con una furia impresionante.

—¿Por qué coño siempre tienes que hablar de él? —resopló contra mi mejilla.

Mantuve la cabeza alta solo para ser capaz de lanzarle la siguiente provocación.

—¿Celoso?

—¿Por qué tendría que estarlo?

—Sé que os habéis besado. Lo ha dicho Taylor —gruñí.

—Aquello fue una chorrada —aseguró quitándole importancia.

—Claro, la típica chorrada que haces con tu mejor amigo del que estás enamorado.

Su mano parecía saber perfectamente la fuerza exacta que tenía que aplicar al cogerme el cuello. Mi espalda chocó contra las taquillas metálicas provocando un estrépito que llenó todo el espacio.

—Si no te dejas de gilipolleces, lo nuestro se termina ahora mismo —susurró ante mis labios palpitantes.

—Ah, ¿es que acaso ha empezado algo? —le provoqué.

Jackson reveló sus intenciones en el momento en el que me pasó la lengua por el labio inferior antes de introducírmela en la boca.

Su gesto fue inesperado pero placentero. Introduje las dos manos entre su pelo suave y todavía húmedo. Traté de atraerlo hacia mí invadido por el deseo de, al menos por una vez, llevar las riendas. Pero Jackson me apartó. Choqué de nuevo contra las puertas de acero y, antes de que me diese tiempo a volver a abrir los ojos, me besó de nuevo. Se me escapó un gemido que, muy pronto, murió en su boca cálida y experta. Deslizó su lengua en la mía e hizo que estas llevasen a cabo una danza que me hizo quedarme sin respiración.

Llevaba desde nuestro primer beso preguntándome cómo había aprendido Jackson a besar tan bien. Sabía a ciencia cierta que nunca había tenido novia ni novio.

«Puede que sea un don innato», pensé mientras un escalofrío de placer ponía en jaque mis sentidos.

Un extraño sentimiento de vacío me invadió el estómago cuando su mano me soltó la garganta para agarrar su camiseta. Se la quitó de repente, ante mis ojos.

Me quedé obnubilado y sin aliento.

Una mueca triste me invadió la cara cuando vi que su piel de porcelana estaba marcada por unos moratones azulados.

—¿Cuándo te los has hecho?

—Cierra el pico —susurró excitado justo antes de volver a asaltar mi boca con sus besos.

La piel de mi bajo vientre empezó a arder en el punto exacto donde Jackson me había atraído hacia su erección. Lo hizo con chulería, como si necesitase mostrarme cuánto lo estaba excitando aquella situación.

O quizá era una invitación.

Ante la duda, no moví ni un músculo. ¿Cómo iba a hacerlo? Tenía que esperar a mi padre fuera de su despacho para irme a la cita con el psicólogo a hablarle de mis ataques de pánico y, sin embargo, allí estaba, sin respiración y bajo el influjo del cuerpo del mejor *quarterback* del equipo de fútbol, que, por cierto, parecía saber perfectamente lo que quería hacer conmigo.

Con la mano izquierda volvió a agarrarme la garganta. Pero yo me distraje con su mano derecha, que usó para bajarse el pantalón, permitiéndome así vislumbrar la rigidez de su excitación.

—¿Qué tenías que hablar con James? —me preguntó, tratando de recuperar el aliento entre un beso y el siguiente. Me sentía como si estuviera borracho, embriagado por sus roces contundentes y sus besos excitantes. Pero no podía evitar reconocer en él los celos.

—Nada.

Apretó tanto la mandíbula que se le convirtió en una línea compacta que parecía a punto de explotar.

Tenía la misma duda de siempre: ¿estaba celoso de mí o de él?

Mi perplejidad se esfumó cuando su erección encontró el hueco de mi mano.

Tragué saliva, me armé de valor y, mostrando toda la audacia de la que era capaz, le mordí el labio inferior. Los sensuales gemidos que se le empezaron a escapar me hicieron sentir muy bien. Probé a cerrar el agarre en torno a su dureza, pero mi mano no parecía poder contener toda su excitación, que rebosaba en sus venas palpitantes.

«Le está gustando».

Fue una sensación muy nueva. La idea de provocar aquel efecto en él casi me hizo correrme en los pantalones.

Seguí imprimiendo aquel movimiento rítmico en su erección y, por un instante, me imaginé que la situación era la opuesta. Si fuese Jackson el que me hiciese algo así, seguramente yo no podría haber contenido los gemidos; pero él parecía controlado, por muy indecentes que se hubiesen vuelto nuestros besos.

—Blaze...

Nunca pronunciaba mi nombre. Oírselo decir, con una voz suave y excitada, me dejó sin respiración.

Aumenté el ritmo y, cuando paró de besarme para cerrar los ojos y echar la cabeza hacia atrás, vi que varios chorros de semen se esparcían por sus abdominales contraídos por el placer.

Aún me sentía aturdido por las intensas sensaciones que acababa de vivir. Jackson, sin embargo, con las mejillas enrojecidas y los labios más gruesos de lo normal, recuperó de forma inmediata su habitual compostura.

—Tenías que lavarte de todas formas, ¿no? —me preguntó señalando mi camiseta y mis manos, empapadas de él.

Y, aunque en aquel momento yo era un absoluto desastre, él desprendía una belleza deslumbrante.

Bajé la vista, como si no fuera digno de admirar aquel poderoso tórax que acababa de volver a desaparecer bajo su camiseta. La adrenalina continuaba corriendo por mis venas, pero yo seguía con la duda: ¿le gustaba o no?

Le señalé los moratones del abdomen.

—¿Qué has hecho, Jackson? ¿En qué asunto te ha metido Hunter esta vez?

—Lo de siempre —respondió con frialdad mientras agarraba su chaqueta del equipo.

—¿El qué?

—Antes de venir aquí nos pasamos por el club —murmuró.

—¿Por qué? —Jackson resopló sin responderme—. Dímelo, por favor —le supliqué.

—El hermano de Ethan Austin echó droga en la bebida de Tiffany.

Abrí la boca de par en par y no supe qué contestar. ¿Con qué gentuza se relacionaban estos?

—Y June también bebió un poco —añadió.

—Hostia puta…

Fui incapaz de contener aquella blasfemia. Estaba vuelto hacia el lavabo lavándome bien las manos.

—A James no le ha hecho ninguna gracia y ha querido hacérselo pagar.

—¿Por qué te dejas arrastrar por sus líos?

—La cosa se ha ido de las manos —confesó bajando la vista.

—¿Te duele? —le pregunté, titubeando.

—No —respondió con sequedad.

Jackson apartó los ojos para evitar encontrarse con los míos. Probablemente no quería que viese su lado más sensible.

«Me encantaría darle un abrazo».

—La semana que viene mi padre pasará el finde en Aspen, si quieres que…

Con un gesto rápido esquivó mi mano, con la que había intentado acariciarle la cara.

—Tengo la casa libre —concluí.

—La semana que viene tengo partido, no puedo permitirme distracciones.

«Una distracción», eso era yo para él».

—Bueno, siempre podemos vernos después del partido…

—¿Estás hablando en serio? —me preguntó en un tono cortante.

Sentí que me pesaban los párpados, como cada vez que me hacía sentirme rechazado.

—Pensaba que te apetecería pasar un rato juntos…

Jackson se colocó bien el cuello de la chaqueta.

—Contigo me basta con diez minutos.

La despedida que siguió a aquella frase fue tan fría y distraída que ni siquiera la oí, pero vi que salía del vestuario dejándome allí solo.

El espejo que colgaba sobre el lavabo no tuvo compasión de mí. Tras haberme obnubilado con la espectacular belleza de Jackson, mi reflejo me pareció tan triste como mis emociones. Me sentía sucio y usado, como mi camiseta.

Con los ojos brillantes, me desnudé y me metí bajo la ducha.

Me sentí como partido por la mitad, como cada vez que me encontraba a solas con Jackson. Por un lado sabía que tenía que resistir, que él nunca me concedería más que unos minutos…, pero me resultaba imposible no acabar siendo irracional y cediendo a sus deseos.

Lo mismo me sucedió mientras estaba bajo el chorro de agua templada. Si, por una parte, tenía las emociones a flor de piel y solo deseaba llorar, por otra, al bajar la vista, no podía evitar ver la erección que se alzaba entre mis piernas. Llevaba así desde que habíamos empezado a besarnos.

«Me ha usado. Por enésima vez».

Contuve un sollozo y miré a mi alrededor.

¿Cuántas veces había fantaseado en mis sueños con aquella escena? Aroma de virilidad, gel de baño almizclado y, después, quizá, unas palabras cariñosas. Pero el Jackson verdadero no era como el de mis sueños.

A pesar del chorro de agua que me bañaba la piel, sentí perfectamente las lágrimas que me resbalaban por las mejillas. En un momento dado, oí un ruido.

Parecía el estruendo de un portazo. Me asusté.

«Seguro que me lo he imaginado…».

Seguí lavándome, pero desde atrás me llegó otro sonido. Me giré de repente, pero no vi a nadie, solo el vapor que me adormecía los sentidos.

Parecía el principio de una película de terror.

En lugar de irme de allí, me enjugué las lágrimas con rabia.

¿Por qué no podía sacarme a Jackson de la cabeza? ¿Por qué sus palabras me seguían atormentando? Puede que él tuviera razón y que yo fuese una persona muy débil.

Habría debido mandarlo a la mierda por la forma tan humillante en la que me trataba. En lugar de eso, no hacía otra cosa que pensar en él. En mis dedos entre su pelo suave, tan rubio como el trigo. En el roce gélido de su *piercing* en mi lengua. En sus manos grandes alrededor de mi cuello…

El chorro de la ducha se paró de repente.

Abrí los ojos, asustado.

Allí había alguien.

—¡Pero bueno…!

James, perfectamente peinado y vestido de punta en blanco, me miraba desde arriba. Sentí que me moría al toparme con sus zafiros punzantes. Bajó la vista por mi cuerpo; mi erección desvelaba pensamientos pecaminosos.

—Míralo… —dijo sonriendo.

—Aparta… Apártate de mí —mascullé asustado.

No es que tuviese miedo de él, es que era como una tentación del diablo.

Sobre todo cuando sonreía de esa manera.

—Entendido, pequeño Blaze.

James me pasó la toalla mientras daba un paso en mi dirección. Choqué con la espalda contra los azulejos helados.

—¿Has usado el gel de baño de Jackson? —me preguntó lamiéndose la comisura de los labios.

—¿Y tú qué sabes?

Mi incomodidad le provocó una sonrisa.

«Qué capullo, lo hace a propósito».

Sabía que me gustaba su mejor amigo. Probablemente lo sabían todos. Lo que James no sabía es que Jackson y yo nos veíamos a escondidas.

James era de ese tipo de persona que se volvería loca si descubriese que uno de sus amigos le escondía un secreto.

—James, no…

Mi débil intento de echarlo de allí no obtuvo buen resultado. James entró en la ducha empapándose las Jordan.

Rabioso, agarré la toalla tratando de cubrirme mis partes. Él se me acercó y rozó con su aliento cálido mi cuello húmedo.

—Necesito que me hagas un favor, Blaze —susurró contra mi mandíbula dolorida por la fuerza con la que la mantenía cerrada.

—Dime —le respondí tragando saliva.

—¿Tu padre estaría de acuerdo en poner cámaras de seguridad en el instituto?

—¿Pero qué dices…? ¿Por qué haría algo así?

James no parecía una persona paranoica, ¿qué le importaba quién salía y entraba del instituto?

—James, ¿hay algo que no sé?

Sus dedos me rozaron la espalda desnuda y sus labios cálidos seguían pegados a mi mejilla. Era un tormento. Durante un instante, llegué a pensar que tenía fiebre.

—Haz lo que te pido y tendrás todo lo que quieres.

Me quedé sin aire.

«¿En qué sentido?».

—Tú… no eres lo que yo quiero —respondí con un hilo de voz.

—Hum… me lo imaginaba. —Esbozó una sonrisa y me miró de arriba abajo con unos ojos llameantes que me hicieron temblar las piernas.

—Quiero decir que… sabrás todo lo que quieres saber —se corrigió tras haber dado vía libre a mis pensamientos más sucios.

Sus palabras se deslizaron por mí como unas gotas de agua. No podía oírlo porque su boca flamígera se había posado sobre mi lóbulo. Primero lo lamió con la lengua y después lo chupeteó con sus labios suaves. Cerré los ojos. James acababa de abrir una compuerta hacia un lugar desconocido. No tenía ni idea de que eso podría pasar, pero su actitud seductora había acabado encendiendo mi excitación.

Empecé a jadear sin remedio ante aquella silueta atlética.

«¿Por qué tenía que tomarme el pelo de esa manera?».

—Que te den, Hunter.

No le gustó mi arrebato de rebeldía.

—Como vuelvas a hablarme así, te reviento contra la pared, Blaze —susurró James a unos centímetros de mis labios. Temblé, inesperadamente excitado—. Aunque, pensándolo bien, puede que eso te gustase, Blaze…

Repitió mi nombre con la voz cálida y seductora de quien sabe el efecto que despierta en los otros.

James bajó el brazo y, con un manotazo rápido, hizo que mi toalla cayera al suelo.

—Eso creía…

Me miró con la cabeza ladeada, como si, con esos ojos azules, quiera atravesarme el cuerpo, el alma y el… Dios mío, se me estaba yendo la cabeza.

No dije nada. Me limité a agacharme para recuperar la toalla y enrollármela alrededor de la cintura. Me aseguré de cubrirme el vientre, muy consciente de que no tenía tantos abdominales como él o Jackson.

Me distraje al pensar en ellos dos, así que James se aprovechó de ello.

—Blaze, Blaze… Tengo en ti un efecto… devastador.

«Joder, se ha dado cuenta».

Se le dibujó una sonrisa astuta. El corazón se me aceleró como un tren a punto de descarrilar.

—Dejando de lado el tema de tus hormonas, ¿cómo está tu viejo? ¿Se ha cansado ya de jugar a los detectives?

—Tienes que zanjar ese asunto, James —le pedí con el semblante serio.

Sus labios me rozaron de nuevo, pero esta vez no me evitó en el último momento. Plantó su boca jugosa ante la mía, y necesité de todas mis fuerzas para no ofrecerle mi lengua.

Odiaba cuando se comportaba de esa manera. Pero… ¿a quién quería engañar? Era absolutamente irresistible.

«Ojalá me besase, aunque solo fuera una vez».

Fantaseé con que, a diferencia de Jackson, él sí fuese cariñoso.

Como aquella vez en la que me salvó la vida.

—Piensa bien lo que te acabo de decir, Blaze. Además, me lo debes, ¿no crees?

Él tampoco se había olvidado.

78

June

Me encantaba salir del baño después de darme una buena ducha caliente. Mientras me peinaba un poco el pelo húmedo me acordé de Tiffany.

Había sido muy satisfactorio, no podía negarlo.

Tiffany era tan guapa que, a menudo, me gustaría ser como ella. No tanto por tener una silueta perfecta, sino por probar lo que se sentía al estar segura de una misma, aunque fuese por una vez en la vida.

Pero, después, en la cama con James, me sentí muy extraña.

Me acordé de lo que había dicho Jordan.

No sabía nada de James.

Hasta hacía un mes, a mis ojos él no era más que el abusón del instituto, pero ya no me parecía que esa descripción fuera con él. Era el que organizaba las fiestas en las que se hacían las cosas más prohibidas, era el que estaba con tres personas distintas la misma noche, era el que vendía droga en el instituto, era el que amaba las peleas y las carreras clandestinas... En resumen, todo lo que yo siempre había odiado.

¿Y entonces? Las palabras de Jordan me habían puesto el estómago del revés.

Me habría gustado enterarme de más cosas.

James hablaba mucho, pero casi nunca de sí mismo...

—June, ¡muévete!

Mi madre ya se había puesto en marcha y no hacía más que desfogar su nerviosismo contra la puerta de mi habitación.

Me puse una blusa blanca y una falda tableada que ella me había elegido y, cuando me miré al espejo, me pareció que estaba lista para la misa del domingo.

Decidí cambiar aquella blusa por una sencilla camiseta blanca.

Bajé la escalera y me quedé en una esquina. Al cabo de solo unas horas, el salón de mi casa se había convertido en lugar de encuentro para un montón de señoras mayores con sombreros extravagantes y tipos con gafas de vista de formas insólitas.

Me di cuenta inmediatamente del momento en el que llegaron James y Jasper.

—¡June Madeline White!

Mi madre me dio un grito porque me había visto darle un mordisco a un pastelito. Ni que decir tiene que su regañina no pasó inadvertida: Jasper se tapó la cara para sonreír a gusto.

—¿Crees que puedes colarte en la cocina y arrasar con las bandejas que se servirán en la recepción?

—Mamá, ¡no me llames por mi nombre completo!

«Y, mucho menos, delante de estos dos».

—Aléjate de la comida, por favor. ¡Las manitas quietas! —me regañó, justo antes de girarse hacia sus amigos para seguir actuando como una persona dulce y sonriente.

Su expresión era tan cambiante como la de alguien al borde de un ataque de nervios.

—Tengo la impresión de que Madeline esconde un vibrador debajo de su cama, Jas.

La voz de James me hizo poner los ojos en blanco, pero, cuando por fin lo miré, me temblaron todas las neuronas. Llevaba una camisa blanca y unos pantalones oscuros. Lo ceñido de la tela resaltaba las formas atléticas de su cuerpo escultural, lo que volvió a recordarme cómo encarnaba la perfección estética.

El problema es que, además de guapo, sabía leer las mentes.

—Si crees que estoy irresistible, lo puedes decir en voz alta, Madeline White.

Se mordió el labio y me quedé obnubilada con sus ojos azules.

—Sí, claro, me siento inevitablemente atraída por todas las naturalezas muertas con las que me topo.

James no respondió a aquella provocación, pero deslizó sus ojos por todo mi cuerpo. Aquello bastó para que me callase.

—Jasper, si te apetece, por aquí hay algunos zumos.

Los dos nos lanzamos hacia ellos y James empezó a tragar copas de champán como si fueran agua.

Me habría gustado decirle que parase, pero mi madre no me quitaba los ojos de encima. Afortunadamente, la aburrida presentación de las obras terminó rápido y Jordan se abalanzó sobre ella, lo que hizo que ya no centrase en mí toda su atención.

Cuando la vi charlar con él y con su mejor amiga, no pude resistirme.

—Hola, Jordan. Hola, Melissa.

Saludé educadamente a los dos mientras le lanzaba a mi madre una sonrisa socarrona. Ella me miraba con los ojos como platos.

—Perdonad, hablo un momento con mi hija y ya estoy con vosotros.

Me alejó de allí con brusquedad, quizá temiendo que pudiese decir algo inapropiado.

—¡Increíble! Melissa existe de verdad... —bromeé.

—June, no me hagas quedar mal. Te lo pido por favor.

—Puede que haga un esfuerzo... si tú haces otro. —Le lancé una sonrisa que servía como invitación a aceptar un pacto silencioso.

—Vale. ¡Pero, desde mañana mismo, las cosas van a cambiar en esta casa! —me amenazó antes de volver con sus invitados.

Entonces me di cuenta de que dos focos me apuntaban.

—No sé cómo puedes soportarla...

James se atusó el pelo castaño con una mano y yo, viendo lo aburrida que iba a ser la velada, decidí darle coba.

—¿Tú has terminado ya de exterminar el par de neuronas que te quedan?

—Mis neuronas están perfectamente. Piensa mejor en lo que hiciste anoche... —¿Qué quería decir?—. Aunque con lo ciega que ibas seguro que ni te acuerdas...

Chasqué la lengua y puse una expresión de superioridad.

«¿Es una forma sutil de enterarse de cuánto recuerdo de ayer? Muy bien...».

—Pues te equivocas —le espeté en voz alta.

Esperé a que me respondiese algo, pero no me dijo nada. Ignoró mi respuesta y se empinó otra copa.

—Me acuerdo perfectamente de lo que dijiste —aseguré.

Aquello bastó para que volviera a mirarme.

—No te acuerdas de una mierda, White.

—Lo recuerdo perfectamente, Hunter.

Su sonrisa ladeada no me dejó escapatoria. James se apoyó en la mesa de los aperitivos y se cruzó de brazos.

—Así que no te has olvidado del «Solo me fío de ti, James»…

Imitó mi voz al decirlo. Esto, mezclado con sus aires chulescos, me provocó un escalofrío.

Estábamos rodeados de extraños, pero él pronunció aquellas palabras como si estuviéramos solos.

Bajé la vista, algo avergonzada.

—Me alegra saber que memorizas letra a letra todas las cosas que te digo.

James se apartó un poco del borde de la mesa y dio un paso hacia mí.

—Seguro que tú haces lo mismo, White. ¿Podrás dormir esta noche o te vas a pasar el rato pensando en mí?

Me provocaba con una seguridad innata y siempre conseguía inclinar la balanza a su favor.

Se me enrojecieron las mejillas. Trataba de seguirle el ritmo, pero no lo conseguía. James era insoportablemente seguro de sí mismo mientras que lo mío era solo una pose.

—¿Qué… qué quieres que te diga?

Mi voz se fue haciendo más insegura con cada paso que James daba hacia mí.

Le encantaba manipular a la gente con el poder de la palabra; para llegar a su altura, necesitaría practicar mucho.

—No lo sé, Blancanieves. Prueba a decirme la verdad.

—¿Quieres que te diga que pienso de verdad lo que te dije ayer? ¿O que estaba borracha y lo dije por decir?

—Oye, yo no soy tu madre. A mí no me rayes. Solo quiero la verdad —dijo sin inmutarse.

—Parece que sí que te importa… —Me mordí el labio y elevé el mentón para poder mirarlo a los ojos.

Sonreí.

—Así que te importa que me importe…

Volví a bajar la cabeza cuando nuestros labios se acercaron demasiado.

—¿Le has contado a Will que me he quedado a dormir en tu casa?

—No. —Contuve la respiración para no embriagarme de su aliento de menta y champán—. Pero lo haré.

—De acuerdo. —Miró a nuestro alrededor con expresión aprensiva—. Pero hoy no, ¿verdad?

—Sí, se lo voy a decir hoy —afirmó entornando los ojos.

«Vaya chico tan maligno…».

No dejaba de mirar a nuestro alrededor con expresión angustiada.

—¿Quieres que estalle la guerra aquí, en la exposición de mi madre?

—¿Prefieres que entre Will, tú y yo haya secretos?

—No, creo que tenemos que ser sinceros. Will debe entender que ya no tiene derecho a…, en fin, sentir celos de mí.

—No es tan fácil —masculló frunciendo el ceño.

—¿Por eso no se lo has dicho aún?

—¿Querrías que le dijese que me has suplicado dormir conmigo, White?

Entrecerré los ojos.

—¡Te dije que quería dormir en tu casa, no contigo! —aseguré, y entonces me aclaré la garganta—. Si acaso, fue algo que propusiste tú, Hunter.

Se me volvieron a encender las mejillas.

Un destello de impaciencia atravesó la mirada de James y su tono de voz se volvió más tenso.

—¿Y qué querías que hiciese? Cuéntame.

—Bueno…

«Paso de repetírselo».

—Yo no propuse una mierda, Blancanieves. Y, mucho menos, que durmieses conmigo.

James elevó el mentón con arrogancia.

—Yo solo digo que anoche no parecías decir lo mismo…

Lo dije en tono de reto. Y a él le encantaban los retos.

Quizá aquello fue lo que lo llevó a bajar la mirada peligrosamente. La sentí deslizarse por mi cuello y mi pecho hasta mis caderas, cubiertas por mi falda.

De forma involuntaria, cerré las piernas.

—¿De verdad te crees las cosas que digo cuando estoy en ese estado?

«No cuela».

Vale, era cierto: estaba colocado y borracho. Pero no parecía estar mintiendo.

—Eras muy convincente, Jamie —le dije, picándolo al llamarlo con aquel apodo.

—¿Era convincente? —Me quedé embobada mirándole los hoyuelos que le decoraban las mejillas. Dio otro sorbo al champán—. Chavala, aún no has visto nada.

Lo dijo como quien no quiere la cosa, como si estuviese más que acostumbrado a seducir a cualquiera sin el menor esfuerzo.

«Aguanta, June».

Me lo tuve que repetir un par de veces, ya que James me estaba mirando como si quisiera usar sus poderes para incendiar mis sentidos.

«No caigas en su embrujo solo porque sea más guapo que la mayoría».

Su mirada de reojo, unida a aquella sonrisilla pícara, me hizo perder el hilo de mi discurso. Mis buenos propósitos se esfumaron.

—¿Qué querías decirle a Will? —Recuperé las riendas y le hice esa pregunta.

—Quieras o no, hay algo que tú y yo hemos hecho. Y tengo que contárselo a Will.

Me habría gustado no entenderlo, pero intuía perfectamente a qué se refería James: a las fotos que nos habíamos intercambiado aquella noche. Bueno, en realidad intercambiamos algo más que fotos, claro.

James miraba fijamente su vaso y, a mí, aquel recuerdo me despertó un escalofrío.

—Te refieres a…

Asintió.

—Exacto, Blancanieves. Me refiero a aquello —susurró acercándose tanto a mi oído que sentí que su lengua me rozaba el lóbulo.

Contuve el aliento.

«Mi madre está a medio metro de nosotros. ¿Lo ha hecho por eso? ¿Eso es lo que lo excita? ¿Soy un juego, una pieza de ajedrez que solo le interesa si está quieta en un punto concreto?».

—James… No quiero que William y tú os peleéis. —Tragué saliva de forma audible.

Se habían acabado las bromas, me miró muy serio.

—Se lo tendré que decir tarde o temprano.

—No fue nada… —insistí.

—Eso ya lo has dicho, chavala —contestó malhumorado.

—Vale, James, solo te pido una cosa: que no sea hoy —le supliqué, señalando con la mirada a toda la gente que nos rodeaba.

—De acuerdo.

Fruncí el ceño porque no esperaba que fuese tan considerado, pero James parecía haber pasado ya al siguiente movimiento. Con toda la tranquilidad del mundo, se sacó del bolsillo una bolsita transparente en la que se intuía un montoncito de hierba.

Me quedé de piedra.

—¡Guarda eso! ¡Te va a ver mi madre!

Bastó con nombrarla para que se materializase a mi espalda.

—¿Qué está pasando aquí? —preguntó mientras James se guardaba rápidamente la bolsita en el bolsillo.

—Nada —le solté antes de salir huyendo de allí para que no me viese la cara enrojecida.

Salí del salón y recorrí el pasillo. Entonces vi a Jasper que, algo desorientado, se disponía a subir las escaleras.

—Jasper, espera, ¿adónde vas?

Decidí seguirlo.

Fue hacia mi habitación. Se detuvo en la puerta, como esperando mi permiso para entrar.

Y, si Jasper era un chico la mar de educado, su hermano, al contrario, parecía haber sido criado en la jungla.

—Hum… Mira, Jas: el diario secreto de Madeline —dijo James adelantándonos.

Empezó a tocar mis cosas sin permiso.

Puse los ojos en blanco y me enfadé cuando James cogió uno de mis cuadernos.

—«Querido diario…».

—James, déjalo ya.

—«Hoy he sacado sobresaliente en todas las asignaturas» —fingió leer, aunque en realidad se lo estaba inventando.

Por el rabillo del ojo vi que Jasper se acercaba a mi librería.

—«Durante la clase he fantaseado con Brian Hood, ese gilipollas que no me quita el ojo de encima creyendo que nadie más se da cuenta… Después le di unos besitos a mi noviecito William…».

—¡Para ya! —exclamé tratando de quitarle el cuaderno de las manos.

James soltó una carcajada y continuó.

—«Soy una chica superbuenecita, me van a dar un premio por ser la más aburrida del instituto…».

—Que te den —le espeté furibunda.

Pero él no se ofendió. Esbozó una sonrisilla que a mí me provocó un leve estremecimiento de placer que se intensificó cuando él acercó su boca al hueco de mi cuello.

—«Y James es un cretino. Lo odio tanto… ¡Ay! ¡Me pone de los nervios!» —continuó, todavía imitando mi voz, mientras yo seguía estando de pie contra la puerta con todos los sentidos alerta.

James apoyó el brazo contra la puerta y me atrapó entre su cuerpo y la madera.

—Te odio —murmuré.

Sentí un escalofrío cuando me rozó la oreja con el labio.

Me giré hacia Jasper, que no nos hacía caso porque estaba hojeando mis libros.

—«Odio a James con todo mi corazón, sí, pero está tan bueno y es tan fascinante…» —hizo una pausa para morderse el labio— «… que me encantaría hincarle las uñas en la espalda y sentir su cuerpo sobre el mío… mientras me mete la polla hasta el fondo».

Susurró aquello con un hilo de voz grave y a mí se me paró el corazón un instante.

—¿Te has vuelto loco? ¡Está ahí tu hermano! —mascullé casi sin aliento.

Pero James había hablado a un volumen tan imperceptible que Jasper pareció no haber oído nada. Aquel cretino me miró desde arriba, satisfecho de haber conseguido, a la vez, que me sonrojara y que me escandalizara.

—¡Esto va a acabar fatal! —exclamé antes de intentar quitarle el cuaderno de las manos.

Al tratar de agarrarlo, perdí el equilibrio y tropecé con él.

—Eres incapaz de dejarte ir, te lo tomas siempre todo al pie de la letra —dijo riéndose.

—Te estás riendo solo.

—Resuélveme una duda, White... —No respondí, pero lo miré de reojo y me alejé de él. Aún estaba temblando—. ¿Por qué la besaste?

Ignoré la pregunta y me aclaré la garganta señalando a Jasper, que seguía curioseando entre mis libros.

—Besaste a Tiffany. Otra vez —insistió James sin quitarme los ojos de encima.

«Madre mía, tener a James cerca es como estar en una montaña rusa».

—¿Tenemos que discutir esto justo ahora, Hunter?

—¿Puedes responder o...?

—Mira, me apeteció y ya está. No seas pesado —respondí cortante justo antes de acercarme a Jasper—. Qué buen gusto. Si lo quieres, te lo presto —le dije al verlo hojear *El alquimista*, uno de mis libros favoritos.

—Parece que a Blancanieves no solo le gustan los libros gordos... —James parecía listo para seguir torturándome.

—Perdona, ¿qué?

Me di la vuelta de repente y se me paró el corazón. James había entrado en mi baño y tenía en la mano mi rizador de pelo.

«Me cago en todo, seguro que lo dejé sobre el lavabo».

—No te olvides de desconectarlo de la corriente cuando lo uses... —dijo con sorna mientras, muy vulgarmente, hacía como si se lo metiese en la boca.

Me acerqué a él para arrancárselo de las manos. Me miró con gesto serio.

—¿Para qué lo usas?

—¿Para qué crees tú que se usa un rizador de pelo, idiota?

Intenté esconder la risilla nerviosa que me asaltaba cada vez que me encontraba en problemas.

—Todavía está caliente —susurró James acercándose a mí todavía más.

Sus ojos se posaron sobre los mechones, lisos como espaguetis, que me caían por los hombros.

Se hizo un silencio embarazoso que pareció ser infinito. El corazón me iba a mil.

«James no es tonto…, ¿qué le digo?».

Le aparté la mirada y me giré hacia Jasper, que nos observaba sin entender nada.

En aquel momento sentí un miedo tremendo a que James pudiese decir algo inapropiado delante de su hermano.

—Jasper, hum… ¿Te importaría dejarnos solos un momentito? —le preguntó James. Su hermano lo miró confuso—. Creo que por fin ha llegado el esperado momento de los pastelitos.

James se lo jugó todo a esa carta y Jasper, aunque nos siguió mirando con una mueca de sospecha, decidió dejarnos solos.

James dio un par de pasos hacia mí. Retrocedí algo asustada y me choqué contra el escritorio. Oí el sonido de los folios al caer al suelo.

—¿Qué pasa?

«Joder, me tiembla la voz».

—Eres muy rara.

—No es cierto.

—¿Me tienes miedo?

Miré a mi alrededor.

Su irresistible perfume pasó a ser un arma de doble filo.

—¿Miedo de ti? ¿Y eso por qué?

—¿Te da miedo que yo te guste de verdad, Blancanieves?

«¿En serio? ¿Pero quién se cree este tío que es?».

—Tú no me gustarás nunca, James.

Sonrió y entrecerró los ojos hasta convertirlos en dos ranuras.

—Sí, ya…

—Te lo tomas todo como un reto, ¿verdad?

Se encogió de hombros sin dejar de sonreír.

—¡Te odio! —repetí, esta vez con más decisión.

James me agarró por las caderas como si fuera suya, lo que me causó un remolino de emociones en el vientre.

Sus labios temblaron contra los míos. Los abrió cuando me respondió en tono seductor.

—Dilo otra vez.

Estábamos muy cerca, me habría bastado sacar la lengua para sentir su sabor.

Él podría haberme besado, pero no lo hizo.

Bajé la vista hasta su pecho, que se movía rítmicamente bajo su camisa blanca.

—Se te ha… arrugado la camisa. —Dije lo primero que se me vino a la cabeza.

Echó un vistazo a mi rizador de pelo. Después volvió a mirarme y esta vez no parecía querer picarme.

No me apetecía hablar de lo que él acababa de ver, y pareció intuirlo.

—La camisa está bien, es la corbata la que…

James me siguió la corriente para salir de aquella situación incómoda, pero me pareció que se le había quedado un quejido atascado en la garganta.

Me miró los labios casi sin querer. Parecía nervioso.

—Menuda corbata de mierda, ni siquiera quería ponérmela… —masculló mientras se peleaba con aquel trozo de tela que le bajaba por el pecho.

—Te ayudo.

Estábamos tan cerca que solo tuve que alzar las manos para ayudarle a colocársela bien. A modo de respuesta, y molesto por mi iniciativa, James echó la cabeza hacia atrás.

—¿Podrías intentar no…?

—¿No qué? —le respondí evitando mirarle a los ojos.

Observamos nuestras respectivas bocas.

Se mordió el labio y tragó con dificultad.

—James…

—¿Sí?

Nos miramos a la vez a los ojos. Aquella mirada nos dejó sin respiración.

Presionada contra su cuerpo y absorbida por sus ojos magnéticos, me sentí débil e incapaz de pensar de forma racional. Pero James no perdió el tiempo. Puso su mano cálida sobre mi costado y me hizo girar sobre mí misma.

De repente, estaba de espaldas a él. James, con su mirada lánguida plantada en el espejo, exploraba mi imagen reflejada.

—No estás mal para ser una chavalita… —me susurró al oído.

Posó sobre mi hombro su cabeza y pareció suavizar su agarre, como a punto de soltarme de un momento a otro. Sentí resucitar cada célula de mi cuerpo en el momento exacto en el que sus ojos brillaron con una luz innegable. Cuando observé su reflejo me di cuenta de que no estaba mirándose a él mismo sino a mí, solo a mí. Se dedicó a posar la vista en los sitios que más le interesaban.

Su mano descendió lentamente por el tejido de la falda hasta encontrarse con mi pierna desnuda.

Con los ojos fijos en sus movimientos, seguí aquel descenso cadencioso como si fuera la víctima de un hechizo. James jugueteaba con el dobladillo de mi falda mientras, con el pulgar, rozaba distraídamente mi muslo desnudo.

El roce de su anillo helado me hizo estremecer, pero su caricia fue tan lenta y delicada que una serie de escalofríos de placer me recorrieron todo el cuerpo.

Me armé de valor y alcé el mentón para buscar su rostro en el espejo. Me quedé absorta ante la visión de sus labios turgentes, que ahora estaban centrados en hacerse sitio entre los mechones de pelo que me cubrían el cuello.

Noté cómo su aliento cálido se encendía sobre mi piel. Aquella sensación de calor se extendió hasta mi centro de gravedad y me resultó tan placentera que hizo que no me diese cuenta de cómo su mano estaba sobrepasando, de forma deliberada, el borde de la falda.

«¿Le estoy dejando hacer esto?».

Seguíamos en pie, como suspendidos en un lapso de tiempo que pareció cristalizarse. Y entonces, de repente, unos golpes en la puerta nos sobresaltaron a los dos a la vez.

—¿June?

«Oh, Dios mío, es la voz de Will».

—Eh…

—¿Está James aquí? —lo oí preguntar desde el otro lado de la puerta.

Aquellas palabras bastaron para que se apartase de mí.

—Sí, tu chica es muy lenta haciendo nudos.

—No soy su chica y lo sabes —farfullé mientras le daba un tirón de la corbata.

—Pero cállate, joder.

Resoplé, pero la tensión a la que acababa de verse sometida cada célula de mi piel no pareció esfumarse tan rápido como me hubiese gustado.

Fui a abrirle la puerta a Will y este me recibió con una sonrisa triste y las manos escondidas en los bolsillos de unos pantalones formales. No vi sospecha ni inquietud en sus ojos. William estaba tranquilo, aquel era el chico que había conocido el primer día de instituto.

—¿Qué hacéis?

—Nos escondemos de esos ridículos amantes del arte —dijo James distraído mientras jugueteaba con el mechero que tenía en el bolsillo.

—Jasper acaba de bajar —me apresuré a aclarar, casi como si quisiera disculparme porque me hubiese sorprendido con James en mi habitación.

—Mis padres también están abajo.

Aquella respuesta de Will me provocó una sonrisa sincera, quizá porque dijo aquello sin ocultar su satisfacción. Se acercó a la ventana abierta y me señaló a una señora alta y rubia que, en el jardín, charlaba animadamente con otros invitados.

—Esa es mi madre.

Llevaba unas grandes gafas de sol y un elegante sombrero negro del que sobresalían unas plumas.

—No te ofendas, pero parece que va a un funeral —comenté.

Will no se lo tomó a mal; de hecho, se echó a reír. Se giró hacia mí y nos miramos a los ojos.

—June, me encanta que seas tan espontánea.

Sonreí mirando al suelo. Torpemente, Will se acarició el pecho, enfundado en una camisa oscura.

—Abajo hay demasiada gente y mi madre me agobia un montón —admitió. Se puso a mordisquearse el interior de las mejillas con aire aprensivo. Decidí tranquilizarlo.

—¿Sabes lo que te digo? No tienes por qué volver ahí abajo.

—Seguro que se nos ocurre algo mejor que hacer —dijo encogiéndose de hombros.

James estaba al otro lado de la habitación, apoyado contra el escritorio. Alzó la vista del papel de fumar que tenía entre los dedos y nuestras miradas se cruzaron. Aquello duró solo un instante, muy pronto él volvió a sus asuntos.

—¿Te apetece, Will? —James señaló el porro que acababa de preparar, sujeto entre el índice y el dedo corazón.

—¿Qué pretendes? —le pregunté, asustada.

—Fumar. Y tú no estás invitada, White.

—Resulta que esta es mi habitación.

James no dijo nada, pero se incorporó e hizo un gesto que me dejó sin respiración.

Su mano aferró la llave y la giró en la cerradura.

¿Acababa de cerrar con llave la puerta de mi habitación?

«Cálmate, June».

—¿Por qué la cierras? —le pregunté.

James se puso el cigarrillo entre los dientes y me miró con aire desafiante.

—James, ¿no lo estarás haciendo en serio? —grité extendiendo los brazos hacia él.

No podía ponerse a fumar en mi habitación. Aquel olor tan característico impregnaría todos los tejidos y mi madre se daría cuenta en cuanto entrase por la puerta.

—Blancanieves, la pregunta no es «qué queremos hacer», sino, en todo caso, «a quién se lo queremos hacer» —me dijo mirándome seriamente y acercándose a mí con aire intimidante.

Will y él intercambiaron una mirada de complicidad que me puso el corazón en la garganta.

James vio que, inmediatamente, la cara se me descompuso en una mueca desconcertada, así que dejó escapar una risilla divertida.

Se estaba burlando de mí, como siempre.

—¿No deberíais evitar beber y fumar en esta época? —les pregunté.

Will se acababa de sentar en mi cama y se encogió de hombros.

—Jackson hará pis en mi lugar. Y ese pis estará tan limpio que cualquiera podría bañarse en él —aseguró James antes de llevarse una mano a la boca para encenderse el porro por fin.

—James, qué asco.

Will y yo lo miramos con mala cara.

—¿Así es como gestionáis las cosas?

—¿Y a ti qué más te da?

—Bueno, no me parece justo… —opiné.

—Guárdate tus discursitos moralistas —me espetó.

—James… —William lo llamó al orden, pero yo ya estaba tensa desde hacía un buen rato.

—¿Por qué crees que tienes derecho a fumar aquí dentro? —contraataqué.

—¿No te cansas de ser una aguafiestas?

—¡Métete el porro por el culo! —exclamé, harta, sacando mi lado más vulgar.

—¡June! —exclamó Will entre risas, antes de ponerse serio y dirigirse a James—. ¿Qué habíamos dicho sobre hacer algo divertido?

—¿Divertido en qué sentido, Will?

Un inesperado destello atravesó los ojos azules de James.

—No lo sé… ¿June?

William me devolvió la pelota y yo no supe qué inventarme.

—¿Qué consideras divertido? —pregunté echándole un vistazo a mi estantería.

—Eh…

Me pasaba las noches viendo viejos documentales de crímenes reales, era el aburrimiento en persona. James se pasaría la vida burlándose de mí si le confesaba mi obsesión por los casos sin resolver.

—Pues, ya que no tenéis ninguna imaginación, conformémonos con fumar —mascullló James.

—Oye, apaga eso. No puedes fumar en mi habitación. ¡No sé por qué siempre tienes que hacer lo que te da la gana!

—Mira quién habla…

James se mordió el labio, despertando mi curiosidad.

Sabía que no debía provocarlo, pero no podía evitarlo. Me senté en el borde de la cama, junto a William, y miré a James con los brazos cruzados.

—¿Quién? Venga, dilo.

James me lanzó una mirada encendida al pecho, cubierto por mi camiseta blanca, y justo después volvió a mirarme a los ojos.

—La que se besa con mis dos mejores amigos.

Me puse violeta de forma instantánea.

Aquella provocación resultó más impactante de lo previsto.

—¡¿Has besado a Jackson?! —exclamó Will sin poder creérselo.

—¿Qué? ¡No!

—Por Dios… ¿Has besado a Jackson? —James se burló de William imitando el tono sorprendido de su pregunta.

—Está hablando de Tiffany —aclaré para zanjar aquel pequeño malentendido antes de que se hiciese más grande.

Me levanté y me dirigí al baño con el único interés de que no viesen que me había puesto roja de la vergüenza. Abrí el grifo para fingir que me lavaba las manos, pero aquel sonido no impedía que pudiese oír la voz de William.

—James… —Contuve la respiración—. ¿Qué estás haciendo?

—Fumando. ¿Y tú, Will?

James parecía estar disfrutando de aquello.

—Vamos, ya sabes a lo que me refiero.

—¿A qué te refieres? —preguntó James en tono serio.

—Ayer desapareciste con ella, James. Hoy te encuentro aquí. Estás siempre con ella.

Aquella afirmación de Will no pareció encontrarse con ninguna objeción.

—¿Y...?

—No eres capaz de mantenerte alejado de ella.

—Te equivocas. Eso es lo que te pasa a ti, Will.

—Solo quiero que...

William se calló porque James lo interrumpió con brusquedad.

—Cuidado con lo que quieres, William.

Se hizo el silencio y decidí volver a la habitación.

—¿Sigues fumando aunque te he dicho que no lo hagas? —pregunté sin que me respondiese.

James dio un par de pasos hacia Will, que acababa de ponerse cómodo estirando las piernas sobre mi colcha.

Le puso a William el porro en los labios y este inspiró aquel veneno sin quitarme los ojos de encima.

—William también está fumando en tu habitación —dijo James con voz aterciopelada y sin apartar los ojos de los labios de su amigo.

Entonces se acercó a mí, me colocó un mechón de pelo detrás de la oreja y después me posó en los labios el filtro que había tocado la boca de ambos.

—Y ahora Blancanieves también está fumando —murmuró con sus ojos puestos en los míos.

Le exhalé el humo en la cara, pero a James no pareció molestarle.

—¿Entonces estás segura?

Aquella era la voz de William. No entendí a qué se refería, pero decidí volver a sentarme a su lado.

—¿Segura de qué?

—¿Quieres que... seamos solo amigos? —musitó.

«Sí, pero no como anoche».

—Sí, Will. Creo que va a ser lo mejor.

James se apartó de nosotros para seguir fumando.

—Y ahora que han vuelto tus padres, ¿qué vas a hacer con las pastillas?

Traté de cambiar de tema, por una parte porque me interesaba el bienestar de William y por otra porque no me apetecía discutir el tema «Will y June» delante de James. Si es que «Will y June» era algo que había existido alguna vez.

—He hecho que mi madre se encuentre unas cajas vacías, pero la verdad es que llevo semanas bajando la dosis.

—¿Por qué?

—Porque nos estamos preparando para el partido y el entrenador no me deja en paz. Y tiene razón: cuando estoy medicado soy un desastre.

Su confesión me puso triste.

—El fútbol no lo es todo, Will —aseguré.

—Cállate —oí decir desde el lado opuesto de la habitación.

—Sabes que tengo razón, por eso te molesta lo que digo.

James me fulminó con la mirada.

—Dios mío, no se calla ni poniéndole un porro en la boca.

—No es culpa mía que no seas capaz de callar a una chica.

Poco me importaba que aquel comentario machista hubiese salido de mi propia boca. Solo quería responderle en el mismo tono que él usaba conmigo.

—Si quieres te demuestro ahora mismo si soy capaz de hacerlo, Blancanieves.

Aparté la vista todo lo que pude de James y de sus obscenidades.

—¿Qué decías, Will?

—Nada… Solo que esas pastillas son una mierda. Me adormilan y me quitan las ganas de hacer cualquier cosa. Cuando las tomo no quiero ni salir, ni estar con mis amigos…, hasta me dejan de interesar las chicas. Es algo muy frustrante a nuestra edad —confesó.

—¿A qué te refieres?

—Tu chica quiere que le hagas un dibujito, Will —respondió James sonriendo.

«No soy su chica».

—Pero, en cuanto dejo de tomarlas, todo cambia —murmuró mirándome los labios.

Me di cuenta de que había piezas de aquel puzle que no me encajaban. ¿Por qué William ya no estaba celoso?

¿Era posible que el simple hecho de que lo hubiéramos dejado le hubiese hecho verme como una persona menos especial? ¿O es que el beso con Ari había sido tan importante para él que había borrado todo lo que había pasado entre nosotros dos? No era fácil comprender qué estaba pasando. ¿Se trataba de su enfermedad o de su carácter?

Sentí en el estómago una punzada de culpabilidad por haber pensado algo tan cínico. Lo cierto era que Will necesitaba a su lado a gente que no lo juzgase.

Cuando William apoyó la cabeza en mi hombro y me pasó los labios por la clavícula desnuda, volví a sentirme tan confusa como cada vez que estaba a solas con los dos. Me puse a temblar. Solo quería alzar la vista. Lo deseaba con ardor.

«No lo hagas, June. No lo hagas».

Pero lo hice.

Miré a James.

Seguía en pie, apoyado en la pared con una mano en el bolsillo.

Una sensación muy cálida me invadió el vientre.

Al girarme hacia William vi que sus nudillos estaban a punto de rozarme la mejilla.

¿Querrá besarme ahora?

Sentí cómo los pasos pesados de James se acercaban a nosotros.

Le puso a William una mano en el cuello. Lo hizo con dulzura, para obligarle a mirar hacia arriba. Entonces, le acercó el porro a los labios entreabiertos.

William cerró los ojos y lo dejó hacer.

Me quedé sin habla.

Aquella intimidad entre los dos me puso a cien.

Me sentí muy confundida.

James se inclinó hacia mí y me ofreció una calada de aquel veneno. Pero, en esta ocasión, su pulgar se demoró un poco más sobre mi piel y me rozó la mejilla con una suave caricia.

Y si, hasta ese momento, aquello había sido bastante inocuo, en aquel instante sentí cómo el efecto del porro se abría paso por mis venas haciendo que mis miembros se relajasen.

Me incliné de nuevo hacia él para dar otra calada, pero James negó con la cabeza.

Contuve un gemido cuando sentí el calor de la boca de William sobre mi cuello.

Su lengua se deslizó por mi piel. Sentí en el pecho una explosión cuando volví a abrir los ojos y, de repente, se toparon con aquel azul.

—Vale, chavala, pero esta es la última calada —susurró James con su voz grave antes de volver a acercarme el porro.

Seguí mirando hacia arriba impresionada por su mirada, que oscilaba entre mis labios y mis ojos. Pero William reclamó mi atención. Se apropió del humo que salió de mis labios. Lo sorbió con avidez acercando peligrosamente su boca a la mía.

Sentí un escalofrío de placer cuando una mano cálida se posó sobre mi muslo desnudo.

No reconocí de inmediato quién era el dueño de la mano. La largura de los dedos y la frialdad de los anillos metálicos me hicieron mirar inmediatamente el punto de contacto entre nuestras pieles. Me deleité con la visión de las venas azuladas del dorso de su mano.

James siguió mirándome con sus iris brillantes y dilatados. Su aroma invadió mi nariz y me obligó a cerrar los ojos por el latigazo de placer que se extendió por mi cuerpo y que llegó directo a mi bajo vientre. Cerré los ojos y me permití un jadeo. De repente ya no era capaz de sostener su mirada excitante y febril; sus labios rojos y turgentes me provocaban un nudo en el estómago.

William presionó un poco y pronto me di cuenta de que los besos que me estaba estampando en el cuello se empezaban a convertir en intensos lametones.

Tendría que haberlos parado. Aquello estaba mal. Pero, entonces ¿por qué era así de placentero?

Sentí el corazón en la garganta cuando la mano de James empezó a moverse por mi muslo. Abrí los ojos y no pude evitar seguir la trayectoria que su palma seguía a lo largo de mi piel ferviente.

Me ardieron las mejillas y los escalofríos se me multiplicaron cuando sentí que los anillos me arañaban con dulzura mi piel suave.

Cuando sus dedos se encontraron con el dobladillo de mi falda, vi que movió los labios.

No hizo ningún sonido, solo un movimiento imperceptible.

—June, detenme.

James me envió aquel mensaje solo moviendo los labios.

Estaba deseando que le dijese que parase, por eso iba tan despacio.

Yo me quedé inmóvil, incapaz de oponerme a lo que me estaba haciendo. Mi reacción le despertó emociones contradictorias; lo supe por cómo, de repente, se quedó pensando. Tenía ambas manos plantadas en mis muslos, pero parecía asaltado por una lucha interior que me resultó indescifrable.

Me mordí el labio cuando los mimos de William se convirtieron en intensas caricias por mi cuello. Me besó en varios sitios, lo que me provocó algunos gemiditos que me costó mucho esfuerzo contener.

Pero James se dio cuenta: lo sorprendí lamiéndose los labios mientras me miraba los míos como un depredador hambriento. No se acercó a mi cara, pero le bastaba mirarme de aquella forma para hacerme enloquecer.

Mis latidos se iban acelerando con cada centímetro de piel desnuda que iba tocando con sus dedos.

Sentí una especie de latido intenso cuando James, con sus yemas templadas, me levantó la falda con una lentitud casi dolorosa.

—Will, despacio… —Emití un lamento ahogado cuando William me agarró el mentón para obligarme a mirarlo.

—Will —lo regañó James sin que su amigo le prestase atención.

William me succionó el labio inferior con su boca y, entonces, lo mordió con decisión.

Volví a gemir, pero esta vez de dolor.

—Will, te ha dicho que vayas despacio.

James fue muy tajante. Tanto que William se apartó inmediatamente de mis labios y lo miró con el ceño fruncido. Los tres estábamos sin respiración, con los pechos palpitantes y las mejillas enrojecidas.

James se pasó una mano por el pelo, de nuevo parecía no saber cómo actuar.

—¡June!

De repente alguien trató de forzar la puerta.

—¡¿Has cerrado con llave?!

«Mi madre…».

«¿Mi madre?».

«¡Mi madre!».

—¡Mierda! —masculló James en voz baja.

—¡Salid de aquí! —fue lo único que pude decir en aquel momento.

Fui corriendo al baño a coger uno de mis espráis contra los olores persistentes.

—¿Por dónde salimos? —se rieron los chicos.

James le señaló la ventana a su amigo y, cuando ambos llegaron hasta allí, William volvió sobre sus pasos y me dio un beso en la boca que me dejó muy confusa.

Las piernas me fallaron.

Me senté en la cama y, para mi sorpresa, James también volvió sobre sus pasos.

Se me paró el corazón cuando se acercó a mi cara. Introdujo su boca, viva y palpitante, entre mi melena rubia. Extendió la mano para llegar hasta mi espalda.

—Se me olvidaba esto… —me susurró al oído mientras cogía el mechero que se había dejado en mi cama.

Cerré los ojos, pero pude oír lo que susurró con un hilo de voz.

—Esta vez te has arriesgado demasiado, chavala.

79

James

—April tiene un talento increíble, ¿no crees?

Probablemente me había confundido con algún tipo de amante del arte, porque una tía seguía, después de media hora, hablándome de cuadros.

Y yo no le estaba haciendo ningún caso.

Llevaba una falda ceñida tan corta que, si me hubiese agachado a atarme los cordones, le habría visto las bragas. Si es que llevaba.

La tía bebía champán y me lanzaba miraditas seductoras.

No me acordaba de su nombre, no sabía quién era.

—Y a tu padre también se le da genial su trabajo.

Me encogí de hombros, aburrido. Al parecer, no le importaba lo arrugada que estaba mi camisa. Bajar de la habitación de White no había sido nada fácil. Will casi se tuerce un tobillo.

Me hacía mucha gracia verlo cojear mientras caminaba junto a su madre en el lado opuesto del jardín.

La rubia capturó de nuevo mi atención al ponerme una mano en el hombro.

—Si vienes ahí abajo, te enseño una cosa.

«¿Debajo de ti?».

Enarqué una ceja y no dije nada.

—En la planta baja hay una zona en la que han dejado los cuadros que expondrán el mes que viene… —comentó tratando de camuflar sus verdaderas intenciones.

«Me desea».

Cuando se acercó a mí, su perfume caro me envolvió. Observé su mano cuidada que, como quien no quería la cosa, apoyó sobre mi bíceps contraído. Di un sorbo a mi vaso e inspiré hondo. En el aire húmedo y otoñal logré identificar el olor dulzón de su excitación.

—No creo que haga falta —le contesté alzando el mentón para mirar sus ojos oscuros.

Ella me lanzó una mirada rápida que primero se posó en mis labios brillantes de champán y después en el cuello de mi camisa.

«Es paranoia mía», me dije para convencerme. Pero entonces la rubia abrió sus labios rojos para dirigirse a mí con voz traviesa.

—Como quieras. Pero habría sido un paseíto… la mar de rápido.

«Esta tía tiene más de veinte años y un anillo en el dedo, y aun así quiere que me la folle».

—Me tengo que ir —mascullé declinando su oferta antes de darle la espalda.

No es que me hubiese disgustado ponerla a cuatro patas en algún sitio, pero que Jasper estuviera por allí me causaba sentimientos encontrados.

—Sé que los pastelitos estaban asquerosos.

Mi voz rompió el hechizo de tristeza y amargura en el que parecía estar inmerso mi hermano. Jasper me devolvió un tímido asentimiento.

—Pero… ¿qué se le va a hacer? La madre de White no sabe una mierda ni de hombres, ni de champán, ni de comida.

Jasper seguía escéptico, lo supe por la mueca que hizo con la nariz.

—Así que, si quieres, podemos ir a tu pizzería favorita.

Jasper, por fin, dejó de mirar al infinito y esbozó una leve sonrisa.

—¿Vamos solos o llamo a Will?

Si algo me había enseñado mi hermano a lo largo de los años era a no rendirme. Cuando era más pequeño, Jasper no miraba ni escuchaba a nadie. Podías pasarte horas hablándole mientras él actuaba como si no existieras. A la desolación de verlo aislado de todos, se unía la de estar al lado de una persona a la que querías pero que no te daba nada a cambio. Ni una sonrisa, ni una mirada.

Al verlo crecer entendí que el secreto estaba en la perseverancia. Lo había probado todo hasta encontrar la mejor manera de comunicarme con él.

Jasper hizo un gesto para señalar la cabeza de color ceniza de William, lo que me hizo saber que quería que este viniese con nosotros.

—¡Will, mueve el culo!

«Y aléjate de una madre que prefiere estar en cualquier lugar del mundo antes que contigo».

La señora Cooper me fulminó con la mirada al oír la forma tan elegante en la que me dirigía a su hijo.

Nos despedimos de ella y nos encaminamos hacia el coche. La boca aún me sabía a hierba y habría jurado que todavía se intuía su perfume entre mis dedos.

Abrí la portezuela y me quedé mirando el manto de hojas secas que cubrían el capó.

Se acercaba noviembre y, con él, el puto día de mi cumpleaños.

Me llevé a los labios un cigarrillo apagado, me aflojé la corbata y alcé la vista hacia la ventana.

«Si William no hubiese llegado…».

80

June

Y así fue como descubrí el verdadero significado de la expresión «malas compañías». No era solo una forma de hablar. Había bastado tener a los dos en mi habitación para cometer, de nuevo, el mismo error.

—¿Qué diablos está pasando aquí?

Mi madre, con dos bolas de fuego en lugar de ojos, entró en mi habitación hecha una furia.

—¡Nada! —exclamé en un tono demasiado agudo.

—¿Qué te pasa en los ojos, June?

—Tus cuadros… Son tan bonitos que me han emocionado.

Estaba de pie inmóvil en mitad de la habitación, pero, en mi cabeza, daba saltos mortales para no soltarle una carcajada a la cara.

—¿Estás sola?

—Claro, ¿con quién voy…?

Nos asomamos a la ventana, desde la que se veía el jardín lleno de invitados. Mi madre lanzó una mirada a la zona donde Will y James estaban charlando justo al lado de Jasper.

—June, por favor, ten cuidadito.

81

James

—No es como las otras veces.

William tenía la mirada eufórica y era incapaz de tener las manos quietas. Parecía estar drogado o bajo el efecto de cinco cafés.

Pero yo sabía perfectamente que no era la cafeína la que le daba toda esa energía.

—¿De qué hablas? —le pregunté lanzando una bocanada de humo al aire de la mañana.

Se movía sin parar por el patio del instituto. Recorría, hacia delante y hacia atrás, unos círculos imaginarios que, probablemente, su cerebro creaba con una finalidad: la de calmarlo.

Estaba tan agitado que hacía que yo pareciese tranquilo.

—Si hubiese sido otra, te la habrías zumbado en su propia cama.

Mantuve la boca cerrada y la mandíbula apretada.

¿De verdad estaba hablando así de la chica con la que había estado hasta hacía tres días, de la chica por la que había acabado a puñetazos con su mejor amigo?

Me sentí culpable por haber pensado aquello. Al fin y al cabo, se trataba de William…, una persona imprevisible. Del mismo William que, una vez que empezó a ir a terapia, acabó prendiéndole fuego a las ruedas del coche de su psiquiatra solo porque le había prohibido de forma tajante fumar y beber alcohol.

Nadie, ni siquiera el psiquiatra, sospechó de él cuando se encontró con los neumáticos calcinados. ¿Quién sospecharía nunca de una carita de medalla adornada con rizos rubios o de unos ojos tan puros e inocentes?

Cuando pasaba algo, siempre era culpa de James.

Como lo del tío del estanco de al lado del instituto. Hasta Tiffany creía que había sido idea mía lo de destruirle el local. La pena es que Will no se lo pensase dos veces antes de ir allí solo. Para evitar que el hombre lo denunciase, yo había tenido que comprar su silencio. Su hija me había mirado con un desprecio absoluto cuando entré en el local a dejarles el dinero; fue como si le estuviese pagando por el polvo que habíamos echado hacía solo unos días.

No había cifra suficiente para devolverle lo que le había quitado: no su virginidad como tal..., sino la experiencia de su primera vez, que podría haber compartido con cualquier tío mejor que yo.

—¿James?

El tono excitado de Will me devolvió a la realidad.

—No me apetecía.

Me encogí de hombros y miré a mi alrededor. El patio del instituto todavía estaba semidesierto cuando William se me puso delante con una expresión sorprendida.

—¿Que no te apetecía? Sí, claro...

«La verdad es que esa chavala y yo ya hemos follado, querido Will».

Ella en su cabeza y yo en la mía.

Pero ¿cómo se lo explicaba?

—¿Qué cojones quieres que te diga? —resoplé mientras apoyaba la espalda en el viejo edificio.

William se rio de mi actitud malhumorada, lo que me llamó bastante la atención.

Me pregunté si de verdad se daba cuenta de lo que decía, de lo que proponía. Probablemente no.

William siempre había sido una persona tranquila, por eso no era difícil reconocer los momentos en los que se obsesionaba con algo. Se ponía muy insistente y excitado.

No se daba cuenta de que estaba tratando a June como un objeto de intercambio, ni tampoco que su desinterés repentino por ella era antinatural. Aquello no era propio de él y me molestaba bastante.

—¿Por qué ahora haces como si te diera igual, cuando eras el primero que estaba cachondísimo por aquella situación, James?

Lo regañé lanzándole una mirada glacial y haciéndole un gesto para que guardase silencio. No quería que nadie del instituto se enterase de aquello.

—Te ha jodido —añadió un poco después.

«Joder, ¿qué coño hacíamos hablando de ella a primera hora de la mañana?».

Tiré el cigarrillo al suelo y lo pisé con el zapato.

—¿El qué, Will? ¿El qué?

—Te ha jodido que yo quisiera besarla, por eso me detuviste.

—No, te detuve porque ella se quejó y a ti te dio igual. Le hiciste daño, creo. Yo qué coño sé.

Bajé la vista al suelo y pisoteé más la colilla, que ya estaba hecha puré.

—¿Que le hice daño? ¿Lo dices en serio? —William se echó a reír.

Entonces me agarró de un hombro para acercarme a él.

—Teniendo en cuenta lo que estábamos a punto de hacer, ¿de verdad te preocupas por un mordisquito en el labio? —me preguntó en un susurro.

Puede que, a los ojos de Will, estuviese quedando como un idiota y un paranoico, pero cada vez estaba más cansado de aquella historia.

—Tú no la entiendes, Will.

Se sopló un rizo rebelde que le caía sobre la frente y, entonces, me lanzó una mirada presuntuosa.

—Ah, y tú sí que lo sabes todo de ella, James… Y, dime, ¿qué es lo que no entiendo de June?

Di un largo suspiro para sacarme todo el humo de los pulmones.

—Ella no habría llegado hasta el final.

—¿Y eso quién lo dice? —preguntó acariciándose el labio inferior con el dedo índice.

Yo decía un montón de chorradas, pero Will tenía la cabeza llena de ideas enfermizas…

«Primero no podía ni mirarla, ahora quiere que nos la follemos a la vez. No tiene el menor sentido».

Ella ya no quería estar con él y él, por no perderla del todo, ¿quería meterme a mí de por medio? No, esta hipótesis no tenía razón de ser.

—¿Y eso quién lo dice? —repitió Will, privándome con una sola mirada de cualquier respuesta sensata.

Lo observé mientras, con un gesto de lo más inocente, se echaba la mochila a la espalda.

Se había convertido en su nueva obsesión; o, quizá, simplemente, aquello le parecía excitante.

Le miré sus labios carnosos.

«No, no me interesa».

Era Will y no me parecía ni remotamente excitante. Era mi mejor amigo. Nunca me había gustado la idea de verlo con ella. Aunque si tenían que hacer algo, mejor que fuese en mi presencia que a solas.

Sacudí la cabeza como si eso bastase para borrar de ella aquel pensamiento mezquino y egoísta.

Nervioso, empecé a toquetearme el pelo.

«No me puedo creer que este asunto me esté dando ansiedad…».

Me reconcomía el sentimiento de culpa incluso antes de haberlo hecho.

—Oye, acabemos con esta historia —comenté de forma inesperada.

Will estaba en una de sus fases maniacas, de eso no había duda. Si, en otras ocasiones, lo había apoyado o había intentado disuadirlo, en esta le habría herido cualquier cosa que yo hubiese hecho.

Y, aun así, tenía que hacerlo.

—¿Qué historia, James?

—La historia de ella, tú y yo. Ya no me divierte —aseguré antes de entrar en el edificio del instituto.

82

James

«¿Por qué crees que tienes derecho a fumar aquí dentro?».

Las palabras de la chavala se hicieron presentes en mi cabeza como una puta cantinela mientras el saco seguía balanceándose frente a mis ojos.

«Pues sí, es una pena que, en vez de fumar, no te arrancase el vestido delante de aquel espejo».

Pero algo no cuadraba.

Y era aquella mirada culpable y temerosa que me había devuelto cuando le había preguntado qué coño hacía con aquel consolador capilar.

Nunca llevaba el pelo rizado, ¿por qué cojones tenía aquel aparato en el lavabo como si acabara de usarlo?

«¿Qué coño estoy diciendo? Seguía caliente, estaba claro que lo acababa de usar».

El saco temblaba con cada uno de mis puñetazos. Los golpes eran cada vez más contundentes y veloces. Me sentía como si estuviese a punto de destruirlo de un momento a otro.

Golpearlo hasta la extenuación era mi manera de desfogarme. No paré hasta que no sentí que se me agotaban los músculos, que me flaqueaban los hombros, que el aliento se me había convertido en jadeo. Aquel era mi pasatiempo preferido. Me alejaba de cualquier pensamiento. Me vaciaba de esa maraña de sensaciones negativas que chirriaban en mi interior. Pero el alivio era siempre muy efímero.

Agarré el botellín de plástico y di varios grandes sorbos de agua fresca. Pero no podía evitarlo, seguía pensando en ello.

No tenía marcas en el cuerpo.

La había mirado de arriba abajo.

«Salvo ahí abajo, claro».

En el espejo de cuerpo entero me topé de frente con mi pecho desnudo, reluciente de sudor. Me palpitaban las mejillas enrojecidas y los mechones castaños se me rizaban en las sienes. Las venas, vigorosas, recorrían mis bíceps doloridos.

La imagen de ella embutida en el vestido de Tiffany me volvió a la mente.

«Tiffany..., ¡pues claro!».

Cuando se quedaron a solas en mi habitación, Tiff le había prestado el vestido... Seguro que la había visto medio desnuda. Aquel sencillo pensamiento hizo que en el bajo vientre se me extendiese un calor devastador que se perdió bajo mis pantalones cortos.

Le di un derechazo al saco, quería borrar aquel pensamiento indecente que se había materializado en mi cabeza.

En la fiesta en la que le había pintado las piernas no había querido quitarse los *shorts*; cuando estuvimos en la piscina de Will solo mostró la parte de arriba del bañador...

¿Sería posible que nunca se quitase aquellos malditos pantalones cortos?

Según decía William, además, nunca se había dejado tocar. Podía ser que todo aquello fuese una simple coincidencia, pero también era posible que tuviese algún problema con el hecho de desnudarse.

Lo que estaba claro era que no podía avergonzase del cuerpo perfecto que tenía. ¿O quizá sí?

No era asunto mío, pero no me importaba una mierda: tenía que enterarme de qué estaba pasando.

Me quité con los dientes uno de los guantes de boxeo, me saqué el móvil del bolsillo del pantalón corto y le escribí a Tiffany.

¿Tienes un momento?

Me aparté de la frente unos mechones rebeldes y volví a enfrentarme al saco.

«Detenme».

No le habría costado nada, habría bastado con un gesto (apartar las piernas, decirme que no con la cabeza... o, simplemente, no mirarme de aquella forma tan excitante).

Durante un instante me distraje con los gritos que provenían de mi MacBook. Miré la pantalla con desinterés, como si tuviese una capa de niebla ante los ojos.

No podía dejar de darle vueltas.

¿Por qué no me había parado? Puede que por la curiosidad de ver hasta dónde sería yo capaz de llegar...

«Pues que sepa que es mejor no ponerme a prueba...».

No tenía ni idea de hasta dónde podía llegar yo para obtener lo que quería, que, en este caso, era recuperar la confianza de Will.

«Pero, en aquel momento, era a mí a quien miraba».

«Oh, sí. ¡Sí! Otra vez».

Aquellas voces se volvieron más insistentes. Me quité el otro guante y le di unos golpes más al saco. Sentí que las manos me empezaban a arder, que los nudillos se me desgarraban. Resoplé y miré la pantalla.

«Muy elegante por mi parte eso de ver vídeos de gente follando mientras entreno».

Termino de ayudar a mi madre y voy para allá.

Leí el mensaje de Tiffany y suspiré.

Estaba exhausto y sin aliento. Tenía los brazos destrozados, pero todavía no era suficiente.

Mi cuerpo aún no se había desfogado del todo, llevaba muy tenso desde por la mañana.

O, quizá, desde la noche anterior, desde el momento en el que aquella chavala se había restregado contra mi polla como si fuese la mejor de las *strippers*.

Tenía la mente nublada por culpa de un montón de pensamientos retorcidos. Ni siquiera el sexo me satisfacía, no me llenaba. Podía pasarme horas sin sentirme en paz, así que golpear aquel saco era mi única válvula de escape.

Otro puñetazo con la mano desnuda. Los moratones de los nudillos me ardían como la sal en una herida abierta. Otro más. Tras cada golpe se escondía la ira que me intoxicaba hasta el punto de convertirme en prisionero de mí mismo. Daba igual lo mucho que me esforzase por calmarme, aquello era el ciclo de nunca acabar.

Las gotitas de sudor empezaron a empaparme la cara justo antes de bajarme por el cuello.

Su vocecita resabiada me atravesó el cerebro, pero la expresión con la que me había mirado cuando encontré aquel aparato... me resultaba imposible de olvidar. Fue como si, de repente, se le hubiese caído una máscara.

Seguía dándole vueltas a aquello y enzarzándome en mis pensamientos cuando la puerta de mi habitación se abrió de repente. La esbelta figura de Taylor apareció en el umbral y me miró con ojos confusos.

«Le he dicho a Tiffany que se pasase, ¿qué coño hace Taylor aquí?».

—¡¿James?!

—Eh.

Miró a su alrededor, primero confusa y después escandalizada.

Sin pensarlo, me quité la camiseta de tirantes empapada para enjugarme la cara y el cuello.

Taylor parecía incómoda por los ruidos obscenos que sonaban de fondo.

—¿Qué pasa?

No me importaba una mierda que aquello la incomodase.

—Te he traído el... desayuno.

La observé desplazarse por mi habitación con su cuerpo envuelto por un top ceñido y unas mallas deportivas que se ajustaban a sus piernas sinuosas.

Vestida entera de rosa, parecía un caramelo maldito.

—Unos huevos revueltos. Nada de carbohidratos, que mañana hay partido.

Me encogí de hombros para demostrar lo poco que me importaba.

Tenía un agujero en el estómago, pero, en aquel momento, la dieta era el menor de mis problemas.

—James, ¿podrías…? —Taylor empezó a hablarme, pero se distrajo por los sonidos de la chica del vídeo, que estaba teniendo un orgasmo o, probablemente, fingiéndolo.

Taylor parecía a punto de perder los nervios. Lo supe por cómo le empezó a temblar el mentón. Sonreí satisfecho mientras ella dejaba en mi escritorio el café para llevar. Se disponía a montar una escenita.

—¿A qué has venido? —le pregunté conteniendo una sonrisa de satisfacción.

—A hablar.

—¿Y no se te ha ocurrido avisarme antes? —la regañé mientras agarraba el vaso de cartón del café, que aún estaba caliente.

—Oye, apaga esa mierda, date una ducha y hablamos.

—Hum, no lo sé.

Le di un sorbo al café sin dejar de mirarla. Sabía que aquello la enfadaría aún más.

—Apágalo, por favor.

Taylor estaba muy seria. Yo me distraje mirando a la rubia del vídeo, que parecía empeñada en hacerse daño en la garganta mientras jugueteaba con algo de grandes dimensiones.

Pero la cara digna de enmarcar era la de Taylor. Miraba la escena con una mueca de incomodidad.

—¡James!

Miré cómo su boca sutil pronunciaba mi nombre.

Taylor no se dejaba someter tan fácilmente como la chica del vídeo. Afortunadamente.

Parecía que era yo el que la ponía contra la pared, pero a ella se le daba muy bien identificar mis miedos y debilidades, así que siempre terminaba haciendo de mi cuerpo su parque de juegos.

No era muy distinto a lo que hacía yo. Me usaba. Y yo la usaba a ella. ¿No es eso lo que hace la gente cuando comparte una noche de sexo?

Y aunque era lo bastante lista como para entenderlo, Taylor se empeñaba en hacer todas esas cosas de pareja que yo tanto odiaba. Bailar juntos, ir al instituto cogidos de la mano, salir a cenar… y tantas otras cosas que me hacían sentir un animal enjaulado.

Cerré el MacBook. Taylor dio un suspiro de alivio.

—¿Tan difícil era? —me preguntó acercándose a mí.

—Voy a darme una ducha…

Pero ella se abalanzó sobre mis labios antes de que pudiera moverme.

—Antes tienes que darme un beso.

Sentí un escalofrío. No llevaba ni pizca de maquillaje y sus ojos parecían más afilados de lo habitual.

—¿No decías que querías hablar?

Taylor no era de las que suplicaba por echar un polvo, ella se imponía y punto.

Rozó con la mano mi pecho impregnado de sudor y fue bajando hasta mi pantalón corto.

—He cambiado de idea. ¿Qué, no te apetece pasar un rato conmigo? —susurró contra la vena de mi cuello, aún hinchada por el esfuerzo del entrenamiento.

Lo dijo como molesta por tener que pedirlo, como si yo no tuviese nada que decir al respecto. Como si siempre estuviese listo y a su disposición.

—En fin, diría que no te parece tan mal, ¿no es así, Jamie? —me preguntó apretando la silueta que se escondía bajo la tela de mi pantalón.

«¿Quieres que te folle después del lío que montaste en casa de Poppy? Por mí te pueden dar por culo».

Intenté recuperar el aliento y, mientras tanto, me alejé de sus labios exigentes. Pero no podía negar que su palma cálida sobre mi erección me había causado un escalofrío de placer.

—¿Dónde está Tiff? —le pregunté con aire cínico.

Mi pregunta era lícita, aunque algo inoportuna. Taylor y yo no habíamos estado juntos desde aquella noche en la que estaba también presente su mejor amiga.

—¿Por qué siempre tienes que ser así? —me gritó Taylor, enfurecida por mis palabras.

—¿Pero qué he hecho? —pregunté en tono inocente.

«Más allá de recordarle lo arrogante que soy».

De repente pareció que se le habían pasado las ganas. Me quitó las manos de encima y se las apoyó en las caderas.

—¿Quieres saber dónde está Tiff? ¡Va detrás de esa pringada de White! —exclamó.

Seguía pensando en aquella noche tan excitante con Taylor y Tiffany cuando la rubia pronunció aquella frase. Sentí un chute de adrenalina en las venas.

Mi cerebro jugó conmigo e hizo una sustitución inmediata: cambió a Taylor por June. Cerré los ojos y pude imaginarme tumbado bajo su cuerpo redondeado, con mi abdomen entre sus muslos firmes y la polla en su interior.

Un escalofrío caliente me recorrió el alma.

«Tengo que quitármela de la cabeza, fue novia de William».

No era tan ingenuo como para no saber por qué aquella niñata insoportable se me había instalado en la cabeza. Cuando la veía, pisaba a fondo el acelerador; pero, a solas, no podía evitar aquellos pensamientos prohibidos. Además, la mayoría de las veces me parecía una tía insoportable, sabionda y entrometida.

Después del asunto de Austin pensé que me la habría quitado de encima, pero justo cuando creía que ya no necesitaba que nadie la protegiese…, ayer, en su casa, sentí aquello. Sus ojos parecían disimular un grito reprimido, una petición de ayuda que no era capaz de expresar con palabras.

«¿Y si fuera ella misma la que se está haciendo daño? ¿Cómo voy a protegerla de sí misma?».

—Tiffany no sabe lo que quiere —anunció Taylor, interrumpiendo mis pensamientos obsesivos.

—Yo creo que lo sabe perfectamente.

Me acerqué al armario para sacar algo de ropa limpia; ella, mientras, no me quitaba la vista de encima.

—En absoluto. Un día quiere helado y al siguiente quiere tarta. Está confusa.

—Quiere las dos cosas, no creo que sea tan difícil de entender —dije en referencia a aquella metáfora tan obvia.

—La entiendes porque eres igual que ella, ¿verdad?

No respondí a aquella provocación, me daba igual lo que Taylor pensase de mí.

—¿A qué has venido? ¿Qué quieres decirme? —le pregunté en tono cortante mientras apoyaba la cadera contra el escritorio.

—Como hacía tiempo que no nos veíamos..., quería preguntarte cómo te iba. Pero, visto lo visto, creo que no te va muy bien.

—Solo estaba entrenando un poco... —contesté impaciente.

Cuando no conseguía lo que quería, Taylor actuaba como una niñata caprichosa. Su padre la había acostumbrado a dárselo todo y en el momento.

—No, me refería a esa guarrada que estabas viendo —aclaró señalando el portátil.

Habría podido fingir que no entendía a qué se refería Taylor, pero en realidad lo sabía perfectamente.

Sexo y violencia.

A eso se reducía mi vida. A media hora de diversión para evadirme de la realidad. Mi orientación sexual oscilaba según el periodo y me permitía explorar territorios que a mis amigos no parecían interesarles. A veces era yo el que se arrodillaba delante de los chicos en los baños del instituto, otras veces eran ellos los que me dominaban con sus cuerpos excitantes.

Dejé que mis ojos se deslizaran por la silueta esbelta de Taylor y pensé en todas las chicas que habían pasado por mis manos. No era una cuestión de belleza, sino más bien de carácter. Me gustaban fuertes y decididas, las que eran capaces de agarrarme del pelo y de decirme qué querían de mí. Me encantaba darles libertad para que se expresaran y me usaran hasta que se sintieran bien.

Aunque la verdad es que ponerlas a cuatro patas de la forma menos delicada posible era mi movimiento más clásico. Y es que me encantaba recordarles que podían jugar conmigo todo lo que quisieran, pero que era yo el que llevaba las riendas.

—¿Cómo fue la exposición de ayer? —preguntó Taylor.

—Yo qué sé. Bien.

Aunque ojalá no estuviese cayendo en las redes de June White.

Me la había metido en la cabeza yo solito, por gilipollas. Y no era capaz de borrarla de mi mente.

Taylor se echó hacia atrás la melena rubia con su habitual gesto altanero. Me miraba con recelo.

—¿Estás seguro de lo del test antidroga? Me refiero a Jackson.

Asentí mientras sacaba un cigarrillo del paquete que tenía en el bolsillo de los pantalones.

—Marvin me ha dicho que Jackson ha hablado con Blaze.

No entendí lo que Taylor quiso decir.

—¿Y?

—Ese rubito pasa mucho tiempo con Blaze.

«¿Y ahora qué coño dice la tía esta?».

—No sé... No creo. No es cierto.

Taylor me devolvió una sonrisa pícara.

—Puede que no seas el preferido del hijo del director... ¿Se te había pasado por la cabeza? —dijo tratando de provocarme.

Resoplé y el aire hizo que el cigarrillo temblase entre mis labios.

—Qué gilipollez.

Blaze temblaba solo con mirarme. Se le dilataban las pupilas hasta lo imposible cada vez que me veía. La respiración se le agitaba a simple vista.

«Podría tirármelo sin ningún problema».

No podía evitarlo, ese era el efecto que le causaba.

El que le causaba a él y a todo el mundo.

Así era yo.

Una especie de droga; un juguete prohibido que, una vez usado, se tira a la basura.

«¿Es de esto de lo que tengo miedo, de que ella no me quiera después de hacerlo?».

Si no me la había follado aún era solo por el tema de William.

Si hubiese sido por ella, ya le habría metido la lengua hasta la campanilla y, probablemente, también habríamos follado.

«Sé que le gusto».

Y mucho.

A veces, sin embargo, no la comprendía.

La mañana anterior se me había puesto como una piedra cuando, en la duermevela, le rocé el culo. Y ella no había hecho nada al respecto.

¿Sería debido a su falta de experiencia?

—Oye, déjate de gilipolleces. Hablemos de cosas serias. ¿Qué te pasaba en la fiesta de Poppy? —mascullé mientras acercaba el mechero a la punta del cigarrillo para encenderlo.

Por supuesto que no me había olvidado de la escenita de Taylor.

—¿A qué te refieres?

Se encogió de hombros como si yo no tuviera nada que recriminarle.

—Al espectáculo que montaste, lo sabes perfectamente.

—William y la idiota de Ariana se habrían acabado liando, con armario o sin armario.

«Ya, pero lo que hiciste humilló a June delante de todos».

—Dime la verdad —le insistí apoyando una mano en el marco de la puerta.

—¿Sobre qué?

La miré desde arriba y, por un segundo, pareció quedarse sin aliento.

—¿Grabaste lo que pasó aquella noche?

No me dio tiempo a estudiar su reacción. Me respondió demasiado rápido.

—No, James. Por supuesto que no. Estaba de coña cuando dije aquello... Estaba muy cabreada.

—¿Por? —Enarqué una ceja.

—Porque te vi bailar con ella —admitió de repente.

Se mordió el labio, casi arrepentida de haber confesado.

—Me has visto mil veces con distintas personas.

—Pero somos tú y yo. Con los demás es solo..., no es nada importante, James.

Me masajeé las sienes muy nervioso. Traté de disimularlo, pero lo que había dicho me había molestado bastante.

«Qué egoísta».

Podía tirarme a cualquiera, pero solo con Taylor era así de gilipollas.

Porque lo que hacía con Tiffany no era más que un juego y, a menudo, había otras chicas de por medio; lo de Ari era una venganza contra Brian; lo de Poppy y otras chicas tan solo era un pasatiempo con el que matar el aburrimiento... Pero con Taylor me comportaba como un hijo de puta.

Ella seguía creyendo que, con las otras chicas, era solo una cosa física, y yo había tratado de convencerla de todas las maneras posibles de que yo no valía la pena, que no tenía ningún sentido estar conmigo, que en realidad nos pasábamos el día discutiendo.

Quizá lo que me atraía de ella era lo cabrona que era.

—A ver si me entero, James… Si no te la estás follando, ¿qué haces siempre con ella?

«Buena pregunta, joder».

No sabía cuánto tiempo seguiría siendo capaz de contenerme.

Cada vez que la chavalita y yo discutíamos, estaba a puntito de levantarle esa puta falda del uniforme y de apretar mi cuerpo contra el suyo solo por el gusto de hacerle saber cuantísimo me excitaba su odiosa palabrería.

—¿Entonces no lo grabaste? ¿Nada? ¿Estás segura? —insistí, listo para meterme en la ducha.

—No, Jamie. —Convencida, sacudió la cabeza—. Y de haberlo hecho, lo habría borrado.

No me fiaba de Taylor, tenía mil cosas por las que querer vengarse de mí.

—No sé… No te creo —mascullé cuando ella se acercó a mí y me echó los brazos al cuello.

—Te amo, James. Nunca haría una cosa así.

«Taylor me ama. Es verdad».

Me lo había dicho tantas veces que había perdido la cuenta.

Las desconocidas nunca me decían que me amaban, así que me preguntaba qué hacía que Stacy y las otras chicas de la escuela sí me lo dijesen, aunque fuese medio en broma.

¿Qué amaban, si no mi exterior? ¿Amaban lo que les daba? ¿La droga, el sexo, el dinero, el peligro, mi atención?

¿Cómo se podía amar a alguien con tan poco respeto por sí mismo, a alguien que cada día se consumía un poco más con la esperanza de autodestruirse?

Cuanto más me odiaba a mí mismo, más se intensificaba el amor de esas chicas. Seguían adorándome, les daba igual que el objeto de su amor no existiese.

El chico al que tanto amaban no era real: era una máscara, el fruto de los pensamientos y prejuicios que todos reflejaban sobre él. Y yo también proyectaba en ellos mi reflejo.

«James es violento. James es tóxico. James trata mal a las chicas».

Puede que siempre hubiese considerado a los demás una especie de reto.

«¿Cómo llenas de agua los vasos de los demás teniendo la botella tan vacía?».

Siempre había envidiado a Tiffany por lo poco que le importaba el juicio de los otros.

A Poppy por lo despreocupada que era.

A Ari por no tener nunca remordimientos a pesar de todas sus traiciones.

Estar con ellas equivalía a absorber un poco de su luz, aunque eso significase que yo las mancillara con mi oscuridad, con las desilusiones que arrastraba después de que las personas que habrían tenido que amarme y protegerme me hubiesen abandonado por enésima vez.

Taylor se acercó a mi cara y me acarició la frente. Puede que yo estuviese escondiendo mis remordimientos por haberle roto el corazón mil veces, sabiendo que ella era lo bastante fuerte como para aguantar cualquier cosa.

Me recordaba a su madre, que no hacía más que soportar las traiciones de su marido.

No estaba actuando bien, y ser consciente de ello me habría tenido que hacer sentirme como un monstruo..., pero lo cierto era que yo, Brian, Amelia, Jackson y hasta William compartíamos realidades familiares imperfectas que nos habían hecho crecer como personas incompletas y llenas de carencias.

—No me gustó lo que hiciste en casa de Poppy —mascullé.

—¿Te puso cachondo? —me preguntó, buscando mis labios de forma insistente.

—No, Taylor. Te pasaste.

Aparté la cara para evitar las afiladas uñas que me arañaban la mejilla y la reacción de Taylor fue de lo más previsible.

—Estaba jodida por la discusión que había tenido con mi padre. Y Will me tiene harta: desde que conoció a esa tal White va por ahí fingiendo ser un buen chico —confesó muy enfadada—. ¿Sabes que ya no va a las carreras?

—No lo sabía. ¿Y qué?

—Oye, James, no quiero que os metáis en problemas por mi culpa, pero quiero esa pistola de vuelta antes de que mi padre la líe. ¡Arréglalo! —exclamó alargando el brazo hacia mí.

—Will es un buen chico, a su manera. Que quede claro que no solo se comporta así porque la haya conocido a ella —puntualicé.

Taylor me miró de reojo.

—Claro... ¡Will es un santo! Por eso ahora se le ha metido en la cabeza compartir a esa tía contigo. Ya verás cuando ella se entere de vuestros jueguecitos a su espalda... ¡Seguro que se pone contentísima!

No respondí a aquella provocación.

Sin duda, le habría gustado que le contestase con el clásico «a mí ella me la suda», pero ¿por qué tendría que darle esa satisfacción?

Siempre intentaba destruir todo lo que rodeaba a las cosas que me provocaban ternura, como si sus palabras bastasen para que yo acabase en la cama con la primera o el primero que pasase.

Con Ari había hecho lo mismo. Había tratado de alejarla. Pero no era difícil tener claro que si no hubiese sido Ari, habría sido cualquier otra.

—No entiendo todo el entusiasmo que despierta la nueva. Es guapa de cara, vale, ¿y? Le sobran cinco kilos y se viste como si siguiera en el colegio. Cada vez que abre la boca, da vergüenza ajena. ¿Qué tiene de especial?

Mi silencio la debilitaba. Se puso a morderse la uña del pulgar.

Taylor podría tener a sus pies a cualquier chico de la escuela, todos estaban locos por sus labios. Podría seducir a quien fuera. Me preguntaba qué la hacía perder el tiempo con un tío que no paraba de hacerla sufrir.

Sus ojos sutiles se oscurecieron de forma repentina.

—James, no lo hagas.

Toda aquella discusión me había dejado exhausto.

El entrenamiento me había dejado agotado. Necesitaba una ducha y no podía concentrarme.

Apagué el cigarrillo y me dirigí al baño. Taylor me siguió y observó mis movimientos mientras abría la portezuela del mueble, donde rebusqué entre los botecitos amarillentos.

Era experto en reforzar la ilusión de ser fuerte. Pero en el fondo, en mi interior, sabía que no lo era. Aquella vocecita de mi cabeza se empeñaba en repetirme que nunca sería suficiente. Para poder ser dueño de mi destino tendría que librarme de la búsqueda compulsiva de la aprobación de los demás, de los hábitos que eran como una prisión y que me llevaban a nutrirme de la admiración de los demás. Además, dependía de aquellos medicamentos que tomaba desde que era pequeño.

Cada vez que me miraba en el espejo trataba de imaginar que ya no era Edward, el niño al que mi madre nunca había querido. Pero él se rebelaba; quería quitarme la máscara, quitármelo todo. Hasta mi ropa.

No culpaba a los demás por la relación de amor y odio que mantenían conmigo, ya que era la misma que yo tenía con mi propio cuerpo. Me encantaban los excesos porque, gracias a ellos, yo también podía sentirme como los demás: seguro de mí mismo, invencible, capaz de cualquier cosa.

Amaba los extremos, puede que esa fuera mi naturaleza. Pero no me gustaba tanto la forma en la que me sentía después.

A continuación de una pelea, del sexo, de una noche de juerga, de una borrachera... volvía a ser yo: el mismo niño de seis años que tenía miedo de quedarse solo durante la noche, en la oscuridad, porque a nadie le importaba demasiado su bienestar. La máscara caía muy rápido y la otra cara de la moneda era bastante más oscura.

En aquellos momentos, acababa por odiar mi cuerpo. Quizá porque ese cuerpo, en apariencia perfecto, creaba la ilusión de que en mi interior había algo bueno. Y los demás caían en la trampa. Lo que deseaban era mi envoltura, no a mí.

Traté de esconderme detrás de todas aquellas máscaras, pero jamás había podido ocultar la rabia. Quien no me conocía podía dar por hecho que yo usaba a las personas, pero no era así. Simplemente, disfrutaba de mi cuerpo porque se me había enseñado que esa era la única cosa buena que tenía.

De noche, destruía mi cuerpo sin piedad a base de drogas; de día, lo machacaba con medicamentos.

Para la violencia nunca había un momento preestablecido. Pero siempre la estaba buscando, como si fuera la mejor solución para un cuerpo que cada día solo se preocupaba por mantenerse vivo.

Permitía que los demás accediesen a mi cuerpo sin el menor egoísmo. Era como si esos encuentros y esa intimidad, de alguna forma, me sirvieran para defenderme.

De los recuerdos, de las pesadillas, de las desilusiones.

Cuando June me miraba con esos ojos inocentes era imposible que se imaginase todas las cosas podridas que habitaban en mi interior.

Seguía mirando mi imagen en el espejo.

Tiffany me habría tomado por un vanidoso.

Tiffany tenía muchas virtudes, pero no se fijaba demasiado en los detalles. De haberlo hecho sabría que me encantaba mirarme al espejo, pero que nunca me miraba a los ojos.

—No le muestres a nadie tus debilidades —me dijo el entrenador cuando, en primero, me aceptó en el equipo.

«Ah, ¿no? ¿Aunque haya sido débil durante toda mi maldita infancia?», me habría gustado preguntarle.

Pero no lo hice. Habría sido una provocación absurda. Además, al entrenador no le interesaba lo más mínimo si, de pequeño, dormía en casa de William cada vez que podía. No le interesaba que me escapase de mi casa cuando vi a mi madre dejar a mi padre, volver a casarse con su primer marido y, después, caer en una depresión.

Pasaba casi todas las noches en casa de Brian y Amelia.

Mi primer beso fue con Amelia; el segundo, con Brian.

Él me dio un puñetazo y escupió al suelo, asqueado. Pero no se lo tuve en cuenta porque, además de en su casa, no tenía demasiados sitios en los que sentirme seguro.

La señora Hood siempre volvía tarde del trabajo; pero, cuando llegaba, se tapaba con la manta, se acurrucaba en un sillón y se pasaba horas mirándonos dormir hasta que ella también caía.

A menudo me preguntaba si a ella también le daba miedo dormir sola.

Pero entonces empezamos a crecer y la cama se nos fue quedando pequeña.

Amelia siempre había salido con chicos mayores que nosotros, mientras que Brian le había regalado su corazón durante años a la chica equivocada.

Puede que aquella fuese su manera de evitar la realidad.

Si de pequeño era una especie de alma abandonada a su suerte, con la pubertad las cosas cambiaron. A los trece años ya me sentía todo un hombre. No lo pedí yo, fue la adolescencia la que me golpeó. Al empezar el instituto se volvió habitual ver a las chicas peleándose por el hecho de poder considerarme «su novio». A Will no le pasaba. Jackson llevaba aparato y todas lo evitaban porque era demasiado alto.

Marvin, por su parte, no estaba lo bastante espabilado como para salir con chicas de esa edad.

Conocí a Taylor en segundo.

Era la típica cabrona que me defendería de cualquier cosa. La envidiaba: era fuerte, su padre la adoraba y ya sabía disparar muy bien.

Les dije a todos que algún día nos casaríamos, pero entonces, una tarde después de la catequesis, Tiffany me mostró lo bien que se le daba besar con lengua.

Fueron pasando los años y Tiffany, sin decírselo a su amiga, me había enseñado muchas otras cosas que sabía hacer con la lengua.

Lo de Ari empezó en el Bachillerato. No le había dado ningún pudor estar muchas veces conmigo, a pesar de que Will y Brian se morían por sus huesos. Amelia se dejaba tratar fatal por chicos mayores, pero por la noche era yo quien la abrazaba.

—¿Por qué no te largas? Necesito estar solo.

Mi mala educación dejó a Taylor de piedra. Por cómo bajó la cabeza, supe que le había dolido que le pidiese aquello.

Jugueteé con el botecito entre mis dedos, pero ella no se movió. De hecho, su mirada dolida se esfumó rápidamente. Y sus ojos se volvieron de fuego.

—¿Es que no puedes ponerte en mi lugar? —preguntó con todo el egoísmo que pudo reunir.

—¿Has venido aquí para que te folle o para hacerte la víctima?

Era un egocéntrico y un insensible, pero Taylor no se quedaba atrás.

—Joder, James, eres un gilipollas —me espetó mientras sacaba del bolso las llaves del coche.

Se tambaleó hacia la puerta y, desde allí, me miró con los ojos enfurecidos.

—Mi chico me traiciona, mi mejor amiga me traiciona y, como si eso no fuese suficiente, pierdo el papel de Julieta. Mi padre está enfadadísimo porque ha descubierto que te dejo venir a mi casa a escondidas, no puedo salir y tú no haces otra cosa que pensar en ti mismo. ¿Es porque no soy tu novia? Vale, pero al menos pensé que era tu amiga.

—Todo es culpa mía —dije sin pensar.

—No he dicho eso —masculló con los dientes apretados.

Cerré la portezuela del mueble y me quedé mirando mi reflejo en el espejo.

—¿Por qué siempre me dices que me quieres? ¿Cómo consigues no odiarme?

Me sobresalté al ver la anchura de mis hombros.

—Claro que hay ocasiones en las que te odio, pero... son muchas más las veces en las que te amo.

«No. Taylor no me ama. Me odia con todo su corazón, igual que odia al traidor de su padre. Es la única que no me adora; por eso sigue aquí».

—Oye, James, ya sé lo que piensas de la monogamia y de las relaciones de pareja. No me interesan todas las mierdas que tienes en la cabeza. Solo te pido que dejes las cosas como están.

Su tono era insólito, sonaba a súplica.

—¿A qué te refieres? —pregunté verdaderamente confuso.

—No te enamores de ella.

Solté una carcajada por la gilipollez que acababa de soltar por la boca. No había el menor riesgo de que eso pasase.

—¿Pero qué te pasa en la cabeza, Taylor? ¿Enamorarme de quién?

Para enamorarse había que fiarse de otra persona, confiar en ella. Me pasó una vez y no me volvería a pasar.

Después de acostarme con alguien se me pasaban las ganas de seguir conociéndolo. No importaba que mi estúpido cerebro me hiciese creer que deseaba a mi objeto de deseo.

Lo quiero, lo conquisto, lo consigo.

El sexo, por muy divertido que fuese, no era más que una ilusión, la promesa de una felicidad que nunca llegaba.

Porque el orgasmo duraba poco y mi cerebro nunca terminaba de desconectar.

Siempre escuchaba aquel ruido de fondo. Siempre. No importaba lo hermosa o excitante que fuese la persona que tenía delante. Yo nunca dejaba de sentir aquella falta tan visceral.

Por eso, mezclar sexo y droga era mi solución a todos mis problemas. Así al día siguiente no recordaba las sensaciones experimentadas y podía sentirme menos culpable.

Ni se me pasaba por la cabeza hacer aquello completamente sobrio. No quería hacerlo como ellos deseaban.

«Más fuerte, James. Más rápido, James».

Se me daba muy bien. Me había transformado en el medio necesario para que mis amantes consiguiesen lo que querían. Y admitía las peticiones más obscenas e inmorales. En realidad, todos somos iguales.

Hombres y mujeres.

Todos quieren estar lo mejor posible, todos buscan un momento de felicidad.

Al final, el único extraño era yo.

Porque, aunque todos conseguían alcanzar su objetivo, después de aquello yo era el único que se daba asco.

Taylor siguió mirándome, pero yo solo era un espejo vacío ante sus ojos.

Ya le había pedido que se fuese, igual tenía que repetírselo.

Pero cuando estaba a punto de perder la esperanza, por fin se dio media vuelta.

—Jamie, recupera esa puta pistola antes de que mi padre vaya a la policía a denunciar su desaparición —murmuró antes de dejarme a solas.

83

James

Nervioso, me masajeé las sienes.

Estaba demasiado cansado y débil como para pensar en el asunto que tenía entre manos con Austin. Debía darme una ducha y recomponerme, pero el estómago me rugía de hambre.

Desde la planta de abajo me llegó un aroma de lo más suculento, así que decidí bajar a comer algo.

—¿Me haces uno? —Jasper estaba calentando pan en el tostador para hacerse unos sándwiches de Nutella—. Pero con mantequilla de cacahuete.

La aclaración fue innecesaria: mi hermano ya estaba agarrando el bote correcto.

Le brillaron los ojos un instante, pero se le volvieron a oscurecer cuando me vio alejarme.

—Me doy una ducha y vuelvo —le aclaré.

«Joder, tengo que pasar más tiempo con él».

—James Hunter, ¡a tu habitación ahora mismo!

No era la voz de mi padre la que me daba aquella orden, sino la de Tiffany.

Entró en mi casa hecha una furia. Como de costumbre, andaba muy rápido.

—¿Qué coño pasa?

—Hola, Jas. Hola, Jordan.

«¿Jordan?».

Me di media vuelta y vi que mi padre estaba sentado a la mesa, no me había dado cuenta.

—¡Date prisa! —exclamó Tiff, metiéndome prisa sin siquiera mirarme.

Tiffany salió pitando hacia mi habitación y, antes de que pudiera seguirla, mi padre me dijo algo.

—Una se va y otra viene… —masculló con aire decepcionado.

—Jordan, pero qué asco —lo regañé, sarcástico.

—¿El qué, James? ¿Tu forma de actuar?

«Será mejor que te calles, hipócrita de los cojones».

—Son amigas mías, pervertido —le dije con un tono indignado que no me pegaba nada—. Jasper, cuando seas grande tú también tendrás muchas… amigas, ¿vale?

Mi hermano se encogió de hombros con una mueca triste y yo sentí aquel gesto como una puñalada en el pecho.

Lo estaba privando de mi compañía. Pero tenía que resolver unos asuntos, en aquel momento no podía ocuparme de él.

—Tu mejor amiga se ha ido hace cinco minutos —dije mientras entraba en mi habitación, donde mi perfume se mezclaba con el de Tiffany.

—¿Y? —preguntó ella con una mueca.

La miré de arriba abajo. La melena ondulada le caía sobre su chupa de cuero. Llevaba un top ceñido que, además de alzarle el pecho, dejaba ver parte de su vientre.

—¿Cómo es que no habéis venido juntas?

—Eres un cabrón. Pero seguro que ella ya te lo ha recordado, ¿verdad?

—Lo decía en broma, joder.

Tiffany sacudió la cabeza para ocultar una sonrisilla.

—¿Qué ha pasado? —pregunté.

Ahora era yo el que estaba impaciente.

—He discutido con Taylor.

—Ya volveréis a hacer las paces, como siempre —respondí distraído mientras rebuscaba en el fondo del cajón del escritorio, donde encontré una bolsita medio vacía.

—No, esta vez la ha cagado a lo grande. No te va a gustar enterarte de lo que ha hecho.

Ni que decir tiene que no me importaban una mierda los piques de celos de aquellas dos amigas.

—¿No quieres saber el motivo, James?

—Puedo vivir sin saberlo, gracias.

Tiff no parecía muy convencida.

—¿Es verdad que ayer estuviste con Tom Austin?

Asentí mientras rascaba con el dedo el fondo de la bolsita.

—No necesito que vengues mi honor, James. Ya tienes bastantes problemas. Intenta no encontrar excusas para que te den otra paliza.

—¿Tú crees que ese cabrón puede venir al local en el que yo estoy, hacer algo así e irse de rositas?

—¿Estás seguro de que lo hiciste por mí? —Tiffany enarcó una ceja.

—Pues claro. Te echó droga en el vaso.

Me miró con sus ojos color café convertidos en dos ranuras.

—Ya…

A Tiffany no se le había borrado de la cara aquella sonrisilla descarada. De hecho, se le hizo más ancha en cuanto me pilló bajando la vista.

—Pero mírate… —dijo con sorna.

—¿Qué pasa?

—No te reconozco —aseguró, burlona.

—Déjalo ya, Tiff.

Ya sabía adónde quería llegar.

—Esta noche hay una fiesta, ¿qué haces aquí? —Puse los ojos en blanco—. ¿Vienes?

—Siempre es la misma mierda —contesté de mal humor.

—Esta mañana Connell no paraba de contar que ayer defendiste a Blaze.

—No lo defendí. ¿Qué haces escuchando a ese gilipollas?

—Es monísimo…

—¿Quién?

—Blaze. —Sonrió.

—Si tú lo dices… —Me encogí de hombros.

—Tiene su punto, aunque sea tan tímido.

—Es muy débil.

Lo sabía de sobra. Siempre reconocía a mis iguales. Yo no era más que una presa disfrazada de cazador.

—Qué imbécil eres, James. A veces pienso que estás hecho a la medida de Taylor. Ella es la única que te puede parar los pies.

Me crucé de brazos.

—¿Y tú a la medida de quién estás hecha?

Aquella pregunta la dejó sin respiración.

Nos miramos por un instante.

—¿Y a ti qué te importa?

Conocía a Tiff de toda la vida: su sonrisa traviesa me hacía pensar que estábamos pensando en la misma persona.

—¿Es que estás celoso de June? —preguntó mordiéndose el labio.

—¿Por qué tendría que estarlo?

Hizo desaparecer el poco polvo que quedaba en la bolsita mientras abría el ordenador sin pedir permiso.

—¿Qué sentido tiene ver esta mierda sin masturbarte? —preguntó cuando el vídeo de antes apareció en la pantalla.

—¿Y quién te dice que no lo he hecho?

—Jamie... —La morena me lanzó una sonrisa.

—¿Qué?

—No lo has hecho. Se ve desde aquí.

—No seas plasta —resoplé rascándome el cuello con un gesto nervioso—. Se me ha acabado el material. Tengo que ir a lo de Austin, pero después de haberme enfrentado ayer a su hijo... no creo que hoy quiera verme.

—Vaya, se acabaron los caramelitos. ¿Por eso estás tan mal? —preguntó con tono seductor mientras jugueteaba con un rizo.

Me acerqué a ella. Estaba sentada en la cama e hice que mi sombra se proyectase sobre su silueta. A Tiffany nunca parecía intimidarle mi presencia. Siempre me miraba con descaro. Me conocía bien y sabía cómo decirme las cosas.

—Oye, entre White y tú...

Me habría gustado preguntarle si la había visto desnuda, si había percibido alguna señal en su cuerpo..., pero seguro que habría empezado a reírse de mí.

—¿Qué quieres saber, James?

—¿Hay algo entre vosotras?

—No, ¿a qué te…?

—No lo sé, en mi casa parecíais íntimas.

Tiffany se mordió el labio.

—¿La has visto desnuda?

En sus ojos color café se encendió un destello lascivo.

—Jamie…

—Responde.

—¿Y a ti qué te importa?

—La verdad es que no me importa una mierda. Ni tú, ni ella.

Me puse borde. Si Tiff no me lo quería contar, encontraría otra manera de enterarme.

—Te da miedo soltarte.

—A mi casa no vengas a hacer de psicóloga, ¿vale? —«¿Miedo a soltarme? ¿Lo dice en serio?»—. Además, no creo que eso que dices se pueda aplicar a un tío que se ha follado a medio instituto. Así que cambia de oficio, que el de psicóloga se te da fatal.

—Eso no es lo único que te define, James. —Posó los ojos sobre mi pecho desnudo.

La verdad es que todo me aburría.

—Solo necesito superar los límites, Tiff.

Dejé escapar un suspiro ansioso. Apreté los puños hasta que me dolieron.

—Los límites los superaste ya hace mucho.

La mirada de Tiffany se volvió feroz durante un instante. Parecía realmente preocupada por mí.

—Entonces, James, ¿no vienes esta noche?

—No me apetece.

Se puso en pie y, sin girarse, levantó la mano para despedirse.

—Pues quédate aquí, inmerso en tu círculo vicioso.

Tiffany se fue y, por fin, pude darme una ducha caliente. Cené solo y me metí en la cama con el móvil en la mano.

Jasper y yo hemos ido al cine.

«Gracias por la invitación, Jordan».

Quería saber cómo estaba siendo la fiesta que me había perdido. Fui al perfil de Instagram de Connell.

Ese idiota lo subía todo a sus historias. Solo le faltaba poner el nombre y apellido de las tías con las que se liaba.

Aunque, a decir verdad, los vídeos y fotos que se hacía con las chicas solo se las enseñaba a sus amigos más cercanos.

Después de perder en Instagram media hora de mi vida, volví a la realidad. Tenía que dormir.

«Podría hacer una estupidez. Y podría no hacerla…».

Sería mejor que no la hiciera.

Aunque ya que se me había ocurrido…

Como dicen que la única forma de librarse de una tentación es caer en ella, le eché un vistazo a la agenda.

Activé el manos libres y me puse el móvil sobre el pecho.

Respondió a la cuarta señal.

—¿James? ¿Eres tú?

—White.

Mi voz sonó más grave de lo habitual.

—Es medianoche. ¿Qué pasa? ¿Ha pasado algo?

Parecía preocupada. Lo intuí por cómo encadenaba las palabras.

«Me odia».

—¿Estabas dormida?

Un pequeño resoplido.

—¡Pues claro que estaba dormida! Yo…

—¿Y por qué has respondido si estabas dormida?

Silencio.

—No… —musitó con un hilo de voz.

—¿No qué? —susurré con su misma dulzura.

—No es cierto.

Más silencio.

Puede que estuviese equivocado.

Puede que hubiese encendido aquel aparato y, después, hubiese cambiado de idea antes de usarlo.

Y puede que por eso tuviera el pelo liso.

Si era capaz de susurrarle barbaridades, ¿por qué me daba miedo preguntarle aquello?

—¿No puedes dormir? —le pregunté antes de tragar saliva de forma audible.

—No.

—Yo tampoco. Pero…

Me humedecí los labios mientras repiqueteaba con los dedos los músculos de mi abdomen.

—¿Qué, James?

De repente, parecía molesta.

—Se me ocurre una forma de que duermas la mar de bien, Blancanieves.

No se lo pensó dos veces antes de responderme de forma tajante:

—No.

—Pero si no me has dejado ni explicarte lo que…

—No, James.

Me eché a reír ante aquel rechazo. Parecía una niña, pero lo dijo con mucha decisión.

Puede que no fuese tan ingenua como me quería hacer creer. Quizá ya sabía que aquello era la forma que yo tenía para imponerme y, justo por eso, me decía que no.

—¿No qué?

—No a la guarrada que quisieras proponerme.

«¿Guarrada? ¿Pero qué se ha creído…?».

—¿Y tú qué sabes lo que te iba a proponer?

—¿Piensas que creo que me has llamado en plena noche, medio colocado, solo para preguntarme si estaba dormida? ¿Te crees que soy tonta?

—Un poco —sonreí—. La verdad es que solo te he llamado para eso, ¿qué pasa?

—Pues yo estoy demasiado lúcida como para escucharte.

«Mira cómo me recuerda sutilmente que ayer fumó…».

—Siempre haces lo mismo… —musitó poco después.

—¿Qué es lo que hago? Cuéntame.

—Actuar como si todo esto fuese normal, James.

Aquello me hizo sonreír; pensé que June siempre decía lo primero que le pasaba por la cabeza. Toda la gente que conocía no hacía más que exprimirse el cerebro para soltar la mejor respuesta posible o para mostrar su mejor pose. Pero ella no. Envidiaba su espontaneidad.

—Aún no sé lo que dices que hago, chavala. ¿Podrías ser más concreta?

—Quiero que borres mi foto —anunció yendo al grano.

—Puedo borrarla. Pero… sabes que en ella no se veía nada, ¿verdad? —murmuré.

—No me importa, bórrala.

—Vale. La borro. ¿Pero esto a qué viene? ¿Crees que te he llamado para hacerme una paja?

—¡James! —exclamó avergonzada.

—¡Y encima quieres hacerme sentir culpable porque se me haya pasado por la cabeza! ¡No puedo contigo!

No era tonta, quería saber si el motivo de mi llamada era más o menos interesado.

—Además, ¿qué tendría eso de malo?

No supo qué responder. Se quedó en silencio un instante.

—En el caso de que ambos quisiéramos, claro. —Suspiré y sentí como si una corriente eléctrica me recorriese aquello que se escondía en mis calzoncillos—. Llegado el caso, por supuesto.

Mis palabras estaban impregnadas de sarcasmo y ella lo sabía perfectamente, así que se tomó su tiempo para responderme.

—¿Por qué querríamos hacer algo así…? —preguntó en un susurro.

—Porque es menos íntimo.

Y sobre todo porque, sí, haciéndolo a distancia me sentía menos culpable. Algo muy distinto a lo que pasaría si todas las noches me metiese en su cama para follármela.

—Es terrible —susurró de nuevo.

—¿Qué es tan terrible?

—El hecho de que rehúyas la intimidad, James.

—¿Y tú qué coño sabes? —pregunté molesto.

—No sé nada, vale… Pero tú no paras de intentar que todo sea menos especial de lo que es.

Ya no me estaba riendo.

—¿Y cómo lo sabes? —repetí.

—Lo sé porque para mí es justo lo contrario.

—Te escucho, White.

—No me gusta la forma en la que haces las cosas.

«¿De verdad piensa que la he llamado para dejarme insultar?».

—¿Estás diciendo que no quieres que te llame?

—No quiero que, a medianoche, ningún tío me llame porque esté colocado. Ni que me traten como a una más. Ni que nadie me hable solo para satisfacer sus caprichos. Yo no soy así.

Pues, hasta entonces, ninguna se había quejado.

«Tengo claro que no voy a cambiar mis costumbres por una niñata insoportable».

—Ah, veamos, ¿entonces quién coño quieres que te llame? —le pregunté en tono desafiante.

—Eso no es asunto tuyo. Además, sea como sea, tengo muy claro que solo querría hacer algo como eso con alguien que me considere especial, y viceversa. Así no.

La rabia me invadió.

¿A qué venía esa puta regañina?

—¿Significa eso que estás esperando a tu príncipe azul? —mascullé harto de aquello.

«Y, mientras lo esperas, ¿vas a seguir pensando en mí cada vez que te metes la puta mano entre los muslos?».

—¡No estoy esperando a ningún príncipe azul, idiota!

—Pues vas a morir virgen, idiota —le dije en broma.

Sonrió, lo percibí sin ninguna duda.

—¿Qué quieres, James? —me preguntó en un momento dado, volviendo a ponerse seria.

Quería algo de ella, pero aún no sabía el qué.

Tuve la impresión de que se había dado cuenta. Lo sabía desde la primera vez que vino aquí a darle clase a Jasper. Y también desde que fuimos a casa de Ethan Austin.

—No lo sé —admití entre dientes.

—Puede que estés buscando eso que rechazas de forma radical.

«Ya empezamos otra vez con las gilipolleces».

—¿A qué te refieres, Blancanieves?

—A algo especial.

«Joder. Odio su fe en las cosas, su inocencia».

—Conmigo no te pongas romántica, chavala. Puede que solo te haya llamado porque me apetecía jugar un poco.

—Buenas noches, James.

—No, espera.

—No, no espero —me espetó.

—Enciende la cámara, June.

Esta vez no dudó, no hizo ninguna pausa… Estalló en una risa contagiosa.

—¡Estás fatal!

—¿Por qué siempre piensas mal? —la regañé sonriendo.

—¿Yo…? Pero si acabas de decir que…

—Vamos, ya sabes que me encanta provocarte. ¿Cómo es que no lo entiendes, con lo lista que eres?

—Lo que entiendo es que eres un caso perdido —dijo justo antes de encender la cámara.

No me lo esperaba, fue como ver mi reflejo en la pantalla. Los dos estábamos de lado, con la mejilla en la almohada.

—¿Duermes de lado? —le pregunté sin pensar.

—Sí.

—Yo también.

—¿Hacia qué lado? —preguntó ella, casi avergonzada de estar mirándome.

—Hacia el mismo que tú.

—¿Es que no sabes cuál es?

—Qué más da, es el mismo.

«Joder, ¿qué hago manteniendo esta conversación?».

Nos miramos durante un instante.

Posó sus ojos sobre mi pecho desnudo, pero inmediatamente apartó la vista.

—¿Qué crees que deberíamos hacer?

Por lo poco que se veía a través de la pantalla pude intuir la base de su cuello, envuelta en un tejido blanco. Probablemente sería la camiseta del pijama.

—¿Por qué no cierras los ojos?

—¿Qué?

Se tapó la cara con la mano, se moría de vergüenza.

—Estás loquísimo, James.

«Quizá».

—Vale, olvídalo.

—¿Qué te has fumado para decir esa absurdez? —me preguntó con aire desconfiado.

—No sé... Déjate de tonterías, White. Te recuerdo que ya hemos dormido juntos.

Yo jugueteaba con mi cadenita. Posó sus ojos enormes sobre mis clavículas y se fijó en el movimiento de mis dedos. Parecía hipnotizada por mis gestos.

—Pero esto no es lo mismo. Es mucho más frío. ¿De verdad puedes dormir delante de un teléfono? Suena a fetiche japonés —susurró poniéndose la mano en la boca como para asegurarse de que no la oyera nadie.

—Prefieres dormir conmigo en carne y hueso, ¿verdad?

Se sobresaltó.

—No, quizá sea mejor así, que me molestas menos.

—¿Te molesto?

—¿Cómo llamarías a abrazarme en sueños? —murmuró escondiendo la nariz bajo la sábana.

—Dijo la que no se movió ni un milímetro. —Me eché a reír.

—Oye, estoy muy cansada —se quejó sin poder ocultar una sonrisa.

Posó el móvil en la mesita de noche.

—Ya... Estás muy cansada... cuando te conviene.

—¿Verdad? Es que hablar contigo me da sueño —aseguró burlona.

—Pues cierra los ojos, June.

Lo dije de una forma más suave de lo previsto.

Ella esbozó una sonrisa. No se rio, no se burló de mí. Simplemente, sonrió.

«Me cago en todo, eres guapísima».

Entonces su expresión se volvió más relajada y, para mi sorpresa, cerró los ojos.

¿Por qué me seguía el rollo? No tenía sentido.

—James, aún tenemos una conversación pendiente... —dijo acomodándose en la almohada.

—Lo sé, pero no ahora.

Y, sin querer, yo también cerré los ojos. Al final los dos caímos en un sueño profundo.

84

James

A la mañana siguiente me fui corriendo al instituto con una idea en la cabeza que me estaba volviendo loco.

Tenía que convencer a alguien para que organizara una fiesta en alguna piscina.

«Tengo que saberlo».

Estaba delante de mi taquilla y Connell seguía dando voces mientras contaba la fiesta de la noche anterior; describía cada detalle y relataba sin pudor sus hazañas sexuales con la chica a la que se había follado.

—¿Y si lo repetimos hoy? —pregunté sin entusiasmo.

—¿Dónde coño estuviste ayer, Hunter? Pensé que traerías material, solo había bebida.

—¿Lo hacemos en tu casa, Connell? ¿Montamos esta noche una fiesta en la piscina?

Infló sus mejillas, salpicadas por una levísima barba.

—El entrenador me mataría. Demasiadas fiestas, demasiadas distracciones…

Miró a su alrededor siguiendo con la mirada a casi cualquier alumna que se cruzase en su trayectoria. En un momento dado, pareció volver a interesarse por mi propuesta.

—Oye, Hunter… ¿Y vendrían tus amigas?

—Tú organízalo y yo haré que vayan.

Se le iluminaron los ojos dorados cuando vio a June en el pasillo.

Menos mal que estaba sin batería, porque aquella mañana me había levantado con el móvil en las últimas.

Ya me valía haberla llamado la noche anterior. Ahora, por la mañana, no sabía qué decirle.

Se detuvo ante su taquilla y, en un segundo, apareció Brian Hood. Con su cara de depresivo crónico se dispuso a rayarla.

«Qué mañana de mierda, uno nunca puede bajar la guardia».

—Connell. —Se la señalé con un gesto de la cabeza—. Invita a June.

—Perdona, ¿y por qué no la invitas tú? ¿Está con Will o no?

—Eh… si la fiesta es en tu casa, la tienes que invitar tú. Pero si lo prefieres…

—No, no. Espera, ya la invito yo —dijo hinchando el pecho.

Se acercó a June sin la menor delicadeza.

—Hola, rubia. ¿Qué haces esta noche?

«Gilipollas».

Ella se dio media vuelta para despedirse de Brian y no miró a Connell ni por equivocación.

Me tuve que morder el labio para que no se me escapara una sonrisa complacida.

—Estoy hablando contigo —insistió él, lo que a ella le sentó fatal.

—Pues yo contigo no.

Connell se armó de paciencia, respiró hondo y volvió a atacar.

—Estoy organizando una fiesta en mi casa.

—Me alegro por ti —se burló ella.

—¿Por qué no te pasas?

—Porque no —respondió con rotundidad.

—¿Tienes algún motivo para…?

—No.

—¿Que no qué?

Connell se estaba impacientando.

—Que no, pesado.

Él se quedó sin palabras por la respuesta de June y yo solté una sonora carcajada. Ella se dio cuenta y, desde lejos, me miró con ojos hostiles.

Me fijé en que el desprecio con el que me miraba era muy distinto del que le dedicaba a Connell.

Era diferente.

Aquella idea nunca se me iba de la mente. Cada vez que nuestras miradas se fundían, se me venía aquello a la cabeza.

«Le gusto».

Una chica como ella no le mandaba fotos a cualquiera.

Le gustaba, y mucho. Lo sentía cuando estábamos cerca; lo percibía en su piel, como un león que siente el miedo de la presa que acaba de caer en su trampa.

—¿Es que te gusta hacerte la difícil…?

Sin decir nada más, Connell la arrinconó contra la pared haciendo uso de su enorme corpulencia. Aquello hizo que me girase de forma inmediata.

—¿Qué haces? —me preguntó Jackson, con expresión preocupada, cuando vio que les dirigía toda mi atención.

—Nada. Quiero… fumar.

Me palpé los bolsillos, como si aquel gesto pudiera despistar a mi amigo.

—Sí, ya. Fumar —resopló Jackson sacudiendo la cabeza.

Bajé la mirada.

Tenía los sentidos alerta.

«Si la roza, me lo cargo».

—Oye, Corbell, déjame en paz —dijo ella, tomándole el pelo con la única intención de hacerlo rabiar.

Sentí que toda la tensión del momento se esfumó de forma inmediata. Me eché a reír de nuevo.

Connell, orgulloso de la mirada glacial que ella le había lanzado, observó cómo se alejaba. Volvió a acercarse a Jackson y a mí.

—Tiene una voz insoportable. Seguro que cuando la tenga debajo se deja de borderías.

Sonrió e hizo un gesto obsceno llevándose la mano al paquete.

Le di la espalda antes de que me asaltase la idea de saltarle a la yugular.

—Será mejor que nos vayamos a clase —me sugirió Jackson tras soltar un carraspeo.

—Imagina lo precioso que sería hacerle gritar mi nombre justo aquí… —dijo aquel gilipollas señalándose la oreja.

«La oreja no te la voy a tocar, pero la polla te la arranco de cuajo».

—Hunter, ¿por qué estás tan callado? ¿Qué me dices de la nueva? ¿Lo ha dejado con William o no?

«Joder, ¿este tío no piensa dejarme en paz?».

—No es tu tipo —le aclaré con rapidez.

—¿Y eso quién lo ha decidido? —me preguntó en tono desafiante.

—A ti te gustan más... cómo decirlo... expertas. Esta es una aburrida.

—¿Aburrida? —Connell me examinó con una ceja enarcada—. ¿Y tú cómo lo sabes? ¿Te la has follado?

—¿Qué coño dices? —Sacudí la cabeza.

—Que no lo haya probado no significa que no le guste.

—Si te prueba a ti, seguro que después se quiere meter en un convento —dijo Jackson desde atrás.

Connell estaba tan concentrado pensando en June que no respondió a la provocación.

La vimos saludar a Blaze y ponerse a hablar con él al fondo del pasillo. Ella, en un gesto cargado de inocencia, no paraba de colocarse detrás de la oreja un mechón rubio.

—Créeme: en cuanto pruebe una polla, no la suelta.

Connell no le quitó los ojos de encima ni por un instante. Yo me tensé inmediatamente y Jackson se dio cuenta al momento.

Me dio una palmadita en el bíceps para calmarme..., pero yo estaba hecho un manojo de nervios.

—Se te va la fuerza por la boca...

Un amigo de aquel capullo se burló de él y yo sentí que las venas del cuello me empezaban a bombear con furia.

—Descuida, te traeré las pruebas. Como siempre. —Connell sonrió con malicia.

—Menuda panda de subnormales... —mascullé.

Jackson no dejaba de mirarme.

—Hasta ayer le tenías la cruz echada, James. ¿Cómo es que ahora te pones así?

No había momento que Jackson no aprovechase para ser un tocapelotas.

—¿Sabes lo que dicen de las tímidas? —insistió Connell.

—¿Has acabado ya? —le pregunté acercándome a él.

Aquel idiota (tan alto como yo, pero más robusto y pesado) me miró con mala cara, pero no me importó una mierda.

«Le borraría esa expresión de un guantazo».

La pena es que no podía ponerle un dedo encima a nadie en el instituto, ya que, de lo contrario, volverían a meterme en el reformatorio. Y aquel payaso lo sabía.

—No he terminado, no —me espetó con expresión chulesca.

—Pues yo creo que sí.

A Connell le dio igual que me hubiese puesto así de serio; de hecho, siguió con sus bromitas.

—No quería ofender a tu amiguita. ¿Quieres estrenarla tú? Me parece bien. Pero me pido ser el segundo —me soltó antes de largarse.

Le di un puñetazo a la taquilla. El golpe fue tan fuerte que sentí que los nudillos se me abrían y me ardían de dolor.

—¡Cuidado, que los que se juntan con Cooper acaban tan locos como él! —gritó Connell desde el fondo del pasillo.

—Pasa de él, James.

Jackson me dio una palmada en la espalda, pero no parecía que la situación fuese a mejorar pronto. Estaba muy nervioso.

Y lo seguí estando cuando llegué a clase.

Marvin estaba sentado al fondo del aula. Delante tenía a Poppy que, obviamente, estaba al lado de June.

Mis ojos fueron directos en busca de sus muslos firmes. Tenía las piernas cruzadas y la falda le caía justo por encima de la rodilla. No vi ningún tipo de marca.

«¿Y si las tiene más arriba?».

No me hacía ningún bien mirarla de aquel modo porque, cada vez que posaba mis ojos sobre sus carnes prietas, me imaginaba lo maravilloso que sería tener sus tobillos apoyados en mis hombros.

Hojeaba el libro de Historia con expresión aburrida; en un momento dado se inclinó sobre la mochila para recuperar su cuaderno. La blusa blanca apenas contenía sus pechos turgentes y el botón central, que estaba sometido a una presión importante, parecía estar a punto de estallar.

Si ella me lo hubiese permitido, se lo habría arrancado con violencia en ese mismo momento.

Aparté la vista casi molesto por aquella visión prohibida.

Aquel vistazo había durado tres segundos exactos, ni uno más; de no haber sido así, cualquiera habría notado que la miraba como un idiota. Me concentré en atravesar la clase con la cabeza alta. Mis compañeros se dieron cuenta de que había llegado, pero ella no me dedicó ni una ojeada.

Me atusé el pelo con nerviosismo.

—A las chicas no les gusta hacerlo en la cama, es demasiado común. —Marvin se estaba haciendo el experto con Poppy.

Me senté a su lado sin decir ni pío.

—¿Qué tienen de malo las camas? —preguntó June.

Por poco no escupo en el brazo de Jackson el sorbo de agua que me acababa de tragar.

—Es un sitio cómodo… —aseguré mirándola a los ojos sin ningún pudor.

—Sí, pero tengo entendido que a muchas les gusta hacerlo en sitios raros, más que en la cama. —Marvin se acarició la nuca rapada.

—Pues yo creo que es más… cómodo en la cama —añadió June sin levantar la cabeza del libro de Historia.

—Exacto, eso es lo que digo yo. Las camas son blanditas.

Ella levantó el mentón y me buscó con la mirada.

—Es un sitio… cómodo. —La observé enunciar esas palabras con su boquita en forma de corazón.

—Y calentito…

La miré con más intensidad. Me lamí los labios en un gesto involuntario y ella hizo lo mismo.

—Bueno, ¡parad ya de follaros mutuamente! —exclamó Marvin soltando una carcajada.

Pero aquel comentario no le sentó nada bien a June, así que se levantó enfadada de su silla.

Salió de la clase a toda prisa y sin decir nada.

Respiré hondo.

De repente no podía tener el culo pegado a la silla.

Me puse en pie y la seguí.

—¡Y ahora va detrás de ella...! —dijo Marvin para reírse de mí, lo que provocó que Jackson también se riese.

Los fulminé con la mirada y salí del aula.

La alcancé en un par de zancadas. La agarré del brazo y, sin mediar palabra, la arrinconé contra la primera pared que encontré.

—¡James!

Se le escapó un gemido cuando planté las dos manos sobre la taquilla que tenía a su espalda y apoyé mi peso sobre ella.

—¿Te has vuelto loco? ¡Nos están mirando todos! —exclamó, atrapada entre mis brazos.

Se le dilataron las pupilas.

—Pues deja de mirarlos —susurré casi sin aliento.

Apartó la mirada para que no pudiese sumergirme en sus ojos transparentes.

—Dime alto y claro lo que quieres de mí —murmuró con la cabeza baja.

—¿Qué voy a querer? Has estado con Will, no quiero nada de ti.

—¡Esa idea es medieval! —exclamó en tono desafiante.

Dijo aquello haciendo que me sumergiese en el azul de sus iris. Por fin.

—¿Qué coño dices?

Titubeó. Tenía las mejillas en llamas.

Me di cuenta de que la estaba agobiando con el peso de mi cuerpo, así que retrocedí un poco para que pudiese respirar.

—No es que me interese la respuesta, pero tengo una pregunta: ¿estoy marcada de por vida solo porque he estado con él?

—Es que has estado con él...

—¡Pero si ni siquiera hemos...!

Se dio cuenta demasiado tarde de lo que estaba a punto de decir. Se acarició el cuello, avergonzada, mientras yo sonreía satisfecho.

—Ni siquiera habéis... ¿qué? —Me reí y eso la enfadó aún más.

—Ya lo sabes.

Trató de escabullirse, pero yo volví a atraparla y a poner mi cuerpo delante del suyo.

—Da igual. Las ex son sagradas.

—Pues el otro día, en mi habitación, no hiciste otra cosa que tocarme.

Levantó el mentón y me regaló una expresión descarada.

—No creo. No fue para tanto y tampoco es que me muriese de ganas... —me apresuré a explicar.

—Sí, sí..., no tenías, en absoluto, cara de morirte de ganas... —musitó, irónica, arrastrando las palabras.

—Ni tú tampoco... —puntualicé.

El tono rosado que le coloreaba las mejillas se intensificó de repente.

El pasillo se había vaciado. El timbre había sonado hacía unos minutos, pero no tenía ninguna intención de dejarla volver a clase.

Le agarré la muñeca y me la acerqué al pecho.

—¿Te refieres a cuando te hice esto?

Se quedó sin respiración cuando envolví su muslo derecho con mi palma tibia. Sentí mis anillos clavarse en sus carnes.

—¿Tanto te gustó, Blancanieves? —la incité.

—¡No! ¡Claro que no! —respondió algo avergonzada.

—¿Entonces por qué insistes tanto en el hecho de que te acaricié?

—¿Podrías apartarme esa mano de la pierna, James?

—¿De verdad es eso lo que quieres? ¿Quieres que la aparte o solo me estás preguntando si sería capaz, White?

June se humedeció los labios con un gesto inocente, sin malicia... pero que me resultó insoportablemente sensual.

—¿Es que se te ha quedado pegada y no la puedes apartar?

Pero, al parecer, lo único que no podíamos apartar era la mirada que intercambiábamos. Nuestros ojos se posaban en los labios del otro como si fuéramos dos animales hambrientos a punto de atacar. Nos devorábamos con la mirada a la espera de que el otro diese un paso en falso.

—Te pasas el día sin parar de hablar...

—¿Es que no estás acostumbrado a que la gente te responda? —me provocó sin ningún pudor.

Sentí a mi espalda unos pasos inconfundibles. Volví la cabeza y vi que Taylor y sus amigos pasaban por detrás de mí. No parecía muy contenta.

—Seguro que Taylor te decía a todo: «Sí, James...».

June me lo dijo al oído con un tono tan sensual que me hizo perder la voz. Seguí centrado en mi objetivo. Giré la mano alrededor de su pierna para llegar a la cara interior del muslo. Sentí cómo el calor me invadía cuando la puse allí en medio.

Hundí la punta de la nariz en su oreja, la froté un poco y sentí que June se estremecía.

—O paras o voy a hacer que tú también digas «sí, James…».

—Ah, ¿sí?

—Hum… ¿Quieres comprobarlo, Blancanieves?

Dejé que mis dedos, muy lentamente, siguieran subiendo.

«¿Por qué me estaba permitiendo hacer aquello?».

—A ver, ¿qué es lo que me harías?

Parecía que era ella la que me estaba poniendo en dificultades, pero la verdad es que era yo el que estaba recorriéndole la pierna con la punta de los dedos. Sin prisa, estaba buscando una marca, una señal…, cualquier cosa. Sin embargo, hasta ese momento, la piel se mostraba perfectamente lisa.

Se me secó la boca de repente, quizá porque aquella exploración estaba resultando más placentera de lo previsto. Nunca imaginé que me fuese a sentir tan débil estando sobre ella.

«Me encantaría que lo que ahora mismo tuviese ahí, entre las piernas, fuese mi cara y no mi mano».

—¡James! —dejó escapar casi sin aliento cuando se dio cuenta de lo mucho que mi mano había avanzado bajo su falda.

Con las mejillas vibrantes y la respiración irregular, me dio un empujón plantándome las manos en el pecho.

—No me gusta esa forma de pensar tan retrógrada, no soy propiedad de nadie. No quiero vivir marcada solo por haber estado con William.

«¡Muy bien! ¡Ha sido muy inteligente por tu parte eso de cambiar de tema!».

—¿Entonces vas a venir a la fiesta de Connell?

—¿Y eso qué tiene que ver? Claro que no.

Me aparté hasta dar con la espalda contra la fila de taquillas que había frente a la suya.

—¿Por qué?

Nos estudiamos a cierta distancia. Entendía que ella tuviese la respiración acelerada, las pupilas dilatadas y las mejillas enrojecidas…, pero era incapaz de comprender por qué yo estaba igual.

—Estoy castigada. Mi madre no quiere que salga de casa.

Me aparté el pelo con los dedos. Traté de disimular las ganas de fumar.

Ahí abajo no tenía ninguna marca.

Estaba casi seguro.

Tenía que verla en bañador para quitarme las dudas y confirmar que lo mío había sido una paja mental.

—Da igual, tienes que venir —insistí.

—Te he dicho que no.

Me estaba volviendo loco.

Primero me pedía quedarse a dormir conmigo, después me dejaba que la tocara así. Y la noche anterior podría haberme colgado el teléfono, pero no lo hizo.

—¿Y si te digo que…?

Me aparté de las taquillas y me acerqué a ella poco a poco. Era un juego peligroso, pero tenía que saberlo.

—¿Y si te digo que quiero verte?

Se le escapó un leve gemido, lo vi claramente.

Para mi sorpresa, se resistió más de lo previsto. June bajó la cabeza tímidamente y siguió diciendo que no.

—¿No? —le insistí cuando ya me encontraba delante de su silueta temblorosa.

—No, mejor que no.

—Joder, June. ¿Por qué eres así?

Miró a su alrededor antes de hablar en un susurro.

—Mira, yo no sé qué jueguecito se te ha metido en la cabeza, pero… no quiero formar parte.

—¿De qué coño hablas?

—De tu jueguecito con Will. Os oí hablar.

Ni que decir tiene que no se le pasaba por la cabeza la posibilidad de que aquello fuese idea de William.

—No tienes ni idea… —Comencé un discurso que no sabía adónde me llevaría.

Estaba confuso y acalorado. Toda aquella misión de descubrir si tenía cicatrices se estaba convirtiendo en un arma de doble filo.

Se apartó un poco. Parecía a punto de lanzarme una ráfaga de balas incendiarias.

—James, eres tú el que no se entera. Estar con vosotros está haciendo que me pierda a mí misma.

Su frase me incomodó. ¿Podía ser eso cierto?

—Cada vez que te tengo cerca hago alguna tontería… Y no quiero echarte la culpa, sé que soy yo quien toma esas decisiones, pero…

—¿Qué?

Alzó las cejas con una mueca muy dulce. Fue como si se hubiese rendido y ya no quisiera empeñarse en seguir disimulando.

—No me fío de mí cuando estoy contigo —afirmó casi sin aliento.

—Nunca te habría hecho nada… Ni en esa situación ni estando él —confesé en un susurro.

Su pecho subía y bajaba con rapidez. En lugar de darle espacio, se lo quité. Me acerqué a su cara inspirando en profundidad el aroma de su pelo.

—No te creo, James.

—Y, sobre todo, nunca habría dejado que Will te hiciese algo así —admití con un nudo en el estómago.

—¿Entonces por qué…?

«Joder, no aguanto más».

—Era un tema de él y mío. —Me encogí de hombros mirándola desde arriba.

—¿Te lo pidió él?

No paraba de recorrerme los labios con la mirada.

Yo me sabía de memoria la silueta de los suyos. Solo me faltaba por conocer su sabor y su textura…

En ese momento, June se quedó rígida como un témpano. La agarré por los costados y la atraje contra mi pecho, recreándome en la suavidad de sus pechos y en su reacción inexperta y algo torpe.

—June…

¿Me disponía a besarla en un pasillo del instituto?

—James…

Le acaricié la mandíbula con la boca provocándole un gemidito de placer que se volvió incontenible cuando le lamí la piel de detrás de la oreja. Parecía que era particularmente sensible en aquel punto, ya que dejó de hablar y de provocarme. Dejó de poder emitir sonido alguno, por fin había cedido. Había caído en mi trampa.

—Esta noche vas a venir.

Le tembló levemente el borde de los labios mientras pronunciaba aquellas palabras a un dedo de su boca tentadora.

—Quiero verte en bikini, Blancanieves.

85

June

Seguía mordisqueándome la uña del pulgar. Estaba nerviosa. Ni la lectura me distraía de los eventos que había vivido en los últimos días.

Aquella mañana, en el instituto, pensé que James se reiría de mí por las cosas que nos habíamos dicho la noche anterior, pero no hizo la menor referencia a que nos quedamos dormidos juntos. ¿Hacía las cosas sin pensar o es que se había arrepentido?

Igual que yo me había arrepentido la tarde de la exposición.

Me había avergonzado de mí misma por haberme comportado así, me habría gustado borrar de mi cabeza aquella versión de mí que perdía los papeles cuando estaba en compañía de Will y James. Pero no era fácil, sobre todo porque mi madre no hacía más que recordarme lo enfadada que estaba conmigo. Me había prohibido salir de casa para cualquier cosa que no fuese ir al instituto.

—A ver si me entero, ¿desde hoy soy tu prisionera?

Estábamos en la mesa cuando decidí enfrentarme a ella.

—Si quieres recuperar el móvil, tengo que verte estudiar en la cocina. No te voy a perder de vista.

«Ha vuelto Psico-April: la chantajista en serie».

No le había gustado lo más mínimo que pasase fuera aquella noche, así que me había recluido en casa. Traté de ver el lado bueno del asunto: cada vez que salía la cagaba de alguna forma, así que, probablemente, quedarme en casa me ayudaría a cometer menos estupideces. Pero, para mi madre, no era suficiente.

Quería que fuese con ella a impartir sus estúpidas clases de pintura. ¿Qué mejor castigo podía ocurrírsele que obligarme a acudir a sus aburridas lecciones?

—Arréglate, que nos vamos —me dijo señalando mi pijama.

Estaba cansada, desplomada frente al plato y a punto de subir a mi cuarto para acostarme. No tenía ni idea de que se disponía a martirizarme.

—Son casi las nueve... ¿Por qué tienes que hacerme esto, mamá?

—Porque sí.

—¿Ahora también trabajas de noche?

—La cuota de tu instituto no se paga sola.

Me levanté contra mi voluntad y la sorprendí delante del espejo del pasillo mientras se probaba un par de pendientes para ver cómo le sentaban.

«Te has vuelto muy presumida...», me habría gustado decirle. Pero, teniendo en cuenta mi situación, hice bien en guardarme el comentario.

—¡No te voy a dejar sola en casa, señorita!

—¿Qué podría hacer sola en casa... aparte de prenderle fuego a todos tus cuadros?

—¡June! Termina de comer, ¡nos vamos!

—Podría terminar de comer si hubiese algo de comida sobre esta mesa..., pero solo hay un poco de ensalada y pollo a la plancha. ¿Estamos en un cuartel militar?

—Desde hoy vamos a empezar a comer sano. Me he apuntado al gimnasio.

«No, joder, me quiero morir».

—¡Jordan Hunter te ha comido la cabeza! —Mastiqué los últimos restos de aquella ensalada amarga y sosa—. No creas que por estar en forma y por maquillarte vas a poder evitar que te la pegue con una de sus ayudantes veinteañeras.

Me fulminó con una mirada lapidaria.

—¿Qué sabréis de la vida tú, June White, y tus diecisiete añitos? —rugió enfadada.

—Casi dieciocho. Y resulta que tengo ojos en la cara, April Lebowsky, de quien voy a evitar decir su edad.

—¿Y qué han visto esos ojos? Cuéntame.

—He visto que en la exposición siempre tenía alrededor a un montón de chicas —respondí instantáneamente.

—¿Y todo eso lo viste antes o después de encerrarte en tu habitación con su hijo?

«Ups».

—Por Dios, ¿por qué no pasas página? —Dejé escapar un lamento.

—No estás en posición de inmiscuirte en mis relaciones.

—De «no hay nada entre nosotros» hemos pasado a «mis relaciones»... Bien. Ahora sí que se me ha quitado el hambre.

—June, o te vistes o te juro que...

—Vale —mascullé a regañadientes antes de abandonar el campo de batalla y subir a mi habitación a cambiarme.

Me di una ducha rápida, me puse ropa limpia, me recogí el pelo en una coleta y me puse una camiseta deportiva. Antes de enfundarme los vaqueros, me llevé la mano a la ingle, donde mis yemas rozaron ligeramente una ampolla rellena de líquido.

«No lo volveré a hacer, esta ha sido la última vez».

Me lo repetí mentalmente, tratando de apartar la vista de aquella ampolla.

Justo entonces me sobresalté porque alguien tocaba a la puerta.

Seguía en bragas, así que me tapé con la puerta del armario.

—¡Ya voy, mamá!

Cogí lo primero que encontré y me lo puse.

—June, ha venido... Espera, ¿cómo te llamas?

Una pausa.

—¡Ha venido Tiffany! —exclamó mi madre desde el pasillo.

«¿Tiffany?».

Asomó la cabeza por la puerta.

—¿Es amiga tuya?

—Eh... Sí.

—De acuerdo, pero en casa antes de medianoche —dijo dejándome sin palabras.

—Pero... ¿a qué te refieres?

Me quedé ojiplática cuando Tiffany entró en mi habitación. Aquel mutismo instantáneo no fue solo causado por su belleza, sino por el hecho de que mi madre contradijese a lo que había dicho hacía tan solo cinco minutos.

—No hace falta que me des las gracias —aseguró Tiff en tono burlón y con una sonrisa satisfecha.

—¿Me equivoco o… la acabas de convencer de que me deje salir?

Tiffany asintió y se acercó a mí lo suficiente como para envolverme con su perfume.

—«¿Es amiga tuya?» —repitió imitando la voz estridente de mi madre.

Las dos nos echamos a reír, pero aquello duró poco porque volví a ponerme seria enseguida.

—Sí, pero me tienes que decir qué le has dicho para convencerla. ¿Qué artes desconocidas has usado?

La chica morena empezó a deambular por mi habitación curioseando aquí y allá.

—Le he dicho que quería llevarte a comernos un helado.

Fruncí el ceño. Sabía que eso no le habría bastado a mi madre.

—¿Perdón? ¿Con eso ha bastado?

—Ella ha dicho que no, que estabas castigada. Y yo le he dicho que quería darte las gracias por todo lo que haces por mí, ya que, como eres la mejor de la clase, siempre me ayudas con los deberes, bla, bla, bla…

—¿Y ya está?

—Claro que no. Le he dicho que toda la clase irá a una fiesta en casa de Connell, un tío muy poco recomendable. Y que en esa fiesta estarán Will, James y un montón de personas a las que no quiero ver en este preciso momento. Le he dicho que estaba buscando una alternativa, que me gustaría pasar un rato en compañía de una buena amiga como tú.

—¡Menuda trolera! ¿Algo más?

Tiffany apartó sus ojos profundos de los míos y se puso seria.

—Después le he dicho que sentía lo de tu hermano… Pero en eso he sido sincera.

Me la quedé mirando un instante sin saber qué decir.

—¿Cómo sabes lo de mi hermano?

Tiffany se encogió de hombros en su chupa de cuero.

—¿Te acuerdas de la noche en la que vine aquí con Will y James?

«Sí, os pasasteis más de cinco minutos restregándoos delante de mi cara y tú no hacías más que susurrarle cosas al oído mientras me mirabas».

—Cómo olvidarlo —respondí tajante.

—Me fijé en la foto del salón y, al volver a casa, hice algún comentario sobre tu hermano y James se enfadó. Me hizo prometer que nunca diría nada como aquello en tu presencia.

Me quedé de piedra.

—Y..., en fin, me dijo que tu hermano ya no estaba entre nosotros —concluyó con la voz temblorosa.

En aquel instante me di cuenta de algo.

—Entonces no fue James, fuiste tú. Tú se lo contaste a Taylor.

A Tiffany le empezaron a temblar las largas pestañas.

—Un día Tay te estaba poniendo verde, así que yo le dije que a mí me caías bien... Ella, claro, me preguntó que qué hacía defendiéndote sin apenas conocerte. Y me di cuenta de que lo único que sabía de ti era que habías perdido a un hermano y que nunca te dejas pisar. Y eso fue todo lo que le dije. No lo hice con maldad, June.

Empecé a acariciarme nerviosamente el antebrazo.

—Y ahora, cuando hablaba con tu madre, he vuelto a ver la foto del salón y me he sentido fatal por aquellos comentarios que hice. Así que le he dicho que sentía vuestra pérdida. Y a ella le ha parecido muy bonito.

Un escalofrío me recorrió la columna vertebral. Un peso invisible se me posó en la cabeza y me obligó a bajarla.

—Es su punto débil. A veces parece que mi madre habría preferido que...

—¿Qué? —preguntó Tiffany, atenta.

Parecía estar estudiando todas las emociones que me aparecían en el rostro, aunque yo intentaba resistirme.

—Nada.

Todas aquellas sensaciones negativas de las que llevaba tiempo huyendo se arremolinaron en mi interior y no me dieron tiempo para reaccionar como me hubiese gustado.

Tiffany pareció darse cuenta de mi incomodidad y se acercó a mí para darme un abrazo.

Pero la tensión no parecía querer abandonar mi cuerpo. El nudo que tenía en la garganta se hizo más grueso cuando noté que Tiffany me acariciaba el pelo con mucha dulzura.

Contuve un sollozo mientras ella me acariciaba la frente.

—Si quieres desahogarte, aquí me tienes.

Llevaba mucho sin llorar, ya ni siquiera recordaba cómo se hacía. Sin saber cómo, siempre acababa pudiendo controlar las aguas agitadas que precedían a la tempestad.

Dejé que Tiffany me acariciase la mejilla con la punta de la nariz y, cuando sus labios suaves se acercaron a los míos, recibí el beso que me dio en la boca.

—Bueno, ¿dónde quieres que nos tomemos el helado? —Carraspeé antes de bajar la vista al suelo.

—¿No es obvio?

«En casa de Connell».

—No sé si…

—Siempre que te apetezca, claro —añadió al verme dudar.

—¿Tengo pinta de querer ir allí? —pregunté señalándome la cara y tratando de quitarle dramatismo al asunto.

—No, pero tienes pinta de necesitar despejarte un poco. ¡Venga, June! Además, si ya estás lista y todo.

—Para nada, tendría que cambiarme. —Me llevé las manos a la falda que había cogido al azar del armario y que me aprisionaba las caderas.

Pero Tiffany no pareció hacerme caso. De hecho, se dispuso a bajarse la cremallera de las botas que le llegaban hasta las rodillas.

—Me queda un poco estrecha, es de hace dos años —mascullé a modo de justificación.

—¿Pero qué dices? Te queda perfecta. Mira, ponte estas botas —me propuso, pasándomelas.

—Tengo un treinta y ocho, ¿y tú? —le pregunté observándolas.

—Yo también, June. ¿Me puedo poner estas zapatillas?

Agarró mi par de Vans.

—Sí, claro, ¿pero por qué no coges alguna otra cosa del armario? —le dije mientras me ponía las botas—. ¿Me hacen parecer más alta?

Mi pregunta hizo que se echase a reír.

Tiffany me observó a través del espejo de pie.

—No, no son de tacón, ¿cómo van a…?

Entonces se bloqueó. Posó sus ojos oscuros sobre los míos.

—¿Qué pasa? —pregunté avergonzada.

—Nada.

—Dímelo… —murmuré girándome hacia ella.

—Es que antes no te veía así…

—¿Así cómo?

Tiff deslizó el labio inferior bajo los dientes mientras, con el pulgar, me acariciaba la mejilla con un roce sutil. Sus pestañas, largas y pobladas, fueron lo último que vi antes de cerrar los ojos para que me besara.

Se entrelazaron nuestras respiraciones. Las lenguas se fundieron en un juego lento e hipnótico.

Me aparté poco después. Tiffany seguía con los ojos cerrados, pero pronto los abrió para mirarme. Una sonrisilla de satisfacción se dibujaba en sus labios carnosos.

—¿Qué me dices? ¿Te vale como respuesta? —me espetó.

—Tenemos que irnos antes de que mi madre nos arrastre a las dos a su clase de pintura con los ojos vendados.

Tiffany se dispuso a salir de mi habitación, pero se detuvo en el marco de la puerta como si se hubiese acordado de algo de repente.

—June, espera. Se nos olvida algo.

«Oh, no».

—¿Has cogido el bañador?

—No —contesté escuetamente.

—¿«No» en plan «no tengo bañador» o…?

Las mejillas se me encendieron de la vergüenza.

—¡Qué va, tía! ¡Paso de bañarme!

Se le dibujó en la cara una mueca extrañada.

—Paso de bañarme de noche, claro —añadí esperando que eso justificase mi comportamiento.

—Vale, como quieras.

Llegamos a casa de Connell y ya estaba llena de gente. Puede que fuese impresión mía o quizá estaba paranoica, pero, cuando Tiffany y yo llegamos, sentí que todos los ojos se volvían hacia nosotras. Seguro que ella estaba acostumbrada; para una chica tan guapa y popular era normal recibir tanta atención. Pero para mí era una novedad. A mí siempre me habían considerado un chicazo: la de las camisetas extragrandes y los pantalones cortos de chica de la campiña.

Y, aunque Tiffany conocía a todos los que estaban allí, yo me sentía muy incómoda en mitad de tanta gente a la que nunca había visto. Tiffany empezó a hablar con un grupo de chicos mientras yo echaba un vistazo. Mis ojos se posaron en la silueta de William a través de la ventana que daba al jardín. Estaba sentado en una esquina, solo, con la cabeza gacha. No pude descifrar su expresión, pero su pose ya era suficiente como para despertarme la curiosidad.

—Voy a salir un momento —le susurré a Tiffany—. ¡Will!

—Hola… —masculló sin levantar la cabeza.

Su pelo de trigo brillaba y su camiseta blanca resplandecía en la oscuridad y le daba el aspecto de un ángel atrapado en un rincón del paraíso.

—¿Qué haces tan solo?

Señalé a un grupo de chicos, que estaban salpicándose, entre los que reconocí la cabeza rubia de Jackson.

—Lo de siempre que hay fiesta en la piscina. Tendría que haberme quedado en casa —se lamentó.

—¿Estás bien?

Asintió sin mirarme.

—¿Ahora te ha dado por beber…? —le dije en broma y sonriendo, pero él no me devolvió la sonrisa—. Will…, ¿ha pasado algo?

Su tono de voz se volvió sombrío de repente. Pareció haberse dado cuenta de mi presencia solo en aquel instante. Levantó la cabeza y dirigió sus ojos vacíos hacia los míos.

—No. Solo ha pasado que soy un mierda.

Fruncí el ceño.

—¿Pero qué dices?

De repente, me puse nerviosa. La idea de que hubiese pasado algo entre él y James me puso el estómago del revés.

—Déjalo...

Empezó a fumar con gesto nervioso. Apenas dejaba un instante entre una calada y la siguiente.

—No, venga, ahora me quiero enterar —dije, tratando de convencerlo, mientras me sentaba en el poyete que había a su lado.

—Me jode muchísimo haber sido un capullo con la chica equivocada.

Di un leve suspiro de alivio.

«¿Solo era eso?».

—No tendría que haberte tratado así, June —explicó pellizcándose el labio inferior.

«¿Habrá hablado con James?».

—Primero, te eché de mi casa, delante de todo el mundo, sin darte ninguna explicación.

—Eso es agua pasada... —me apresuré a decir para quitarle hierro al asunto.

—Después te abandoné en aquella carrera y te puse en peligro... Te animé a hacer de anzuelo en lo de Austin...

—Sí, pero yo quería ayudarte. La responsable de mis acciones soy yo, Will.

—No tendría que haber besado a Ari... ni haber hecho otras cosas que no sabes.

Parecía que Will se había dado cuenta de que había echado a perder lo que podría haber existido entre nosotros, pero yo no estaba tan segura de que todo hubiese ido viento en popa ni incluso si él hubiese tenido un comportamiento ejemplar conmigo. Después de todo, yo no había sido totalmente honesta con él. Le había escondido lo de la llamada y lo de la foto que le había enviado a James.

Miré a Will a los ojos y decidí no marear más la perdiz.

—Lo que hay entre tú y James es una especie de apuesta, ¿verdad?

William giró la cara hacia mí, sorprendido de que lo hubiese entendido.

—Más o menos.

Su confesión provocó que se me hiciese un nudo en la garganta.

—Perdóname —añadió, confirmando mis miedos.

«Lo sabía, no me puedo fiar de James».

—Pero hay algo en lo que nunca te he mentido, June.

Metió la colilla de su cigarrillo en una botella vacía y volvió a mirarme.

—¿En qué no me has mentido, Will? ¿En que, aunque te gusto, solo has estado conmigo porque no podías estar con Ari?

Mi sinceridad lo pilló por sorpresa, pero no modificó su expresión de tristeza. Era como si sus reacciones no dependiesen del rumbo de nuestra conversación, ni de todo lo que lo rodeaba; como si las palabras, ya fuesen negativas o de apoyo, no fueran capaces de hacerle cambiar de humor. Era como si nada exterior le afectase porque le estaba sucediendo algo en su interior.

—No hace falta que te disculpes, Will. Por mí no hay problema. Quedar como amigos me parece lo mejor. Pero ni se os ocurra meterme en vuestros jueguecitos. Por ahí no paso.

—Nadie te habría obligado a hacer nada.

Me quedé en silencio. William me miró con una mueca que parecía un puchero.

—Por cierto…, me devolviste el beso —dejó caer, recordándome aquel error imperdonable. Sentí un cosquilleo familiar en el interior del muslo.

—Lo sé, me equivoqué —admití sin pestañear—. Pero no tiene sentido darle vueltas a eso. Solo te pido que… dejes de beber —le rogué.

Le puse una mano en la rodilla para que me pasase la botella, pero William no aceptó mi ofrecimiento. Los iris perlados de sus ojos brillantes me inquietaban de forma inexplicable. No quería que Will estuviese mal. Daba igual lo mucho que insistiese en que todo iba bien, estaba claro que algo iba mal.

—Will… Soy yo —musité con un hilo de voz.

Él estaba obcecado en mirar al frente a un punto indefinido. En lugar de responderme, soltó un bufido.

—Vi en tu cama aquel oso que James ganó en la feria…

Mientras yo trataba de encontrar una justificación de cómo se comportaba James conmigo, noté que unos pasos se acercaban en la oscuridad. La silueta se hizo nítida de forma inmediata: era Tiffany, que estaba saliendo al jardín con una expresión circunspecta.

—Eh.

Saludó a Will y se quedó con las manos metidas en los bolsillos de la chupa.

—Hola, Tiff.

—¿Qué hacéis?

—Yo estoy divagando y June finge que le interesa.

La respuesta de William fue como una puñalada. Me puse en pie y le eché un vistazo a la botella de la que seguía bebiendo. No sabía cuánto alcohol podía aguantar, pero consideré que ya estaba lo bastante borracho.

—¿Cómo estás? —preguntó Tiffany.

—Bien.

Temblé en la oscuridad al notar la manera inquietante en la que Will había respondido.

No había nada positivo en aquel «bien».

Tiffany me agarró la mano y se la metió en el bolsillo de la chaqueta, donde me la apretó. No pude evitar percibir en aquel gesto cierto nivel de posesión.

—Entonces es cierto… —bisbiseó William dando otro sorbo a la botella.

—¿El qué? —preguntó Tiff.

—Que estáis juntas.

—No… No —me apresuré a aclarar. Mi boca fue más rápida que mi capacidad para reflexionar sobre las implicaciones de aquella respuesta.

—Vale, pues voy a por algo de beber —masculló agitando una botella de cristal vacía.

—Will, ya has bebido bastante —comenté tratando de frenarlo, pero él no pareció querer escucharme.

—Gracias, ¡tráenos algo! —le gritó Tiffany antes de que se alejase.

Tiffany no era, precisamente, la chica más sensible del mundo…, pero me sorprendió la frialdad con la que había actuado ante William.

—¿Qué pasa, June?

Me encogí de hombros.

—Me duele verlo así.

—¿Sabes lo que le ha pasado? —preguntó.

—No.

—Oye, June… Os he estado observando un momento, desde dentro, justo antes de salir al jardín.

—¿Qué quieres decir?

—Hacéis muy buena pareja. Ya lo pensaba cuando os veía en el instituto. Pero, cuando te miro a los ojos…, creo que no quieres algo así.

Fijé mi atención en los labios de Tiffany y, justo después, en la espalda encorvada de William, que trataba de volver a entrar en la casa.

«No sé lo que quiero. Ni a quién quiero. Ese es el problema».

—Simplemente me gustaría que no se sintiese así por mi culpa…

Estaba muy confusa. En mi cabeza había un caos gigantesco; y este se materializó a nuestro alrededor cuando James llegó al jardín junto con un grupo de chicos.

Si no fuera por lo escandalosos que eran, ni siquiera habría percibido su llegada. Eran unas manchas grises, unos bultos de colores apagados. James era el único que destacaba en un sentido cromático. Puede que fuese por su cabello despeinado, por sus labios siempre rojos o por su metro ochenta y siete de altura.

Llevaba puesto el pantalón del chándal, y nada más. Iba a pecho descubierto, masticaba chicle y tenía un bate de béisbol apoyado en el hombro.

Miró a Tiffany y, en su boca magnética, se dibujó una sonrisita pícara incluso antes de posar sus ojos en mí. No soportaba la pose arrogante con la que me miraba. Quizá por eso siempre lo atacaba antes de que él hiciera lo mismo conmigo; creo que era una especie de autodefensa.

—¿Vas a reventar algún escaparate para mangar algo de ropa? Lo digo porque parece que estás escaso de partes de arriba…

—¿Reventar escaparates? White, eres siempre tan violenta… ¿No ves que además del bate llevo unas pelotas?

La velocidad con la que respondió a mi comentario me hizo pensar que esperaba una indirecta por mi parte.

—Das asco, Hunter.

—Me refiero a que acabamos de jugar un partidillo. Estoy hablando de béisbol. Qué señorita tan malpensada… —dijo enseñándome la pelota blanca que tenía en la mano el chico que iba a su lado.

—Sí, ya. Nosotras estábamos… —le respondió Tiffany haciéndole un gesto con los ojos.

Le estaba pidiendo que se esfumase, pero James no parecía tener intención de moverse de allí. Esbozó una sonrisa y me miró de arriba abajo. Su mandíbula se contraía cada vez que masticaba el chicle. Plantó sus ojos sobre mí como una marca indeleble.

—¡Jamie! ¡Estamos aquí!

Aquel reclamo bastó para distraerlo.

Reconocí la voz de Stacy. Estaba en el borde de la piscina, rodeada de un número indefinido de chicas que parecían recién salidas de una agencia de modelos.

No sentí ninguna envidia por sus cuerpos perfectos, pero, cuando James se acercó a ellas y mi mirada se posó sobre su amplia y musculosa espalda, me di cuenta de que todo aquello no tenía ningún sentido. Su sitio era aquel. ¿Qué se me había metido en la cabeza?

—No es por su aspecto, es por su actitud.

La voz aterciopelada de Tiffany me sacó de mis pensamientos devolviéndome a la realidad.

—¿A qué te refieres?

—Aceptarse siempre es el primer paso para quererse. Estar seguro de uno mismo es el primer paso para gustarles a los demás. Cuando te gustes a ti misma, cuando te sientas verdaderamente especial, entonces los demás se sentirán atraídos por ti como si de verdad lo fueses. Pero, hasta entonces, solo los que son capaces de ver más allá de la superficie podrán ver tu verdadero yo.

Se pasó por el labio inferior el filtro de su cigarrillo apagado. Seguía mirando a aquellas chicas con expresión ausente.

—¿Entonces…?

—Que no tienes ningún defecto, June. Y si otras personas lo piensan, es problema suyo, ya que ni siquiera te conocen.

Ese discurso me hizo reflexionar. Entendí que aquel era el error que había cometido con Tiffany. Antes de conocerla, la había juzgado por considerarla superficial y poco interesante.

—Por eso no te sientes a gusto en bañador, ¿no? —elucubró, creyendo haber resuelto el enigma.

El jaleo que había a lo lejos nos distrajo a ambas.

—¿Quién es ese? —pregunté cuando un chico alto, moreno y tatuado se acercó al oído de James.

—Scott. El nuevo novio de Stacy.

El chico acariciaba repetidamente el pecho desnudo de James y con sus ojos oscuros examinaba morbosamente sus labios. Los dos se miraban fijamente y fui incapaz de apartar la mirada.

¿Qué sentido tenía que me quedase allí viendo cómo coqueteaba con un chico?

James y yo pertenecíamos a dos mundos demasiado alejados; no teníamos nada que ver el uno con el otro.

Yo escuchaba a Taylor Swift, amaba a los perros y bebía chocolate caliente incluso en verano; eso era lo más transgresor que hacía June White.

—¿Puedo preguntarte una cosa, June? —Asentí; Tiffany parecía sorprendida—. ¿James y tú habéis dormido juntos?

—Sí.

Enarcó una ceja, alucinada por mi respuesta.

—Ah. Eh… ¿y qué tal fue?

—¿El qué? ¿No creerás que…?

—¿Habéis…?

Tiffany no hizo el menor gesto, pero era obvio de lo que hablaba.

—¿Qué? ¡No! ¿Por qué piensas algo así? ¡Ni siquiera nos hemos besado! —exclamé avergonzada.

—¿Estás de coña? ¿Habéis dormido juntos y no…?

—No, te lo juro. De lo contrario, te lo diría.

Yo estaba siendo completamente sincera, pero Tiffany era muy incrédula.

—¿Ni siquiera te ha…?

—Nada —confesé en un susurro.

Tiffany frunció el ceño.

—Esto sí que es raro…

—¿Qué quieres decir?

No respondió, desvió su atención hacia la gente que estaba entrando en la casa.

—Ven, vamos dentro —sugirió cogiéndome de la mano.

De los invitados a la fiesta no conocía a casi ninguno. Había poca gente de mi clase; ni rastro de Amelia, Brian, Ari, Blaze o Poppy.

Tiffany me guio hacia el interior, donde había tanta gente que llegó un punto en el que no pudimos seguir avanzando.

No pude evitar fijarme en el grupo de James, que se había trasladado al salón.

—¿Quién es esa? —pregunté señalando a una chica que estaba sentada en su regazo.

—¡Mierda! Es la hermana de Connell… Me cago en todo. ¿Por qué siempre tiene que estar metiéndose en problemas? —dijo en tono preocupado.

—¿Por qué eres amiga de alguien así?

Tiffany se puso de puntillas para observar la multitud. Alguien había despertado su interés.

—¿Tiff?

—James es fiable, es sincero y huele fenomenal —respondió distraída.

Inmediatamente me di cuenta de lo que había despertado su interés y había robado su atención. Era la imagen de una Taylor más rubia de lo habitual, que pasó a su lado junto con una chica. Tiffany la siguió con la mirada; la visión de su amiga, que la ignoró completamente, la dejó claramente descolocada.

—Voy al baño.

Se alejó y yo me quedé allí, de pie, hasta que oí un barullo.

—¡Jamie, no!

La hermana de Connell seguía sentada en el regazo de James; la toalla apenas le cubría el culo. Él estaba hablando con Stacy de una manera íntima y ambigua, similar a la que había usado con el chico tatuado de antes.

En un momento dado, James se puso en pie y agarró a Stacy para echársela al hombro sin ningún esfuerzo. Ella gritó con todas sus fuerzas cuando él la lanzó a la piscina.

Sonrió satisfecho, dio media vuelta y nuestros ojos chocaron como dos cometas enfebrecidos.

«Pillada».

Me giré inmediatamente.

«¿Qué estoy haciendo? ¿Por qué no lo dejo? ¿Es que me quiero probar algo a mí misma?».

—¿Sabes lo que dicen de las chicas curiosas?

Me crucé de brazos cuando James se me acercó.

—¿Y tú sabes lo que dicen de los idiotas?

James me examinó la camiseta, la falda y las botas.

—Haré como que no te he oído. Pero dime una cosa, Blancanieves, ¿por qué no estás en bañador?

—Déjate de idioteces.

—Respóndeme.

—Esto está lleno de chicas —me defendí en un hilo de voz.

—Ah, joder. ¿En serio? No me había dado cuenta. —Se le dibujó una sonrisa sarcástica.

—Vete con ellas.

«Y ahógate en la piscina, gracias».

—Resuélveme una duda, White: ¿por qué cuando me hablas siempre parece que estás deseando darme una patada en los huevos?

—Porque, al parecer, se me da muy bien exteriorizar mis deseos.

Aquello hizo que se echase a reír.

—¡June, no sabía que estarías tú también! —me dijo Marvin poniéndose a mi lado.

—Sí, aquí está. Y se ha hecho una coleta preciosa.

James me dio un tirón del pelo que me puso de muy mala leche.

Le di un puñetazo en el pecho que él, probablemente, sintió solo como una caricia. Se miró el tórax con expresión divertida.

—Vamos, seguro que puedes hacerlo mejor.

—Qué bien lo sabes. ¿Te acuerdas del que te di en la nariz?

—Siempre tan agresiva…

Dio un paso hacia mí y su altura volvió a sorprenderme.

—Te lo vuelvo a preguntar, White: ¿por qué no estás en bañador?

Volví a percibir aquella sensación de intimidad en la que me parecía que todo lo que había a nuestro alrededor desaparecía.

Lo mismo que sentí cuando había intentado meterme la mano por debajo de la falda.

Por cómo movió los dedos, me dio la sensación de que buscaba algo.

«¿Podría ser que…? No, June. No seas paranoica».

—¿Qué haces aquí, James? ¿Ya te has cansado de atormentar a las chicas…?

Posé la vista sobre aquel tío alto que estaba ayudando a Stacy a secarse.

—… O a los chicos —añadí.

James se acercó a mí y bajó la cabeza para ponerse a mi altura.

—A lo mejor es que eres mi presa favorita… ¿No se te ha pasado por la cabeza?

No tuvo ningún problema en decírmelo así, con total naturalidad, entreabriendo sus labios perfectos a pocos centímetros de los míos. Me pregunté dónde habría aprendido a ser tan seductor. Y mientras yo estaba allí, con la respiración entrecortada, rebanándome los sesos tratando de entender cómo había llegado a aquella situación…, James me dio la espalda y me dejó con la palabra en la boca.

¿Cómo podían ser tan desenvueltas y despreocupadas las otras chicas a las que él trataba así?

A ninguna parecía importarle que primero se liase con una y después con otra. Puede que supieran que el error más importante que se podía cometer con un chico como él era considerarse a una misma demasiado importante. Y se le daba genial hacerlo. No lo conseguía mediante el engaño o la mentira, sino apelando a la parte más secreta y vanidosa que se escondía en nuestro interior. Adulaba a la gente porque le salía de dentro; les concedía una atención apropiada y suficiente, y esto era lo que los demás deseaban de él. Porque todo el mundo, en el fondo, quería sentirse especial.

Me abrí camino por el interior de la casa, donde las luces permanecían tenues y los ríos de alcohol seguían rellenando los vasos de los invitados. Entré en la cocina para ver si encontraba allí a Tiffany y para beber un vaso de agua, pero acabé topándome con el ogro malvado.

—Mira quién está aquí. Y, además, viene solita...

Connell también era un chico guapo: tenía un cuerpo atlético, la mandíbula cuadrada y los ojos profundos. Pero cada vez que abría la boca hacía que se me revolviese el estómago.

—¿Te acuerdas de mí?

Me hablaba como si fuera tonta.

—¿Qué quieres, Corbell?

—Oírte decir bien mi nombre, White. Eso es lo que quiero.

—Ah, vale. Perdona..., Corbell.

Traté de mantenerme seria, pero, por dentro, me estaba descojonando.

En aquella fiesta había alguien que no se lo estaba pasando muy bien. Vi que Will estaba apoyado contra el marco de la puerta. Parecía que no me quitaba ojo.

—¿Quieres beber algo? ¿Te enseño la casa?

Connell estaba tratando de ser amable. Lo supe por el tono de falsa cortesía que usaba conmigo. Puede que creyese que me iba a hacer caer en su trampa.

—No —respondí menos decidida de lo que me habría gustado. De nuevo me vi capturada por la mirada de William, que no nos quitaba la vista de encima.

—Voy a traerte algo de beber, rubita —insistió Connell mientras se desplazaba por su cocina con aire chulesco.

Me habría gustado seguir siendo invisible, como en los primeros días de clase. Estaba harta de llamar la atención de trogloditas como aquel. Pero, por alguna razón que desconocía, había entrado en su radar... y la única forma de que pasara de mí era salir por patas.

Di media vuelta con la intención de esfumarme de allí, pero entonces vi que Will y James estaban charlando en la puerta.

«Ignóralos».

Cuando pasé a su lado, alguien me agarró del brazo.

—Es una fiesta y quiero divertirme. No tengo tiempo para ir detrás de ti —masculló James con los ojos entrecerrados.

De su pecho emanaba un perfume tan intenso y masculino que me fue imposible ignorarlo. Aparté los ojos, que ya se habían posado en su tórax escultural, pero el agarre que aplicó sobre mi antebrazo se hizo más intenso justo cuando percibió que mi mirada trataba de evitar aquella situación.

—¿Puedes mantenerte lejos de Connell o no?

—¿Puedes dejarme en paz? —gruñí apartándole el brazo.

—Te he dicho que te mantengas alejada de él.

—Sí, claro, porque tú me lo digas… —respondí.

—June… —El tono prudente de William trató de mediar entre los dos.

—Pues sí, chavala, porque yo lo digo —sentenció James tratando de quedar por encima.

No perdí el tiempo en recordarles que no necesitaba a ninguno de los dos. Entré al salón lleno de gente con la esperanza de respirar un poco de aire fresco, pero aquel deseo se esfumó al verme rodeada de una masa de cuerpos sudados y amontonados.

—Sigo sin saber con cuál de esos dos estás.

La cabeza de Connell emergió de entre la multitud. Me pasó un vaso desechable, de esos rojos y enormes que había por toda la cocina; probablemente sería el mismo que habían usado para jugar al *beer pong*.

—Qué asco. No, gracias.

Arrugué la nariz, asqueada por el olor a alcohol que emanaba del vaso.

—Sea cual sea de los dos, se me ocurre una manera de ponerlo celoso…

—Me da igual, a mí no me interesan esos jueguecitos. Ahora, por favor, si pudieras dejarme en paz…

Me bloqueó el paso.

—¿Vienes arriba conmigo?

Me señaló un punto indefinido de la planta de arriba y yo deseé de todo corazón que no se refiriese a su habitación.

—Sí, claro, subamos ahora mismo, Corbell. ¿Quieres también cien mil dólares y una patada en el culo?

Me aparté de su enorme presencia y traté de contar cuántas veces le había dicho que no en los últimos diez minutos.

—Joder, qué rara eres. Es verdad lo que dicen de ti… —lo oí mascullar a mi espalda.

—Me da igual lo que digan de mí —le respondí mientras seguía andando para alejarme de él todo lo posible.

—Eso es lo único que importa, lo que dicen de ti.

Puse los ojos en blanco. Sabía que debía ignorarlo, pero era superior a mí. Me giré y le lancé una mirada desafiante.

—¿Quién? ¿Quién dice algo de mí? ¿Tus amigos, esos astrofísicos que están a punto de que les den un Nobel? ¿Hablas de ellos?

Señalé al grupo de jugadores de fútbol que se reían a carcajadas cada vez que uno de ellos conseguía encestar una pelotita en el sujetador de una chica.

—Da igual quién los extienda: cualquier cotilleo puede ser mucho más convincente que una verdad aburrida —aseguró muy convencido—. ¿Y bien?

—Cuéntales que acabo de hacer como que vomito —respondí dándole la espalda.

Pero aquel gesto no pareció ser suficiente.

—Puede que no me hayas entendido. Si mañana vuelvo al instituto y digo que hemos follado… —me quedé de piedra. Él sonrió de forma inquietante—, todos creerán que digo la verdad.

—¿Y por qué dirías una cosa así? —le pregunté asustada.

—¿Y tú por qué me rechazarías?

Al alejarme de él todo lo que pude, me había distanciado también de la multitud. Miré a mi alrededor: estábamos junto a la escalera que subía a la planta de arriba y no había nadie cerca de nosotros.

Joder, James tenía razón. Tendría que haberlo cortado antes.

—Vale… Puede que haya sido un poco cruel al juzgar a tus amigos, pero no puedes decir algo así.

—Sí que puedo.

Tragué saliva, ya apoyada contra la pared.

—No, oye…

—No, no oigo nada… —dijo dando una risotada y señalando los altavoces, de donde salía una música ensordecedora—. Espera, me acerco un poco más.

Me sorprendí temblando ante aquellas palabras. Me estremecí cuando sentí su mentón barbudo contra mi mejilla.

—¿Connell?

Una risita que me resultaba conocida.

—Entonces ¿qué me dices? ¿Puedo follarme a tu hermana o no?

La voz de James, alegre y con un ligero deje alcohólico, me llegó a los oídos.

Aquel sonido tan familiar me devolvió a la realidad, me hizo sentir segura de nuevo.

A Connell se le cambió la cara inmediatamente al darse cuenta de que James estaba abrazado a su hermana.

—¿Esto es una broma? —le preguntó molesto a la chica castaña que se acercaba al cuello de James.

—¿Broma de qué…? —mascullló ella, visiblemente achispada.

James pareció del todo satisfecho por la reacción de Connell y, para meter el dedo en la llaga, agarró más fuerte a la chica y empezó a besarla con tal pasión que ella tuvo que echar hacia atrás el cuello para poder soportar aquel gesto tan impetuoso.

Aquel era un espectáculo que hubiese preferido ahorrarme.

Si, hacía tan solo un instante, me había sentido aliviada por la presencia de James, ahora me sentía como si me hubiesen hincado un montón de alfileres en la boca del estómago. La sensación se agudizó cuando ella le pasó una mano por el pelo despeinado; literalmente, me provocó una arcada.

¿Por qué se dejaba toquetear por cualquiera?

¿Por qué no se respetaba un poco?

Por un instante deseé que Connell se liase a guantazos con los dos.

—¡Esta me la vas a pagar, gilipollas!

Connell exclamó aquella frase lanzándole un puñetazo, pero James lo pudo esquivar sin problema. Se echó hacia atrás y chocó con una mesita de cristal que estalló en mil pedazos.

—¿Estás loco? ¿Por qué nunca me dejas divertirme? —le gritó la chica a su hermano.

Connell le chilló algo y ella, a modo de respuesta, huyó de allí mientras lo mandaba a la mierda.

Cuando Connell salió corriendo detrás de la chica di un suspiro de alivio. Aquella escenita, al menos, me había servido para librarme de ese gilipollas.

Por el rabillo del ojo vi que James, doblado sobre sí mismo, estaba entrando en lo que parecía un baño muy lujoso.

—¿Estás bien? —probé a preguntarle quedándome aún a cierta distancia.

—¿Te parece que esté bien?

Me quedé en el umbral, pero me encontraba lo bastante cerca como para ver que estaba herido. La sangre que manchaba el lavabo me provocó un escalofrío.

—Déjame ver.

Me acerqué a él con decisión. Primero le revisé la cara y después el cuello.

—No es nada —dijo malhumorado.

—Que me dejes ver, te he dicho.

Lo dije en el tono más enfadado posible y, contra todo pronóstico, él decidió dejarme que le echase un vistazo.

—¡Por Dios! ¡Pero mira cuánta sangre!

Con las dos manos traté de bajarle el pantalón del chándal para verle la herida de la cadera, pero James se apartó enfadado por mi gesto.

—¡¿Dónde han quedado los buenos modales, joder?! Si quieres desnudarme, al menos pídeme permiso.

—Solo quiero verte mejor la herida, James. Te has dado un buen golpe, ¿y si se ha quedado algún cristal dentro?

—¿Y qué más da? Déjalo ya.

Me dio igual lo que acababa de decirme. Abrí la portezuela del mueblecito colgado de la pared en busca de algo para curarlo.

—Siéntate, voy a buscar algo —le dije señalándole el borde de la bañera.

Pero él prefirió sentarse en el suelo. Echó hacia atrás la cabeza y la apoyó contra los azulejos blancos.

—Mierda… —lo oí mascullar cuando volvió a rozarse el costado.

Había evitado el contacto visual hasta aquel momento, pero ahora estaba obligada a mirarlo a los ojos.

—¿Qué pasa? ¿Te duele?

—No —gruñó apretando la mandíbula.

—Será mejor que vayas a Urgencias.

A modo de respuesta, James se sacó un cigarrillo y se lo colocó entre los labios sin levantar la vista.

—Que no —insistió.

—Dios, qué cabezón eres…

—¿Yo? Eres tú la que lleva media hora insistiendo en curarme un cortecito…

Se metió una mano en el bolsillo en busca del mechero, pero no pareció encontrarlo.

—No te voy a dejar así, James.

Alzó la vista con rapidez. Sus iris me fulminaron con una mirada intensa.

—Pues date prisa —me dijo señalando su herida.

James no era la amabilidad hecha persona, pero al menos yo había ganado esa batalla.

Agarré un algodón que encontré en el mueblecito del baño y lo empapé de líquido desinfectante.

—No entiendo por qué te gusta tanto meterte en problemas… —musité antes de inclinarme sobre él.

James se encogió de hombros, desinteresado.

—¿Es que preferías pasar un rato más con Connell…?

Su voz grave me provocó un escalofrío.

—¿Quieres que crea que lo has provocado para quitármelo de encima? Que sepas que no necesito que me defiendas…

Estaba ocupada limpiándole la herida cuando elevé la vista y me topé con su mirada.

—Ah, ¿no? —preguntó esbozando una sonrisa satisfecha.

—No; además, ya te estabas liando antes con esa chica.

—Increíble. Nunca se te escapa nada de lo que hago… ni tampoco con quién estoy. ¿Eres detective, Madeline?

No aparté la vista de la herida mientras seguía intentando desinfectársela. Pero, por el rabillo del ojo, vi que su propia broma le había provocado una sonrisa.

Sin embargo, yo no pude reírme. Su aroma empezaba a embriagarme y aquello me ponía tensísima.

—Gilipollas… —musité avergonzada, y le seguí curando el costado.

No era la primera vez que lo hacía, pero tampoco es que fuese una experta en primeros auxilios. De hecho, no podía evaluar cómo de profunda era la herida… y tampoco distinguía muy bien su gravedad.

Cuando la hemorragia se detuvo y me aseguré de que no tenía dentro de la herida ningún cristal u otro cuerpo extraño, suspiré aliviada.

—Estás dejando de sangrar. Igual se ha resuelto ya el problema.

Me fui a poner en pie para guardar las cosas en su sitio, pero se me paró el corazón cuando noté que me agarraba de la muñeca. El contacto con su mano cálida me provocó un escalofrío. Me dio un tirón que me hizo caer a horcajadas sobre él.

Nuestros cuerpos chocaron en una colisión inevitable, casi violenta, que le provocó un gemido la mar de lascivo.

James se apartó el cigarrillo de los labios y me penetró con una mirada tremendamente profunda.

—¿Estás del todo segura de que el problema ya se ha resuelto? —me preguntó en tono provocador.

Me quedé embelesada por su intensa mirada. El azul de sus iris se hizo más sutil cuando el negro de sus pupilas se dilató hasta lo absurdo. Me humedecí los labios secos tratando de mantener la mente fría, algo que me resultaba bastante complicado. Aquella aparente tranquilidad se vino abajo cuando James empezó a recorrer con el calor de su mirada cada esquina de mi rostro.

«Tranquila, June».

El algodón que tenía en la mano se me cayó al suelo. Ladeé levemente el cuello cuando, con la punta de los dedos, James empezó a rozarme la mejilla. Me recorrió una descarga eléctrica. Tenerlo tan cerca me provocaba unas sensaciones extrañas, incontrolables e inclasificables.

—No sé de qué problema hablas, James.

Con la mente completamente obnubilada mascullé las primeras palabras que me vinieron a la cabeza.

Estaba aturdida, no podía hacer nada al respecto. La confusión que habitaba en mí se hizo más grande cuando James elevó la comisura de los labios para sonreírme de aquella forma tan insinuante.

—Chavala, ¿en serio quieres que crea que entre tú y yo no hay un... «problema»?

«Por Dios, ni siquiera nos hemos besado... ¿Cómo puede provocarme estos pensamientos?».

Mientras me acariciaba la mejilla con una mano, posó la otra sobre mi pierna desnuda.

—¿Con quién te crees que estás hablando? —lo reté fingiendo una seguridad inexistente.

Como si el contacto del frío metal de sus anillos en mi piel tibia no me provocase escalofríos.

—Puede que quiera demostrarte que no eres tan distinta a las demás...

—Eres un idiota.

James no pareció enfadarse por mis palabras; puede que picarme constantemente lo divirtiese. Se lamió el labio inferior con la punta de la lengua, despacio, haciendo que mis ojos se centrasen en la imagen prohibida de sus labios turgentes y enrojecidos.

«June, ni se te ocurra».

Pero era obvio lo que se me estaba ocurriendo.

Aquel pensamiento era tan fuerte que...

«Si no me besa ahora mismo creo que voy a volverme loca».

No sé por qué lo hice, pero posé las dos palmas de mis manos en su escultural pecho desnudo. Sonrió, satisfecho por este gesto, como sabiendo que deseaba hacerlo desde hacía mucho.

Mis manos indecisas percibían la respiración lenta y cadenciosa que movía su tórax. James siguió con la mirada la trayectoria de mis dedos, que se movían despacio por su piel lisa y perfecta. Era como si estuviera domesticando a una criatura misteriosa. Me bastó elevar la vista para toparme con sus mejillas rojizas por el alcohol y con su pelo revuelto por quién sabe cuántas chicas. Me sentí débil, sin escapatoria.

Entrecerró sus ojos afilados como si quisiera impregnarse de la imagen de mis manos, que seguían explorándole el pecho hasta que bajaron para amasar su abdomen duro y compacto. Paseé las yemas de los dedos por sus venas gruesas y por sus músculos tensos. Y llegué hasta la cinturilla del pantalón del chándal.

—Qué atrevida estás hoy… —musitó sonriéndome y provocándome palpitaciones en el pecho.

«Seguro que se está burlando de mí».

Me lo repetí un par de veces antes de decidirme a huir de aquella situación tan peligrosa.

Cuando traté de levantarme, James me retuvo. Posó ambas manos en mis caderas para obligarme a quedarme allí, justo donde él quería. Un leve gemido escapó de mi control, pero mis intentos por moverme fueron inútiles. Acabé por inclinarme un poco más sobre su cuerpo.

Si mi respiración era vacilante, James no parecía ni mínimamente avergonzado por cómo su erección se erguía entre mis muslos.

Sobrepasada por aquella tensión insoportable, cerré los ojos.

—Por Dios, James… Estás borracho.

Traté de recuperar el aliento, pero lo que sentía debajo de mí era tan obvio que las mejillas me empezaron a latir de pura vergüenza.

—Y tú estás guapísima.

Oí su frase como dicha desde lejos, susurrada en una voz tan tibia y tan profunda que acabé dudando. ¿Me lo había imaginado o lo había dicho de verdad? James se tomó su tiempo, como si esperase una señal por mi parte. En un momento dado, sus dedos agarraron el borde de mi camiseta para subírmela un poco. Con los pulgares, empezó a dibujarme unos pequeños círculos en mi piel sensible.

Sus ojos fueron directos a mis piernas y yo volví a pensar lo mismo que aquella mañana, cuando me pareció que su caricia no era un fin en sí mismo, que parecía estar buscando algo.

¿Cómo se había dado cuenta?

Bajé la vista, pero James me hizo levantar el mentón para mirarme de nuevo a los ojos.

—¿Qué escondes, Blancanieves?

Estaba en una burbuja y no me di cuenta de que la música de fondo acababa de interrumpirse. Sin embargo, sí que oímos los gritos; James y yo nos giramos a la vez hacia la puerta del baño.

Jackson apareció de repente en aquella habitación. Tenía la cara blanca como un fantasma.

—¿Qué pasa?

James ni siquiera trató de fingir que no estábamos haciendo nada. Es más, pareció casi molesto por la interrupción de su amigo.

—William —fue lo único que pudo decir el rubio.

—¿Qué le ha pasado? —pregunto James, ayudándome a levantarme a la vez que él.

Jackson parecía estar en *shock*, ni siquiera era capaz de hablar.

—Will…

No añadió nada más. James salió corriendo tan rápido que me quedé sin respiración.

Entonces las voces lejanas se hicieron más claras.

Alguien gritó:

—¡Llamad a una ambulancia!

Agradecimientos

Os robo un minutito para darles las gracias a todas las personas que han hecho posible esta aventura. Quiero empezar por mis lectoras más fieles, quienes me lleváis apoyando desde el primer día.

En 2021 emprendí este viaje, llena de dudas y con mucho miedo a exponerme, pero no recuerdo ni un solo día en el que me hayáis dejado sola. Habéis estado a mi lado, me habéis acompañado a lo largo de un camino que a veces ha resultado ser tortuoso, pero hermosamente imprevisible. Me llevasteis de la mano durante dos largos años y hemos celebrado juntas cada hito, del más pequeño al más grande. Hay algo por lo que siempre estaré agradecida y que nunca daré por sentado: vuestro apoyo. Sería incapaz de no tener presentes vuestras sonrisas, vuestras llantinas, vuestros largos mensajes y vuestro inmenso cariño.

Ver *Love Me, Love Me* en papel me provoca una emoción indescriptible, pero la idea de que podáis tener entre las manos un libro que habéis deseado tanto tiempo… eso es lo que de verdad me hace feliz. Y es lo mínimo que puedo hacer para corresponder a todo vuestro afecto y a todo el tiempo que me habéis dedicado estos últimos años. Me llevo conmigo cada una de las palabras que me habéis regalado porque, si ahora estamos aquí, es solo gracias a vosotras. Gracias.

Durante este viaje, mi familia ha sido un pilar fundamental. Les doy las gracias por haber estado a mi lado, por haber respetado mi espacio y por ser una inspiración constante.

Quiero darle las gracias a Anita, a todo el equipo de Wattpad y a la editorial Sperling & Kupfler por esta maravillosa oportunidad. Gracias, especialmente, a Elena, que además de ser una editora maravillosa, ha demostrado ser una persona fantástica que siempre estaba dispuesta a escucharme.

Como muchas lectoras ya sabrán, este es solo el principio de nuestra aventura juntas. Abrochaos el cinturón, porque el próximo volumen va a ser… «movidito».

¡Hasta pronto!

Stefania